Kim Leopold
The Fire in Your Heart

KIM LEOPOLD

The Fire in your Heart

Roman

PIPER

Mehr über unsere Autorinnen, Autoren und Bücher:
www.piper.de

Wenn Ihnen dieser Roman gefallen hat, schreiben Sie uns
unter Nennung des Titels »The Fire in Your Heart«
an *empfehlungen@piper.de*, und wir empfehlen Ihnen
gerne vergleichbare Bücher.

Von Kim Leopold liegen im Piper Verlag vor:

California Dreams:
Band 1: The Colors of Your Soul
Band 2: The Sunrise in Your Eyes
Band 3: The Fire in Your Heart

Liebe LeserInnen,
dieser Roman enthält potenziell triggernde Inhalte.
Eine ausführliche Contentwarnung findest du auf Seite 461.

Unser Versprechen für mehr Nachhaltigkeit
• Klimaneutrales Produkt
• FSC®-zertifiziertes Papier
• Hergestellt in Europa

FSC www.fsc.org
MIX
Papier | Fördert gute Waldnutzung
FSC® C083411

ISBN 978-3-492-06303-6

Dieses Werk wurde vermittelt durch die
Langenbuch & Weiß Literaturagentur.
Satz: Uhl + Massopust, Aalen
Gesetzt aus der Bembo
Druck und Bindung: CPI Books GmbH, Leck
Printed in the EU

Für alle mit Feuer im Herzen
und jene, die Tag für Tag
an vorderster Front kämpfen.

Don't deny
your fire,
my dear,
just be
who you are
and burn.
Mark Anthony

Micah

Manchmal bestehen meine Tage nur noch aus Feuer und Adrenalin, Rauch und Erschöpfung. Aus dem aufgeregten Weinen Angehöriger, aus dem kreischenden Geräusch von Metall auf Metall, aus Funksprüchen, Rauschen im Ohr und dem Klopfen eines Teamkameraden auf meiner Schulter, der mir sagen will, gut gemacht, du hast ein Leben gerettet. Zwei Leben, drei, wenn's richtig gut lief, vielleicht sogar auch vier.

Aber das eigene, das habe ich trotzdem nicht im Griff.
Das entgleitet mir
in atemberaubender Geschwindigkeit
wie ein Stück Papier,
vom Feuer verschlungen

»Mach mal ein paar Tage Urlaub«, hat meine Schwester Allegra mir geraten, und ich frage mich, ob es so weit gekommen wäre, hätte ich auf sie gehört. Würde sie mir dann auch mit diesem Zorn im Blick gegenübersitzen?

»Ich möchte mich entschuldigen«, beginne ich unser Gespräch und lehne mich nach vorne. Wir sitzen im *Cozy Coffee*, meinem Lieblingscafé, seitdem ich es durch meine Kollegin Quinn entdeckt habe. Die Tische sind alle belegt, es war Glück, dass wir überhaupt noch einen ergattern konnten. »Ich war… Ich habe mich total scheiße verhalten.«

Allegra nickt, doch ihre Lippen bleiben aufeinandergepresst, die Arme vor der Brust verschränkt.

»Was ich getan habe, ist eigentlich nicht zu entschuldigen«, fahre ich fort. »Ich hätte niemals meine Freundschaft zu Ben so ausnutzen dürfen. Ich habe mich bei Maverick entschuldigt. Ich hoffe, er verzeiht mir eines Tages, dass ich so sehr in seine Privatsphäre eingedrungen bin.«

»Ich weiß«, erwidert sie und lässt ihre Arme mit einem Seufzen sinken. »Ich weiß auch, wieso du so gehandelt hast, Micah. Das ist es ja: Ich verstehe dich. Aber das heißt nicht, dass ich es gut finde, was du da abziehst.«

Ich nicke und schlucke die aufkeimende Widerrede hinunter. Es ging darum, sie zu schützen. Vor sich selbst, vor der Gang, vor dem nächsten großen Fehler. Dass Maverick kein Fehler war, ist mir erst zu spät bewusst geworden.

»Du hast Grenzen überschritten. Eine ganze Menge davon.« Ihre Augen beginnen verräterisch zu glänzen. »Ich weiß nicht, ob ich dir das verzeihen kann.«

Mir sinkt das Herz in die Hose. Natürlich habe ich damit gerechnet, dass wir uns nach diesem Gespräch nicht direkt freudestrahlend in den Armen liegen würden. Aber ich habe zumindest gehofft, es könnte ein Anfang sein.

Ein Schritt aufeinander zu.

»Was kann ich tun, um das wiedergutzumachen?«, frage ich und trinke einen Schluck von meinem Kaffee. Koffein und die Arbeit waren in den letzten drei Wochen das Einzige, was mich am Leben gehalten hat. Schlafen funktionierte nicht besonders gut, da meine Gedanken immer wieder unser letztes Gespräch Revue passieren lassen haben.

Allegra trinkt etwas von ihrem Tee, bevor sie mit den Schultern zuckt. »Ich weiß es nicht. Misch dich nicht mehr in mein Leben ein. Versuch nicht mehr, mich in irgendeine Richtung drängen zu wollen. Und hab verdammt noch mal ein bisschen Respekt vor anderen Menschen.«

Ich schnappe empört nach Luft. Dass sie mir vorwirft, keinen Respekt vor anderen zu haben, ist ja wohl das Letzte.

»Das ist …« Als ich ihren Blick sehe, verstumme ich. Ich bin hier, um mich mit ihr zu vertragen. Nicht weil ich die nächste Runde unseres Streites einläuten möchte. »Das kriege ich hin«, sage ich also notgedrungen.

»Und lass dir endlich helfen«, fügt sie hinzu, dieses Mal sanfter. »Das kann so nicht mehr weitergehen.«

Ich schlucke – und stelle fest, dass Schlucken plötzlich schwierig wird, weil meine Kehle sich verengt. Also trinke ich noch etwas und platziere die Tasse so vehement auf dem Tisch, dass der Kaffee überschwappt. »Mir geht es gut.«

Allegra zupft eine Serviette aus dem Halter und reicht sie mir. Ihr Blick spricht Bände.

»Wenn du es nicht für dich tust, tu es für uns«, bittet sie mich, bevor sie ihren Tee austrinkt und mich allein im *Cozy Coffee* zurücklässt.

Ich wische den Kaffee mit der Serviette auf und blicke aus dem Fenster auf die volle Straße. Allegra läuft an der Scheibe vorbei, doch sie schaut nicht zu mir. Stattdessen holt sie Kopfhörer aus ihrer Handtasche und steckt sie sich in die Ohren.

Seufzend wende ich den Blick ab und nehme die Speisekarte in die Hand. Dieses Gespräch lief anders, als ich es mir erhofft habe. Aber es war nicht schlecht. Wir haben uns nicht angeschrien, das ist doch schon mal was. Aber es nervt mich, dass sie ständig der Meinung ist, ich bräuchte Hilfe. Was ich brauche, liegt doch klar auf der Hand: eine Familie, die wieder wie eine Familie funktioniert.

Wenn nicht mehr jeder sein eigenes Ding machen würde, sondern sich an Absprachen hält, wäre mir damit schon sehr geholfen. Dann müsste ich nämlich nicht immer versuchen, jedem den Arsch zu retten und mich um alles zu kümmern. Aber das sehen sie nicht. Dad nicht, Pascal nicht und Allegra am allerwenigsten.

Hoffentlich blickt zumindest Mom von oben auf mich herab und weiß, dass ich mein Bestes gebe.

Wenn das Beste doch bloß genug wäre.

Quinn

2

Hingebungsvoll widme ich mich dem Schokoriegel in meiner Hand. Was gar nicht so leicht ist, weil ich gleichzeitig versuche, ein möglichst unbeteiligtes Gesicht zu wahren, wie immer, wenn es um dieses Thema geht, und mich Stück für Stück aus dem Raum zu schieben. Aber zu spät.

»Hey, Quinn!«, ruft Reed und nickt mir zu. »Was ist los mit dir? Willst du dich etwa raushalten?«

Ich schlucke die Schokolade runter, bevor ich antworte. Männerhorde hin oder her, meine Manieren habe ich trotzdem nicht vergessen. »Du kennst doch meine Meinung. Ich würde jedes ihrer Worte unterschreiben«, entgegne ich zuckersüß.

»Du siehst das also echt genauso?«, hakt Wrongway nach und streicht sich mit einer Hand über das graublonde Haar. Ich kann mich nicht entscheiden, ob sein Blick neugierig oder vorwurfsvoll ist.

»Ist das eine ernst gemeinte Frage?« Ich stopfe den Rest meines Schokoriegels zurück in die Verpackung und schlucke die aufkeimende Wut hinunter, die mich immer überfällt, wenn es um Frauenrechte geht.

Die Männer sind cool. Die meisten von ihnen jedenfalls, und ich habe keine Lust, mir mein Arbeitsumfeld zu verscherzen, nur weil ich die Klappe nicht halten kann. »Natürlich sehe ich das so wie sie. Scheiße, ich bin froh, dass da draußen eine Frau ist, die über solche Sachen berichtet, damit Testosteronbomben wie ihr …« Ich mache eine ausladende Handbewegung, die das gesamte Team einschließen soll. »… begreifen, dass Frauen nicht nur genauso gut in diesem Job sind, sondern bitte auch nicht aufgrund ihres Geschlechts diskriminiert werden dürfen.«

»Komm, so schlecht hast du es bei uns wirklich nicht«, erwidert Wrongway empört. Er verschränkt die Arme vor der breiten Brust.

»Habe ich auch nie gesagt.« Ich zwinkere ihm zu, woraufhin er die Hände wieder sinken lässt. »Aber wundert ihr euch nie darüber, dass es so wenige Feuerwehrfrauen gibt? So ein Blog wie ihrer sorgt dafür, dass mal frischer Wind reinkommt und wir vielleicht auch mehr weiblichen Nachwuchs bekommen.«

»Hm«, brummt Micah, der sich bislang rausgehalten und an seine Tasse Kaffee geklammert hat. So wie er aussieht, ist der Kaffee heute das Einzige, was ihn funktionieren lässt. »Ich glaube ja eher, wenn die Frau so weitermacht, gibt's bald gar keinen Feuerwehrnachwuchs mehr, weil alle denken, beim LAFD sitzen ein Haufen Trottel, die den ganzen Tag nichts Besseres zu tun haben, als auf Frauen rumzuhacken.«

Seine Worte tun weh, denn ich weiß aus erster Quelle, dass die Frau, die den Blog *The Fire in Your Heart* veröffentlicht, über den unser Team schon seit Wochen immer mal wieder spricht, gerade das nicht im Sinn hat. Dennoch geben sie mir zu denken. Vielleicht hat er recht. Vielleicht ist meine Berichterstattung zu negativ. Vielleicht könnte mein Blog auch ein paar positive Beispiele vertragen.

»Wenn ihr die Petition unterzeichnet, die ich euch gestern geschickt habe, könnt ihr daran aktiv etwas ändern«, entgegne ich und versuche dabei, nicht allzu zickig rüberzukommen.

Eine Antwort bekomme ich jedoch nicht, denn in diesem Augenblick geht der Alarm in unserem Feuerwehrhaus los. Ein Ruck geht durch meinen Körper, mein Herzschlag beschleunigt sich und pumpt das Adrenalin durch meine Adern. Ich stopfe mir den restlichen Schokoriegel in den Mund, lasse das Papier auf der Arbeitsplatte liegen und laufe los, die Männer hinter mir, irgendwer rempelt einen Stuhl um, aber das ist egal, jetzt zählt jede Sekunde.

Als wir die Fahrzeughalle erreicht haben, gellt eine blecherne Stimme durch den weiten Raum. »Gebäudebrand, Station 12, Light Force 12, Engine 12, Ambulance 12, 4895 Floristan Avenue.«

Kaum dass klar ist, wer von uns ausrücken muss, steige ich auch schon in meine Stiefel. Ich ziehe die Schutzhose hoch und streife mir die Hosenträger über das verblichene LAFD-Shirt. Ein paar Sekunden später schlüpfe ich in meine Jacke und klettere ins Fahrzeug.

»Erster.« Micah sitzt mir gegenüber und wirft mir ein siegessicheres Grinsen zu. Es wirkt beinahe, als hätten der Alarm und das damit verbundene Adrenalin ihn wieder zum Leben erweckt. »Mal wieder.«

»Hast du etwa schon angefangen, als ich noch drauf gewartet habe, ob ich überhaupt rausmuss?«, necke ich ihn, während die anderen zu uns ins Auto steigen. Die Türen schlagen in rascher Folge zu.

Micah zuckt mit den Schultern, aber um seine Lippen bildet sich ein verräterisches Schmunzeln. »Vielleicht.«

Was für ein Troll.

Dieser Mann kann echt nicht verlieren.

Eine knappe Minute nach dem Funkspruch rollt unser Drehleiterfahrzeug aus der Halle. Wrongway schaltet die Sirene ein. Die anderen fummeln an ihrer Ausrüstung rum. Reed reißt einen Witz, den keiner versteht, und beschwert sich dann bei Trent, weil keiner lacht.

Ich schnaube belustigt auf und lasse den Blick aus dem Fenster gleiten, während die Gebäude an uns vorüberziehen und Autos und Fußgänger beim Klang der Sirene stillstehen.

Draußen wird es allmählich dunkel. Im vorderen Teil des Wagens wartet Aspen auf den Anruf unseres Captains, die uns mehr Informationen über den Brand zukommen lassen wird, und sucht die Adresse auf Google Maps. Ich atme tief durch und konzentriere mich auf das, was vor uns liegt. Wir wissen nicht mehr als das, was gerade über den Funk reingekommen ist. Ein Gebäudebrand. Ob es sich um ein Wohnhaus oder Geschäftsgebäude handelt, versucht Aspen gerade herauszufinden. Ob Menschen im Inneren eingesperrt sind oder nicht, erfahren wir vermutlich erst, wenn Captain del Valle am Einsatzort ist oder – je nach Verkehrslage – wir selbst ankommen.

In Gedanken gehe ich die nächsten Schritte durch. Das ist meine Art, mich auf den Einsatz vorzubereiten. Während Reed Witze reißt, Aspen das Internet durchforstet, Micah versucht, in allem der Erste zu sein, und Trent seine Schutzausrüstung abklopft, als hätte er sie nicht erst am Morgen ausgiebig geprüft, blicke ich aus dem Fenster und denke an das, was ich am Einsatzort machen werde.

Manchmal dauert die Fahrt nicht lange, dann schaffe ich

es gerade so, mich in Gedanken vollständig auszurüsten. Aber heute sind wir ein paar Minuten länger unterwegs, sodass ich mir auch verschiedene Szenarien ausmalen kann, die uns erwarten könnten.

»Das ist ein Einfamilienhaus«, kommt es von vorne, und beinahe sofort verändert sich die Atmosphäre im Wagen. Ein Wohnhaus um diese Uhrzeit. Vielleicht ein Küchenbrand. Die ganze Familie könnte zu Hause sein. »Ein recht altes Gebäude über zwei Etagen, zwei Garagen. Das Gebiet ist dicht besiedelt, wir müssen aufpassen, dass der Brand nicht auf die umliegenden Gebäude übergreift. Und da ist eine Stromleitung in unmittelbarer Nähe, nur dass ihr Bescheid wisst.«

Wir lachen auf. Ich stoße mit dem Knie gegen Reed. »Nicht wahr, Mr Power?«

»Nicht. Witzig«, erwidert er und streckt mir den Mittelfinger entgegen. »Danke für die Warnung«, ruft er dann nach vorne. »Ich pass auf die Truppe auf.«

Und noch ein Lachen, das durch den Truck rumpelt. Jetzt können wir darüber schmunzeln, aber in dem Moment, in dem vor ein paar Wochen die Metallleiter die Oberleitung berührt hat, ist uns allen für ein paar Sekunden das Herz stehen geblieben. Glücklicherweise ist es eine Telefonleitung gewesen. Sonst säße Reed heute nicht mehr neben mir. Sein Spitzname wird uns nun immer daran erinnern, sorgfältiger in die Luft zu gucken, bevor wir unsere Leitern aufrichten.

Wir werden schnell wieder ernst, denn ich bin nicht die Einzige, die ihre Schlüsse aus der Beschreibung unseres Lieutenants gezogen hat.

»Wir sollten die Schlafzimmer zuerst checken«, überlege

ich laut. »Wenn es Kinder gibt, sind sie vielleicht schon im Bett.«

Micah nickt mir zu. »Das Wohnzimmer ist genauso wichtig. Wenn es ein Küchenbrand ist, ist das wahrscheinlich näher dran.«

Die Entscheidung wird Captain del Valle treffen, sobald sie sich einen Überblick über die Lage verschafft hat. Unsere Funkgeräte knacken. Da ist sie auch schon.

»Für euch zur Information«, sagt sie. »Das brennende Gebäude ist ein Einfamilienhaus, ein weiterer Löschzug ist bereits ausgerückt. Dort wohnt eine vierköpfige Familie, zwei Erwachsene, zwei Teenager. Ob jemand im Gebäude ist, ist noch unklar.«

»Etwa eine Minute bis zur Ankunft«, fügt Aspen hinzu, nachdem Captain del Valle fertig ist.

Witze macht nun keiner mehr.

Mein Herzschlag beschleunigt sich, je näher wir der Einsatzstelle kommen. Ich öffne das Fenster einen Spaltbreit und halte die Nase in den Wind. Manchmal kann ich das Feuer riechen, bevor ich es sehe, aber heute ist es beinahe windstill. Wir fahren noch, aber die Gurtschlösser klicken bereits. Ich streife meine Flammschutzhaube über, lege die Atemschutzausrüstung an, höre das vertraute Zischen, als die Pressluft in die Schläuche eindringt.

»Da ist es«, ruft Aspen von vorne. »Auf der linken Seite.«

Ich versuche, einen Blick aus dem gegenüberliegenden Fenster zu werfen, aber die Männer versperren mir mit ihrer Ausrüstung die Sicht. Also konzentriere ich mich auf das, was ich aus meinem Fenster erkennen kann. Ich entdecke ein paar Menschen, die mit fassungslosen Gesichtern auf dem Bürgersteig stehen, Arm in Arm, manche in Tränen aufgelöst ob der Tragödie, die sich gerade vor ihren Augen entfaltet. Ich schlucke – und mit dem Schlucken distanziere ich mich von den persönlichen Schicksalen dieses Feuers.

Es ist ein Job wie jeder anderer.

Einer, bei dem wir unser Bestes geben werden, denn alles andere ist nicht genug.

Quinn

3

Der Truck bleibt ein Stück entfernt vom Gebäude stehen, und wir steigen aus dem Wagen. Micah und ich treffen uns am Ende des Wagens, um uns gegenseitig auf Lücken in unserer Ausrüstung zu checken. Ich ziehe seine Haube zurecht, damit seine Wangen bedeckt sind.

»Los geht's«, sage ich, nachdem wir beide einen Daumen hoch gezeigt haben. Micah hat bereits zwei Schläuche vom Wagen genommen und läuft hinter mir her, ich trage unsere Halligan Tools. Erst jetzt nehme ich das Gebäude in Augenschein.

Auf der Vorderseite des zweistöckigen Hauses sind bereits die Fensterscheiben gesprungen. Die Flammen züngeln sich an der Vorderseite hinauf und drohen auf das zweite Stockwerk überzugreifen. Es wird nicht lange dauern, bis das Haus vollkommen in Flammen steht. Rechts gibt es eine Garage, auf den ersten Blick scheint es, als wäre das Gebäude von allen Seiten erreichbar. Das ist gut, so haben wir mehr Einstiegs- und Ausgangsmöglichkeiten.

Jetzt macht jede Sekunde einen Unterschied.

Mein Funkgerät knackt, dann höre ich Captain del Valle, die ein paar Schritte von uns entfernt steht und Befehle erteilt.

»Beckett, Bishop, Sie gehen durch die Garage rein«, bellt sie.

Einen Augenblick später bestätigt Aspen ihren Befehl und läuft mit Reed los in Richtung Garagen.

»Lovett, Moretti, Sie suchen einen Hintereingang.«

Ich drücke den Knopf auf meinem Funkgerät und bestätige, dann folge ich Micah, der bereits losgelaufen ist. Während wir das Haus umrunden, verlegen wir unseren Wasserschlauch im Laufschritt und lauschen den weiteren Befehlen, um nichts Wichtiges zu verpassen.

»Beckett, Lovett, bitte kommen. Wer zuerst die Treppe findet, geht nach oben«, beschließt Captain del Valle, und ich bestätige ihren Befehl ein weiteres Mal. »Laut den Nachbarn suchen wir nach zwei Kindern. Die Eltern scheinen auf der Arbeit zu sein.«

Als wir den Garten erreichen, kommt die Bestätigung. Die Garage ist leer.

Micah schlägt ein paarmal hintereinander kräftig gegen die Glasschiebetür der Terrasse. »LAFD, ist da jemand?«, ruft er laut.

Ich lege meine Hand an die Scheibe und lasse meinen Blick durch den stark verqualmten Raum gleiten. Ein Wohnzimmer. So viel ist zu erkennen. Aber ob da ein Mensch ist, werden wir erst herausfinden, wenn wir drin sind.

»Los.«

Micah bricht die Tür auf, während ich über Funk durchgebe, dass wir das Gebäude nun betreten. Als wir drin sind, schließe ich die Tür, so weit es geht, ohne dem Schlauch seinen Spielraum zu nehmen.

Trotz der Atemschutzmaske habe ich direkt den Geschmack von Ruß auf der Zunge. Es ist heiß und die Sichtweite ist bescheiden, weil der Rauch durch eine geöffnete Tür direkt in den Raum hineinschlägt.

»LAFD, ist da jemand?«, ruft Micah, und da keine Menschen in unser Sichtfeld rücken, fahren wir mit unserer Durchsuchung fort.

»Tür«, sage ich und laufe los, um sie zu schließen und uns ein paar Sekunden mehr Sichtweite zu verschaffen. Doch je näher ich ihr komme, umso heißer wird es. Als ich sie erreiche, sehe ich das Feuer, das sich an den Küchenschränken entlangfrisst und aus dem Fenster schlägt.

»Bitte kommen. Hier Lovett, das ist ein Küchenbrand«, sage ich in mein Funkgerät. »Vorderer Teil des Gebäudes. Wir schließen die Tür und durchsuchen den Rest des Erdgeschosses.«

Micah hat in der Zwischenzeit einen großen Teil des Wohnzimmers abgesucht. Er deutet auf den Bereich, in dem ein Esstisch steht. Ich nicke und mache mich an die Arbeit. Auf Knien rutsche ich durch den Raum, nutze mein Halligan Tool, um meine Reichweite beim Tasten zu erhöhen. Zwar kann ich immer noch sehen, was ich tue, aber ich verlasse mich ungern nur auf einen meiner Sinne. Zwischendurch machen wir immer mal wieder lautstark auf uns aufmerksam.

Am Tisch angelangt, suche ich jeden einzelnen Stuhl ab und fahre einmal über die gesamte Tischfläche. Dann umrunde ich den Tisch und überprüfe alle Ecken und das Innere des Sideboards, das groß genug für ein Kind wäre, um sich darin zu verstecken.

Mein Blick bleibt an einem goldenen Bilderrahmen hängen.

»Hier ist ein Foto der Familie«, sage ich für alle. »Wir

suchen ein Mädchen im Teenager-Alter. Der Junge dürfte etwa acht oder neun sein.«

Micah und ich treffen uns an einer zweiten Tür, die nicht zur Küche führt.

Einen Moment lang höre ich nur das Zischen meines Atemgerätes und das Prasseln des Feuers, das sich langsam, aber sicher durch die andere Tür frisst.

»Bereit?«

Micah nickt mir zu, dann öffne ich die Tür. Wir huschen hindurch, schließen sie wieder. Während Micah nach Vermissten ruft, male ich mit Kreide ein halbes X an die Tür. Später wird eine andere Person aus unserem Team das X vervollständigen, wenn der Raum ein zweites Mal abgesucht worden ist.

Wir befinden uns im stark verqualmten Hausflur, das Feuer nun in direkter Sichtweite. Hier ist es deutlich heißer, sodass wir auf die Knie runtergehen müssen, damit die Hitze erträglich wird. Um die Treppe zu erreichen, müssten wir direkt durch das Feuer gehen.

»Bitte kommen, hier Beckett«, höre ich Aspens Stimme. »Wir haben einen Weg ins Obergeschoss gefunden. Prüfen jetzt die Schlafzimmer.«

»Bitte kommen, hier Lovett«, sage ich nach der Bestätigung unseres Captains. »Die Flammen haben in den Flur übergegriffen und versperren den Rückweg über die Treppe.«

»Habe verstanden«, erwidert Captain del Valle und gibt ein paar Befehle an unser Team draußen weiter, damit sie unseren Rückweg sichern.

Erleichtert atme ich auf und bedeute Micah, dem Flur in die andere Richtung zu folgen. Viele dieser Häuser haben weitere Schlafzimmer oder Büros im Erdgeschoss.

Seite an Seite rücken wir über den Boden vor, rufen alle paar Schritte nach Vermissten und verlassen uns dabei vor allem auf unseren Tastsinn und die Erfahrungen, die wir bereits gesammelt haben. Wir lassen uns nicht los, genauso wenig wie den Schlauch, der unser Ticket nach draußen ist, wenn alle Stricke reißen.

Mir rinnt der Schweiß den Rücken hinunter, weil ich weiß, dass wir nur noch wenige Minuten Zeit haben.

»Bitte kommen. Hier Beckett. Wir haben jemanden. Wir brauchen eine Leiter und Rettungssanitäter an der C-Seite des Gebäudes. Sofort. Der Junge hat das Bewusstsein verloren.«

Ich atme ruhig weiter, auch wenn mir seine Meldung einen Adrenalinstoß versetzt.

Wir entdecken ein kleines Badezimmer und eine Garderobe. Auch an diese Türen male ich jeweils ein halbes X, nachdem wir die Räume durchsucht haben.

Der Rauch staut sich im Flur. Wir sprühen Wasser mit dem Strahlrohr in die Luft, um die Gase unter der Zimmerdecke abzukühlen.

Ich blinzle durch die Qualmschicht und entdecke mindestens zwei weitere Türen, das Ende des Flures ist nicht in Sichtweite.

»Wie groß ist dieses verdammte Haus?«, frage ich laut.

Wir öffnen die nächste Tür und finden ein Büro. Bis hierhin ist der Qualm noch nicht vorgedrungen, sodass wir den Raum schnell durchsucht haben. In der Zwischenzeit kommt von Aspen die Bestätigung, dass sie den Jungen evakuiert haben.

Als wir die Tür wieder öffnen, um in den Flur zurückzukehren, gibt es einen lauten Knall. »Runter!«

Micah wirft sich auf mich. Ich knalle auf den Boden, begraben von seinem Gewicht und unserer Ausrüstung. Im nächsten Moment rollen Flammen über uns hinweg.

»Fuck«, stoße ich ächzend hervor. »Ich glaube, du hast mir eine Rippe gebrochen.«

»Du meinst wohl: Danke, dass du mir den Arsch gerettet hast«, erwidert er und rutscht von mir hinunter. »Alles okay?«

»Ich denke schon«, murmle ich und richte mich auf. Der Schmerz in meinen Rippen verschwindet langsam.

Micah begutachtet mein Visier und den Rest meiner Ausrüstung, bevor er schließlich nickt. »Los, weiter. Wir müssen das Mädchen finden.«

Dicht an den Boden gedrängt, rutschen wir weiter durch den Flur, der dank der Flammen nun hell erleuchtet ist. Wir müssen uns beeilen, bevor uns der Rest des Gebäudes um die Ohren fliegt.

Wir entdecken noch zwei weitere Türen, doch bevor wir uns entscheiden können, hinter welcher davon wir zuerst nachsehen, lässt unsere Captain das Signal zur Evakuierung ertönen.

Shit.

Micah

4

Manchmal reicht ein Herzschlag aus, um eine Entscheidung zu treffen.

Manchmal sieht diese Entscheidung wie ein Fehler aus.

Manchmal aber glauben das bloß die Menschen um einen herum, während man selbst weiß, dass man das Richtige tut.

Quinn hinterfragt meine Entscheidung nicht. Sie nickt mir bloß zu, bevor wir uns in Bewegung setzen, um den Raum abzusuchen, der uns am nächsten ist, und uns damit dem direkten Evakuierungsbefehl unseres Captains widersetzen.

Wir reden nicht darüber. Wir spekulieren nicht, warum er gerade jetzt kam. Wir versuchen nicht mal darüber nachzudenken, dass uns das Haus jede Sekunde um die Ohren fliegen könnte.

Was wir machen, ist lebensmüde.

Aber es ist das einzig Richtige, denn wenn dieses junge Mädchen verängstigt in seinem Zimmer sitzt und wir später erfahren, dass wir sie hätten retten können, wären wir eine Minute eher da gewesen, würde mich dieses Wissen nie wieder Frieden finden lassen.

»Lovett, Moretti«, dröhnt Captain del Valles Stimme durch den Funk. »Wo steckt ihr, verdammt?«

»Eine Minute«, erwidert Quinn.

Ich drücke die Türklinke runter.

Die Tür bewegt sich nicht.

Sie ist abgeschlossen.

»Macht verdammt noch mal, dass ihr da rauskommt. Der Dachstuhl wird jeden Moment einbrechen.«

Trotz der brenzligen Lage zupft ein Lächeln an meinen Mundwinkeln. Captain del Valle und ihr Lieblingsschimpfwort.

»Wir sind in einer Minute draußen«, wiederholt Quinn ihre Zeitangabe.

Ich trete die Tür ein.

»LAFD, ist da jemand?«, rufe ich, doch es kommt keine Antwort. Wir stehen in einem Jugendzimmer mit rosa getünchten Wänden und *One Direction*-Bettwäsche.

Rauch ist kaum in den Raum vorgedrungen. Ich gehe zum Bett, klopfe das flache Bettzeug entgegen jeder Logik ab und knie mich hin, um auch unter das Bett zu blicken, doch ein paar Sekunden später ist es klar.

»Sie ist nicht hier«, spricht Quinn meinen Gedanken aus. Sie hat inzwischen in allen anderen Ecken und im Schrank nachgesehen. »Fenster. Los. Wir müssen jetzt aus dem Haus raus.«

Ich denke an das Zimmer, in dem wir noch nicht nachgesehen haben.

»Und wenn sie …«

»Nein, Micah. Fenster. Jetzt.«

»Nur noch …«

»Steig jetzt sofort aus diesem verdammten Haus«, brüllt Quinn mich an.

Ich balle die Hände zu Fäusten, wütend, auf sie, auf Captain del Valle, aber vor allem auf mich selbst, weil ich versagt habe, weil hier irgendwo ein Mädchen ist, eine Schwester von irgendwem, eine …

»Micah, mach schon.« Quinn packt meine Hand und zieht mich zum Fenster. Es steht schon einen Spaltbreit offen, und das fühlt sich an wie ein Juckreiz, den man erst dann wegbekommt, wenn man weiß, wieso er überhaupt da ist. »Willst du, dass dich deine Kollegen demnächst Pieces nennen?«

»Wo bleibt ihr, verdammt?« Captain del Valle.

Quinn reißt das Fenster auf. Ich spiele mit meinen Gedanken wie mit einem Jo-Jo. Endlose Möglichkeiten gehen mir durch den Kopf, eine törichter als die andere.

Quinn packt mein Visier mit beiden Händen und stellt sich auf die Zehenspitzen, um ihr Gesicht so nah wie möglich an meines zu bringen. Ihre blauen Augen blitzen wütend und rauben mir für einen Moment den Atem.

»Wenn du dich jetzt umdrehst und da reinrennst, werde ich dich umbringen, sollten es die Flammen nicht tun«, überrollen mich ihre Worte. »Hast du mich verstanden?«

Ich nicke.
Aber ich sage ihr nicht,
dass es nicht ihre Worte sind,
die mich abhalten,
sondern ihr Blick,
der mich daran erinnert,
wieso sich
weitermachen lohnt.

Sie lässt mich abrupt los. Ich klettere aus dem Fenster, biete ihr meine Hilfe an, doch sie braucht sie nicht, sie braucht sie nie, sie ist schließlich Quinn.

»Hier Lovett, wir sind draußen und unterwegs nach vorne«, höre ich sie sagen, und ich könnte schwören, dass ihre Worte die Erleichterung wie eine Welle zu unseren Teamkameraden tragen.

Einen Augenblick später stürzt das Haus ein.

Micah

5

Wie verständnislos können Menschen sein, frage ich mich, während der Besucherstuhl in Captain del Valles Büro unangenehm unter meinem Gewicht quietscht. Ich umfasse die kühlen Metalllehnen mit den Händen, um mich an irgendetwas festzuhalten, während sie ihren Unmut über uns äußert.

»Was habt ihr euch nur dabei gedacht?« Constanza del Valle hat sich mit beiden Armen auf den Schreibtisch gestützt und faucht uns an wie ein Tiger, den man in einen Käfig gesperrt hat. »Ich bin nicht umsonst eure Vorgesetzte, verdammt. Wenn ich sage, dass ihr das Haus auf der Stelle verlassen sollt, dann habt ihr gefälligst zu hören!«

Quinn und ich schweigen betreten. Jetzt, gute drei Stunden nach dem Brand in der Floristan Avenue, kommt mir meine Aktion nicht mehr heldenhaft, sondern reichlich blöd vor. Spätestens, als wir in dem abgeschlossenen Jugendzimmer das geöffnete Fenster gesehen haben, hätte mir klar werden müssen, dass das Mädchen nicht mehr zu Hause ist. Wenn ich zurückgelaufen wäre, um sie zu suchen, hätten mich die Trümmer des Hauses unter sich begraben. Und Quinn gleich mit – denn egal, wie wütend sie auf mich gewesen wäre, sie hätte dieses Haus nicht ohne mich verlassen. Das weiß ich so sicher, wie ich meinen Namen buchstabieren kann.

Die Captain lehnt sich zurück und fährt mit den Händen durch ihr Gesicht, ein lautes Seufzen folgend. »Was ist da drin überhaupt passiert?«

Sie blickt zu Quinn, die mir aufgrund ihrer Erfahrung übergeordnet ist. Sie hatte somit das Sagen. Also wird sie den Ärger ernten, wenn ich nicht eingreife.

»Wir ...« Sie räuspert sich. »Also ...«

»Ich«, springe ich ein, obwohl ich ahne, dass ich mir damit mein eigenes Grab schaufle, aber was soll's? Schlimmer als im Moment kann es wohl kaum kommen. »Ich habe einen Fehler gemacht. Es waren nur noch zwei Räume übrig, und ich dachte, wir könnten das Mädchen noch finden.«

»Also habt ihr beschlossen, den Evakuierungsbefehl nur als Empfehlung zu sehen und noch eine Runde in dem Haus herumzuschnüffeln?«

»Wir haben nicht ...«

Quinn stellt ihren Fuß auf meinen und drückt zu.

»Ja, Ma'am.« Meine Knöchel treten weiß hervor, weil ich die Stuhllehnen so fest umgreife. »Es tut mir leid. Das ist meine Schuld. Quinn hat versucht, mich am Visier aus dem Gebäude zu schleifen.«

Del Valle blickt nachdenklich zwischen uns hin und her, dann seufzt sie noch mal und lässt sich in ihren Stuhl fallen. »Sie haben in den nächsten drei Wochen Putzdienst. Und Sie bauen mir ein verdammtes Modell für die Rauchgaspräsentation nächsten Monat.«

»Ja, Ma'am«, erwidern wir unisono.

»Lovett, abtreten.«

»Ja, Ma'am.« Quinn steht auf und wirft mir noch einen

mitfühlenden Blick zu, bevor sie mich mit del Valle allein lässt.

Die Tür klickt hinter ihr leise ins Schloss.

Ich schlucke.

Warum fühlt sich mein Hals so eng an?

»Also, reden Sie«, fordert del Valle mich auf. »Was ist los?«

»W-was?« Meine Stimme ist ein Krächzen. Ich schlucke noch einmal. Räuspere mich. »Wie kommen Sie darauf, dass etwas los wäre?«

Sie hebt eine Braue, und das reicht, damit meine Schultern in sich zusammenfallen.

»Moretti, wenn dieser Job zur Belastung für Sie wird …«

»Das wird er nicht«, erwidere ich schnell. »Es ist meine private Situation, die mich gerade etwas mitnimmt. Aber das wird nicht wieder vorkommen. Ich verspreche Ihnen, dass ich den Kram ab sofort zu Hause lasse.«

Sie lehnt sich vor, verschränkt die Arme auf dem Tisch und mustert mich ausgiebig, bis ich sie vor lauter Unwohlsein nicht mehr ansehen kann. Del Valle ist eine großartige Feuerwehrfrau, schlau, mutig, ein Vorbild für viele, aber sie kann auch verdammt hart sein.

»Ich würde Ihnen gerne glauben, aber ich sehe die Schatten unter Ihren Augen heute nicht zum ersten Mal«, erwidert sie schließlich sanft. »Heute haben Sie nicht nur sich selbst, sondern auch Ihre Kollegen in Gefahr gebracht.«

Ich nicke.

Schlucke wieder.

Fühle mich hundeelend.

»Wenn ich in Ihre Zukunft blicke, sehe ich zwei Versionen«, fährt sie fort. »In der einen beaufsichtigen Sie Großeinsätze und leiten Ihre Leute an, das bestmögliche

Ergebnis zu erzielen. Sie sorgen dafür, dass Ihre Leute nach dem Einsatz sicher zu ihren Familien zurückkehren können.«

Sie schweigt einen Moment, damit ihre Worte einsinken können. Und das tun sie. Scheiße, wie sehr sie das tun. Diese Frau sieht so viel Potenzial in mir?

»In der anderen Version allerdings sehe ich Sie ausgeschieden aus dem Dienst«, fährt sie dann fort und zerschmettert mit wenigen Worten die Fülle in meiner Brust. »Unaufmerksam, verletzt, geplagt von Schuldgefühlen. Alkohol wird Ihr Freund, und wann immer Sie eine Sirene hören, denken Sie an das, was Sie verloren haben.«

Meine Kehle wird so eng, dass ich kaum noch Luft bekomme.

»Wollen Sie das?«

Ich brauche einen Moment, doch dann blicke ich ihr fest in die Augen und schüttle den Kopf.

Del Valle lächelt.

»Das dachte ich mir.« Sie schnappt sich einen Zettel, öffnet ihren Kugelschreiber mit einem frechen Klicken und schreibt etwas auf. Dann reicht sie ihn mir. »Da. Bringen Sie mir eine Tauglichkeitsbescheinigung, und Sie dürfen wieder an vorderster Front mitkämpfen. Bis dahin übernehmen Sie die Anfänger-Jobs. Und jetzt fahren Sie nach Hause und schlafen sich aus.«

Was?

Quinn

6

Ich lehne mit verschränkten Armen an der Wand und warte. In mir flammen die unterschiedlichsten Gefühle auf. Sorge. Wut. Zuneigung. Noch mehr Wut.

Was hat er sich nur dabei gedacht?

»Hey, Sparkles«, höre ich Wrongway und blicke auf. Er steht am Ende des Flures, in der Tür zu den Umkleiden, eine Flasche Wasser in einer Hand, sein Handy in der anderen.

Ich entringe mir ein Lächeln. »Hey, Wrongway.«

Er reißt erstaunt die Augen auf. »Was? Kein Mittelfinger? Muss ich mir Sorgen machen?«

»Vielleicht.« Ich zucke mit den Schultern, aber mein Versuch, teilnahmslos zu wirken, geht gehörig nach hinten los.

Er betritt den Flur und kommt zu mir. »Das wird schon wieder. Wir haben alle schon Mist gebaut. Die Hauptsache ist doch, dass keiner zu Schaden gekommen ist.«

»Ja«, seufze ich, denn er hat recht. Natürlich haben wir alle schon mal etwas verbockt, aber die meisten von uns versauen es im Training, nicht in einem richtigen Einsatz.

»Ich kann immer noch nicht glauben, dass das Mädchen ihren kleinen Bruder einfach allein gelassen hat, um mit ihrem Kerl rumzumachen.« Wrongway gluckst vor sich hin, als wäre das alles eine Seifenoper und nicht der Grund dafür, wieso Micah und ich nicht nur unseren Job, sondern vor allem unser Leben riskiert haben. Wenn sie nur ein paar Minuten eher aus dem Nachbarhaus gekommen wäre, in dem sie sich aufgehalten hat, hätte Captain del Valle uns Entwarnung gegeben – und wir nichts riskiert.

Wrongway stupst mich an. »Hey, Quinn, keine Was-wäre-wenn-Spielchen, okay?«

Ich lache leise auf und schiebe meine Hände in die Hosentaschen. »Entschuldige. Du hast ja recht.«

»Es sind noch Donuts übrig. Stehen in der Küche, falls du auch was willst.«

»Danke. Ich warte eben auf Micah, und dann verkrümle ich mich wohl ins Bett.«

»Klar.« Er legt seine Hand kurz auf meine Schulter, bevor er mich mit meinen Gedanken allein zurücklässt.

Ich versuche, mich an das zu halten, was er gesagt hat. Was-wäre-wenn-Spiele bringen nichts. Was geschehen ist, ist geschehen. Kein Grund, sich weiter den Kopf zu zerbrechen.

Als ich höre, wie sich die Tür zu del Valles Büro öffnet und wieder schließt, hebe ich den Blick. Micah steht vor der Tür, stopft etwas in seine Hosentasche und fährt sich mit einer Hand durchs Gesicht.

Er sieht scheiße aus.

Richtig erledigt.

So schlimm wie noch nie – und ich habe ihn schon in den schlimmsten Momenten erlebt. Aber das hier, das ist neu, und es macht mir Angst.

»Sie hat dich nicht gefeuert, oder?«, durchbreche ich die Stille und löse mich von der Wand, um in Sichtweite zu treten. Micah hebt den Blick, seine Gesichtszüge werden weich, als er mich sieht, doch dann lässt er die Schultern hängen. »O Göttin, hat sie?«, keuche ich schockiert auf.

»Noch nicht.« Er kommt auf mich zu. Der selbstsichere Gang, den ich von ihm gewohnt bin, gerät ins Wanken. Das ist nicht der Micah, den ich kenne. »Aber den Kopf getätschelt hat sie mir auch nicht gerade.«

»Aber das ist gut«, werfe ich ein und suche sein Gesicht nach mehr Hinweisen auf den Verlauf des Gesprächs ab. Seine Augen sind gerötet, die Schatten darunter sind so dunkel wie nie zuvor, und überhaupt glänzen seine kastanienbraunen Augen schon eine ganze Weile nicht mehr so, wie sie es getan haben, als wir uns kennengelernt haben. »Also, dass du nicht gefeuert wurdest.«

Er lacht trocken auf und geht in die Umkleide, um seinen Spind zu öffnen.

Ich folge ihm. »Was denn?«

»Sie hat mir die Nummer eines Psychotherapeuten gegeben.« Er wühlt in seinem Spind herum, als würde er darin die Lösung seines Problems finden.

»Oh«, murmle ich betroffen. Das heißt dann wohl, dass nicht nur ich gemerkt habe, wie sehr die letzten Wochen ihn mitgenommen haben. All das Drama um seine Schwester, die letzten Einsätze …

»Ja. Oh.«

»Und jetzt?«, frage ich zaghaft nach.

Einen Moment lang sucht er noch weiter, dann hält er inne und blickt an seiner Spindtür vorbei zu mir. »Wie, und jetzt?« Er zuckt mit den Schultern. Es soll wohl achtlos wirken, aber es ist ein Sinnbild seiner Verzweiflung. »Jetzt mache ich eine fucking Therapie, um meinen Job wiederzubekommen. Was denn sonst?«

Ich nicke, während seine Worte langsam durchsickern. Dann erst wird mir bewusst, was er gesagt hat. »Du bist suspendiert?«

»Aufs Abstellgleis geschoben wohl eher«, brummt er und umklammert die Spindtür so stark, dass seine Knöchel weiß hervortreten. »Ich darf jetzt die Anfänger-Jobs übernehmen. Ich kann erst wieder mit euch ins Feuer, wenn mir dieser Therapeut eine Tauglichkeitsbescheinigung ausstellt.«

»Fuck, das ist …« Unfair, will ich es nennen, doch eigentlich denke ich: Eine riesengroße Scheiße, weil es bedeutet, dass wir nicht mehr zusammenarbeiten werden. Dass ich ausgerechnet den Menschen verliere, mit dem ich am liebsten arbeite. Der, der mir auf dieser Wache am meisten bedeutet. Aber das sage ich ihm nicht, denn heute geht es nicht um mich, heute geht es um ihn und darum, dass er einen Fehler gemacht hat, der uns beide das Leben hätte kosten können. »Wenigstens hat del Valle dir eine Chance gegeben, es wiedergutzumachen«, sage ich schließlich matt.

Er schnaubt und widmet sich wieder seinem Spind.

»Was denn? Nicht jeder hat so viel Glück.«

Ein Ruck geht durch seinen Körper. Er schiebt sich an dem Spind vorbei und macht einen Schritt auf mich zu, den Zeigefinger auf meine Brust deutend. »Das nennst du Glück?«

»Komm schon, Micah. Du weißt genauso gut wie ich, dass deine Karriere wegen dieser Sache nicht im Arsch ist«, erwidere ich ernst und drücke seinen Zeigefinger runter. Diese Machtspielchen braucht er mit mir gar nicht erst anzufangen. »Du hast einen Fehler gemacht, jetzt musst du die Konsequenzen tragen.«

In seinen braunen Augen blitzt es gefährlich auf, aber das

macht mir nichts aus. Ich kenne die wütende Version von ihm, die macht mir weniger Sorgen als der Anblick, mit dem er aus del Valles Büro gestapft kam. »Du denkst also, es ist fair, dass ich zum Seelenklempner muss, um meinen Job wiederzubekommen?«

»Das hat mit Fairness nichts zu tun. Offenbar denkt del Valle, dass dir ein Therapeut helfen kann. Also wird es wohl das Richtige sein.«

»Na, schönen Dank auch.« Er verzieht verletzt das Gesicht. »Hättest mir ruhig früher sagen können, dass du denkst, ich wäre irre.«

»Jetzt krieg dich mal wieder ein«, schnauze ich ihn an. »So war das nicht gemeint.«

»Wie denn dann, hm?«

»Nach allem, was du in den letzten Wochen durchgemacht hast, ist es kein Wunder, dass du ausgebrannt bist. Glaub mir, damit kenne ich mich bestens aus.« Ich mache eine kurze Pause, damit meine Worte auch wirklich bei ihm ankommen. Ja, genau, ich habe Erfahrung damit, du Arsch, denke ich, als ich die Erkenntnis in seinem Blick sehe. »Also nimm den Stock aus dem Arsch und sorg dafür, dass dir die Therapie dabei hilft, wieder hochzukommen.«

»Ich bin ja nicht mal unten«, donnert er los.

Spöttisch hebe ich eine Braue und verschränke die Arme vor der Brust. »Ach nein? Und wieso tickst du dann aus, weil du zur Therapie gehen sollst? Wieso nimmst du es nicht gelassen? Schaffst du doch sonst auch so wunderbar, wenn's dich nicht trifft.«

»Du ... Ach, scheiß doch drauf.« Er wendet sich ab, holt seine Tasche aus dem Spind und schlägt ihn mit voller Wucht zu. »Ich bin weg.«

Erst jetzt werde ich wirklich wütend. Alles andere, das war eine Diskussion, nichts, was uns emotional so durchrütteln würde, dass unser Vertrauen dadurch kaputtgehen könnte. Aber das hier? Das geht nicht.

Ich setze mich in Bewegung, gehe an ihm vorbei und drehe mich schwungvoll um, eine Hand auf seine breite Brust platziert, um ihn am Weitergehen zu hintern. »Nein, Kumpel. So trennen wir uns nicht«, ermahne ich ihn und bin überrascht darüber, wie fest meine Stimme klingt, wo ich mich doch alles andere als gefestigt fühle. »Wir gehen nicht im Streit auseinander.«

Seine Nasenflügel blähen sich auf, seine dunklen Augen mustern mich, alles an ihm ist angespannt. »Scheiß auf deine Regeln, Quinn«, rollt es ihm schließlich über die Lippen. Er schüttelt den Kopf. »Echt, ich kann's wirklich nicht mehr hören.«

Damit drückt er meine Hand runter und geht an mir vorbei, um mit schnellen Schritten aus der Wache zu marschieren. Ungläubig blicke ich ihm hinterher.

Ist das sein verdammter Ernst?

Micah

7

Für den Weg zwischen Feuerwache und Wohnung brauche ich an guten Tagen zwanzig Minuten mit dem Rad.

Heute brauche ich vierzehn.

Die Wut auf Captain del Valle, die Wut auf Quinn und nicht zuletzt die Wut auf mich selbst sind der perfekte Motivator, um alles aus meinem Fahrrad herauszukitzeln. Vielleicht übersehe ich dabei die eine oder andere gelbe Ampel, vielleicht werde ich auch ein oder zwei Mal angehupt, ich weiß es nicht. Ich habe einen Tunnelblick, bin viel zu sehr mit meinen Gedanken beschäftigt, als dass ich mein Umfeld wirklich wahrnehmen würde.

Als ich schließlich schweißgebadet und außer Atem vor unserem Haus vom Fahrrad steige, zittern nicht nur meine Beine, sondern auch mein Herz.

Ich bin im Streit gegangen.

Ich gehe nie im Streit.

Quinn und ich haben uns weiß Gott schon oft gestritten, aber ich bin noch nie gegangen, ohne meine Fehler wiedergutzumachen.

Und diese irrwitzige Fahrt durch die Stadt …

»Gott«, murmle ich und reibe mir über den feuchten

Nacken. Die Anstrengung hat nichts dazu beigetragen, die Wut zu vertreiben. Im Gegenteil, sie hat sie vielmehr an die Oberfläche geholt. »Verdammte Scheiße«, fluche ich und hole aus, um meinen Fuß gegen die Backsteinmauer sausen zu lassen.

Keine besonders gute Idee.

Mach deinen Körper ruhig auch noch kaputt, denke ich sarkastisch, während ich darauf warte, dass die pochenden Schmerzen verschwinden. Kann er deiner Seele wenigstens wunderbar Gesellschaft leisten.

Damit würdest du endgültig aus dem Dienst ausscheiden, flüstert eine sehr viel leisere Stimme. Eine, auf die ich hören sollte, wenn ich meinen Job jemals wieder ausüben will. Eine, die mir jetzt dazu rät, mein Handy zu nehmen und bei Quinn anzurufen.

Aber
ich bin ein
verdammter Angsthase,
habe viel zu viel Schiss,
dass sie nicht mit mir reden will,
dass sie nicht
verzeiht.

Mit einem Mal ist der Kloß in meinem Hals zurück. Ich schlucke gegen ihn an, schlucke gegen das verräterische Brennen in meinen Augen, schlucke, schlucke, schlucke, aber es hilft nichts, und im Grunde ist es egal, denn es ist dunkel um mich rum. Mitten in der Nacht, mitten in einer riesigen Stadt, in der niemand jemanden kennt, wirklich kennt zumindest.

Scheiß auf die Tränen.

Ja, scheiß drauf und gib sie mir,

ich will jede einzelne davon,

hoffe,

dass es mir dann endlich besser geht.

Ein merkwürdiges Geräusch bahnt sich den Weg aus meiner Kehle. Halb Schluchzen, halb Aufschrei, wie der Laut eines gequälten Tieres.

Aber die Tränen kommen nicht.

Schätze, es ist dann doch zu viel verlangt, zwei Mal innerhalb eines Monats zusammenbrechen zu können.

Anfänge

Fünf Jahre zuvor

Das war er also.

Der Tag der Tage.

Meine Finger glitten über den nach Weichspüler duftenden Stoff meiner Uniform, bevor ich mir einen Ruck gab und das Gebäude betrat. Ich war schon ein paarmal im Trainingscenter gewesen, weil Mom mich ab und zu mitgenommen hatte, deshalb kannte ich mich aus und wusste, wonach ich suchte.

Aber selbst wenn ich es nicht gewusst hätte, hätte ich einfach nur den Menschen folgen müssen, die mit ahnungslosen Gesichtern in eine Richtung marschierten. Sie alle trugen die gleiche Uniform wie ich: blaue Hosen, blaues Hemd, einen schwarzen Gürtel und ein weißes Namensschild, um das Bild abzurunden.

Ich lächelte einem von ihnen zu und überließ ihm den Vortritt durch die Tür, die nach draußen führte. Auf dem Trainingsgelände befanden sich weitere Auszubildende. Ein gesamter Jahrgang neuer Feuerwehrleute.

Der Gedanke erfüllte mich mit Aufregung.

Ich stellte meinen Rucksack mit Sportkleidung und Verpflegung zu den anderen Taschen, die sich am Rande des Sportplatzes sammelten, und suchte in der Menge nach ein paar freundlichen Gesichtern. Von den hier Anwesenden kannte ich kaum jemanden, ein, zwei Leute flüchtig, weil auch ihre Eltern bei der Feuerwehr waren, aber sie waren in Gespräche mit anderen vertieft, und ich traute mich nicht, sie zu stören.

Mein Blick blieb an zwei Frauen hängen, die sich am Rande der Gruppe befanden. Ich steuerte auf sie zu, weil ich mich sofort mit ihnen verbunden fühlte.

»Hey«, begrüßte ich sie mit einem nervösen Knoten im Magen. »Sind wir wirklich die einzigen drei Frauen?«

Die eine lächelte und streckte mir ihre Hand entgegen. Sie hatte ihre dunklen Haare zu einem strengen Dutt zusammengebunden, ihr Händedruck strotzte nur so vor Kraft. »Sieht ganz danach aus. Ich bin Haley.«

»Quinn«, stellte ich mich vor und begrüßte auch die andere, deren Name Stella war. Stella war das komplette Gegenteil von Haley. Sie hatte blonde, kurze Haare und machte beinahe einen elfenhaften Eindruck, doch dem Funkeln in ihren Augen sah ich an, dass in ihr eine verdammt starke Persönlichkeit stecken musste.

Die beiden waren mir augenblicklich sympathisch.

»Das macht uns dann jetzt wohl zu Verbündeten.« Haley grinste. »Zeigen wir den Kerlen, was wir draufhaben.«

*

Ich hatte lange dafür trainiert, eines Tages in die Fußstapfen meiner Mutter treten zu können – und ich würde sie mit Stolz erfüllen, komme, was wolle. Doch meine Entschlossenheit wurde schon während der ersten Woche auf die Probe gestellt.

Haley, Stella und ich hatten beim Training mittelmäßig gut abgeschnitten. Wir waren zwar schnell und flink, doch mit der rohen Kraft unserer Kollegen konnten wir nicht mithalten. Dafür würden wir noch Jahre trainieren müssen – solche Muskeln bildeten sich schließlich nicht über Nacht.

Aber wenigstens waren wir nicht auf den letzten Plätzen gelandet. Wir hatten uns schon am ersten Tag geschworen, über unsere Grenzen zu gehen, um niemals Letzte zu werden, und zu wissen, dass auch die anderen beiden Frauen so fest entschlossen waren, gab mir Kraft.

Zusammen konnten wir es schaffen, uns in der Feuerakademie zu beweisen.

Das dachte ich zumindest, bis ich Lieutenant Wood zum ersten Mal begegnete.

Er warf einen Blick auf uns und schnaubte verächtlich auf. »Was soll das?«, fragte er mit angewidertem Gesicht. »Seit wann bilden wir Weiber aus?«

Ein leises Lachen ging durch die Reihen. Mir blieb die Luft weg, doch ich zwang mich dazu, keine Miene zu verziehen. Schon in der Schule hatte ich gelernt, dass es besser war, die eigenen Emotionen in Schach zu halten.

Lieutenant Wood machte einen Schritt auf Haley zu und packte ihren Arm, als wolle er ihre Muskeln überprüfen. Dann schnalzte er mit der Zunge. »Das kann ja nur in die Hose gehen. Ich will nicht wissen, wie viele Menschen draufgehen, weil sie euch zugelassen haben.«

Ich ballte die Hände zu Fäusten, konnte nicht glauben, was dieser gestandene Mann da von sich gab. Haley zog an ihrem Arm. Ich konnte genau spüren, wie unangenehm ihr die Situation war, und das gab mir den Rest. In meiner

Kehle bildete sich ein Kloß, nur mit Mühe gelang es mir, die Tränen runterzuschlucken.

»Dann werden wir euch wohl extra hart rannehmen müssen, damit aus euch echte Feuerwehrmänner werden«, sagte Lieutenant Wood laut genug, damit es auch wirklich jeder von den Anwesenden verstand. Dann ließ er Haley los, lachte noch einmal verächtlich auf, bevor er die Reihen weiter entlangschritt.

Ich spürte Haley neben mir zittern und hätte am liebsten nach ihrer Hand gegriffen, sie getröstet, aber ich wusste, dass die Blicke auf uns gerichtet waren und eine solche Berührung nicht unentdeckt bleiben würde.

Als wir später unsere Sachen aus den Spinden holten, folgten uns das Lachen und die Sprüche der anderen Auszubildenden. Ich bemühte mich um ein neutrales Gesicht, wusste ich doch, dass Wut uns nicht helfen würde – sie würde uns bloß den Stempel der Emotionalität aufdrücken, und alle würden sich bestätigt fühlen.

Haley schulterte ihren Rucksack und knallte den Spind zu, bevor sie die Umkleide eilig verließ. Ich stopfte meine eigenen Sachen in die Tasche und beeilte mich, ihr zu folgen. Ich wollte unbedingt mir ihr reden, bevor sie nach Hause fuhr.

Draußen rief ich ihren Namen, Stella dicht auf den Fersen. »Warte auf uns!«

Haley blieb stehen, doch sie drehte sich nicht um. Als wir zu ihr aufgeschlossen hatten, sah ich, dass sie weinte. Ein Blick zurück zeigte mir allerdings, dass wir längst nicht mehr allein waren.

»Kommt. Wir suchen uns ein Café«, schlug ich vor und zog sie weiter, bevor einer der anderen Auszubildenden sehen konnte, wie heftig die Situation mit Lieutenant Wood sie getroffen hatte. »So trennen wir uns nicht!«

Haley wischte sich unwirsch über die Wangen. »Ich komme schon klar.«

»Wir aber nicht«, erwiderte Stella und schenkte ihr ein liebevolles Lächeln. »Ich habe Redebedarf. Ihr nicht?«

»Doch, ich auch.«

Haley blickte verunsichert zwischen Stella und mir hin und her, dann ließ sie ihre angespannten Schultern sinken. »Also gut.« Sie lächelte leicht. »Danke.«

*

Eifrig füllte ich die Seite in meinem Heft mit Notizen zur Unterrichtsstunde. Stella saß neben mir, auch sie hatte ein Notizheft vor sich liegen, doch sie war mehr damit beschäftigt, ihre Seite mit Mustern zu verzieren, statt wirklich etwas aufzuschreiben. So wie ich sie in den letzten Tagen kennengelernt hatte, war ich mir sicher, dass sie dennoch aktiv zuhörte. Ihre Hände brauchten bloß immer Beschäftigung, damit sie genug Konzentration aufbauen konnte.

Plötzlich landete ein zusammengeknülltes Stück Papier auf meinem Tisch. Stirnrunzelnd sah ich mich um und erkannte, dass sich zwei Männer in der Reihe hinter mir offensichtlich einen Spaß daraus gemacht hatten, mir eine Nachricht zu schicken.

Ich war mir schon sicher, dass sie mich in dem Zettelchen nicht um ein Date bitten würde, dennoch öffnete ich ihn, um zu lesen, was drin stand.

Hey, Quinn, mir ist nach Kaffee.

Ich schnaubte auf und kritzelte ein »*Dann hol dir einen.*« auf den Zettel, bevor ich ihn zurückwarf.

»Mrs Lovett, ich darf doch sehr bitten«, kam es von vorne. Ertappt sah ich auf. »Werfen Sie Ihren Müll zu Hause auch in jede Ecke?«

Die anderen begannen zu lachen.

»Ich …« Kurz überlegte ich, etwas zu sagen, entschied mich dann aber dagegen. »Nein, Sir.«

»Gut, so etwas sollten Sie hier gar nicht erst anfangen«, ermahnte mich Mr Perkins mit strengem Blick. »Sie haben Putzdienst, dann können Sie sich das direkt einprägen.«

Scheiße, dachte ich, während ein paar Männer aus den hinteren Reihen johlten. Das hatte mir gerade noch gefehlt.

»Ah, da kommt ja unsere Putzfrau!«, grölte einer der Männer, als ich kurze Zeit später abgehetzt auf dem Trainingsgelände auftauchte. Ich streckte ihm einen Mittelfinger entgegen, nachdem ich mich vergewissert hatte, dass keine Vorgesetzten zugegen waren.

Mit ihrem Gelächter im Rücken suchte ich nach Stella und Haley, die etwas abseits damit begonnen hatten, sich für die heutige Trainingsrunde aufzuwärmen.

»Alles okay?«, fragte Stella, als ich meine Wasserflasche ins Gras fallen ließ und in ihre Übungen einstimmte.

»Könnte schlimmer sein«, erwiderte ich verstimmt. »Aber auch besser. Ich hasse es. Hoffentlich hat das bald ein Ende.«

Aber es nahm kein Ende.

Es wurde schlimmer.

8

Quinn

Dieser verdammte Blödmann.

Frustriert stopfe ich den zweiten Donut in mich rein, während ich mit der anderen Hand ein paar Petitionen in den Station-12-Chat teile. Eigentlich wollte ich ins Bett gehen, aber an Schlaf ist nicht zu denken, nachdem Micah mich so blöd hat stehen lassen.

Wenigstens ist meine Schicht bald vorbei. Ich weiß schon jetzt, dass ich der Kletterhalle einen Besuch abstatten werde, um meine Wut abzubauen.

»Hey, Quinn. Lass mir auch noch einen übrig.« Aspen setzt sich zu mir an den Tisch und zieht den Karton mit den Donuts zu sich heran. Sein Blick fällt enttäuscht in sich zusammen, als er sieht, dass nur noch die gezuckerten übrig sind. Alle anderen hat das Team schon aufgegessen. »Mann, jedes Mal sind nur noch die da.«

»Solltest dir deine eigene Kiste packen lassen und im Spind verstecken, wenn du nächstes Mal welche holst«, entgegne ich und breche die Hälfte meines mit Nugat gefüllten Donuts ab, um sie ihm zu reichen. »Bitte sehr.«

»Was? Du teilst deinen Donut? Das muss mein Glückstag sein.« Mit einem freudigen Lächeln nimmt er sie an. »Danke, Quinn.«

»Tja, markier dir den Tag besser im Kalender. Wird nicht wieder vorkommen.«

Er grinst und beißt ab. Einen Moment lang essen wir schweigend, dann schluckt er und räuspert sich. »Tut mir leid, das mit Micah.«

Hast du gehört, wie wir uns gestritten haben, will ich fragen, aber ich kann mich gerade noch so bremsen. Aspen war vermutlich vor Micah bei der Captain und ist bestens informiert.

»Ja, mir auch«, seufze ich.

»Er wird das wieder hinkriegen.« Aspen stupst mich mit dem Knie an. »Haben wir das nicht alle schon erlebt?«

Ich versuche mich an einem Lächeln. Wenn es Aspen nicht gäbe, würde ich jetzt nicht hier sitzen. Dann hätte ich vor einigen Monaten den Dienst quittieren und mir einen neuen Job suchen müssen. »Danke.«

»Dafür nicht, Sparkles.« Er wackelt mit den Brauen, und ich widerstehe dem Drang, ihm den Mittelfinger entgegenzustrecken. Auch wenn wir privat befreundet sind, bei der Arbeit ist er immer noch mein Lieutenant.

»Wie geht's jetzt weiter? Weißt du das?«, frage ich ihn, weil mich das beschäftigt, seit ich weiß, dass Micah vorerst raus ist.

»Trent wartet schon eine Weile drauf, in die Rüstgruppe aufzurücken.« Er zuckt mit den Schultern. »Schätze, er wird jetzt die Chance bekommen, sein Können unter Beweis zu stellen.«

Das hatte ich befürchtet.

»Okay.«

»Nun zieh doch nicht so ein Gesicht.« Aspen lacht leise auf und zupft eine Serviette aus dem Halter auf dem Tisch, um sich die Hände daran abzuputzen. »Sei lieber froh, dass du mit einem Anschiss davongekommen bist – und nun ab ins Bett mit dir. Vielleicht bekommen wir ja noch ein paar Stunden Schlaf.«

»Das hast du jetzt nicht gerade gesa…«

Die Sirene unterbricht uns – wie beinahe jedes Mal, wenn wir von Schlaf sprechen –, und wir springen auf, um Seite an Seite in die Fahrzeughalle zu eilen. Die Wache ist in ein gespenstisch rotes Licht getaucht, das den Stresslevel niedriger halten soll, wenn wir nachts aus dem Schlaf gerissen werden.

Trent, Wrongway und Reed stolpern uns aus dem Schlafbereich entgegen und ziehen sich im Laufen an. Ich eile zu meiner Einsatzkleidung und schlüpfe in die Hose, während ich der automatischen Durchsage lausche.

»Verkehrsunfall auf dem Highway, Station 12, Command 12, Light Force 12, Engine 12, Station 47, Light Force 47, Ambulance 47, Station 44, Engine 44, Ambulance 44 …«

Die Türen schlagen hinter uns zu, kaum dass wir den genauen Einsatzort kennen. Ich blicke nach vorn, will Micah zunicken, aber sehe stattdessen in Trents grüne Augen.

Auf seinen Lippen bildet sich ein siegessicheres Lächeln – und allein dafür hasse ich ihn.

Micah

9 »Du sabberst die ganze Couch voll.«

Stöhnend reibe ich mir mit beiden Handballen über die Augen, bevor ich sie öffne.

»Guten Morgen, Prinzessin«, flötet mein Mitbewohner mit ekelhaft guter Laune. »Hast du deinen Schönheitsschlaf genossen?«

»Halt die Klappe«, brummle ich und bin versucht, mich einfach auf die andere Seite zu rollen und weiterzuschlafen, jetzt, da ich endlich Ruhe gefunden habe.

»Scheißschicht oder Scheißleben?«, fragt Ben und erinnert mich damit unweigerlich an all die Gründe, aus denen ich nicht schlafen konnte. »Soll ich Bier ins Eisfach legen?«

»Lass uns lieber den Whisky aufmachen.«

»So schlimm?« Er hebt erstaunt eine Braue. »Dabei habe ich Allegra heute noch gar nicht gesehen.«

Ich runzle die Stirn und schwinge mich in einer Bewegung in den Sitz. Meine Füße kommen mit einem dumpfen Rums auf dem Teppichboden auf, die dünne Decke rutscht hinunter. »Hast du Schnaps gesoffen oder wieso bist du so fröhlich?«

»Ah, nett, dass du fragst.« Ben grinst mich breit an. »Wir

haben heute eine Plaudertasche verhaftet. Mit den Informationen werden wir mächtig aufräumen können.«

In einem ersten Reflex will ich erneut aufstöhnen und mich fragen, warum es bei allen anderen so gut läuft, wenn mein Leben den Bach runtergeht, aber ich besinne mich gerade noch rechtzeitig. »Wow, klasse. Das ist toll. Ich freue mich für dich. Dann sollten wir wohl den Sekt rausholen.«

»So wie du aussiehst, brauchen wir wohl eher das ganz harte Zeug.« Ben steht auf und klopft mir im Vorbeigehen auf die Schulter. »Was ist passiert?«

Seufzend gebe ich mich geschlagen und erzähle ihm, was während meiner Schicht geschehen ist. In der Zwischenzeit bereitet er zwei Gläser Whisky für uns zu und setzt sich zurück in seinen Lieblingssessel. Ich falte die Decke zusammen, während ich rede. Das hilft mir zumindest etwas dabei, meine Gefühle im Zaum zu halten.

Als ich fertig bin, schweigt er betroffen und nippt an seinem Glas.

Ich leere meins bis zur Hälfte,
genieße das Brennen,
das sich anfühlt
wie Bestrafung
und Segen
zugleich.

»Du hättest dir freinehmen sollen, nach allem, was mit Allegra war«, murmelt Ben schließlich.

»Ach, was, Kommissar Oberschlau.«

»Komm schon, sei kein Arsch. Ich kann nichts dafür, dass dein Captain dich nervt.«

Ich brumme etwas, von dem ich selbst keine Ahnung habe, ob es ein weiteres Schimpfwort oder eine Entschuldigung ist, und widme mich meinem Glas. Del Valles Worte gehen mir durch den Kopf – »Alkohol wird Ihr Freund, und wann immer Sie eine Sirene hören, denken Sie an das, was Sie verloren haben« –, und ich weiß, dass sie recht hat. Dass ich aufpassen muss. Dass ich mich nicht von diesem Feuer in meinem Inneren verzehren lassen darf.

Aber heute ist es mir egal.

Heute will ich einfach nur vergessen.

Micah

10

Quinn: Du schuldest mir was.

Micah: N emntshuligun … ci wei.

Micah: Fürhtsülk um *Coyz Cffe* m 9?

Quinn: Bist du betrunken?

Micah: bishn

Quinn: Du bist ein Troll. Was ist mit deiner Autokorrektur?

Micah: hab ci ausgmct.

Quinn: Warum?

Micah: shrt mer nurrr unansndige sajen.

Quinn: Mach sie wieder an, nimm Aspirin und geh ins Bett.

Quinn: Mittagessen morgen im *Cozy Coffee* um 12. Du bezahlst.

Quinn: Und nur, dass du es weißt: Damit sind wir noch nicht quitt.

»Diese Frau hat dich so was von an den Eiern.«

»Leck mich«, nuschle ich und gebe Ben einen Stoß, damit er mir beim Texten nicht mehr über die Schulter blickt. Er taumelt an der Couch vorbei zu seinem Sessel und lässt sich wieder hineinfallen. Pascal sitzt auf meiner anderen Seite und hält sich den Bauch vor lauter Lachen.

Ich ziehe eine Braue hoch, versuche es zumindest, aber ich bin zu betrunken, um irgendwelche Teile meines Körpers noch mit voller Absicht zu bewegen, also starre ich ihn einfach nur an.

Im Anstarren bin ich Meister, dachte ich jedenfalls, aber dieses Mal bringt es ihn nur noch mehr zum Lachen. Vielleicht, weil auch er betrunken ist.

»Wann gibst du es endlich zu?«, fragt er lallend. »Dass du auf sie stehst?«

»Tu ich nicht«, erwidere ich und blicke noch einmal auf den Chatverlauf, der vor meinen Augen verschwimmt. Dann auf das kleine Profilfoto in der Ecke. Ich blinzle, versuche mehr zu erkennen, obwohl ich das Foto in- und auswendig kenne, weil ich es so oft angesehen habe. »Ich steh nicht auf sie, Mann. Sie ist meine Kollegin.«

Pascal lacht prustend auf.

»O verdammt, du hast recht«, mischt sich Ben ein und schlägt sich theatralisch den Handrücken vor die Stirn. Er sitzt in seinem Sessel wie ein betrunkener König auf seinem

Thron. »Wenn mir das bei Sienna früher aufgefallen wäre, hätte ich mich bestimmt auch nicht in sie verliebt.«

»Na ja, *ihr* ist es aufgefallen, sonst hätte sie dich wohl kaum abblitzen lassen«, erwidere ich.

Ben streckt mir den Mittelfinger entgegen und angelt nach seiner Flasche Bier auf dem Tisch.

»Sorry, das war unter der Gürtellinie«, murmle ich – vor allem, da ich derjenige gewesen bin, der ihm geraten hat, seine Kollegin auf ein Date einzuladen.

»Ihr braucht einen Perspektivenwechsel«, meint Pascal und hebt einen Zeigefinger. »Tauscht das Leben mit den Frauen, dann kauft ihr euch ruck, zuck ein eigenes Grundstück zusammen.«

Ben runzelt die Stirn. »Das Leben unserer Kolleginnen ist so ziemlich das gleiche olle Leben, das wir führen.«

»Witzbold«, füge ich bekräftigend hinzu.

Pascal hebt die Schultern bis zu den Ohrenspitzen und lässt sie mit einem lauten Seufzen wieder fallen. »Dann kann ich euch auch nicht helfen.«

Ich schnappe mir ein Sofakissen und werfe es nach ihm. Es landet auf dem Boden, ohne ihn überhaupt berührt zu haben. Sinnbild meines Lebens. »Ich muss ins Bett. Ich habe morgen ein Date mit Quinn.«

»Kein Date«, ermahnt mich Ben. »Verbock das nicht.«

»Hast du mir nicht gerade noch gesagt, ich soll endlich zugeben, dass ich auf sie stehe?«

»Also tust du es?«

»Tu ich was?«, frage ich verwirrt nach und stehe auf. Der Boden wankt bedrohlich unter meinen Füßen. Haben wir schon wieder ein Erdbeben, oder bin ich echt so betrunken?

Ben blinzelt mich an. »Auf sie stehen, was sonst?«

Ich blinzle zurück. »Auf wen?«

Ben und Pascal seufzen theatralisch auf. Ich schnappe mir mein Handy, stolpere um das Sofa herum und hebe eine Hand zum Abschiedsgruß. »Arrivederci, ragazzi.«

Quinn

Ich öffne mein Mail-Postfach und stelle erfreut fest, dass eine der Petitionen, die ich letztens in den Station-12-Chat geteilt habe – *Eigene Waschräume und WCs für Frauen auf Feuerwehrstationen* –, ihr Ziel erreicht hat. Ich leite den Link in die Gruppe weiter und schreibe dazu: Seht ihr, ihr könnt wirklich etwas erreichen!

Eigentlich hatte ich vor, einen neuen Blogartikel zu verfassen, bevor ich mich mit Micah treffe, aber ich schätze, mein letzter Beitrag auf Instagram hat ein Feuer entfacht.

Seit »The Fire in Your Heart« vor ein paar Wochen in der *New York Times* erwähnt wurde, haben sich meine Seitenaufrufe und Abonnements verfünffacht, also fühle ich mich mehr denn je dazu motiviert, regelmäßigen Content zu liefern und den Kommentarbereich von abwertenden Nachrichten zu befreien. Was gar nicht so einfach ist, denn auf jeden meiner Artikel, jeden Instagram-Post und jeden Erfahrungsbericht einer Frau in Uniform kommen mindestens zehn Männer, die uns als Männerhasserinnen und Schlimmeres bezeichnen. Mit ihnen zu diskutieren habe ich schon vor langer Zeit aufgegeben.

Eigentlich könnte ich wirklich gut Unterstützung gebrauchen, doch dann müsste ich meinen anonymen Status auflösen, um jemanden zu finden, dem ich absolut vertrauen kann. Aber ich habe zu viel Angst davor, es könnte öffentlich werden, dass ich diesen Blog betreibe. Wenn das herauskäme, würde ich mit Sicherheit meinen Job verlieren, denn egal, wie viele Frauen heutzutage bei der Feuerwehr sind – für einen Blog über Sexismus und Diskriminierung in uniformierten Berufen sind wir dann doch noch nicht weit genug.

Auch heute lösche ich wieder jede Menge Nachrichten und Kommentare. Vor allem auf meinem dazugehörigen Instagram-Account bekomme ich nicht nur Beschimpfungen zu lesen, sondern auch Dickpics und aggressive Drohungen in mein Postfach gesandt. Ich versuche, mich emotional zu distanzieren, aber ich weiß schon nach wenigen Augenblicken, dass mir das heute nicht möglich ist. Nicht nach dem, was auf der Arbeit geschehen ist.

Also schließe ich Instagram und meinen Blog und öffne stattdessen ein leeres Dokument, um mich an die Outline für einen neuen Artikel zu machen. Einen positiveren, denn ich befürchte, Micah könnte recht haben mit dem, was er gesagt hat. Vielleicht bin ich zu negativ. Vielleicht muss ich auch mal die guten Seiten meines Jobs hervorheben. Ich könnte über den Nachwuchs schreiben, darüber, dass sich immer mehr Frauen für die Feuerwehr entscheiden. Vielleicht schaffe ich es sogar, ein anonymes Interview mit einer Frau in einer Führungsposition bei der Feuerwehr zu führen. Das wäre doch mal was. Sofort öffne ich meinen Browser, um mich auf die Suche nach einer geeigneten Frau zu machen, doch …

»Hey, Quinn.«

Ertappt klappe ich das Notebook zu und sehe auf. Vor

mir steht eine blonde Frau mit großen Kulleraugen, die aussieht wie ein Engel, aber so tough ist, dass es mir manchmal regelrecht die Sprache verschlagen hat.

»Maddie? Das ist ja eine Überraschung«, stoße ich hervor und stehe auf, um meine ehemalige Kollegin zu umarmen. »Was machst du denn hier?«

Ihr so nah zu sein weckt Erinnerungen an Fahrten im Rettungswagen, der immer herrlich nach Blumen geduftet hat, wenn sie Schicht hatte.

»Ich arbeite ganz in der Nähe«, gesteht sie und beißt sich auf die Unterlippe. Ihre Brauen ziehen sich zusammen, fast so, als erwarte sie, dass ich sie dafür verurteile.

»Du hast den Job gewechselt?« Ich deute auf den freien Stuhl. »Setz dich doch.«

»Ich muss gleich weiter, ich wollte bloß Kaffee für uns holen.« Sie deutet auf die Theke, an der es gerade rappelvoll ist. »Aber gut, ein paar Minuten habe ich wohl.«

Wir setzen uns hin, ich schiebe meinen Laptop zur Seite und ziehe meine Tasse Kaffee zu mir heran. »Also, erzähl mal. Wo arbeitest du denn jetzt?«

»Ach, nichts Besonderes. Ich jobbe in einer Tierfachhandlung und mache nebenbei eine Weiterbildung zur Physiotherapeutin.«

Wieder dieser Blick.

»Warum hast du aufgehört?«, frage ich geradeheraus. Irgendwas sagt mir, dass sie drüber reden will. Sonst würde sie mich nicht so anschauen.

Maddie sieht sich um, beugt sich vor. »Na ja, du kannst es dir ja sicher denken. Nach allem, was war.«

Ich schließe die Augen, weil mir klar wird, worauf dieses Gespräch hinausläuft. »Du auch, hm?«, frage ich sie dann.

Sie nickt kaum merklich. Ihr ängstlicher Blick weicht Erleichterung, weil ich verstehe.

»Bist du gegangen worden oder hast du freiwillig gekündigt?«, frage ich sie.

»Ich bin freiwillig gegangen, nachdem …« Sie zuckt mit den Schultern. »Schon gut. Ich will eigentlich gar nicht drüber reden. Ich habe mich nur gefragt, ob du damals … Du weißt schon.«

Ich strecke eine Hand über den Tisch aus und greife nach ihren Fingern, die nervös mit einem Ring an ihrer anderen Hand gespielt haben. »Du bist nicht allein, Maddie. Glaub mir, es gibt so unglaublich viele Frauen, die ähnliche Erfahrungen machen.«

»Ich weiß.« Sie seufzt und drückt meine Hand. »Danke. Weißt du, es ist komisch. Ich würde dir niemals wünschen, was mir passiert ist, aber gleichzeitig bin ich auch echt erleichtert, dass ich nicht die Einzige bin.«

»Ich verstehe dich.« Mir kommt eine Idee, und ich lächle sie an. »Kennst du den Blog ›The Fire in Your Heart‹?«

Sie schüttelt den Kopf.

»Schau ihn dir mal an. Da berichten ganz viele Frauen anonym über Sexismus und Diskriminierung im Berufsleben. Vielleicht hast du ja auch Lust, einen Erfahrungsbericht zu schreiben.«

»Ist das dein Blog?«

Mir wird sofort abwechselnd heiß und kalt, während ich versuche, eine Entscheidung zu treffen. Erzähle ich es ihr? Vertraue ich ihr genug? Wenn sie wirklich eine ähnliche Geschichte mit Adam und den anderen durchgemacht hat wie ich, sind wir Schwestern im Herzen. Dann würde sie mich niemals bloßstellen, da bin ich mir sicher.

Aber vorher sollte ich in Erfahrung bringen, ob das, was sie sagt, wirklich stimmt.

»Ich kann dich vermitteln«, erwidere ich. »Hast du meine Nummer noch? Dann ruf mich einfach an, wenn du drüber reden oder die Sache veröffentlichen willst, ja? Dann helfe ich dir.«

In ihren Augen flackern Tränen auf. »Danke, Quinn.« Ihr Blick fliegt zur Theke, die sich mittlerweile geleert hat. »Ich sollte besser mal Kaffee holen.«

Sie steht auf und verabschiedet sich mit einem warmen Lächeln. Als sie ein paar Minuten später mit Kaffee und einer Tüte aus dem *Cozy Coffee* verschwindet, blicke ich ihr hinterher und frage mich, was die Männer dieses Mal getan haben.

*

Obwohl Micah nicht das erste Mal im *Cozy Coffee* zu Besuch ist, wirkt er wie ein Fremdkörper in dem bunten Szenelokal. Die anderen Menschen, die hier tagsüber ein und aus gehen, sind Studierende mit nerdigen Brillen und zerzausten Haaren oder Leute in schicken Anzügen und Kostümen, die sich auf der Suche nach etwas mehr Abwechslung in ihrem Leben ausgerechnet in dieses Lokal verirren.

Micah ist nichts davon.

Er hat weder zerzauste Haare noch trägt er eine Brille, nicht, dass ihm das nicht stehen würde – vor allem die zerzausten Haare. Seine grauen Ripped Jeans und das schwarze T-Shirt schmiegen sich auf die Art an seinen muskulösen Körper, die vermuten lässt, dass er weiß, wie gut er aussieht. Vermutlich steht er morgens länger vor dem Spiegel als ich.

Unwillkürlich breitet sich ein Lächeln auf meinem Gesicht aus.

»Wow, mit diesem teuflischen Grinsen solltest du mal in Hollywood vorsprechen«, begrüßt er mich und lässt sich auf den Stuhl mir gegenüber fallen. Er sieht immer noch erschöpft aus, was kein Wunder ist, wenn er gestern zu tief ins Glas geschaut hat. »Was heckst du aus?«

»O nein, Freundchen.« Ich schüttle den Kopf und deute auf ihn. »So leicht kommst du mir nicht davon.«

»Schon gut, schon gut.« Er hebt beschwichtigend die Hände, dann atmet er tief durch. Als er sich für seine Entschuldigung wappnet, verschwindet auch der Ansatz eines Lächelns aus seinem Gesicht und weicht einem ernsten Blick aus treuen Augen. »Es tut mir leid, dass ich dich so angefahren habe, Quinn. Und vor allem tut es mir leid, dass ich einfach gegangen bin.«

Ich erwidere seinen Blick und frage mich, wie ich ihm helfen kann, damit es ihm wieder besser geht. So wie er aussieht, hat er dringend ein bisschen Unterstützung nötig. »Ich nehme deine Entschuldigung unter zwei Bedingungen an«, sage ich schließlich. »Erstens: Wir essen jetzt gemeinsam Mittag, und du bezahlst.«

»Und zweitens?«

»Später. Erst mal mittagessen, ich sterbe vor Hunger.«

»Wie kannst du in einem Café sitzen und vor Hunger sterben?«, erwidert er mit zuckenden Mundwinkeln.

Ich lache auf. »Glaub mir, das geht.«

Micahs Grübchen vertiefen sich, und er steht auf. »Das Übliche?«

»Ja, aber dieses Mal mit 7up, nicht mit Kaffee. Davon hatte ich schon zu viel.« Ich blicke ihm hinterher, während er sich seinen Weg durch die Tische hin zur Theke bahnt. Es wird nicht lange dauern, bis der Mittagsansturm startet, also ist es gut, wenn wir sofort bestellen.

Während er sich darum kümmert, hole ich mein Handy raus, um meine Nachrichten zu checken. Überrascht stelle ich fest, dass Maddie mir bereits geschrieben hat.

> Maddie: Ich denke, ich würde wirklich gerne darüber reden.
>
> Maddie: Kannst du den Kontakt herstellen?
>
> Ich: Na klar. Ich schreib dir dann.
>
> Maddie: Hast du deine eigenen Erfahrungen auch dort veröffentlicht?
>
> Ich: Noch nicht.
>
> Maddie: Warum nicht?

Nachdenklich kaue ich auf meiner Unterlippe herum. Was soll ich ihr darauf bloß antworten? Ich schalte das Display aus und blicke aus dem Fenster hinaus auf die viel befahrene Straße. Dass ich mich noch nicht getraut habe?

Dabei ist die Wahrheit viel schlimmer: Mir sind die Hände gebunden, wenn ich nicht möchte, dass öffentlich wird, wer hinter dem Blog steckt, der gerade so viel Aufmerksamkeit bekommt.

Vorbilder

Im Sommer vor fünf Jahren

Ich sammelte mich einen Augenblick, bevor ich die Tür zum Trainingsgelände öffnete. Schwüle Hitze schlug mir entgegen. Die letzten drei Wochen waren der Horror gewesen. Die Ausbildung an sich machte Spaß, doch sie wurde überlagert von den Sprüchen anderer Auszubildender oder Vorgesetzten wie Lieutenant Wood.

Haley, Stella und ich hatten zusammengehalten, vereint durch unsere beiden Gemeinsamkeiten – die Liebe zur Feuerwehr und die Tatsache, dass wir Frauen waren –, aber trotzdem erfüllte mich der Gedanke, das hier noch einige Monate durchhalten zu müssen, mit Sorgen.

Wie würde es nach der Ausbildung sein?

Würde ich eine Anstellung finden, oder würden sie mir den Dienst verweigern, weil ich eine Frau war? Mit wie vielen der anderen Auszubildenden würde ich zusammenarbeiten und wie viele von ihnen würden ihr Verhalten mit in den richtigen Dienst nehmen? Hatte ich überhaupt eine Chance darauf, in diesem Beruf glücklich zu werden – als Frau?

All diese Fragen brannten mir auf der Zunge. Ich wollte sie Mom gerne stellen, doch Mom war immerzu traurig. Als sie vor etwa einem Jahr vier Teammitglieder bei einem

Großeinsatz verloren hatte, war etwas in ihr kaputtgegangen, und ich wollte nicht, dass sie sich meinetwegen noch mehr Sorgen machte.

Also biss ich die Zähne zusammen und machte mich für das Training bereit. Wir liefen uns warm, was nicht lange dauerte, da ich eine lange Hose und eine Sweatshirt-Jacke angezogen hatte. Ich hatte mir ein paar neue, eng sitzende Sport-BHs angeschafft, damit meine Brüste beim Laufen nicht mehr auf- und abwippten und alle Blicke auf sich zogen.

Als wir Liegestützen und Crunches machen sollten, hielt ich es nicht länger aus. Mir war viel zu heiß, und wenn ich so weitermachte, würde ich noch in Ohnmacht fallen – damit wäre mir auch nicht geholfen. Also zog ich die Jacke doch aus und trank etwas, um mich zu erfrischen.

»Gute Arbeit«, lobte Lieutenant Wood, was selten vorkam. Dann blickte er auf das Klemmbrett in seiner Hand. »Heute wollen wir das Retten von Personen üben. Dazu teilen Sie sich bitte in Zweierteams auf.«

Stella, Haley und ich sahen uns unsicher an. Keiner von uns wollte gerne mit den Männern zusammenarbeiten, die in den letzten Wochen nichts als Spott für uns übrighatten. Doch irgendwann mussten wir den ersten Schritt machen, oder?

»Ich mach das schon«, bot ich an und drehte mich um, um zu signalisieren, dass ich auf der Suche nach einem Partner für die Übung war.

Ich wartete mit einem Knoten im Magen, lächelte ein paar Männern zu, die dann aber an mir vorbeigingen, und fragte mich, ob sich die Letzten im Sportunterricht auch immer so gefühlt hatten.

»Komm, wir machen das einfach zu dritt«, bot Haley an, doch Lieutenant Wood wurde bereits auf mich aufmerksam.

»Ah, Miss … wie war noch gleich Ihr Name?«

»Lovett«, erwiderte ich.

Er hob eine Braue.

»Lovett, Sir«, wiederholte ich, als mir klar wurde, worauf er wartete.

»Miss Lovett …« Er runzelte kurz die Stirn, und ich fragte mich, ob der Name Erinnerungen an meine Mom in ihm wachrief. Für einen irrsinnigen Moment hatte ich die Hoffnung, dass sich dadurch alles ändern würde, aber dann teilte mich Lieutenant Wood ausgerechnet einem der beiden Männer zu, die mir vor Kurzem erst den Putzdienst beschert hatten.

»Hi«, begrüßte ich ihn, nicht gewillt, meine Nervosität preiszugeben.

»Wo ist mein Kaffee, Lovett?«, fragte er – Declan – mit einem fiesen Grinsen und zwinkerte mir zu.

Wut durchzuckte meinen Bauch. Ich beschloss, mich nicht mehr kleinmachen zu lassen, sondern wenigstens Konter zu geben.

»Steckt noch im Automaten …« Ich machte eine lange Pause. »Wie heißt du noch mal? Ist irgendwie auf der einen Seite rein- und auf der anderen wieder rausgegangen.«

Declan schnaubte. »Wusste gar nicht, dass diese süßen Lippen auch sprechen können und nicht nur …« Er starrte vielsagend auf meinen Mund, bevor sein Blick über meinen Oberkörper wanderte und an meinen Brüsten hängen blieb.

Mir blieb eine Reaktion darauf erspart, weil Lieutenant Wood begann, die Übungen zu erklären. Ich wandte mich also demonstrativ ab und hoffte, dass dieser Nachmittag schnell vorbeiging.

Unsere Aufgabe war simpel und dennoch verdammt schwer. Wir sollten unseren Teamkameraden unter den Schultern packen und ihn über die Wiese bis zur Ziellinie ziehen, während dieser eine Ohnmacht simulierte.

»Na, dann zeig mal, was du draufhast, Putzmädchen«, sagte Declan, während sich um uns herum alle bereit machten.

»Ich heiße Quinn«, erwiderte ich, auch wenn mir klar war, dass er mich niemals so nennen würde. Es sei denn, ich verschaffte mir meinen Respekt – und so nahm ich mir vor, bei dieser Übung alles zu geben. Nicht, um von ihnen gemocht zu werden. Nein, ich wollte bloß in Ruhe gelassen werden.

Als Lieutenant Woods Pfiff ertönte, umschlang ich also Declans Oberkörper mit beiden Händen und begann, ihn über die Wiese zu zerren. Er war schwer, so verdammt schwer, dass ich kaum vorwärtskam, aber es erleichterte mich zu sehen, dass es den anderen Auszubildenden ähnlich ging.

Im Ziel angekommen war ich schweißgebadet, aber ich war wenigstens nicht die Letzte. Auch Haley und Stella hatten es vor ein paar anderen ins Ziel geschafft. Ich lächelte ihnen stolz zu.

»Dann wechseln wir die Rollen«, rief Lieutenant Wood über das Trainingsgelände. »Jetzt ist Ihr Partner an der Reihe.«

Ich seufzte leise. Declan grinste dunkel.

Als der Pfiff ertönte, schlang er seine Arme um meinen Körper und legte die Hände auf meine Brüste.

»Was«, keuchte ich erschrocken über diese intime Berührung auf. Im nächsten Moment zerrte er an mir, um mich über die Wiese zu befördern.

Instinktiv versuchte ich mich loszureißen.

»Was soll das?«, raunte er in mein Ohr. »So kommen wir nie ins Ziel.«

»Nimm die Hände da weg«, fuhr ich ihn an und strampelte mit den Beinen, um von ihm loszukommen. Das Ziel war mir so was von egal, ich wollte meinen Körper wieder, ich wollte ihn befreien von seinem schmutzigen Handabdruck.

»Miss Lovett, muss man Sie k.o. schlagen, damit Sie sich wie ein Brandopfer benehmen?«, fuhr Lieutenant Wood mich an.

Ich vergaß für einen Augenblick, mich zu wehren, und blickte auf. Da stand er, direkt vor uns, seinen Blick auf mich gerichtet.

Er sah es.

Er sah ganz genau, wo sich Declans Hände befanden, doch er sagte nichts.

Stattdessen ermahnte er mich.

Mir wurde übel vor Wut, vor Entsetzen, vor Verzweiflung. Erneut riss ich mich los, und als Declan stolperte und nach hinten fiel, brachte ich Abstand zwischen uns.

Lieutenant Wood schnaubte auf.

Ich sah die Blicke der anderen auf mir. Alle, die sich in unserer Nähe befanden, hatten mitbekommen, was geschehen war.

Keiner von ihnen sagte etwas.

★

Ein paar Tage später quittierte Haley den Dienst. Stella und ich waren schockiert, weil wir es nicht vorhergesehen hatten. Wir drei gegen den Rest der Welt – zumindest für die Zeit der Ausbildung, das dachte ich. Dass Haley schon nach wenigen Wochen aufgab, machte mich so fertig, dass ich die Tränen zu Hause nicht mehr verbergen konnte.

»Was ist passiert?«, fragte Mom beim Abendessen. Es gab Pizza, ihr Lieblingsessen, vor allem seit der Sache. Ausgiebig gekocht hatte sie schon lange nicht mehr.

»Eine Freundin hat die Ausbildung abgebrochen«, erklärte ich vorsichtig. »Es wurde ihr zu viel.«

»Zu viel?«

»Die Sprüche … und so«, antwortete ich zögerlich. Ich wollte meinen Eltern keinen Grund zur Sorge bereiten.

»Oh, verstehe«, murmelte Mom. Die Stimmung war gedrückt, ich hatte das Gefühl, dass keiner von uns über das Thema reden wollte, und doch hing es wie eine schwere Regenwolke über uns. Als Dad sich schließlich verabschiedete, um das erste NFL-Spiel anzusehen, kam Mom zu mir und legte einen Arm um meine Schultern.

»Wie geht's dir damit?«, fragte sie liebevoll. »Ich frage dich das viel zu selten.«

Die Tränen kamen einfach so, heftig und nass, immer wieder unterbrochen durch lautes Schluchzen. Mom hielt mich fest in ihrem Arm, ich atmete ihren Lavendelduft ein, spürte ihre Wärme und hatte für einen winzigen Augenblick das Gefühl, dass alles gut werden würde.

Dann aber sagte sie: »Irgendwann wirst du dich daran gewöhnen. Es wird nie aufhören. Und es wird schlimmer, wenn du Fehler machst.«

Ich löste mich von ihr und blickte sie an – und da sah ich

zum ersten Mal, was die Jahre bei der Feuerwehr mit ihr gemacht hatten. Die verbitterten Linien um den Mund, die Schatten unter den Augen, das so früh ergraute Haar. Mom war hübsch, aber sie war auch alt geworden.

»Es ist nicht zu spät, um dir einen anderen Job auszusuchen«, fuhr sie fort. In ihrem Blick lag Mitgefühl. »Du musst damit nicht umgehen können, Quinn. Aber wenn du es wirklich willst, wenn du wirklich Feuerwehrfrau sein möchtest, dann musst du dir ein ganz dickes Fell wachsen lassen.«

»So wie du?«, fragte ich, doch sie schüttelte traurig den Kopf.

»Dicker.«

An diesem Abend öffnete ich meinen Internetbrowser und suchte nach einer Website, auf der sich Betroffene von Sexismus und Diskriminierung austauschen konnten, doch ich wurde nicht fündig.

Also gründete ich »The Fire in Your Heart«.

Quinn

12

Ich stecke mein Handy weg, als Micah mit unserem Essen an den Tisch kommt. Er hat für uns beide vegane Sandwiches mitgebracht, eine Schale mit Süßkartoffelpommes, eine 7up für mich und ein Wasser für sich selbst.

»Hmm«, mache ich und atme genüsslich den Duft der Pommes ein. »Himmlisch, wie immer.«

»Dass du die noch nicht satthast, ist mir ein Rätsel.«

»Das wird nie passieren«, verkünde ich und hebe mein Glas, um mit Micah anzustoßen. »Auf die weltbesten Sandwiches, die diese Stadt zu bieten hat – abgesehen von selbst gemachten.«

Ich liebe das Essen im *Cozy Coffee*, und ich bin damit nicht allein. Die Tische um uns herum sind gut gefüllt, an der Theke stehen einige Leute aus den umliegenden Büro- und Geschäftsgebäuden, die sich ihr Mittagessen abholen. Dass es hier überhaupt warme Mahlzeiten gibt, habe ich durch Zufall entdeckt. Eigentlich war ich auf der Suche nach einem gemütlichen Café, in dem ich meine Blogartikel schreiben kann. Gefunden habe ich ein zweites Zuhause, in dem ich mich gut und gerne den ganzen Tag aufhalten kann – und auch damit bin ich nicht allein. Einigen der

Menschen, die hier tagtäglich ein und aus gehen, kann ich bereits Namen zuordnen.

»Also … zweitens?«, versucht Micah es ein paar Minuten später. »Was ist deine zweite Bedingung?«

»Erzählst du mir, was los ist?«, bitte ich ihn.

»Habe ich denn eine andere Wahl?«

»Na ja, ich bin keine Therapeutin.« Ich zucke mit den Schultern. »Aber ich bin deine Freundin. Du kannst mit mir reden, wenn du willst. Hattest du wieder Stress mit Allegra?«

Er lässt die Gabel sinken und seufzt. »Ich habe es verbockt, schätze ich.« Micah legt sein Besteck zur Seite und kneift sich mit den Fingern in die Nasenwurzel. »Gott, ich fühl mich schrecklich.«

»Wieso das denn?« Ich bin verwirrt, aber ich kann Micah ansehen, dass ihn das schlechte Gewissen plagt. »Was ist passiert?«

»Ich habe Scheiße gebaut, Quinn«, flüstert er und beugt sich vor. »Ich … Ich kann dir nicht erzählen, was ich gemacht habe, aber … Allegra und ich hatten einen furchtbaren Streit wegen dieses Typen, und … keine Ahnung, irgendwie kam dann eins zum anderen und …«

Das Sandwich wird plötzlich schwer in meinem Magen. »Micah, was hast du getan?«, frage ich ihn leise.

»Nichts«, entgegnet er schnell. »Gott, nein, Quinn, nichts. Wir haben uns einfach furchtbar gestritten, und ich bin …« Er presst die Lippen aufeinander, gibt sich dann aber doch einen Ruck. »Ich bin … ich bin total … zusammengebrochen.«

»Du … Was?« Mein Herzschlag setzt einen Moment aus, weil ich mir kaum vorstellen kann, dass dieser Mann vor mir so sehr von seinen Emotionen aufgefressen wird, dass nichts mehr geht. »Und dann?«

»Pascal musste mich abholen«, fährt er fort und weicht meinem Blick aus. »Allegra hat mich förmlich rausgeschmissen.«

Er reibt sich über sein Brustbein. Ihm ist deutlich anzusehen, wie sehr es ihn schmerzt, darüber zu sprechen. Ich strecke eine Hand aus und lege meine Finger über seine andere Hand, die immer noch auf dem Tisch liegt. Kaum spürt er meine Berührung, löst er den Blick vom Fenster und sieht erst auf unsere Hände, dann in meine Augen.

Für einen Moment sagt keiner von uns etwas, als hätte meine Berührung uns aus dem Takt gebracht. Mein Herz macht einen Satz. Ich will meine Hand zurückziehen, doch dann räuspert er sich und fährt fort, also lasse ich sie, wo sie ist. »Danach ging irgendwie alles den Bach runter. Jetzt erzählt sie mir nichts mehr. Wir haben uns vor dem letzten Dienst getroffen. Ich wollte mich bei ihr entschuldigen … Aber es ist nicht so, wie es früher einmal war. Ich kann ihr nicht einfach ein Eis kaufen und alles ist wieder gut.«

»Nein«, entgegne ich sanft. »Sie wird dich hart dafür arbeiten lassen.«

»Ja«, seufzt er.

»Aber wenigstens ist sie bereit gewesen, sich mit dir zu treffen.« Erst jetzt bemerke ich, dass ich angefangen habe, seinen Handrücken zu streicheln. Verdammt! Schnell ziehe ich meine Hand zurück und schnappe mir mein Glas. »Hab ein bisschen Vertrauen in dich, Stitches. Wenn du sie endlich ebenbürtig behandelst, wird sich das schon von allein wieder richten.«

Er versucht sich an einem Lächeln. Es wirkt traurig.

Alles an ihm wirkt traurig, und das wiederum macht mich traurig. »Danke, Quinn.«

»Dafür nicht.« Ich winke ab. »Danke, dass du es mir erzählt hast. Jetzt weiß ich wenigstens, wieso du bei dem Einsatz, wo es um das Mädchen ging, so durch den Wind warst.«

»Ja, und was das angeht …« Seine Brauen ziehen sich schmerzerfüllt zusammen. »Das tut mir auch leid. Ich wünschte, ich könnte es rückgängig machen. Ich würde dich niemals in Gefahr bringen wollen.«

»Schwamm drüber.« Ich lächle ihm aufmunternd zu. »Es war eine blöde Situation, du hast dich von deinen Gefühlen leiten lassen und musst jetzt die Konsequenzen tragen. Das reicht doch, findest du nicht? Mir gegenüber brauchst du kein schlechtes Gewissen zu haben.« Ich greife nach meiner Tasche und hole das Buch raus, das ich dieses Mal für ihn mitgebracht habe. »Bekomm das nicht in den falschen Hals, okay? Ich fand es gut, und ich glaube, es könnte dir auch weiterhelfen.«

Er nimmt das Taschenbuch entgegen. »Verletzlichkeit macht stark«, liest er vor und sieht mich skeptisch an. »Ernsthaft?«

»Ich sag nur: toxische Männlichkeit«, flöte ich.

»Toxische Männlichkeit?«

»Nur weil du ein Mann bist, heißt das nicht, dass du keine Gefühle zeigen darfst«, erwidere ich und deute auf das Buch von Brené Brown. »Schau es dir einfach mal an. Wenn's dir nicht gefällt, kannst du es mir wiedergeben.«

»Hm«, macht er immer noch zweifelnd. Dennoch legt er das Buch neben sich, statt es mir direkt zurück in die Hände zu drücken. Dann greift auch er wieder zum Besteck und isst weiter, aber anders als sonst streiten wir uns heute nicht um die letzten Süßkartoffelpommes – dafür hat ihm seine Situation wohl zu sehr den Appetit verdorben.

Micah

13

Wann gibst du es endlich zu? Bens Worte haben sich in meine Erinnerung gebrannt, fast so sehr wie Quinns Berührung in meine Hand. Ich lenke mich mit meinem Essen ab, mit dem Wasser und schließlich auch noch mit einer Cola. Für Quinn bringe ich einen Schokomuffin zum Nachtisch mit, weil ich weiß, wie sehr sie die Dinger liebt. Bei dem ganzen Süßkram, den sie manchmal in sich hineinschaufelt, kann ich mir nicht erklären, wieso sie so topfit ist.

Von der Kasse aus betrachte ich die Frau, die ich vor knapp fünf Monaten noch gar nicht kannte. Niemals hätte ich gedacht, dass sie mir so sehr ans Herz wachsen würde. Aber so geht es mir mit meinen anderen Kollegen ja auch. Jeder von ihnen ist wie ein Familienmitglied. Das bringt unser Arbeitsleben mit sich. Wenn man so viele Stunden in der Woche zusammenlebt und -arbeitet, dabei so viele schreckliche Momente miteinander erlebt, dann fängt man an, familiäre Gefühle füreinander zu entwickeln.

Aber auf sie stehen?

»Und der Schokomuffin für Quinn.« Maxwell, der Besitzer des *Cozy Coffee,* schiebt einen Teller rüber und gibt etwas in die Kasse ein. »Darf's sonst noch etwas sein?«

»Nein, danke. Das reicht erst mal.« Ich bezahle und kehre

zum Tisch zurück. Quinns Augen werden groß, als sie den Muffin entdeckt, und ein Grinsen schleicht sich unweigerlich auf meine Lippen. »Der ist nicht für dich«, necke ich sie. »Den genieße ich ganz allein.«

Empört öffnet sie den Mund.

»Und es war der letzte«, füge ich hinzu, bevor ich den Teller mit einer leichten Verbeugung vor ihr abstelle.

Ihre Empörung weicht einem Lächeln. Mein Magen macht komische Dinge, also setze ich mich besser wieder.

Ich hätte gestern nicht so viel trinken sollen.

»Danke.« Sie knibbelt ein Schokostückchen ab und schiebt es sich in den Mund.

»Irgendwie muss ich ja dafür sorgen, dass du mich nicht abhängst.« Ich trinke etwas und stütze dann beide Arme auf dem Tisch auf. »Also, wollen wir dann das Modell für die Arbeit besprechen?«

»Sollten wir wohl«, nuschelt sie und wischt ihre Hände an der Serviette ab. Dann zückt sie ihr Handy, einen Augenblick später hält sie mir eine Mail von Captain del Valle unter die Nase.

Ms Lovett,

wie besprochen erhalten Sie anbei die Pläne für das Modell zur Rauchgasdurchzündung. Die Präsentation ist in knapp vier Wochen. Ich zähle darauf, dass Sie und Mr Moretti kooperieren, um das Modell fertigzustellen. Sollten Probleme oder Fragen auftauchen, wenden Sie sich gerne an mich.

Herzlichst,
Captain Constanza del Valle

»Probleme oder Fragen?«, hake ich ungläubig nach. »Rechnet sie damit, dass ich mich querstelle, oder was?«

Quinn zieht ihr Handy weg und blickt selbst aufs Display. »Das steht da nicht.« Sie hebt eine Braue und sieht mich an. »Vielleicht solltest du mal damit aufhören, alles auf dich zu beziehen, Stitches.«

Autsch. Der hat gesessen.

Ich verdrehe die Augen. »Also gut, was müssen wir machen?«

Sie öffnet die beigefügten Pläne und zeigt mir, was unser Captain sich unter dem Modell vorstellt. Das Ganze soll ein hüfthohes Puppenhaus werden, bei dem man durch Plexiglasscheiben ins Innere sehen kann.

»Sieht einfach aus.«

»Hm«, macht Quinn. »Kriegen wir hin. Die Frage ist nur: Wo bauen wir das Ding? Auf der Wache?«

»Könnten wir …« Ich überlege. Besonders große Lust, auf der Wache rumzuhängen, habe ich nicht, jetzt, da ich bei den Einsätzen nur noch die Anfänger-Jobs erledigen darf. »Oder wir nutzen den freien Raum in unserer Wohnung. Ben hat da zwar noch ein bisschen Zeug rumstehen, aber da sollte trotzdem genug Platz sein.«

Sie nickt langsam. »Hört sich gut an. Klär das mal ab.«

Wir besprechen die Pläne, während sie ihren Muffin aufisst und ich meine Cola trinke. Mein Kopf beginnt zwar allmählich wieder zu wummern, weil die Schmerztablette nachlässt, aber nach Hause gehen will ich nicht. Dort wartet bloß Stille auf mich.

Und Stille ist nicht gut.

Sie erinnert mich zu sehr an das, was ich drohe zu verlieren.

»Hast du schon Pläne für den Nachmittag?«, frage ich Quinn unvermittelt. Verwirrt blinzelt sie mich an. »Ich meine, wir könnten doch direkt loslegen.«

Sie lacht auf. »Ich bin später mit Aspen zum Klettern verabredet«, sagt sie dann. »Aber wenn wir uns beeilen, können wir zumindest noch den Einkauf erledigen.«

Micah

14

Auf dem Weg zu meiner ersten Therapiesitzung kommt mir eines der anderen beiden Teams unserer Wache mit Sirenengeheul entgegen. Ich bremse mein Fahrrad ab, bis sie an mir vorbeigefahren sind, und wünsche ihnen in Gedanken einen guten Einsatz. Als ich sicher bin, dass kein Fahrzeug mehr hinterherkommt, schwinge ich mich wieder auf den Sattel und fahre das letzte Stück bis zu der Siedlung, in der der Therapeut seine Praxis hat.

Es ist nicht weit von unserer Wache entfernt, ein Katzensprung, und ich frage mich unwillkürlich, ob Captain del Valle mich deshalb hergeschickt hat.

Vor dem alten Gebäude angelangt, blicke ich mich verunsichert um. Das Haus sieht aus wie ein Wohnhaus, doch neben dem gusseisernen Tor glänzt mir ein goldenes Schild entgegen.

Dr Derek Saltzman.

Psychotherapie & Hypnose.

»Alter«, murmle ich. »Hypnose? Echt jetzt?«

Mit einem Kopfschütteln drücke ich das Tor auf und schiebe mein Fahrrad auf den schmalen Platz vor dem Haus. Vor manchen der Fenster hängen weiße Vorhänge, durch andere kann man zwar durchblicken, aber nicht viel erkennen. Das Grundstück ist bewachsen, zu meiner Rechten befindet sich ein Fahrradständer.

Ich parke mein Rad, schließe es ab, nehme meinen Helm runter und wedele mir mit dem T-Shirt etwas Luft zu. Es ist zwar nicht heiß, aber die Fahrt hierher – und vielleicht auch ein kleines bisschen Aufregung – tun ihr Übriges, um mich in Schweiß ausbrechen zu lassen.

Ein letzter Blick aufs Handy, dann wappne ich mich innerlich, steige die paar Stufen zur Haustür hoch und betätige die Klingel, die zur Praxis gehört. Auf den anderen Klingelschildern stehen Nachnamen. Die oberen Etagen scheinen also Wohnungen zu sein.

Viel zu früh ertönt ein Surren. Ich drücke die Tür auf und betrete einen langen Hausflur, auf dessen rechter Seite eine Treppe hinaufführt. Weiter hinten sehe ich allerdings ein weiteres goldenes Schild, dessen Pfeil ganz eindeutig auf die linke Tür zeigt.

Ich seufze, bevor ich auch diese Tür öffne. Ich habe keine Ahnung, was mich erwartet. Ich weiß bloß, dass ich nicht hier sein will. Dass ich keine Lust habe, einem Fremden mein Herz auszuschütten. Wenn mir das schon nicht bei Familie und Freunden gelingt … wie soll es dann hier klappen?

»Hallo«, begrüßt mich eine junge Frau hinter dem Empfangstresen der Praxis. Sie hat ein warmes Lächeln aufgesetzt und lässt ihren Blick neugierig an mir herabgleiten.

»Hi.« Ich fahre mir verlegen durchs Haar und trete an den Tresen heran. »Ich habe einen Termin. Micah Moretti.«

Sie schnappt sich einen Stift und den Terminkalender. »Ah, da habe ich Sie. Sie sind zum ersten Mal hier, oder?«

»Ja«, murmle ich kleinlaut. Irgendwie ist es mir unangenehm, hier zu sein.

»Ah, jetzt weiß ich's. Sie sind der Feuerwehrmann!« Ihre Augen leuchten auf, und sie tippt sich mit dem Stift gegen die rot geschminkten Lippen, bevor sie meinen Namen im Terminkalender abhakt.

»Genau der.« Ich lächle sie schief an.

»Warten Sie kurz.« Sie steht auf, dann sammelt sie ein Klemmbrett und ein paar Zettel zusammen. »Ich gebe Ihnen ein paar Blätter mit, die Sie kurz ausfüllen müssten. Das Übliche: Ihre Informationen für unsere Akte, ein Antrag auf Kostenübernahme durch Ihre Krankenkasse und das Einverständnisformular für die Hypnose.«

»Äh«, mache ich irritiert. »Ich bin nicht gekommen, um mich hypnotisieren zu lassen.«

Sie lacht auf, als hätte ich einen Witz gemacht, aber das ist mein bitterer Ernst. Ich lasse mich doch nicht von einem dahergelaufenen Scharlatan in Hypnose versetzen. Sind die jetzt alle verrückt?

»Sie müssen das nicht heute ausfüllen«, sagt sie, als sie das Entsetzen in meinem Blick erkennt. »Wir können das auch machen, falls Hypnose irgendwann für Sie infrage kommt.«

Ich brumme wenig amüsiert, und das scheint für sie Anlass genug, den Zettel für die Hypnose-Einverständniserklärung zurück auf ihren Schreibtisch zu legen.

»Und ein Kugelschreiber für Sie«, flötet sie, als wäre nichts geschehen. Aber jetzt weicht sie meinem Blick aus, statt mich interessiert anzublinzeln. Ich wusste gar nicht, dass mich eine so finstere Aura umgibt – und frage mich gleichzeitig, wieso das bei Quinn nie funktioniert, wenn sie mir mal wieder auf den Keks geht. »Da vorn ist das Wartezimmer. Dr Saltzman wird Sie gleich aufrufen. Dann können Sie ihm die Unterlagen direkt geben.«

»Danke.« Ich nehme meinen Helm und die Zettel, um mir einen Platz im Wartezimmer zu suchen.

Die Zeit reicht gerade so, um alles auszufüllen, dann kommt Dr. Saltzman mich auch schon persönlich im Wartezimmer abholen. Er wirkt anders, als ich erwartet habe. Füllige Statur, ein grauer Vollbart passend zum Deckhaar, eine Brille mit dickem Rahmen und noch dickeren Gläsern. Er trägt ein Jeans-Hemd zu cremefarbenen Chinos.

Kurz: er sieht nicht aus, als würde er andere Menschen in Hypnose versetzen.

»Mr Moretti.«

Ich reiche ihm die Hand. »Dr. Saltzman.«

»Schön, dass Sie da sind. Kommen Sie, kommen Sie.« Er winkt mich mit sich. Ich schnappe mir meinen Kram und folge ihm durch die Praxis bis zu einem Raum mit einer gemütlichen Sitzgruppe. »Setzen Sie sich.«

»Okay.« Nichts deutet darauf hin, wo Dr. Saltzman sitzen wird, also nehme ich kurzerhand auf einem roten Zweisitzer Platz und lege meine Sachen neben mich.

Auf dem Couchtisch vor mir stehen eine Packung Taschentücher und ein paar rosafarbene Dahlien. Solche, die Mom früher beinahe jede Woche vom Markt mitgebracht hat.

Ich sollte unbedingt wieder zum Friedhof fahren und ihr neue Blumen bringen.

Dr. Saltzman stellt ein Glas Wasser vor mir ab. Ich bedanke mich und trinke direkt etwas.

»Also.« Er nimmt gegenüber von mir Platz, ein Klemmbrett auf dem Schoß. »Micah Moretti. Ich habe zwar schon mit Constanza gesprochen, aber erzählen Sie doch mal, wieso Sie bei mir sind.«

»Nun, ich …«, setze ich an und merke, wie meine Wangen heiß werden. »Ich habe einen Fehler gemacht. Bei einem Einsatz. Dadurch habe ich nicht nur mein Leben gefährdet, sondern auch das einer Kollegin.«

Dr. Saltzman nickt langsam. »Sie wissen sicherlich, dass nicht jeder Mensch zur Therapie geschickt wird, bloß weil er einen Fehler macht.«

Ich zucke mit den Schultern. Was weiß ich schon?

»Fehler machen ist normal«, fährt Dr. Saltzman fort. »Es ist wichtig, dass wir uns von unseren Emotionen leiten lassen. Das ist es, was uns Menschen ausmacht. Doch manchmal erreicht man einen Punkt, an dem die eigenen Gefühle einen so sehr beschäftigen, dass man nicht mehr klar denken kann.«

Ich will widersprechen, ihm sagen, dass ich sehr wohl noch klar denken kann und jeder andere Feuerwehrmann in meiner Situation vermutlich ähnlich entschieden hätte. Aber dann denke ich an das geöffnete Fenster und frage mich, ob wir die richtigen Schlüsse schon früher gezogen hätten, wäre ich in diesem Moment weniger geladen gewesen.

»Constanza erzählte mir, dass sie sich Sorgen um Sie macht.« Dr. Saltzman sieht mich mitfühlend an. »Können Sie sich vorstellen, wieso das so ist?«

»Schätze, weil ich … nicht immer ausgeschlafen war?«

»Ist das eine Frage?«

Ich muss lachen und schüttle den Kopf. »Ich war in den letzten Wochen nicht bei der Sache. Ich hatte privat viel Stress und habe wenig geschlafen, weil ich mir oft den Kopf zerbrochen habe. Dadurch habe ich nicht die Leistung bringen können, die man von mir gewohnt ist.«

Dr. Saltzman schreibt etwas auf sein Klemmbrett.

»Was ist das für eine Leistung, von der Sie da sprechen?«, fragt er nach, als er fertig ist. »Können Sie mir ein bisschen mehr über Ihren Job erzählen?«

»Klar.« Erleichtert entspanne ich meine Schultern. Damit kann ich umgehen. »Ich bin Feuerwehrmann und Notfallsanitäter und bin vor Kurzem in die Rüstgruppe befördert worden. Auf der Zwölften habe ich nach meiner Ausbildung vor zweieinhalb Jahren angefangen. Wir machen vierundzwanzig Stunden Schichten, in der Regel mit achtundvierzig Stunden Pause dazwischen. Das Team ist wie eine Familie für mich. Ich liebe meinen Job. Es gibt nichts Besseres auf der Welt.«

»Ich respektiere das sehr«, erwidert Dr. Saltzman und stupst mit dem Zeigefinger seine Brille weiter nach oben. »Sie müssen nicht nur an Ihre Grenzen gehen, sondern sehen vermutlich auch sehr viele Dinge, die nicht besonders schön sind.«

»Das gehört dazu, ja.«

»Ich sehe zumindest, dass Sie sehr fit sind.« Er deutet auf mich. Wir lachen. »Aber wie ist das mit ebendiesen Dingen, die Sie in Ihrem Job zu Gesicht bekommen? Sie sind oft als Erster am Einsatzort. Nehmen Sie die Einsätze gedanklich mit nach Hause?«

»Manchmal«, erwidere ich und schlucke. »Nicht alles davon. Aber ab und zu gibt es Unfälle, die besonders hart sind. Wenn Kinder sterben, zum Beispiel. Das ist nicht so leicht wegzustecken.«

Dr. Saltzman schweigt und nickt leicht.

Weil er noch weiter schweigt, spüre ich den Drang, die Stille mit Worten zu füllen. »Das kommt nicht so oft vor«, fahre ich fort. »Die meisten unserer Einsätze sind nicht so heftig. Wir haben oft Fehlalarme, und bei den meisten Feuern können sich die Anwohner schon nach draußen retten, bevor wir überhaupt da sind. Die Autounfälle sind da eine andere Hausnummer. Vor allem auf dem Highway. Das geht meistens nicht so glimpflich aus und ist auch kein besonders schöner Anblick.« Vor meinem inneren Auge blitzen Bilder der letzten Schichten auf. »Das ... das beschäftigt mich dann schon auch noch nach Dienstschluss.«

»Beeinträchtigt Sie das in Ihrem Alltag?«

Unsicher zucke ich mit den Schultern. »Wie meinen Sie das?«

»Nun ...« Dr. Saltzman legt sein Klemmbrett auf dem Sessel neben ihm ab und beugt sich vor. »Wenn wir Schreckliches miterleben, hat das zuweilen Folgen für unsere Psyche. Es muss gar nicht mal sein, dass Sie Opfer einer traumatischen Situation waren. Manchmal reicht es auch, andere Menschen in einer solchen zu sehen. Ein Beispiel: Als Ersthelfer bei einem Autounfall zu sein, diesen vielleicht sogar gesehen zu haben, bevor man aussteigt und Erste Hilfe leistet, den Notruf wählt. Der Körper bleibt unversehrt, die Seele aber ...« Dr. Saltzman deutet auf seine Schläfe. »Die Seele leidet. Erst passiert vielleicht gar nichts, aber Wochen später hat man plötzlich Angst vor dem Autofahren oder merkt, dass man die Strecke oder ähnliche Situationen meidet.«

»Sie wollen von mir wissen, ob ich Ängste habe?«

Er lacht schallend auf. »Verdammt, Mr Moretti. Manchmal denke ich wirklich zu kompliziert.«

»Solange ich Sie noch verstehe«, erwidere ich amüsiert, aber dann werde ich schnell wieder ernst. »Meine Arbeit wirkt sich nicht auf mein Privatleben aus. Ich habe keine Angst vorm Autofahren. Ich fahre ja sogar Fahrrad in dieser Stadt.«

»Das ist tatsächlich sehr mutig.«

»Ja, nicht?« Ich schnaube belustigt auf. »Aber auch sonst … ich habe keine Ängste.«

»Gar keine?« Dr. Saltzman nickt anerkennend und pfeift durch die Zähne. »Dann müssen Sie entweder der mutigste Mann sein, der mir je begegnet ist, oder der dümmste.«

Verdattert schnappe ich nach Luft. »Der dümmste? Dürfen Sie so was überhaupt sagen?«

Dr. Saltzman lacht – und ich weiß nicht, ob ich mitlachen oder mich gekränkt fühlen soll. »Lassen Sie mich ganz ehrlich sein: Ich halte Sie nicht für dumm. Ich halte Sie sogar für sehr schlau – ansonsten wären Sie nicht hier, um sich Ihren Job zurückzuholen. Aber jeder Mensch hat vor irgendetwas Angst. Manche mehr, manche weniger. Nicht immer merkt man es den Menschen an. Oft begeben sie sich auch in psychotherapeutische Behandlung, weil sie merken, dass sie im Leben eingeschränkt sind. Aber ich stelle mal eine These in den Raum: Sie sind ein anderer Schlag Mensch. Ihre Ängste schränken Sie nicht ein, Sie schränken Ihre Ängste ein. Sie haben sich sehr gut unter Kontrolle.«

»Danke«, murmle ich. »Schätze ich.«

»Freuen Sie sich nicht zu früh«, erwidert er mit einem Schmunzeln. »Kontrolle ist eine spannende Sache. Solange die Dinge nach Plan laufen, ist alles gut. Aber gerät erst ein Baustein verloren oder wird falsch benutzt, beginnt das gesamte Gerüst zu wanken. Stellen Sie sich das mal bildlich vor: Je mehr Steine wegfallen, umso instabiler wird das

Konstrukt. Und wenn dann ein Windstoß kommt … Puh.« Dr. Saltzman wedelt sich Luft zu. »Unter den Trümmern wollen Sie sicher nicht begraben werden.«

Mit jedem seiner Worte hat sich meine Kehle enger zugeschnürt. Ich fühle mich, als hätte er auf den Grund meiner Seele geblickt. Als würde er genau sehen, wie wacklig ich auf den Beinen stehe. Wie kurz davor ich stehe, von Trümmern begraben zu werden.

»Und …« Ich räuspere mich. »Und kann man dagegen etwas machen?«

Dr. Saltzman lächelt. »Aber ja! Sie können Stützen bauen«, sagt er. »Und natürlich können Sie auch anfangen, das gesamte Konstrukt zu reparieren. Das erfordert Zeit und Geduld. Therapie ist nichts, was Sie mit einem Fingerschnippen erledigt haben. Aber wenn Sie bereit sind, an sich zu arbeiten, werden Sie schon bald Fortschritte machen.«

Langsam lasse ich seine Worte einsinken. »Wie lange wird es dauern, bis ich wieder arbeiten darf?«

»Das liegt ganz bei Ihnen«, erwidert er. »Wir können uns gerne zwei Mal pro Woche treffen, wenn Ihre Zeitplanung und Ihre mentale Kapazität das zulassen.«

»Klar«, erwidere ich großspurig, dabei ahne ich schon jetzt, dass da ein paar sehr harte Wochen auf mich zukommen werden.

Quinn

15

Aspens Pfiff schrillt durch die Luft. Ich lasse mein Beil zu Boden fallen und ziehe Handschuhe und Maske aus, um mir über das nass geschwitzte Gesicht zu wischen.

»Wow, Quinn.« Nach einem Blick auf das zerfetzte Holz vor mir nickt Aspen anerkennend. »Wenn ich Sparkles nicht so feiern würde, würde ich dich jetzt Berserker taufen.«

Ohne es zu wollen, muss ich lachen. »Danke, aber ich bleibe bei Quinn.«

Er grinst und geht weiter, um die anderen Türen in Augenschein zu nehmen, die die Männer und ich bearbeitet haben. Alle haben ihre Türen aufgebrochen … aber ich bin die Einzige, die sie zu Kaminholz verarbeitet hat.

»Geht's dir gut?«, fragt Bao und reicht mir eine Wasserflasche, die ich dankend entgegennehme.

»PMS, Quinn?«, springt Trent direkt drauf an.

Ich verdrehe die Augen und ignoriere ihn. Wenn ich mich jetzt auf ihn einlasse, kann ich nicht dafür garantieren, dass mein Beil nicht noch andere Dinge zerhackt.

Weichteile zum Beispiel.

»Alles okay«, antworte ich an Bao gewandt. »Ich wollte bloß rausholen, was geht.«

»Das ist dir wohl gelungen.«

Ich blicke zu meiner Tür, deren Holz faserig in alle Richtungen zeigt – passend zu meinen eigenen Gefühlen.

»Okay, gut gemacht. Bao, Charlie, ihr sorgt dafür, dass das Holz für unser Barbecue bereitliegt«, weist Aspen an. »Der Rest von euch kann duschen und dann in die Kaffeepause gehen.«

Ich schnappe mir mein Zeug und gehe rein, ohne Trent noch eines Blickes zu würdigen. Seit Dienstantritt geht er mir schon gehörig auf die Nerven mit seinen Sprüchen. Jetzt, da er Micahs Position eingenommen hat, meint er wohl, er hätte einen Freifahrtschein.

»Hey, Quinn!«

Als ich Micahs Stimme höre, werde ich langsamer. Er schließt schnell zu mir auf, immer noch in voller Montur. »Alles okay?«, fragt auch er.

»Ja, wieso nicht?«, blaffe ich ihn an.

Vielleicht lag Trent gar nicht so falsch, denke ich wütend und rechne in Gedanken aus, wie viele Tage mir noch bis zur nächsten Regelblutung bleiben. Scheißhormone.

Micah zieht eine Braue hoch.

»Ja, ja, schon gut«, murmle ich. »Nach der Dusche geht's mir wieder besser.«

»Wenn du reden willst …«

Schnaubend lache ich auf. »Sorry«, sage ich, weil er mich verletzt ansieht. »Mir ist gerade nicht nach reden. Ich würde lieber etwas kaputt machen. Mit Vorliebe Trents Eier.«

Micah presst die Lippen aufeinander, um ein Lachen zu unterdrücken. Wir erreichen die Fahrzeughalle und schlüpfen aus unserer Einsatzkleidung.

»Er geht dir echt auf den Piss, oder?«

»Vier Sprüche.« Ich kneife mir in die Nasenwurzel, weil ich es selbst kaum glauben kann. »Es ist noch nicht mal vier Uhr, und er hat mir schon vier sexistische Scheißsprüche reingedrückt und mir dann bei einem Einsatz die kalte Schulter gezeigt.«

»Ach, komm.« Ich gefriere zu Eis, als Trent neben uns auftaucht. »Ich habe dir nicht die kalte Schulter gezeigt«, meint er und streift seine Hosenträger ab. »Du warst bloß zu langsam.«

Empört schnappe ich nach Luft. »Ich war nicht zu langsam, Trent, und das weißt du genau.«

Er zieht eine Braue hoch, als wolle er sagen: Beweise es.

»Du hast alles an dich gerissen wie ein Bescheuerter«, fahre ich wütend fort. »Ob's dir gefällt oder nicht, wir sind ein Team. Wenn du weiterhin so eine Egonummer abziehst, wird das früher oder später schiefgehen.«

»Reg dich ab, Diva. Sei beim nächsten Mal einfach schneller, dann muss ich nicht den Einzelkämpfer machen.«

Ich balle die Hände zu Fäusten, bis meine Nägel ins Fleisch schneiden. Am liebsten hätte ich ihm ein »Fick dich, Arschloch« entgegengebrüllt, aber damit bestätige ich ihn bloß.

Micah legt eine Hand auf meine Schulter. »Komm, Quinn. Lass uns duschen gehen.«

Ich reiße mich von ihm los, noch wütender darüber, dass er meint, den Beschützer raushängen lassen zu müssen. »Fass mich nicht an«, motze ich ihn an. »Ich kann meinen Scheiß ohne dich regeln.«

Trent lacht gehässig auf. »Oh, Vorsicht. Deine Wildkatze holt aus.«

»Pass auf, was du …«

Den Rest von Micahs Satz höre ich nicht mehr, weil ich mit einem wütenden Aufschrei ausholе und Trent einen heftigen Stoß verpasse.

Er taumelt ein, zwei Schritte zurück, sieht verdattert an sich herab, dann blickt er mich an. »Was? Willst du dich jetzt prügeln?« Erneut lacht er. »Komm nur her, dann sehen wir ja, wer stärker ist.«

Ich bin so wütend, dass ich mich am liebsten sofort auf ihn stürzen würde. Einzig und allein Micahs Arme halten mich davon ab.

»Lass mich los!«, rufe ich. »Lass mich sofort runter!« Er schleift mich aus der Fahrzeughalle, als wäre ich ein Fliegengewicht. »Micah, verdammte Scheiße, lass mich sofort runter!«

Trent blickt uns lachend nach. Kurz bevor Micah mit mir auf dem Arm um eine Kurve biegt, streckt er mir den Mittelfinger entgegen.

»Na warte!«, brülle ich und trete mit den Beinen um mich, damit Micah mich endlich runterlässt. »Das ist noch nicht vorbei!«

Micah stößt mich in den Geräteraum. Ich stolpere, fange einen Sturz gerade so ab, da schließt er die Tür hinter sich und versperrt sie mit seinem Körper.

Ich mache einen Schritt auf ihn zu. »Lass mich raus.«

»Nein.« Er verschränkt die Arme vor der Brust. »Du regst dich jetzt erst mal ab.«

»Für wen hältst du dich?«, fahre ich ihn an. »Das hat Trent sich ganz allein zuzuschreiben. Er ist ein Arsch.«

»Und einen Kollegen zu schubsen ist nicht arschig, oder was?«

»Ich …« Ich verstumme, weil sich urplötzlich ein Kloß

in meinem Hals gebildet hat. Wo gerade noch Wut war, ist plötzlich Scham. Meine Augen beginnen verräterisch zu brennen. Klasse, jetzt fange ich auch noch an zu heulen. Vor Micah. Noch schwächer geht's ja wohl nicht.

»Kannst du mich bitte gehen lassen?«, versuche ich es noch mal.

»Willst du drüber reden?«, entgegnet er, ohne auf meine Frage einzugehen. »Warum bist du heute so schlecht drauf?«

Weil ich dich als Teamkameraden verloren habe, denk ich.

»Weil ich meine Tage kriege«, entgegne ich sarkastisch. Eine Träne rollt mir über die Wange. »Was denkst du denn, Micah? Ich hasse diesen Typen, und jetzt muss ich mit ihm zusammenarbeiten. Ich vermisse …«

Dich.

Beinahe hätte ich es gesagt.

Erschrocken schlage ich mir eine Hand auf den Mund.

Micahs Brauen ziehen sich zusammen, seine treuen Augen mustern mich eindringlich. Es fühlt sich an, als wüsste er sehr genau, was mein Problem ist.

Er schluckt deutlich.

»Ich bin genau hier«, sagt er dann.

Und mein Herz macht einen Purzelbaum.

Einen von der sehr ungesunden Art.

Quinn

16

Immer wieder habe ich in den letzten vierundzwanzig Stunden den Moment abgespielt, in dem Micah mich von Trent weggeschleift hat. Mein Blick gleitet zu dem dreistöckigen Gebäude, in dem er wohnt, und unwillkürlich schlägt mein Herz schneller.

Ich bin genau hier.

Was meinte er damit? Wie meinte er seine Worte? Was hat das alles zu bedeuten?

»Gott, Quinn«, murmle ich, weil mir bewusst wird, dass ich wieder in das gleiche Gedankenkarussell abzudriften drohe, in dem ich mich schon einmal befunden habe.

Er ist mein Kollege.

Fest entschlossen, mich von unserem kleinen Augenblick nicht weiter aus dem Konzept bringen zu lassen, schließe ich meinen Wagen ab und laufe zur Haustür. Ich war noch nie in Micahs Wohnung. Bisher haben wir uns entweder auf der Wache oder im *Cozy Coffee* getroffen, und jetzt in seine Privatsphäre einzudringen fühlt sich an wie das Überschreiten einer Grenze. Wenn wir uns jetzt gut verstehen, sind wir nicht mehr nur noch Kollegen, sondern Freunde.

Und dann ist es vielleicht auch okay, wenn er solche Sachen wie gestern zu mir sagt.

Machen Freunde so was?

Ich schüttle den Kopf über mich selbst, dann drücke ich auf seine Klingel. Einen Moment passiert gar nichts, dann summt der automatische Türöffner. Im Hausflur des Backsteinbaus ist es kühl, ein Kinderwagen steht direkt neben der Tür.

»Hey, komm hoch!«, schallt Micahs Stimme durch das Treppenhaus.

»Okay!«, rufe ich zurück und nehme die Treppe in Angriff. Als ich im dritten Stockwerk angelangt bin, schlägt mein Herz schneller, und ich weiß nicht, ob es an der Anstrengung liegt oder daran, dass ich nervös bin.

Ein ganzer Tag mit ihm.

Allein.

»Da bist du ja.« Micah lehnt in der Tür. Er trägt graue Jeans und ein verblichenes himmelblaues T-Shirt. Seine Locken kräuseln sich auf seiner Stirn.

»Ja, hier bin ich.«

»Komm rein.« Er löst sich vom Türrahmen und macht die Tür weiter auf. Ich folge ihm ins Innere der Wohnung und werde sogleich von seinem unverkennbaren Duft begrüßt. Diesen Geruch würde ich unter Tausenden erkennen. Er ist nicht so aufdringlich wie das Aftershave von Aspen, sondern schleicht sich ins Unterbewusstsein. Dabei kann ich gar nicht mal so genau sagen, wonach Micah eigentlich riecht. Nach Abenteuern, denke ich. Adrenalin. Sonnenuntergänge am Strand.

»Quinn?«

»Hm?«

Er lacht leise auf. »Möchtest du etwas trinken?«

»Gern.«

»Kaffee?«

Ich nicke und setze meinen Rucksack neben der Tür ab, bevor ich aus meinen Schuhen schlüpfe und ihm in den Wohnbereich folge. Hier gibt es eine moderne Küche mit Kücheninsel und edel glänzenden Elektrogeräten, nicht so etwas Zusammengewürfeltes wie in meiner Wohnung.

»Hübsche Küche«, sage ich. »Ich hoffe, Ben weiß sie wenigstens zu nutzen.«

Micahs Rücken bebt unter seinem Lachen. »Er gibt sein Bestes.«

»Und ist sein Bestes genug?«

»Manchmal.« Er stellt eine Tasse unter die Kaffeemaschine und drückt auf einen Knopf, bevor er sich zu mir umdreht. »Aber wir essen oft was zum Mitnehmen.«

»Das ist eine Schande«, erwidere ich und sauge alles an Informationen in mich auf, was mir der Wohnraum über Micah verrät. Da steht eine Vase mit frischen Dahlien auf der Kücheninsel, am Kühlschrank hängt ein Foto von ihm und seinen Geschwistern, festgehalten von einem Magneten des LAFD. Daneben eine Karte, auf der steht: »I came, I saw, I made it awkward«. Ich würde sie gerne umdrehen und sehen, ob etwas auf die Rückseite geschrieben wurde. Unter dem Foto und der Karte hängt ein bedrucktes Blatt Papier mit illustrierten Sportübungen.

»Captain America?«, lese ich die Überschrift vor.

»Unser Wochen-Work-out«, erklärt Micah und stellt eine Tasse auf die Theke. »Ben und ich suchen uns jede Woche ein neues aus und hängen es ausgedruckt an den Kühlschrank. Er hat vor Kurzem auf Pinterest diese Helden-Dinger gefunden. Die Künstlerin hat jede Menge verschiedene Work-outs passend zu Marvel- und DC-Helden.«

»Cool.« Ich gleite auf einen der Barhocker. »Also trainiert ihr oft zusammen?«

»Wann immer wir es schaffen.« Er holt eine zweite Tasse raus, um sich selbst einen Kaffee zuzubereiten. Dann öffnet er den Kühlschrank, um mir Sojamilch zu geben. »Aber seit er bei der Drogenfahndung ist, kollidieren unsere Arbeitszeiten irgendwie oft miteinander.«

»Das ist schade.« Ich verrühre die Milch in meinem Kaffee. »Ist er heute auch arbeiten?«

»Gerade erst losgefahren.« Micah nimmt seinen Kaffee und setzt sich neben mich. »Wir haben die Wohnung für uns.«

Ich pruste in meine Tasse und sehe ihn entgeistert an.

»Oh. O nein, so war das nicht gemeint.« Verlegen vergräbt er das Gesicht in einer Hand. »Sorry. Reicht, dass einer dumme Sprüche macht. Ich wollte nicht …«

»Schon gut«, unterbreche ich ihn lachend.

Als er seine Hand von seinem Gesicht löst, hat er gerötete Wangen. Seine Augen glänzen amüsiert, seine Lippen sind zu einem Lächeln verzogen.

»Du siehst aus, als würdest du dich besser fühlen«, stelle ich überrascht fest.

Er zuckt mit den Schultern. »Ich hatte vorgestern meine erste Therapiestunde.«

»Oh. Wunderheilung?«

Micah verdreht die Augen. »Das nicht. Aber … vielleicht habe ich etwas vorschnell geurteilt.«

»Freut mich, dass du das so siehst. Hat er dir gesagt, wann du wieder arbeiten kannst?«

»Das kommt ganz drauf an. Ich werde zunächst zweimal die Woche hingehen«, erzählt er mir. »Und dann hoffe ich einfach mal, dass ich in zwei Wochen schon wieder auf meinen Platz zurückkann.«

»Das hoffe ich auch.«

Ich vermisse dich.

Ich bin genau hier.

Wir schweigen, sehen uns an, bis mein Herz schneller zu schlagen beginnt, weil ich an gestern denken muss. Ich wende den Blick ab und sehe auf meinen Kaffee.

Nur ein Kollege, nur ein Kollege.

»Also … äh«, murmelt Micah. »Du hast angedeutet, dass du auch schon Erfahrungen mit Therapie hast.«

»Hmm«, mache ich.

»Wie lange hat es denn bei dir gedauert, bis du … wieder … keine Ahnung, normal warst?«

Normal? Mit hochgezogener Braue werfe ich ihm einen Blick zu. Er blickt zerknirscht und ehrlich interessiert drein, und mir wird bewusst, dass er überhaupt keine Ahnung von mentaler Gesundheit und passenden Ausdrucksweisen hat.

Ich fasse mir ein Herz und drehe mich auf dem Stuhl zu ihm um. »Micah.«

Er blinzelt, dann dreht er sich auch zu mir herum, sodass sich unsere Knie berühren. Ich zögere kurz, aber mein Wunsch danach, ihm nah zu sein, ist größer als meine Nervosität, also greife ich nach seiner Hand. Seine Augen weiten sich überrascht und suchen mein Gesicht ab.

»Du bist normal, okay?« Ich drücke seine Hand. »Nur weil du die Unterstützung eines Psychotherapeuten in Anspruch nimmst, heißt das nicht, dass du irre oder krank bist. Du *bist* normal. Scheiße, du bist nicht nur normal, sondern vor allem gut so, wie du bist. Lass dir bitte nicht von irgendwem einreden, dass es anders wäre.«

Micah

17

Diese Frau bringt mich um den Verstand. Ich will etwas erwidern, ihr sagen, wie gut es tut, diese Worte von ihr zu hören, wie sie es immer wieder schafft, genau das Richtige zu sagen, damit ich mich besser fühle. Aber alles, was ich rauskriege, ist ihr Name.

Meine Haut kribbelt, meine Knie sind sich überaus bewusst darüber, dass sie ihre berühren, und meine Hand … meine Hand fühlt sich an, als würde sie in Flammen stehen.

Als ihr Daumen über meinen Handrücken gleitet, bricht mein Herz in einen Galopp aus, und ich weiß, ich habe einen Kampf verloren, von dem ich nicht einmal wusste, dass ich ihn schon seit Wochen ausfechte.

Fuck.

Gib endlich zu, dass du auf sie stehst.

»Danke«, bringe ich mit Müh und Not hervor, dann reiße ich mich los, weil es der einzige Weg ist, sie nicht an mich zu ziehen und besinnungslos zu küssen. Denn dafür würde sie mich garantiert hassen, und wenn es eins auf dieser Welt gibt, was ich unter allen Umständen vermeiden will, dann ist es, dass Quinn Lovett mich hasst.

»Wir sollten mal starten«, sagt sie leise neben mir. Ich atme tief durch und setze ein Lächeln auf, bevor ich mich wieder zu ihr drehe und so tue, als hätte sie nicht gerade meine komplette Gefühlswelt auf den Kopf gestellt. »Ich habe die Pläne ausgedruckt.«

»Klasse.« Ich deute auf den Flur. »Die Sachen liegen im Zimmer am Ende des Flures. Geh ruhig schon mal vor. Ich komme sofort nach.«

»Okay.« Sie hopst vom Barhocker, nimmt ihre Tasse und holt den Rucksack von der Garderobe, bevor sie im Flur verschwindet. Als ich mir sicher bin, dass sie weg ist, gehe ich ans Spülbecken, um mir kaltes Wasser ins Gesicht zu spritzen.

Komm wieder runter, Moretti. Das ist Quinn. Quinn, die mir ständig Petitionen unter die Nase hält und in allem besser sein will als ich. Quinn, die mich auflaufen lässt, wenn ich Mist baue – und der ich genau ansehen kann, wie sehr sie mich dafür verurteilt, wie ich mit Allegra umgehe. Quinn mag vielleicht meine Partnerin sein, aber an mehr hat sie definitiv kein Interesse.

Also *muss* ich diese verdammten Gefühle loswerden, bevor es komisch zwischen uns wird.

*

Als ich zu Quinn komme, hat sie bereits damit angefangen, das Material auszulegen, das ich nach unserem Einkauf mit Ben in die Wohnung getragen habe.

»Wir haben überhaupt nicht genug Werkzeug«, sagt sie, kaum dass ich den Raum betreten habe. »Oder hast du in deinem Zimmer zufällig eine Kreissäge versteckt?«

»Nein. Zeig mal her.« Ich stelle das Wasser ab und nehme die Anleitung entgegen, die uns Captain del Valle per Mail zugesandt hat.

»Wir hätten die Bretter im Baumarkt zurechtschneiden lassen sollen.«

»Ich habe eine Handsäge«, murmle ich. »Aber vielleicht fahren wir lieber nach Pasadena und machen das bei meinem Dad? Der hat in seiner Garage eine bestens ausgestattete Werkstatt.«

»Okay, und dann kommen wir zurück? Oder laden wir alles ins Auto und machen das Projekt direkt dort?«

»Ich kann ihn fragen, ob das okay wäre. Allerdings müssten wir dann jedes Mal bis nach Pasadena fahren. Ist vielleicht auch ein bisschen umständlich?«

Wir überlegen kurz, dann einigen wir uns darauf, nur für die Sachen zu Dad zu fahren, die wir hier nicht erledigen können, und packen kurzerhand alles ein, was gesägt werden muss.

»Gut, dass du mit dem Auto da bist«, stelle ich fest, als wir ihren Kofferraumdeckel schließen und einsteigen.

»Du hast gar keins, oder?«

»Ich borge mir immer das von Dad, wenn ich eins brauche. Zu der Wohnung gibt es nur einen Stellplatz, und den benutzt Ben«, erkläre ich. »Außerdem fahre ich lieber mit dem Fahrrad.«

Ich wische mir über die Stirn, bevor ich mich auf den nach vorne geschobenen Beifahrersitz quetsche. Sie startet den Wagen. »Ich kapier immer noch nicht, wie du dich das traust. Hast du keine Angst, in dem Verkehr übersehen zu werden?«

»Nö.« Ich zucke mit den Schultern und denke an mein Gespräch mit Dr. Saltzman. »Wenn was passiert, passiert es. Dann bin ich entweder tot oder die beste Feuerwache der Stadt eilt mir zu Hilfe.«

Quinn lacht auf. »Na, du bist aber optimistisch. Dir ist

schon bewusst, dass da noch tausend Sachen zwischen tot und lebendig liegen, oder?«

»Ja.« Ich blicke aus dem Fenster. »Aber darüber mache ich mir selten Gedanken.«

»Deswegen bist du so gut in deinem Job«, murmelt sie. »Würdest du dir ständig den Kopf zerbrechen, kämst du nicht vorwärts.«

»Es hilft ja auch nichts.«

Ich denke an Mom.

Ihr hat es auch nicht geholfen, dass ich mich nächtelang im Bett gewälzt habe, immer auf der Suche im Internet nach einem Wunderheilmittel für ihre Erkrankung. Es hat ihr nicht geholfen, dass ich Angst hatte. Angst davor, sie zu verlieren. Angst davor, ihren Tod mitzuerleben. Angst davor, ein Leben ohne sie zu leben.

Nichts davon hat sie wieder gesund gemacht.

»Angst ist ziemlich sinnlos«, füge ich hinzu.

»Findest du?«

»Hat dir Angst schon mal dabei geholfen, eine gute Entscheidung zu treffen?«, frage ich sie. »Oder ist es nicht eher so, dass du Dinge von vornherein für dich ausgeschlossen hast, die dich aber eigentlich weitergebracht hätten?«

»Hm«, macht sie, und ich lasse ihr Zeit, um darüber nachzudenken. Mich interessiert ihre Meinung. Mich interessieren auch ihre Ängste. Vor allem, da ich weiß, wie mutig sie ist. »Ich glaube, du hast recht. Angst schränkt sehr oft ein«, sagt sie schließlich. »Aber manchmal hilft sie auch. Ich hatte schon ein paar Einsätze, bei denen ich plötzlich Angst hatte. Und das auch meistens aus gutem Grund.«

»Du meinst Intuition?«

»Ja, genau.«

»Aber ist das dann Angst oder eher ein Bauchgefühl, hervorgerufen durch das Wissen aus vorherigen Einsätzen?«, hake ich nach.

Sie lacht leise auf. »Sieh mal einer an. Ich wusste gar nicht, dass du philosophisch sein kannst.«

»Tja, ich bin immer wieder für eine Überraschung zu gebrauchen«, entgegne ich amüsiert.

»Und um auf deine Frage zu antworten: keine Ahnung.« Jetzt lacht sie lauter.

Ihr Lachen ist Musik in meinen Ohren. Ich genieße es, sie so fröhlich zu sehen, und mir wird klar, dass ich sie auf der Wache noch nie so erlebt habe. Dort ist sie immer achtsam, immer auf der Hut, als würde sie sich noch nicht wohlfühlen – dabei sollte die Feuerwehr doch eigentlich ihr zweites Zuhause sein.

Adam

Im Sommer vor vier Jahren

Der Tag, an dem Adam mir eine Einladung zu seinem dreißigsten Geburtstag überreichte, war der Tag, an dem ich zum ersten Mal seit Langem wieder lächelte. Ich hatte nicht damit gerechnet, dass er mich einladen würde, immerhin war ich in den letzten Wochen und Monaten nicht gerade das perfekte Teammitglied gewesen.

Doch da stand er, lächelte mich an und machte eine leichte Verbeugung, während er mir einen cremeweißen Umschlag überreichte.

»Für mich?«, fragte ich verblüfft und nahm die Einladung an.

»Natürlich.« Seine blauen Augen suchten beinahe verwundert mein Gesicht ab. »Ich hätte dich gerne dabei.«

Mir stockte der Atem. Er wollte mich dabeihaben? *Mich?*

»Wirklich?«, kam es mir über die Lippen, bevor ich mich bremsen konnte.

Er lachte, und sein Lachen war ein schönes, eines, das mit mir lachte, statt mich auszulachen.

Unwillkürlich hoben sich meine Mundwinkel an.

Er riss erstaunt die Augen auf. »Ist das da etwa ein Lächeln?«

Ertappt fuhr ich mit meiner Hand zum Mund.

»Lass«, sagte er und blickte sich um, bevor er sich zu mir lehnte. »Ich würde mich freuen, dich häufiger lächeln zu sehen, Quinn.«

Damit ließ er mich in der Umkleide stehen. Mein Lächeln wurde breiter, als die Tür hinter ihm ins Schloss fiel und ich unbeobachtet war. Ich öffnete den Umschlag und überflog die Einladung. Ein Barbecue mit dem Team und ein paar anderen Freunden. Auch wenn sich in meinem Bauch die altbekannte Angst meldete, beschloss ich, dass es endlich an der Zeit war, meinen Platz im Team zu finden.

Ich hatte lange genug getrauert.

*

Adam hatte im Juni Geburtstag, ich beteiligte mich am Geschenk unseres Teams – Tickets für ein Eishockey-Spiel im Winter – und steuerte einen Salat zum Buffet bei.

Ich hatte eine Weile vor meinem Kleiderschrank gestanden und überlegt, was ich anziehen sollte. Letztendlich hatte ich mich für eine Jeans und ein lockeres Bandshirt entschieden, weil ich mich in dem grünen Sommerkleid, das ich eigentlich anziehen wollte, nicht wohlgefühlt hatte.

Auf der Party waren auch ein paar andere Frauen, manche von ihnen erkannte ich als Ehefrauen oder Freundinnen wieder, die anderen hatte ich noch nie gesehen.

»Hey, Quinn!« Adam entdeckte mich unsicher in der Gartenpforte stehen. Er kam mit großen Schritten und breitem Lächeln auf mich zu.

Im Gegensatz zu mir hatte er sich zurechtgemacht. Er trug helle Chinos und ein blaues Hemd, das seine Augen betonte.

»Hey«, begrüßte ich ihn und machte einen Schritt vor, unsicher, ob ich ihn umarmen sollte. »Happy Birthday!«

»Danke.« Er nahm mir die Schüssel mit dem Salat ab, drückte sie jemandem in die Hand, der gerade an uns vorbeiging, und beugte sich vor, um mich zu umarmen. Sein markanter Duft hüllte mich ein. »Schön, dass du gekommen bist.«

»Aber klar«, erwiderte ich und tätschelte seinen Rücken. Meine Wangen brannten, weil ich diese Art von Interaktion schon lange nicht mehr gewohnt war. In den letzten Jahren war ich mit Ausnahme von meiner Freundschaft zu Stella Einzelkämpferin gewesen.

»Komm, ich stelle dich den anderen vor«, bot Adam an, und dankbar für seinen Vorschlag folgte ich ihm in den Garten.

Irgendwie musste er wohl im Gefühl haben, dass mich die Situation nervös machte, denn er sorgte sich den ganzen Abend um mich. Er band mich in Gespräche ein, füllte meine Getränke auf, verurteilte mich aber nicht, weil ich nicht mehr als zwei Bier trinken wollte – das tat ich nie, weil ich nicht die Kontrolle verlieren wollte –, und forderte mich zum Tanzen auf, als die Sonne allmählich unterging und die Musik lauter aus den Boxen auf der Terrasse kam.

»Ich kann nicht besonders gut tanzen«, warnte ich ihn vor, aber der Alkohol in meinem Kreislauf war anderer Meinung, und so tanzten und lachten und feierten wir bis tief in die Nacht hinein.

★

»Hier.« Adam legte mir seine Jacke um die Schultern. »Du siehst aus, als wäre dir kalt.«

»Danke, ich komme schon klar.«

»Weiß ich doch«, erwiderte er mit einem schiefen Lächeln. »Aber lass mir das Vergnügen. Ich bin gerne ein Gentleman.«

Ich kicherte und zog seine Jacke enger um meine Schultern. »Na gut, nur für diesen einen Abend. Und wehe, du erzählst jemandem davon.«

»Keine Sorge, Quinn, ich verrate niemandem, dass du doch einen Sinn für Romantik hast«, erwiderte er, doch die Belustigung war aus seiner Stimme gewichen. Stattdessen war da ein Versprechen, dass er mich immer schützen würde, komme, was wolle.

Ich blieb stehen, ignorierte die Passanten, die einen Bogen um uns machen mussten.

»Was ist los?«, fragte Adam und drehte sich zu mir. Er neigte den Kopf und sah mich neugierig an.

»Habe ich mich überhaupt schon bedankt?«

»Wofür?«

»Für das alles.« Ich atmete tief ein, stieß die Ängste mit dem Ausatmen von mir. »Wenn du nicht gewesen wärst … Du hast alles verändert.«

Sein Blick wurde weich.

»Ich … nach Moms … Du weißt schon.« Meine Stimme versagte, als sich in meinem Hals ein Kloß bildete. »Danke«, brachte ich noch hervor.

»Oh, Quinn«, murmelte Adam und zog mich in seine Arme. Er drückte einen langen Kuss auf meinen Scheitel, der von seinen unausgesprochenen Gefühlen für mich zeugte. Ich ließ es geschehen, ließ mich von ihm trösten, wo ich in den letzten Monaten kaum Trost angenommen hatte. Ich hatte alles mit mir selbst ausgemacht, war zu Hause ausgezogen, weil ich den Gedanken nicht mehr ertrug, dort zu leben, wo sie gestorben war.

Ich hatte mich an meinem Blog festgehalten, weil es die einzige Konstante in meinem Leben war. Die anonymen Interviews, die Hilfe für Betroffene, der stetige Wachstum … das hatte mich über Wasser gehalten, als ich es allein nicht geschafft habe.

Doch nun war ich nicht mehr allein.

Nun war Adam da und zog mich an den Strand.

Quinn

18

Micah leitet mich durch die Straßen von Pasadena, bis wir auf der Einfahrt eines großzügig geschnittenen Einfamilienhauses fahren. Dort schalte ich den Motor ab und folge ihm hinaus.

»Hm, sein Auto ist da«, murmelt er. »Keine Ahnung, wieso er nicht ans Telefon gegangen ist. Vielleicht ist er im Garten.«

Ich sehe mich neugierig um. Vor dem Haus gibt es eine Veranda, auf der ein alter Schaukelstuhl steht. Das Gras ist braun, weil der Sommer so heiß gewesen ist. Ein paar Büsche und Bäume warten darauf, zurückgeschnitten zu werden. Beinahe kann ich mir vorstellen, wie Micah und seine Geschwister früher um das Haus herumgejagt sind.

»Komm, wir sehen direkt hinten nach.« Micah führt mich durch ein Gartentor in den hinteren Bereich des Grundstücks. Der Garten hat ein paar hübsche, mit großen Steinen eingefasste Beete, in denen jedoch gerade kaum etwas blüht. Auch hier stehen ein paar Bäume und Büsche, die ihren Schatten auf die kleine Rasenfläche in der Mitte werfen. Hinter dem Haus gibt es eine Veranda, auf der ein Grill und ein paar Gartenmöbel stehen – und versteckt hinter einem riesigen Rhododendron steht auch noch ein

Schuppen, der aussieht, als hätte er gerade erst einen neuen Anstrich bekommen.

»Dad?«, ruft Micah. »Bist du da?«

Keine Antwort.

»Vielleicht ist er drinnen und hat sein Handy nicht gehört«, schlage ich vor.

Also gehen wir wieder nach vorne, damit Micah die Haustür aufschließen kann. Im Inneren riecht es, als wäre vor Kurzem gekocht worden.

»Dad?« Micahs Stimme schallt durch den Flur. Er schlüpft aus seinen Schuhen, und ich tue es ihm gleich. Mein Blick bleibt an einer Fotogalerie über einem Sideboard hängen. Die Bilder zeigen Micah und seine Familie zu verschiedenen Zeitpunkten ihres Lebens. Micah mit seinem ersten Fahrrad, die Geschwister Arm in Arm, ein Foto der Eltern mit einem Neugeborenen auf dem Arm. Micahs Dad sieht aus wie eine ältere Version seiner Söhne.

Hübscher Mann.

Aus dem oberen Geschoss hören wir es plötzlich poltern.

Micahs Blick fliegt zu mir, er wirkt beinahe alarmiert, doch dann tauchen nackte Füße am oberen Absatz der Holztreppe auf. Einen Moment später kommt sein Vater in Sicht.

»Oh, Micah.« Er räuspert sich und sieht zu mir. Irgendwie sieht er ertappt aus. »Du hast Besuch mitgebracht.«

»Ja, ich habe versucht, anzurufen«, erwidert Micah. »Das ist Quinn. Meine Arbeitskollegin.«

»Stimmt.« Sein Dad fährt sich durch den Bart. »Micah hat schon viel von dir erzählt. Freut mich sehr. Ich bin Emilio.«

»Hi, ich freue mich auch.« Ich strecke ihm die Hand entgegen, und er ergreift sie. »Tut mir leid für die unerwartete Störung.«

»Nein, nein, das muss es nicht.« Er winkt ab und löst sich von mir. »Geht doch ruhig schon mal ins Wohnzimmer. Ich komme gleich nach.«

»Okay …« Micah blickt ihm stirnrunzelnd nach, während Emilio nach oben zurückkehrt. »Komm.«

Ich folge ihm durch eine Tür in eine Küche. Nicht das Wohnzimmer.

»Was …«

Micah legt einen Finger auf seine Lippen und zieht mich weiter, damit wir von der Tür aus nicht zu sehen sind. Dicht vor mir bleibt er stehen und lässt seine Hand langsam sinken. Mir wird klar, dass er wissen will, was seinen Dad so sehr beschäftigt hat, dass er nicht ans Handy gehen konnte.

Direkt danach hören wir Schritte auf der Treppe.

»Schhh, Micah ist im Wohnzimmer«, flüstert Emilio.

Micah blickt an mir vorbei in den Flur. Seine Augen weiten sich ungläubig.

»Bestell ihm Grüße«, entgegnet eine leise Frauenstimme. Die Tür geht auf. Ein Kichern ertönt, dann einen Augenblick lang gar nichts, bevor die Tür mit einem leisen Klicken ins Schloss fällt.

Ich umfasse Micahs Handgelenk, weil ich merke, dass ihn das, was er gesehen hat, aus der Bahn zu werfen droht. Er sieht mich an, seine Brauen zusammengezogen. Ich öffne den Mund, um etwas zu sagen, doch er schüttelt kaum merklich den Kopf.

»Micah?«, ertönt Emilios Stimme aus einem der anderen Räume. Sofort löst sich Micah von mir und geht in die

Küche, um Gläser aus dem Schrank zu holen. Ich folge ihm irritiert.

»Hier drüben«, ruft Micah. »Küche.«

Emilio kommt zu uns, während Micah Gläser auf die Küchentheke knallt und eine Wasserflasche aus einer Kiste holt. Seine Schultern sind angespannt. Ich kenne diese Haltung. Was auch immer er gesehen hat, es macht ihn wütend.

»So, was führt euch her?«, fragt Emilio und deutet auf einen runden Tisch vor dem Fenster zum Garten. »Setz dich doch, Quinn.«

»Danke.« Zögerlich nehme ich Platz. »Wir arbeiten gerade an einem Projekt für die Arbeit und brauchen eine Kreissäge. Micah sagte, wir können das mit Sicherheit hier machen.«

»Aber natürlich. Ihr könnt die Garage gern nutzen«, antwortet Emilio, bevor er sich neben mich setzt. Vor ihm liegen eine gefaltete Zeitung und eine Lesebrille. Daneben steht eine leere Tasse Kaffee. Und gleich daneben steht eine zweite.

Emilios Blick fällt auf die Tassen. Dann sieht er zu Micah, der sich immer noch mit der Getränkeauswahl beschäftigt hält.

Mich beschleicht ein übler Verdacht.

Micah knallt ein Glas so heftig vor uns auf den Tisch, dass das Wasser darin über den Rand schwappt. Seine Brust hebt und senkt sich in schnellen Atemzügen. »Sally? Ist das dein verdammter Ernst?«

Micah

19

Ich hatte echt das Gefühl, es würde nun besser werden.

Aber das hier? Das übertrifft all die Scheiße, die in den letzten Monaten passiert ist.

»Das ist ja wohl das Letzte«, fahre ich Dad an. Er zuckt zusammen und blickt betroffen drein. »Und dann auch noch in dem Bett, das du mit Mom geteilt hast? Wirklich?«

»Micah«, setzt er an.

Doch ich schüttle den Kopf. Das kann ich nicht. Das geht echt zu weit.

»Sorry«, murmle ich an Quinn gewandt, bevor ich auf dem Absatz kehrtmache und aus der Küche laufe. Ich knalle die Haustür zu und stürme aus dem Gartentor, bloß weg von diesem Haus, an dem so viele Erinnerungen hängen. Weg von Dad, der das alles mit Füßen tritt.

»Micah!« Ich höre Quinn in meinem Rücken, aber ich kann jetzt nicht mit ihr reden. Ich will ihr nicht in die Augen sehen. Ihr erzählen müssen, dass Dad nicht der ist, für den ich ihn immer gehalten habe. Ich dachte, er liebt Mom. Ich dachte, er vermisst sie genauso sehr wie wir. Ich dachte … Scheiße, ich weiß nicht mehr, was ich überhaupt noch denken soll.

Wissen Allegra und Pascal davon?

Am liebsten würde ich etwas kurz und klein schlagen, aber da ich das nicht kann, beschleunige ich meine Schritte, bis ich renne.

Ich renne und renne und renne, bis mir der Atem wegbleibt, und noch weiter. Bis mir schlecht ist, bis ich würgend und nach Luft ringend vor Moms Grab auf die Knie falle.

Heiße Tropfen fallen vor mir auf den Boden. Meine Finger graben sich in den Dreck.

»Fuck«, krächze ich und schließe die Augen.

Das macht es nicht besser.

Sofort sehe ich Sally vor mir.

Sally, mit der Mom früher immer lachend auf der Veranda gesessen hat. Sally, die uns Essen gekocht hat, wenn Mom und Dad zu Arztterminen mussten. Sally, die jeden von uns tröstend in den Arm genommen hat, an dem Tag, an dem wir Mom beerdigt haben.

Wieso ausgerechnet sie?

Wie kann sie nur?

Wie kann *er* nur?

Als ich Schritte höre, öffne ich die Augen, doch es ist nicht Dad, der neben mir in die Knie geht.

Es ist Quinn.

Sie legt eine Hand auf meinen Rücken und flüstert meinen Namen.

Ich sinke gegen sie, zu erschöpft, zu fassungslos, um weiterhin den Starken zu mimen. Sie zieht mich in ihre Umarmung und hüllt mich in ihre Geborgenheit.

Die Dunkelheit streckt ihre Finger nach mir aus, ich will mich ihr überlassen, habe es satt, so verdammt satt, immer gegen etwas anzukämpfen. Mich um alles zu kümmern. Den Erwachsenen zu spielen.

Quinn legt eine Hand an meine Wange und wischt die Feuchtigkeit weg.

Da erst wird mir klar, dass ich vor ihr sitze und heule wie ein kleines Kind.

Das holt mich zurück ins Hier und Jetzt. Sofort löse ich mich von ihr. »Shit, sorry, ich …« Ich wische mir mit dem Handrücken über die Wangen und klopfe mir den Dreck von der Hose. »Das war … Können wir so tun, als wäre das nie geschehen?«

»Micah«, setzt Quinn an. Ihr Blick ist mitfühlend. »Das muss dir nicht unangenehm sein.«

Ich seufze und sehe zu Moms Grabstein. Da stehen frische Dahlien – und dieses Mal sind sie nicht von mir.

»Sally ist unsere Nachbarin«, höre ich mich sagen. »Sie war Moms beste Freundin.«

»Ich verstehe.«

»Ich … Wie lange geht das schon so? Hat das angefangen, bevor Mom …« Ich schüttle fassungslos den Kopf. Will den Gedanken gar nicht erst zulassen.

»Das wirst du nur herausfinden, wenn du ihn fragst«, antwortet Quinn sanft.

Ich lasse die Schultern sinken. »Ich weiß«, murmle ich und denke an Dads schuldbewussten Blick zurück. Ich versuche, die Wut herunterzuschlucken, aber es ist echt nicht leicht. »Will ich aber gerade nicht. Ich will diese ganze Scheiße einfach nur für ein paar Tage vergessen.«

Quinn schweigt.

Irgendwann sehe ich wieder zu ihr, verwirrt darüber, dass sie nichts mehr hinzuzufügen hat. Ihre blauen Augen ruhen auf mir. »Dann lass uns genau das machen«, sagt sie schließlich. »Scheiß auf das Projekt. Scheiß auf deinen Dad. Scheiß auf den Rest der Welt. Wir gehen essen, betrinken uns und gucken die ganze Nacht lang Serien – und sobald wir morgen wieder fit sind, packen wir unseren Kram ein und fahren zum Bouldern an den Strand.«

Sie verzieht den Mund zu einem Lächeln. Zaghaft zwar, aber ehrlich.

Ich kann kaum glauben, dass sie die nächsten vierundzwanzig Stunden mit dieser schlecht gelaunten Version von mir abhängen will, aber… »Das hört sich verdammt gut an.«

Quinn

20

Mein Herz schmerzt für Micah.

Ich glaube, erst jetzt wird mir bewusst, was er wirklich durchmacht. Nicht nur der Streit mit seiner Schwester, auch der Verlust seiner Mutter muss ihm immer noch wehtun. Bei mir ist es zwar schon eine ganze Weile her, aber ich weiß noch genau, wie es sich angefühlt hat, als vom einen Tag auf den anderen plötzlich einer der wichtigsten Menschen in meinem Leben nicht mehr da war.

»Komm.« Ich strecke eine Hand aus. Weg vom Grab seiner Mutter, weg aus Pasadena, weg von den Erinnerungen, die ihn hier an jeder Ecke überfallen können. »Lass uns das Auto holen. Ich kenne einen tollen Mexikaner.«

Micah blickt noch einmal verunsichert auf das Grab, dann strafft er die Schultern und ergreift meine Hand. Ich flechte unsere Finger ineinander und führe ihn von dem Friedhof, auf den ich ihm gefolgt bin. Wir berühren uns bei der Arbeit ständig, oft halten wir uns an den Händen fest, wenn wir uns Seite an Seite durch undurchsichtigen Rauch schieben. Aber das hier? Das fühlt sich ganz anders an.

Trotzdem lasse ich ihn nicht los.

Ich habe zu viel Angst, dass ich ihn dann an seine Gefühle verliere.

An seinem Elternhaus angelangt überrede ich ihn dazu, sich direkt ins Auto zu setzen, bevor ich zur Haustür gehe, um Emilio Bescheid zu geben, dass er sich keine Sorgen machen soll.

Er reibt sich mit beiden Händen übers Gesicht, der Ausdruck der Erschütterung lässt ihn locker zehn Jahre älter wirken.

»Sie sollten Micah erzählen, seit wann das schon läuft«, sage ich leise.

Er nickt. »Ich wollte nicht, dass er es so erfährt.«

»Ich weiß.« Ich lächle ihm mitfühlend zu. »Es ist okay weiterzumachen. Aber denken Sie dran, dass Ihre Kinder vielleicht noch nicht dazu bereit sind, neue Wege einzuschlagen.«

»Danke, Quinn.« Er blickt zum Auto. »Er wollte immer, dass ich das Haus verkaufe, um weitermachen zu können. Ich habe nicht damit gerechnet, dass ihn das so hart treffen würde.«

»Er macht gerade eine schwere Zeit durch«, erwidere ich. »Seien Sie geduldig mit ihm. Er wird sich melden, wenn er Redebedarf hat.«

Emilio bedankt sich noch einmal, dann schließt er mit einem Seufzen die Tür. Ich laufe zum Auto und schwinge mich hinters Steuer. Micah sitzt auf dem Beifahrersitz, die Beine ausgestreckt, sein Handy in der Hand – wahrscheinlich auf der Suche nach Ablenkung, damit er nicht in Versuchung gerät, auszusteigen und seinem Dad eine reinzuhauen.

Er schaltet sein Display aus, als ich ins Auto komme, aber ich habe es trotzdem gesehen.

»Hast du dir da gerade wirklich Reels angeschaut?«, necke ich ihn.

»Ich?« Seine Mundwinkel zucken, bevor er das Handy in die Mittelkonsole legt. »Mit irgendwas muss ich mich ja ablenken.«

»Wow, ich hätte nicht gedacht, dass du doch noch auf die dunkle Seite der Macht wechselst«, erwidere ich und starte den Wagen, um von der Einfahrt zu fahren.

»Und wessen Schuld ist das?«

»Meine?« Ich lache auf. »Vergiss es. Den Schuh ziehe ich mir nicht an. Das kannst du schön Pascal und seinem Tausch mit Holly zuschreiben.«

»Aber auch nur, weil ich meinen Bruder ja sonst nicht zu Gesicht bekommen habe«, brummelt er.

Wir quatschen eine Weile über belangloses Zeug, bis wir schließlich vor dem Restaurant anhalten.

»Ich sehe aus, als hätte ich im Garten gearbeitet«, murmelt Micah und blickt an sich herab. Tatsächlich. Seine Knie sind staubig, seine Hände immer noch stellenweise dreckig. »So kann ich unmöglich essen gehen.«

»Dann lass uns was mitnehmen«, schlage ich vor. »Du sagst in der Zwischenzeit Ben Bescheid, dass du heute nicht nach Hause kommst. Wenn wir bei mir sind, werfe ich deine Sachen in die Waschmaschine. Ich habe noch was da, was dir passen dürfte.«

»Bist du sicher?«

»Ja, das passt bestimmt.« Ich winke ab und will aussteigen, doch er hält mich am Arm zurück. Ich falle zurück in den Sitz und drehe mich zu ihm.

»Das meine ich nicht«, sagt er und sieht mich ernst an.

Der Blick in seine braunen Augen lässt meine Kehle trocken werden.

»Ich verstehe nicht«, wispere ich.

Er schluckt hörbar. »Ist es wirklich okay für dich, wenn ich mitkomme? Ich will nicht, dass du denkst, du müsstest …«

»Nein«, unterbreche ich ihn. »Das denke ich nicht.« Ich lächle ihn an. »Wir sind Partner, Micah, und Partner sind füreinander da.«

Er öffnet die Lippen, will etwas sagen, bricht dann aber in ein zartes Lächeln aus. Ich widerstehe dem Drang, die Hand zu heben, um seine Grübchen zu berühren. Mein Herz rast wie verrückt, und wenn ich mir einer Sache sicher bin, dann dieser: Eine betrunkene Nacht mit Micah zu verbringen, wird nicht gerade dafür sorgen, dass es sich wieder beruhigt.

*

»Hier sind Handtücher. Leg mir deine Sachen einfach vor die Tür, dann werfe ich sie direkt in die Waschmaschine«, biete ich ihm an, bevor ich ihm das Badezimmer zeige. Glücklicherweise habe ich vorgestern erst geputzt.

Micah bedankt sich und verschwindet in der Dusche. Ich suche unterdessen in meinem Kleiderschrank nach dem Oversized Hoodie der Fire Academy und der Jogginghose meines Ex-Freundes, die ich längst wegwerfen wollte. Gut, dass ich es nicht getan habe.

Ich ziehe mir selbst auch etwas Bequemes an, dann lege ich die Sachen vor die Badezimmertür und werfe Micahs T-Shirt und seine Jeans in die Waschmaschine. Die Dusche rauscht, während ich unser Essen auspacke und auf dem Couchtisch ausbreite. Ich habe noch zwei Flaschen Wein da, das reicht vielleicht nicht für einen Filmriss, aber zumindest ist es genug, um Micah für ein paar Stunden vergessen zu lassen.

»Du verarschst mich, oder?«, ertönt seine Stimme plötzlich in meinem Rücken.

Ich drehe mich um – und kriege mich vor Lachen nicht wieder ein.

Die Hose passt wie angegossen, aber der Hoodie?

»O Göttin«, kichere ich und presse mir eine Hand vor den Mund. Der Hoodie endet knapp unter seinem Rippenbogen und entblößt das Sixpack, für das er beinahe jeden Tag etwas tut. Der rote Stoff spannt sich so sehr über seiner Armmuskulatur, dass die Nähte jeden Moment zu reißen drohen. Die Hose sitzt tief auf seinen Hüftknochen, ein Streifen seiner schwarzen Boxershorts blitzt hervor. »Ich habe echt gedacht, dass er dir passt.«

»Da hast du wohl falsch gedacht«, erwidert er und versucht, sich aus dem Hoodie zu befreien, was offenbar gar nicht so leicht ist, weil seine Schultern so breit sind.

»Warte, ich helfe dir.« Immer noch kichernd ziehe ich ihm den Stoff über den Kopf. So nah bei ihm erschnuppere ich den Duft meiner Seife, der sich mit seinem eigenen Geruch vermischt hat. Als wir ihn aus dem Hoodie befreit haben, funkelt er mich böse an. »Dein T-Shirt ist schon in der Wäsche«, verkünde ich kleinlaut.

»Hast du noch was anderes da?«

»Nichts, was annähernd so groß ist«, murmle ich und blicke verlegen zur Seite. »Tut mir leid.«

Er seufzt. »Macht nichts. Wenn's dich nicht stört.«

»Nein.« Ich winke ab. »Im Gegen… äh, nein, also, nein, es stört mich nicht.«

Im Gegenteil? Was zum Teufel rede ich denn da? Schnell

wende ich mich ab, um meinen hochroten Kopf zu verbergen. Irgendwie stehe ich wohl auf der Leitung, denn ich scheine immer noch nicht kapiert zu haben, dass Micah mein verdammter Kollege ist. Kein Date, kein zweiter Versuch einer Beziehung mit einem Feuerwehrmann, der in einer Katastrophe enden wird. Punkt.

»Das Essen steht auch schon bereit. Setz dich, ich mach noch Wein auf«, plappere ich drauflos und suche in meinen Küchenschränken nach Weingläsern, um mich zu beschäftigen. Als mir schließlich nichts anderes mehr übrig bleibt, gehe ich zum Sofa und serviere den Wein.

»Ich wusste nicht, dass du auch was trinkst«, sagt Micah, der es sich in der Zwischenzeit auf der Couch gemütlich gemacht hat. Ihn so zu sehen, macht verrückte Dinge mit meinem Herzen, auf die ich lieber nicht allzu genau achte. »Ich dachte ehrlich gesagt, du trinkst gar keinen Alkohol.«

»Mache ich auch nicht oft«, erwidere ich und hebe mein Glas, um mit ihm anzustoßen. »Aber hey, heute ist so was wie eine Ausnahme.«

Das liebliche Aroma des Weines breitet sich auf meiner Zunge aus. Ich zwinge mich dazu, meinen Blick von Micah loszureißen, um nicht noch hibbeliger zu werden. Die Aussicht darauf, so viel Zeit mit ihm zu verbringen, macht mich nervös – und ich weiß nicht genau, wieso. Ich mag ihn, ich vertraue ihm, sonst würde ich keinen Alkohol trinken. Aber wieso ist mein Herz so ein Verräter? Vor ein paar Tagen ist es in seiner Nähe noch nicht so ausgetickt, doch jetzt stelle ich panisch fest, dass ich Gefühle für ihn entwickle, die über Kollegialität und Freundschaft hinausgehen.

Und das ist nicht gut.

Gar nicht gut.

Das will ich nicht.

Ich will Freundschaft.

Mehr nicht.

»Welche Serie gucken wir?«, frage ich ihn, um mich von dem Tumult in meinem Inneren abzulenken.

Er stellt sein Glas auf dem Tisch ab. »Keine Ahnung, was gibt's denn so?«

»Hm.« Ich schalte den Fernseher und meinen Streamingservice an. Es dauert nicht lange, da haben wir uns für *Chicago Fire* entschieden.

»Aber nur, wenn die wirklich gut ist«, sagt Micah, während er das Essen auf unseren Tellern verteilt. »Ich ertrage nicht noch eine schlechte Feuerwehrserie.«

Micah

21

Entspannt lehne ich mich zurück. Das Essen war super und der Wein genau richtig, um mir nicht mehr den Kopf über Sally und Dad zu zerbrechen. Auf dem Bildschirm kollidiert einer vom Chicago Fire Department mit einem korrupten Cop und bietet eine spannende Ablenkung von den Gefühlen in mir.

Nach den ersten beiden Folgen holt Quinn einen Becher Eis aus dem Gefrierschrank und drückt mir einen Löffel in die Hand. »Chocolate Chips«, murmelt sie mit einem verschlagenen Grinsen. »Darf nicht fehlen.«

»Du bist so ein kleiner Schokoteufel.«

Sie streckt mir die Zunge raus, bevor sie ihren Löffel in das Eis rammt und sich ein großes Stück rauskratzt. Dann rutscht sie dichter an mich heran und lehnt sich zurück. Nun nehme ich die Konturen ihres Körpers überdeutlich neben mir wahr und greife nach dem Eis, um mich damit abzulenken.

Obwohl Quinn ihre Süßigkeiten auf der Feuerwache immer mit ihrem Leben verteidigt, überlässt sie mir heute einen Großteil des Bechers. Wahrscheinlich denkt sie, ich brauche das, damit es mir wieder besser geht.

Aber es ist weder die Serie noch der Alkohol noch das

Eis … es ist ganz allein Quinns Anwesenheit, die mir dabei hilft, nicht durchzudrehen.

Nach der dritten Folge räumen wir den Tisch ab, werfen meine Wäsche in den Trockner und öffnen die zweite Flasche Wein. Als wir dieses Mal anstoßen, lassen mich ihre blauen Augen nicht los. Ich trinke einen großen Schluck und ignoriere das aufkeimende Kribbeln in meiner Magengrube.

»Wollen wir noch eine Folge schauen?«, fragt sie mich.

Ich lache leise auf. »Ich dachte, das wird ein Serienmarathon?«

Sie erwidert mein Lachen. »Ich wollte nur sichergehen, dass du noch an Bord bist.«

»Bin ich.«

»Gut.« Sie legt sich auf die Seite, mit dem Kopf auf der anderen Seite der Couch. Ihre Füße berühren beinahe meine Beine. Ich bin verlockt, sie auf meinen Schoß zu ziehen, wie ich es früher oft bei Allegra gemacht habe. Aber ich rühre mich nicht.

Zumindest nicht, bis mir der Hintern einschläft.

Ich sollte es mir auch gemütlich machen.

Quinns Sofa ist zu klein, als dass wir beide darauf liegen könnten, ohne uns zu berühren. Aber was macht ein bisschen Berührung auch schon aus? Wir sind doch Partner.

Also ziehe ich ihre Beine doch kurzerhand in meinen Schoß und strecke mich auf der Couch aus. »Geht das so?«

»Mhm«, macht sie und räuspert sich. »Klar.«

Ich klemme mir ein Sofakissen unter die Schultern und widme mich wieder der Serie. Als es spannend wird, finden meine Hände wie von selbst Quinns Knöchel und halten sie an Ort und Stelle.

»O verdammt«, stößt Quinn hervor, als einer der Feuerwehrleute verunglückt. »Das hatte ich schon vergessen.«

Wir sprechen kurz über die Stelle, aber da die Handlung spannend weitergeht, vergisst einer von uns irgendwann, etwas zu erwidern. Was ich jedoch nicht vergesse, ist das Gefühl ihres Körpers so dicht an meinem. Dagegen hilft auch der Wein nichts.

Was wir hier machen, fühlt sich nicht mehr an wie eine Kumpeltour.

Das ist etwas anderes.

Etwas, das ich nicht in Worte fassen kann.

Aber vielleicht muss ich das auch nicht.

Vielleicht kann ich auch einfach genießen,
dass es noch Momente
in meinem Leben
gibt,
in denen die Zeit stillsteht
und für ein paar Augenblicke
alles gut
ist.

Quinn

22

Micahs Lippen sind leicht geöffnet, sein Dreitagebart wirft einen verwegenen Schatten auf sein Gesicht. Im Schlaf sieht er so friedlich aus. Jünger irgendwie. Und vor allem deutlich entspannter.

Ich hebe eine Hand und will ihm eine wilde Locke von der Stirn streichen, doch als mir das bewusst wird, steigt mir die Hitze in die Wangen. Was zum Teufel soll das werden? Ich kann doch nicht einfach meinen Kollegen begrabbeln, bloß weil er hinreißend aussieht. Ich muss mich wirklich besser beherrschen lernen, denke ich, verärgert über mich selbst, und breite eine Decke über ihm aus.

»Schlaf gut«, wispere ich.

Dann tapse ich auf leisen Sohlen durch den Raum, um das Licht auszuschalten. Einen Augenblick schaue ich noch auf Micahs Umriss auf meinem Sofa, dann verschwinde ich im Badezimmer, um mir die Zähne zu putzen und noch mal aufs Klo zu gehen.

Der Wein lässt mich unsicher auf den Beinen stehen. Es ist Monate her, dass ich so viel getrunken habe wie heute Abend – und doch habe ich heute keine Angst.

Heute fühle ich mich sicher.

Quinn

23

Der salzige Wind weht uns um die Nase, als wir mit heruntergelassenen Fenstern auf dem Parkplatz in der Nähe der Pirate's Cove parken. Es ist der perfekte Tag, um zu bouldern. Nicht zu warm, nicht zu kalt, die Sonne ist hinter dem diesigen Himmel verborgen und brennt nicht auf uns herab. Mit ein bisschen Glück wird sie aber am späten Nachmittag noch hervorbrechen.

»Hier war ich noch nie«, sagt Micah und schaut sich neugierig um. Er trägt eine rote Badeshorts und ein weißes T-Shirt. Uns erschien es ratsamer, kurz bei ihm vorbeizuschauen, statt uns auf weitere »Das passt dir bestimmt«-Abenteuer einzulassen.

»Ich liebe die Felsen an diesem Strand«, erzähle ich ihm. »Du wirst es mögen. Wir sind bestimmt nicht allein.«

Ich öffne den Kofferraum, um meine Tasche mit den Kletterschuhen, Handtüchern und Wasserflaschen rauszuholen. Micah hält mir eine Hand entgegen. »Du musst nicht immer alles allein tragen, Quinn.«

»Ich weiß«, entgegne ich und drücke ihm die Tasche in die Hand. »Aber wehe, du erzählst auf der Wache rum, dass ich mich habe verwöhnen lassen.«

Er lacht auf und hängt sich die Tasche um eine Schulter.

»Was stört dich so sehr daran? Ist doch schön, wenn einem mal geholfen wird.«

»Natürlich ist es das«, erwidere ich, während wir zum Strand gehen. »Aber wenn ich mir die Sachen auf der Arbeit abnehmen lasse, vermittle ich damit ein falsches Bild. Ich bin nicht schwächer als ihr, nur weil ich eine Frau bin. Ich trainiere genauso hart, wenn nicht noch härter, weil ich weiß, dass ich mich ständig beweisen muss. Was würde Trent sagen, wenn ihr plötzlich anfangt, mir die Sachen hinterherzutragen?«

»Trent ist ein Arschloch.«

»Davon abgesehen.«

»Ich glaub, ich verstehe das jetzt.« Micah wirft mir einen Blick zu. »Anfangs dachte ich, du willst anderen einfach keine Arbeit machen. Ich wusste nicht, dass da mehr dahintersteckt.«

»Wie auch? Du bist ein Mann. Bei dir denkt kein Mensch, du wärst nicht für den Job gemacht, bloß weil du mal Hilfe annimmst.«

»Also machst du lieber alles selbst, hm?«

Schief lächle ich ihn an. »Du hast es erfasst.«

Wir erreichen die Treppe und laufen nacheinander runter. Der Strand ist verhältnismäßig leer. Zwei andere Kletterer sind unterwegs, ein paar Familien sitzen auf Decken und genießen den Tag am Wasser.

Micah legt die Tasche in den Sand. Ich hocke mich daneben, um meine Kletterschuhe rauszuholen, und tausche sie gegen meine Sneakers.

»Hey, Sparkles«, sagt Micah da laut. Ich blicke auf. »Nur damit du es weißt: Ich denke, du bist großartig in deinem Job.«

Ich kämpfe gegen ein breites Lächeln an.

Micah grinst mich verschlagen an, dann streift er sein T-Shirt ab und wirft es neben die Tasche. Seine gebräunte Haut glänzt in der Sonne.

Als ich meine Kletterschuhe anhabe, steht er schon vor dem ersten Felsen. Die anderen beiden Kletterer nicken uns zu, sie sind ein Stück weiter rechts beschäftigt.

»Auch wenn du mich dafür vielleicht schlagen wirst: Ladys first.« Micah deutet auf die Wand.

Ich lache auf, weil er zumindest gemerkt hat, dass er mit solchen Sprüchen bei mir nicht weit kommt. »Du hast ja bloß keine Ahnung, wie das funktioniert«, necke ich ihn und staube mir die Hände mit Kreide aus meinem kleinen Säckchen ein. Dann widme ich mich der Felswand vor mir.

Es ist schon eine Weile her, seit ich das letzte Mal hier war, aber ich gehe oft genug klettern, um vor Micah ein bisschen angeben zu können. Ich verlangsame meinen Atem, konzentriere mich ganz auf das, was vor mir liegt, stelle mir die Route nach oben im Geiste vor. Dann hebe ich die Hand, um meinen ersten Zug zu tun. Das Gefühl von rauem Felsen unter meinen Fingerspitzen erdet mich. Das Kindergeschrei um mich herum wird leiser, die Welt dreht sich langsamer, während ich mich Stück für Stück nach oben arbeite.

Die Route ist kurz, und oben angekommen entscheide ich mich dafür, mich über die Kante zu ziehen und die Treppe hinunterzulaufen, statt von hier aus in den weichen Sand zurückzuspringen.

Als ich unten angelangt bin, nickt Micah anerkennend. »Gar nicht übel.«

Ich grinse und halte ihm meinen Beutel mit Kreide entgegen. »Du bist dran. Zeig mal, was du draufhast.«

Er staubt sich die Hände ein und dreht sich zur Wand. Während ich mir eine Flasche Wasser aus der Tasche hole und etwas trinke, beobachte ich ihn dabei, wie er die Wand analysiert.

Micah lässt die Schultern kreisen und schüttelt seine Beine aus. Als er nach dem Felsen greift und Halt mit dem Fuß sucht, hätte ich mich beinahe an meinem Wasser verschluckt. Das Spiel seiner Rückenmuskulatur trifft mich vollkommen unerwartet. Er ist nicht der erste sexy Kletterer, den ich schamlos beobachte – aber er ist der erste, der mein Herz unwillkürlich schneller schlagen lässt.

So ein Mist.

Wäre er doch bloß ITler und kein Feuerwehrmann, denke ich mit einem Seufzen und verdrehe noch im gleichen Moment die Augen darüber, dass ich in Klischees denke. Auch ITler dürfen schließlich Muskeln haben.

Micah ist unterdessen oben angekommen und springt von dort aus zurück in den Sand. Mit einem dumpfen Geräusch kommt er vor mir auf und landet geschmeidig wie eine Katze. Er hebt den Blick, blitzt mich vergnügt an, bevor er sich aufrichtet und seine Hände abklopft. »Das war leicht«, sagt er. »Wenn die Strecken alle so sind, müssen wir wohl die Zeit stoppen, um zu sehen, wer besser ist.«

Micah

24

Quinn und ich liefern uns einen harten Wettkampf. Sie ist verdammt gut, sehr viel geschickter als ich, aber was mir an Geschicklichkeit fehlt, gleiche ich mit Kraft aus. Die anderen Kletterer haben längst aufgehört, als wir uns der letzten Strecke auf den Felsen hinauf widmen, und sitzen auf ihren Handtüchern im Sand. Sie schauen uns neugierig bei unserem Wettkampf zu.

»Endgame«, murmelt Quinn konzentriert. Sie staubt sich die Hände mit Kreide ein. Mittlerweile haben wir Sand und Kreide überall kleben, nicht mehr nur noch an den Fingern. »Wer verliert, muss das Abendessen bezahlen.«

»Damit kann ich leben.« Ich trinke etwas und versuche, sie nicht allzu offensichtlich anzustarren. Irgendwann zwischen der vierten und sechsten Strecke hat sie ihr T-Shirt ausgezogen, um im Bikinioberteil weiterzuklettern. So ist sie nicht nur mit ihrem Können, sondern auch mit ihrem Körper ein absoluter Hingucker am Strand. Ich bin jedenfalls nicht der Einzige, der seine Blicke nicht von ihr lassen kann.

»Okay. Bist du so weit?«

»Jepp.« Ich stelle die Stoppuhr ein. »Auf die Plätze, fertig, los.«

Ich drücke auf den Knopf und sehe Quinn dabei zu, wie sie flink wie ein Eichhörnchen an der Felswand hochklettert. Diese Stelle hat einen leichten Überhang, und für eine winzige Sekunde denke ich, Quinn verliert den Halt, doch dann wird mir klar, dass sie sich hängen lässt, um die Position zu wechseln.

Wahnsinn! Sie baumelt an ein paar wenigen Fingerspitzen von der Felswand hinunter, holt Schwung und hakt ihr Bein über den Vorsprung, um sich hochzuhieven. Keine drei Sekunden später ist sie oben, und ich hätte vor lauter Staunen beinahe vergessen, auf den Knopf für den Timer zu drücken.

Das werde ich so was von verlieren.

»Sechsundzwanzig Sekunden«, verkünde ich, nachdem Quinn vor mir in der Brandung gelandet ist. Wir haben mittlerweile die Schuhe ausgezogen, weil das Wasser an dieser Stelle fast bis zu den Felsen kommt.

»Ja!«, japst sie freudestrahlend. »Das packst du nie!«

»Das werden wir ja sehen.« Ich reiche ihr das Handy, nehme etwas Kreide zwischen die Hände und verteile sie, bevor ich den Felsen studiere. Auch hier sieht man Kreidespuren an den am meisten genutzten Handgriffen. Der Überhang macht mir jedoch Sorgen. So was habe ich noch nie gemacht.

»Bereit?«

»Nun drängle doch nicht so«, brumme ich. Sie kichert, während ich fieberhaft versuche, mir eine Strategie zurechtzulegen. Aber ich schätze, ich werde es einfach drauf ankommen lassen müssen. »Okay, kann losgehen.«

Sie zählt die Sekunden runter, dann bin ich an der Wand. Griff, Griff, den Fuß aufsetzen. Ich stoße mich hoch und greife gleichzeitig nach der nächsten Kuhle im Gestein. Zwei weitere Züge später habe ich den Überhang erreicht und sehe mich blitzschnell um. Ich greife nach der Kante – und verliere den Halt an der Wand.

»Woah«, mache ich noch, da sause ich auch schon durch die Luft und plumpse ins kalte Wasser.

Quinn stößt einen triumphierenden Schrei aus.

»Verdammt«, grummle ich und richte mich auf. »Das war nicht fair. Ich bin noch nie einen Überhang geklettert.«

Quinn tänzelt belustigt zu ihrer Tasche. »Du schuldest mir ein Abendessen, Stitches.«

»Na warte, Sparkles!« Ich mache einen Satz auf sie zu. Kreischend lässt sie ihr Handy in die Tasche fallen und rennt los. Ich jage ihr hinterher, quer über den Strand, bis ich sie an der Hüfte zu fassen bekomme.

Ich schließe beide Arme um sie und hebe sie vom Boden.

»Ahhh, lass mich los! Du bist ja ganz nass!«, japst sie und tritt wie wild um sich.

»Vergiss es!« Ich schleppe sie zum Wasser, rutsche auf dem nassen Sand aus und verliere beinahe den Halt.

»Micah!«

Als das Wasser tief genug ist, lasse ich mich mit ihr fallen. Die Wellen schlagen über unseren Köpfen zusammen, und für einen winzigen Moment verliere ich die Orientierung. Dann stoße ich mich vom Boden ab, um nach Luft zu schnappen.

Quinn taucht vor mir auf, prustend und hustend, mit triefend nassem Haar und ausgestreckter Hand, um mich von sich fernzuhalten. Ihre blauen Augen funkeln mich amüsiert an. »Dafür werde ich mich rächen.«

»Ach ja?« Ich grinse sie an.

»O ja!«, entgegnet sie und stürzt sich auf mich. Kaum hat sie mich erreicht, springt sie an mir hoch und stützt ihre Knie auf meinen Hüften auf. Beinahe verliere ich das Gleichgewicht, instinktiv halte ich sie fest umschlungen, und nur ein Schritt nach hinten bewahrt uns davor, ein weiteres Mal ins Wasser zu plumpsen.

Dass das der bessere Ausweg aus dieser Situation gewesen wäre, wird mir allerdings klar, als sich unsere Nasenspitzen berühren und die Welt um uns plötzlich stillzustehen scheint.

Ihr Lachen wird zu einem Lächeln.

Dann zu einem unsicheren Blick in meine Augen.

Ich atme langsam aus und wieder ein.

Mein Herz droht, aus meiner Brust zu springen, während mich das unbändige Verlangen überkommt, sie zu küssen.

Mein Blick gleitet zu ihren leicht geöffneten, rosigen Lippen.

Wir sollten das nicht tun, denke ich, aber das Ziehen in mir nimmt unmenschliche Ausmaße an.

»Micah«, wispert sie und legt eine Hand an meine Wange. Ihr Daumen streicht über meine Unterlippe – und mir wird klar, dass sie es genauso dringend will.

Diesen Kuss.

Mich.

Ausgeträumt

Im Herbst letzten Jahres

»Gott, wie gerne ich dich jetzt vernaschen würde«, murmelte Adam und küsste meinen Nacken. Seine Hände lagen auf meinen Schultern, seine Lippen bahnten sich ihren Weg meinen nackten Rücken hinab. »Du siehst so verdammt sexy aus.«

Kichernd klappte ich den Laptop zu, auf dem ich bis gerade noch das Interview mit einer Feuerwehrfrau aus Ohio formatiert hatte. »Wenn du nicht zu viel trinkst, kommst du vielleicht später noch zum Zug. Aber unsere Gäste dürften jeden Moment hier sein«, erinnerte ich ihn sanft.

»Außerdem würde es mir im Traum nicht einfallen, dich bei der Arbeit zu unterbrechen.« Er drückte noch einen Kuss auf meinen Nacken, bevor er sich von mir löste. »Bist du fertig geworden?«

»Gerade so. Ich muss nur noch den passenden Instagram-Post erstellen, aber das kann ich auch morgen noch machen.« Ich nahm den Laptop und verstaute ihn in meinem Rucksack, den ich morgen wieder mit nach Hause nehmen würde. Ich wohnte zwar nicht offiziell bei Adam, aber es machte einfach Sinn, das Team hierher einzuladen, um mit ihnen auf unsere Erfolge anzustoßen.

Als ich fertig war, folgte ich ihm hinaus in den Garten, in dem wir Tische und Stühle aufgestellt hatten, um den heutigen Tag zu feiern.

»Musst du nicht langsam mal den Grill anwerfen, *Lieutenant?*«, neckte ich ihn mit seinem neuen Dienstgrad. Den Stolz in meiner Stimme konnte ich kaum verbergen.

»Steht mir gut, oder, *Höhenretterin*?« Er zwinkerte mir zu und sprang dann von der Terrasse aufs Gras, um sich um besagten Grill zu kümmern.

»Wunderbar«, erwiderte ich mit einem breiten Lächeln, weil er mich mit seiner Antwort an meine eigene Errungenschaft erinnert hatte. Ich war jetzt offiziell eine Höhenretterin – damit hatte ich mir einen lang gehegten Traum erfüllt.

Unsere Gäste kamen kurze Zeit später und brachten Getränke und Salate fürs Buffet mit. Ich erinnerte mich an den Abend vor zwei Jahren, an dem Adam in diesem Garten seinen Geburtstag gefeiert hatte, und war erstaunt über all die Dinge, die in der Zwischenzeit geschehen waren.

Für mich, für ihn, für uns.

Anderthalb Jahre waren wir nun zusammen durch jedes Feuer gegangen. Anderthalb Jahre, in denen ich gelernt hatte, wieder zu lachen. In denen ich angefangen hatte, mich wieder in Kleidung wohlzufühlen, die meine Vorzüge betonten, statt sie zu vertuschen. Anderthalb Jahre, in denen er mein größter Unterstützer war – sowohl auf der Arbeit als auch im Privaten.

Und ich fragte mich, wann er bereit war, den nächsten Schritt zu gehen.

⋆

»Das war ein toller Abend«, meinte ich, während ich das Geschirr in die Spülmaschine räumte.

»Ja, nicht?« Adam stand neben mir und verpackte das übrig gebliebene Fleisch in Dosen. Das war seine Aufgabe, er wusste, dass ich das Fleisch nicht anfassen würde. »Weißt du … ich habe mir ein paar Gedanken gemacht«, fuhr er fort und quetschte die Dosen in den prall gefüllten Kühlschrank. Dann wusch er sich die Hände, trocknete sie ab und kam zu mir.

Ich schaltete die Spülmaschine ein und wendete mich ihm zu. »Ach ja?«

»Ja.« Er lächelte. »Ich bin jetzt zweiunddreißig, und ich glaube …« Sein Lächeln wurde größer – und für einen Augenblick bekam ich es mit der Angst zu tun. Er würde doch wohl nicht um meine Hand anhalten, oder?

»Ich liebe dich, Quinn«, sagte er und griff nach meiner Hand. »Ich kann mir mein Leben ohne dich nicht mehr vorstellen.«

O Göttin. Ich schluckte.

»Ich will nichts mit dir überstürzen, also keine Sorge, das wird kein Antrag.« Er lachte, weil er wohl gesehen hatte, wie ich in Panik verfallen war. »Aber ich könnte mir sehr gut vorstellen, eines Tages eine Familie mit dir zu gründen.«

Eine Familie … Okay. Das war neu. Ich wusste zwar, dass er gerne heiraten wollte, aber von Kindern hatte er bisher noch nie gesprochen.

Allein der Gedanke daran ließ mich erschaudern. Dafür war ich doch noch viel zu jung.

»Du musst nichts dazu sagen. Ich weiß, dass du gerade ganz andere Pläne für dein Leben hast.« Adam zog mich an der Hand zu sich, bis ich dicht vor seiner Brust stehen blieb.

Er legte seine Arme um meine Taille und gab mir einen kurzen Kuss. »Aber … möchtest du bei mir einziehen?«

*

Ich hatte die Kündigung meines Mietverhältnisses ausgedruckt, unterschrieben und in einen Briefumschlag gesteckt, doch ich vergaß ihn auf dem Küchentisch, als ich mich auf den Weg zur nächsten Schicht machte.

Wir hatten einen Mann zu wenig, sodass ich aufsteigen und zum ersten Mal so richtig mit Adam zusammenarbeiten durfte. Ich hatte immer geglaubt, wenn wir erst Hand in Hand durch ein Feuer gehen würden, wären wir das perfekte Team, doch das waren wir nicht.

Wir waren eine Katastrophe, denn Adam preschte gerne vorlaut los, während ich mich plötzlich traute, seine Entscheidungen infrage zu stellen. Es verging kein Einsatz, in dem wir uns nicht anfuhren, und als es später Zeit fürs Bett wurde, waren wir zu wütend, um uns einen Kuss zu geben.

»Krise im Paradies?«, fragte mich einer unserer Kollegen mit einem hämischen Grinsen.

Ich streckte ihm den Mittelfinger entgegen und drehte mich um, zwang mich, die Augen zu schließen, und wünschte mir den Schlaf herbei. Doch er wollte nicht kommen – und so bekam ich mit, wie Adam mitten in der Nacht auf leisen Sohlen aus dem Schlafbereich tapste.

Kaum hatte er den Raum verlassen, stand ich auf und folgte ihm. Meine Neugierde war geweckt, denn er war nicht auf dem Weg in Richtung Toiletten.

Ich verbarg mich hinter einem Wandvorsprung, als er stehen blieb und sein Handy ans Ohr hob. Mein Herz hämmerte wie wild in meiner Brust, weil ich Angst hatte, er könnte mich entdecken.

»Du musst aufhören, mich anzurufen«, begrüßte er seinen Gesprächspartner mit leiser Stimme. »Das wird es nicht, okay? Vertrau mir.«

Mir wurde flau im Magen. Was hatte das zu bedeuten? Mit wem sprach er da?

»Ich verstehe dich ja, aber du kannst mich nicht ständig anrufen, Millie. Wenn du so weitermachst, wird es irgendwann auffallen. Ich habe eine Freundin, ich bin gerade im Dienst.«

Ich lugte hinter dem Vorsprung her und sah, wie Adam sich die Haare raufte. Das Gespräch schien ihn sichtlich aufzuwühlen.

»Ich bin nicht dazu da, dein Händchen zu halten«, fuhr er diese Millie an. »Du musst selbst damit klarkommen, was passiert ist. Verlass die Stadt, fang irgendwo ein neues Leben an und denk nicht mehr dran. Okay? Lass uns einfach vergessen, was passiert ist. Dein Geheimnis ist sicher bei mir.«

Ich schnappte nach Luft, denn das waren genau die Worte, die er gewählt hatte, als ich ihm damals von meinem Blog erzählt hatte.

»Ich muss Schluss machen, da kommt jemand«, sagte Adam schnell – und mir war sofort klar, dass er mich gehört hatte.

Einen Augenblick später tauchte er neben mir auf. Sein Gesicht lag im Schatten, doch ich spürte, dass er mich ansah. Niemand von uns sagte etwas, bis er schließlich seufzte und sich neben mir an der Wand hinuntergleiten ließ.

Ich setzte mich neben ihn, obwohl ich am liebsten davongelaufen wäre. »Betrügst du mich?«, fragte ich ihn und versuchte, das Zittern aus meiner Stimme rauszuhalten. Ich war wütend, verletzt, besorgt… Ich hatte keine Ahnung, was hier vor sich ging. Ich wusste nur, dass Adam Geheimnisse vor mir hatte, und das reichte, um alles infrage zu stellen.

»Nein, das würde ich nie tun«, erwiderte er und stützte die Arme auf den Knien auf. »Ich… Ich kann nicht drüber reden, Quinn. Ich habe es ihr versprochen.«

»Millie?«

»Ja.«

Ich nickte, rieb mir mit den Händen über das müde Gesicht und fragte mich, wie es weitergehen sollte. Konnte ich damit leben, dass er ein Geheimnis vor mir hatte? Vertraute ich ihm ge…

Mir schoss ein Gedanke durch den Kopf. »Reden wir hier etwa über Millie Carpenter?«

Adam atmete laut aus, und das war Antwort genug.

»Deckst du sie etwa?«, fragte ich entsetzt und dachte an den Unfall, an dem Millie Carpenter beteiligt war. Doch Adams Aussage hatte dafür gesorgt, dass sie freigesprochen worden war.

»Es ist nicht so, wie es aussieht«, sprach er schnell und hielt mich fest, als ich aufstehen wollte. »Bitte, Quinn. Ich habe keine andere Wahl.«

»Du hast immer eine Wahl.« Ich riss meinen Arm los. »Ich glaub das nicht. Du hast der Polizei ins Gesicht gelogen.«

Adam ließ die Arme sinken. Das Mondlicht traf auf sein Gesicht, und ich erkannte, wie sehr ihn die Situation belastete.

»Es ist nicht zu spät, um die Wahrheit zu sagen«, erinnerte ich ihn etwas sanfter.

»Ich kann nicht.« Er schüttelte den Kopf. »Ich schulde ihr das. Oder besser gesagt ihrem Dad.«

»Warum?«, fragte ich, doch dann wurde mir klar, was passiert war. Der Politiker Michael Carpenter hatte Adam für seine heldenhaften Taten so sehr gelobt, dass dieser kurz darauf zum Lieutenant befördert worden war. »O Göttin, du bist korrupt.«

»Quinn …«

»Nein«, unterbrach ich ihn. »Bring das wieder in Ordnung.«

»Das werde ich nicht tun.« Seine Stimme wurde fester. »Weißt du, was das für Wellen schlagen würde?«

»Das ist mir egal, Adam.« Es fiel mir schwer, weiterhin leise zu sprechen, weil ich so wütend und enttäuscht war. »Wenn du es nicht in Ordnung bringst, erledige ich das für dich.«

Er blieb für einen Augenblick still, doch dann brach er mir endgültig das Herz. »Wenn du das tust, wird jeder von ›The Fire in Your Heart‹ erfahren.«

Quinn

25

Micahs Name rollt über meine Lippen, jedes Fünkchen Sehnsucht schwingt darin mit. Ehe ich michs versehe, liegt meine Hand an seiner Wange. Gefangen von dem Blick aus seinen Augen, lasse ich meinen Daumen über seine Lippe gleiten.

In meinem Herzen ist ein Feuerwerk entfacht.

Da ist nur noch er.

Er beherrscht meine Sinne und meine Gedanken, mein Leben, zumindest für diesen Augenblick.

Doch da lässt uns eine hohe Welle plötzlich ins Wanken geraten. Ich falle zurück ins kühle Wasser, rudere mit den Armen, bis meine Füße den sandigen Boden wiederfinden und ich mich abstoßen kann. Oben angelangt schnappe ich nach Luft und versuche zu verarbeiten, was da gerade beinahe geschehen wäre.

Haben wir ….

Auch Micah taucht wieder auf. Wasser perlt von seiner Nasenspitze. Er holt Luft, will etwas sagen, aber ich schüttle den Kopf, weil ich nicht bereit bin, über den Moment zwischen uns zu reden.

Tu's nicht, denke ich. Lass uns nicht kaputt machen, was wir haben.

»Ich brauche was zu trinken«, stammle ich und deute auf meinen Mund. »Ich habe zu viel Salzwasser geschluckt.«

Er lässt die Schultern sinken, nickt, deutet hinaus aufs Meer. »Ich schwimme noch eine Runde.«

»Okay.« Ich reiße mich los und stolpere ans Ufer. Mit jedem Blinzeln sehe ich Micahs Gesicht vor mir. Eilig hole ich eine Flasche aus meiner Tasche und leere sie in gierigen Zügen. Ich traue mich nicht, aufs Meer hinauszusehen.

Wir waren Nanosekunden davor, uns zu küssen.

Micah und ich.

Wie konnte das passieren?

Ich trockne mich ab und setze mich in mein Handtuch gewickelt auf den Sand. Micah treibt im Wasser, besonders große Schwimmbewegungen macht er nicht, also war das wohl nur eine Ausrede, um etwas Abstand zwischen uns zu bringen.

Gott sei Dank. Abstand kann ich gerade wirklich gut gebrauchen.

Seufzend versuche ich, nicht in Selbstvorwürfen aufzugehen. Er wollte es. Es ist ja nicht so, als hätte ich mich ihm an den Hals geworfen. Eins kam zum anderen, all die Gefühle, das Drama um seine Familie, irgendwann im Laufe der letzten vierundzwanzig Stunden war ich wohl nicht mehr wachsam genug, um meine sorgfältig gezogenen Grenzen aufrechtzuerhalten.

Aber damit ist jetzt Schluss.

Keine Ausflüge mehr, kein Rumgealbere.

Und erst recht kein Herzrasen mehr.

Micah Moretti ist nicht der richtige Mann für mich.

Egal, wie gerne er es vielleicht sein würde.

Als er kurze Zeit später aus dem Wasser kommt, weiche

ich seinem Blick aus und erzähle ihm, dass mein Dad sich gemeldet hätte, weil er Hilfe braucht.

»Kein Problem«, antwortet er knapp und trocknet sich ab, bevor er sein T-Shirt überzieht.

Wir packen unsere Sachen zusammen und laufen zurück zum Auto.

Unser Schweigen macht mir Angst.

Es fühlt sich nämlich viel zu sehr danach an, als hätten wir alles kaputt gemacht.

Quinn

26

Ich rieche das Feuer, bevor ich es sehe. Der Geschmack von Asche legt sich auf meine Zunge, bevor ich meine Atemschutzmaske anziehen kann.

»Da ist es!«, ruft Aspen von vorne. »Rechte Seite.«

Sofort blicke ich aus dem Fenster und sehe dicken schwarzen Rauch in den Himmel aufsteigen. Wrongway drückt auf die Hupe, damit die Leute die Straße frei machen.

»Anderson, Bishop, ihr geht sofort rein. Lovett, Ward, ihr macht die Wasserversorgung klar, und dann kommt ihr auch rein. Dougall, Moretti, ihr bringt die Drehleiter in Stellung, falls wir jemanden aus dem Fenster retten müssen.«

Einen Augenblick später kommt das Feuer im Erdgeschoss des dreistöckigen Gebäudes in Sichtweite. Der Brand ist im Lager eines Elektrofachhandels ausgebrochen. In den beiden oberen Stockwerken befinden sich Wohnungen. Wir wissen nicht, ob alle Menschen rechtzeitig rausgefunden haben.

Kaum steht der Truck, reiße ich auch schon die Tür auf und springe raus. Ich zupfe den Rest meiner Ausrüstung zurecht und hole die Ausrüstung vom Wagen. Trent taucht neben mir auf.

»Bereit?«, frage ich ihn.

Er nickt ernst. Wenigstens ist sein großkotziger Blick verschwunden.

»Mein Vater ist da noch drin!«, schreit eine Frau und fasst Aspen am Ärmel. »Bitte, Sie müssen ihm helfen!«

»Keine Sorge, Madam, dafür sind wir da. Welche Wohnung?«, höre ich ihn sagen.

»Ganz oben. Bitte, beeilen Sie sich.«

Aspen winkt Micah zu sich, damit dieser sich um die Frau kümmern kann. Für eine Millisekunde begegnen sich unsere Blicke.

Mein Herz macht einen Satz.

Er nickt mir zu.

Ich reiße mich los, um Aspen und Reed in das Gebäude zu folgen. Die Flammen haben bereits vom gesamten unteren Stockwerk Besitz ergriffen und die Fensterscheibe des Gebäudes zerbersten lassen. Die Haustür steht sperrangelweit offen.

Ich höre Captain del Valles' Anweisungen durch mein Funkgerät und verlege in Windeseile unseren Schlauch im Treppenhaus. Trent ist mir dicht auf den Fersen. Oben angelangt klopfe ich ein paarmal hart an die Tür.

»LAFD, ist da jemand?«

Während ich noch auf eine Reaktion warte, schiebt Trent mich plötzlich zur Seite und holt aus, um die Tür aufzutreten. Das Schloss zerbirst, die Tür schlägt auf – und erwischt den Bewohner des Apartments so hart, dass er zu Boden stürzt.

»Sag mal, geht's noch?«, schreie ich Trent an.

»Fuck«, stößt der gleichzeitig hervor.

Ich reiße mich los und gehe neben dem Mann auf die Knie. Seine Nase blutet, die Brille hängt schief in seinem Gesicht und ist zu nichts mehr zu gebrauchen.

»Wa…«, stöhnt er verwirrt auf.

»Tut mir leid«, entschuldige ich mich für Trent. »Kommen Sie, wir müssen Sie aus der Wohnung bringen. Im Erdgeschoss ist ein Feuer ausgebrochen.«

Benommen hebt er eine Hand an seine Nase. Ich werfe Trent einen wütenden Blick zu, doch der ist schon unterwegs, um den Rest der Wohnung zu prüfen. Wenigstens hat er die Tür hinter uns zugemacht, um den Rauch auszusperren.

»Sind noch andere Personen hier, Sir?«, frage ich ihn, während ich versuche, die Beherrschung zu bewahren.

»Nein, ich bin allein.«

Ich helfe ihm auf und stütze ihn, um mit ihm zur vorderen Seite der Wohnung zu gehen. Der Schlag durch die Tür hat ihm heftig zugesetzt.

»Meine Tochter wollte kommen«, fährt er fort.

»Ihre Tochter ist unten. Es geht ihr gut«, beruhige ich ihn und entdecke eine Schachtel Taschentücher auf dem Wohnzimmertisch. Ich rupfe ein paar davon heraus und reiche sie ihm, damit er sie unter seine Nase halten kann.

Er sieht mich immer noch verwirrt an. »Was ist überhaupt passiert?«

Trent kommt zu uns ins Wohnzimmer und erspart mir eine Antwort. »Hier ist sonst niemand mehr.«

»Ich weiß«, entgegne ich kalt. Wenn er auch nur eine Sekunde nachdenken würde, statt den Superarsch raushängen zu lassen, hätte er einfach fragen können. »Hier Lovett, bitte kommen. Wir haben den Mann gefunden und sind bereit für die Drehleiter.«

»Habe verstanden«, entgegnet unsere Captain durch den Funk.

»Sir, gibt es etwas, was Sie auf jeden Fall mit rausnehmen möchten? Papiere? Einen Notfallordner vielleicht?«, frage ich den Mann, weil mal ausnahmsweise genug Zeit dafür bleibt.

»Eh, ja, ja, gute Idee.« Der Mann löst sich von mir und stolpert los, um etwas aus seinem Schlafzimmer zu holen. Besorgt beobachte ich seine unsicheren Schritte.

»Quinn …«, beginnt Trent, doch ich hebe eine Hand.

»Nicht jetzt.«

Er verstummt. Der Mann kehrt mit einem Ordner an seine Brust gepresst zurück und geht zum Wohnzimmertisch, um sein Handy und seine Brieftasche zu nehmen.

»Da ist der Korb«, verkündet Trent.

»Okay.« Ich öffne ein Fenster und blicke Wrongway entgegen, der sich mittlerweile auch ausgerüstet hat. Als er den Mann entdeckt, wirft er mir einen verwirrten Blick zu. »Unser Kollege wird Sie jetzt runterbringen. Ich helfe Ihnen.«

»Ich mach das schon.« Trent quetscht sich dazwischen, um dem Mann aus dem Fenster zu helfen. Ich schnappe nach Luft und balle die Hände zu Fäusten. Schon wieder?

Verdammter Mistkerl.

Ich bin versucht, ihn aus dem Fenster zu schubsen.

»Komm, Quinn.« Trent hält mir seine Hand entgegen. Argwöhnisch runzle ich die Stirn und marschiere an ihm vorbei zum Fenster, um hinauszuklettern. Wrongway umfasst meinen Arm, um mir sicher in den Korb zu helfen. Einen Augenblick später klettert auch Trent aus der Wohnung.

Auf der Fahrt nach unten schweigen wir, auch wenn ich innerlich ausflippen könnte vor Wut darüber, wie Trent die

Situation gehandhabt hat. Klar, er will sich beweisen, aber doch nicht so.

Nicht auf die Kosten unschuldiger Menschen.

*

»Quinn, können wir reden?« Trent fasst mich am Unterarm und hält mich zurück, bevor ich den anderen in die Duschen folgen kann.

Resigniert bleibe ich stehen und löse meinen Arm aus seiner Hand, bevor ich einen Schritt zurücktrete, um Abstand zwischen uns zu bringen. »Was ist?«

»Was da heute passiert ist«, beginnt er und sieht schuldbewusst drein. »Ich wollte das nicht.«

Ich schnaube auf.

»Komm schon, du weißt, dass ich so nicht bin.«

»Und woher soll ich das bitte wissen?« Ich verschränke die Arme vor der Brust, damit er nicht sieht, wie meine Hände zu zittern beginnen. Ich hasse solche Gespräche. Sie enden nie gut, aber ich werde bestimmt nicht klein beigeben. »Seit ich hier bin, benimmst du dich wie ein Arsch.«

Er strafft die Schultern. »Ach komm. Jeder macht mal Fehler.«

»Aber nicht solche«, entgegne ich. »Du wusstest, dass der Mann nicht bewusstlos in seiner Wohnung liegen würde. Er war viel zu weit weg vom Rauch, als dass ihm ernsthafte Gefahr gedroht hätte.«

»Er hat nicht aufgemacht.«

Ich lache trocken auf. »Du hast ja nicht mal eine Minute abgewartet.«

Trent ballt die Hände zu Fäusten, löst sie wieder, lockert

seinen Nacken. »Es tut mir leid«, sagt er dann, und ich hebe erstaunt eine Braue.

Trent entschuldigt sich bei mir? *Bei mir?*

»Ich versuche bloß, ein guter Feuerwehrmann zu sein«, fährt er fort. »Ich hoffe, irgendwann kannst du das auch sehen.«

Ich öffne den Mund, um etwas zu sagen, doch mir fehlen die Worte bei so viel Selbstgerechtigkeit.

Er wendet sich ab und folgt den anderen in die Duschen. Verdattert blicke ich ihm hinterher und versuche, mir einen Reim auf unser Gespräch zu machen. Ich reibe meine Hände am T-Shirt ab und kreise mit den Schultern, um die Anspannung loszuwerden. Das war gut, oder?

Aber wieso habe ich dann immer noch Bauchschmerzen?

Langsam setze ich mich in Bewegung und folge ihm, suche mir eine freie Duschkabine und schließe mich ein, bevor ich meine Kleidung abstreife und unter das warme Wasser trete. Reed erzählt wieder eine Geschichte über seine Kinder, Aspen und Wrongway mocken ihn deswegen. Irgendwann mischt sich auch Trent ein, als wäre nie etwas geschehen.

Von Micah ist nichts zu hören. Ich frage mich, ob er schon fertig ist oder ob er seinen eigenen Gedanken nachhängt. Nach unserem Fast-Kuss gestern haben wir nur noch die nötigsten Worte miteinander gewechselt. Ich habe ihn zu Hause abgesetzt und bin auf direktem Wege nach Hause gefahren. Wenn ich vom Bouldern nicht so erschöpft gewesen wäre, hätte ich mit Sicherheit Ewigkeiten zum Einschlafen gebraucht.

Ich lasse mir Zeit mit dem Duschen, weil ich keine

Lust auf die üblichen Umkleide-Gespräche habe. Schlimm genug, dass ich gleich auch noch Küchendienst mit Bao und Aspen habe. Lieber würde ich mich für ein paar Minuten irgendwohin verziehen, wo ich allein sein kann, um meine Gedanken zu sortieren. Das Gespräch mit Trent lässt mich nicht los.

Als ich schließlich in die Umkleide komme, ist nur noch Aspen übrig. Er sitzt auf der Bank und zieht seine Socken an. »Was war da heute los?«, fragt er mich. »Wieso sah der Mann aus, als hätte er eine Kneipenschlägerei hinter sich?«

»Keine Ahnung«, murmle ich mit einem Knoten im Bauch. Ich will Aspen nicht anlügen, aber genauso wenig will ich Trent anschwärzen, weil ich Angst vor den Konsequenzen habe. Diesen Fehler hätte ich schon einmal fast gemacht, und ich bin nicht bereit, ein weiteres Mal mit meinem Job zu bezahlen.

»Quinn …«

»Ich muss noch mal kurz telefonieren«, unterbreche ich ihn, öffne meinen Spind und hole mein Handy raus. »Ich komme gleich in die Küche.«

*

»Alle mal herhören.« Captain del Valle wirft einen Stapel Papier auf den Esstisch. Ich bin zu weit weg, um zu erkennen, was draufsteht, aber ihrer Stimmlage nach hat das nichts Gutes zu bedeuten. »Setzen Sie sich.«

Mit einem Knoten im Magen setze ich mich auf meinen Stammplatz am Esstisch. Wir sind fast fertig mit dem Kochen, und auch Bao und Aspen nehmen Platz.

»Wie Sie sich vermutlich denken können, müssen wir

über den Einsatz heute sprechen«, beginnt del Valle, als alle ruhig sind. »Was da heute passiert ist, darf nicht noch einmal vorkommen.«

Sie sieht erst mich an, dann Trent, und der Knoten in meinem Magen festigt sich. So eine Scheiße.

»Wollen Sie dazu etwas sagen?«

Ich schlucke. Trent wirft mir einen Blick zu. Ich sollte ihn verraten. Sollte allen erzählen, was er für eine Riesenscheiße verzapft hat. Aber mein Mund ist wie zugeklebt.

»Nein«, bringe ich schließlich leise hervor.

»Nein«, antwortet auch Trent.

Micah sieht mich mit hochgezogener Braue an. Er ahnt vermutlich, dass ich Trent gerade in den Schutz nehme.

»Gut, dann sage ich Ihnen jetzt etwas dazu. Mr Stone möchte Anzeige wegen Körperverletzung gegen das Fire Department erstatten.«

Ein paar Flüche ertönen. Mir wird kotzübel.

Du musst was sagen, denke ich – und setze mich auf meine Hände, um mich daran zu hindern, nervös mit den Fingern zu spielen. Ich spüre Trents Blick auf mir ruhen und will den Kopf heben, will zurückstarren, um zu signalisieren, dass ich stark bin.

Aber ich kann nicht.

Mein Körper gehorcht mir nicht mehr.

»Zwar erinnert er sich nicht mehr genau an den Vorfall, doch seine Tochter war dabei, als Sie ihn verletzt aus dem Gebäude gebracht haben, und hat eins und eins zusammengezählt«, fährt del Valle fort. Sie bebt vor unterdrückter Wut. »Wenn der Familie bis Montagmorgen keine Entschuldigung vorliegt, werden Sie damit zur Polizei gehen. Sie wissen also, was Sie zu tun haben, Lovett. Ward. Tun Sie verdammt noch mal alles in Ihrer Macht Stehende, um das zu verhindern.«

»Ja, Ma'am.«

Ich nicke, weil meine Kehle immer noch zugeschnürt ist.

»Gut.« Sie blickt in die Runde. »Und damit so was nicht noch mal vorkommt, legen wir nächste Woche einen zusätzlichen Trainingstag ein. Sie nehmen sich für Dienstag also besser nichts vor.«

Ein kollektives Aufstöhnen geht durch den Raum – und die angepissten Blicke lassen sich nicht einmal mit dem himmlisch guten Wok-Gericht beschwichtigen.

Enttäuscht von mir selbst stochere ich in meinem Essen herum. Ich wünschte, ich würde den Mut finden, etwas zu sagen. Zur Captain zu gehen und ihr zu erzählen, was wirklich geschehen ist. Aber das kann nicht die Lösung sein. Das mit Trent muss ich selbst klären – und zwar so, dass ich am Ende nicht meinen Job los bin.

Als die ersten Männer aufstehen und ihre Teller zur Spüle bringen, schließe ich mich ihnen an. Ich fülle die Essensreste in eine Metalldose und packe einen Magneten mit meinem Namen drauf, bevor ich sie in den Kühlschrank stecke.

»Quinn?«, hält Micah mich zurück, ehe ich die Küche verlassen kann. Seine braunen Augen gleiten fragend über mein Gesicht.

»Ich muss noch telefonieren«, flunkere ich, nicht bereit, mit ihm über die Sache mit Trent oder den Moment zwischen uns beiden gestern zu sprechen. Nicht, wenn ich innerlich so aufgewühlt bin.

Er sieht mich noch einen Augenblick prüfend an, dann gibt er sich geschlagen. »Ich habe sowieso Küchendienst.«

Ich schenke ihm ein schmales Lächeln, dann drehe ich mich um und verschwinde auf der Suche nach einem Ort, an dem ich mir ungestört einen Plan zurechtlegen kann.

Doch ich komme nicht weit.

»Quinn.«

Trent.

Meine Muskeln spannen sich an. Ich bleibe stehen, obwohl ich lieber so tun würde, als hätte ich ihn nicht gehört. Er holt auf und deutet auf den Raum, in dem wir das Ersatzmaterial für die Trucks lagern. »Können wir noch mal reden?«

Ich blicke mich um, doch wir sind allein. Kurz überlege ich, ihn zu bitten, hier mit mir zu reden, aber das, was wir uns zu sagen haben, ist für keine anderen Ohren bestimmt.

»Also gut.« Ich folge ihm in den Raum und schließe die Tür hinter mir. Dann verschränke ich die Arme vor der Brust. »Hast du eine Idee, wie wir das wieder hinbiegen?«

Er nickt. »Du könntest dich entschuldigen gehen. Du bist eine Frau; wenn du mit den Wimpern klimperst und ihm erzählst, dass du dich mit deinen Kräften verschätzt hast, wird er dir das glauben – und wir sind beide aus dem Schneider.«

Ist das sein Ernst? Als mir klar wird, dass er keine Witze macht, durchzuckt mich kalte Wut. »Denkst du wirklich, ich nehme die Schuld für das, was passiert ist, auf mich?«

Seine kalten Augen taxieren mich. »Wenn du deinen Job nicht verlieren willst …«

Fassungslos starre ich ihn an. Ich lasse die Arme sinken, balle meine Hände zu Fäusten, zwinge mich dazu, ruhig weiterzuatmen. »Drohst du mir gerade?«, frage ich dann leise und – so wie ich hoffe – gefährlich.

Wir starren uns an. Lange. Die Wut hilft mir dabei, nicht nachzugeben, auch wenn ich innerlich kaum Luft kriege vor Panik. Aber ich lasse nicht zu, dass mich meine Ängste auffressen.

Er kann mir hier nichts tun.

Ich bin sicher.

Ich bin stark.

Ich bin verdammt noch mal mutig.

»Hatte ich nicht vor«, gibt er schließlich nach. Ein siegessicherer Blitz durchzuckt meinen Bauch. »Ich meinte bloß, dass das der einfachste Weg ist.«

»Der einfachste ist nicht immer der beste«, erwidere ich. »Wir gehen morgen zusammen zu Mr Stone, und du entschuldigst dich. Sag ihm meinetwegen, dass du gerade erst angefangen hast und gedacht hast, er wäre bewusstlos oder verletzt. Wenn du ihm sagst, dass du aus Sorge gehandelt hast, wird er das verstehen, und die Sache ist gegessen.«

»Und wenn er trotzdem Anzeige erstattet?«

»Dann war deine Entschuldigung wohl nicht gut genug«, erwidere ich, erleichtert darüber, dass sich dieses Gespräch in eine Richtung entwickelt, mit der ich umgehen kann. »Hör zu, Trent. Ich weiß, du kannst mich nicht leiden – und glaub mir, das beruht auf Gegenseitigkeit. Aber ich bin kein Teamschwein. Bügel den Scheiß wieder aus und ich vergesse, was passiert ist.«

Er schweigt einen Moment, dann begegnet er mit angespannten Gesichtszügen meinem Blick. »Warum gehst du nicht zur Captain? Du könntest ihr einfach erzählen, was passiert ist. Dann bist du mich los.«

Ich betrachte ihn eingehend. »Du magst vielleicht ein sexistischer Arsch sein, aber wenn du eins nicht bist, dann ein schlechter Feuerwehrmann. Wir funktionieren nur als Team gut und in einem guten Team fällt man einander nicht in den Rücken«, ermahne ich ihn. »In einem guten Team unterstützt man sich und sorgt dafür, dass alle glänzen können.«

»Message angekommen.«

»Gut.« Ich nicke ihm zu. »Schreib mir, wann und wo wir uns morgen treffen, und dann kriegen wir das schon hin.«

Micah

27

Mit einem Seufzen drehe ich mich auf die Seite und hebe mein Display vors Gesicht.

Ich: Wir müssen reden. Meld dich bitte.

Pascal: Was ist los?

Dad hat eine Affäre. Dad geht mit Sally ins Bett. Dad betrügt Mom. Dad … Ich tippe und lösche wieder, tippe und lösche, tippe und lösche. Schließlich stehe ich auf, um das Schlafquartier zu verlassen. Noch bevor ich die Tür hinter mir geschlossen habe, habe ich Pascals Nummer gewählt.

»Hey«, begrüßt er mich beunruhigt. »Was ist passiert?«

»Ich …« Erneut seufze ich. »Es ist Dad. Er … Er hat eine neue Freundin.«

Pascal atmet überrascht ein, aber dann bleibt er stumm.

»Es ist Sally«, füge ich hinzu, froh, es mir endlich von der Seele reden zu können.

Auch jetzt braucht er ein paar Atemzüge, um die Informationen zu verdauen. »Bist du sicher?«

»Ja. Wir sind reingeplatzt, als sie gerade … du weißt schon.«

»Ugh«, macht er. »Du hast Dad beim Sex erwischt?«

»Nein. Nicht direkt, er hat versucht, Sally vor uns zu verheimlichen«, erkläre ich und mache ein paar Schritte durch den Flur, von dem ein paar Büro- und Lagerräume abgehen. »Aber ich habe gesehen, wie er sie geküsst hat.«

»Sally, hm?« Pascal seufzt. »Hat er dir gesagt, wie lange das schon geht?«

»Ich habe noch nicht wieder mit ihm gesprochen«, gestehe ich. »Ehrlich gesagt, habe ich ziemlich blöd reagiert.«

Mein Bruder lacht leise auf. »Nun, das überrascht mich eher weniger.«

»Arsch.«

»Selber.«

Ich muss grinsen.

»Und jetzt?«, fragt er schließlich. »Weiß Allegra es schon?«

»Keine Ahnung. Nicht von mir.« Ich lehne mich gegen die Wand. »Auch mit ihr habe ich seit unserem Gespräch neulich nicht mehr gesprochen. Ich müsste sie dringend anrufen.«

»Das solltest du. Aber erzähl ihr das mit Dad und Sally nicht, okay? Gib Dad die Chance, das selbst zu tun.«

»Okay.«

»Bist du auf der Wache?«, fragt er.

»Ja.«

»Okay, sonst wäre ich vorbeigekommen. Wie geht's dir?«

»Bescheiden«, murmle ich und blicke über meine Schulter hin zu der Tür, die zu den Schlafräumen führt. »Wir hätten uns gestern beinahe geküsst«, füge ich leise hinzu.

Pascal schweigt einen Augenblick. »Quinn und du, oder was?«

»Ja«, antworte ich zögerlich. Zwar hat er es schon die ganze Zeit geahnt, aber ihm nun zu bestätigen, dass da etwas mehr als Freundschaft ist, ist trotzdem ein großer Schritt.

»Wow. Was kam dazwischen?«

»Ich weiß nicht. Im einen Moment war sie noch voll da, im nächsten … Sie wirkte fast ein bisschen erschrocken. Als ob ihr klar geworden wäre, was das für eine dumme Idee ist. Sie hat nichts mehr dazu gesagt.«

»Autsch. Das tut mir leid.«

»Was mache ich denn jetzt?«, frage ich ihn. »Spreche ich sie drauf an oder tue ich so, als wäre nie etwas geschehen?«

»Kannst du das denn?«

Seine Worte fühlen sich an wie ein Tritt in die Magengrube.

»Danke fürs Gespräch«, brummle ich und verabschiede mich bei meinem Bruder.

Ich schlüpfe zurück in den Schlafsaal und sehe mich um. Quinn sitzt auf der anderen Seite des Raumes auf einem Bett und malträtiert wütend die Tastatur ihres Laptops. Seit dem Anpfiff von Captain del Valle hat sie angespannte Schultern. Ich frage mich, was da wirklich vorgefallen ist. So sorgfältig, wie sie arbeitet, kann ich mir nicht vorstellen, dass die Verletzung ihre Schuld war. Aber wieso deckt sie ausgerechnet Trent? Das wäre doch die perfekte Gelegenheit gewesen, ihn loszuwerden.

Mein Herz zieht wie verrückt, während ich sie betrachte. Es ist, als wolle es aus meiner Brust springen und zu ihr hüpfen, um in ihren warmen Armen Unterschlupf zu finden – und mir wird klar, dass Pascal recht hat. Um so zu tun, als wäre nichts zwischen uns passiert, ist es längst zu spät.

Wir sind zu schnell zugesteuert
auf die Klippe
und gesprungen
ohne uns umzusehen,
ohne zu wissen,
was uns erwartet.
Fallen wir?
Oder lernen wir
fliegen?

Micah

28

»Na, dann erzählen Sie mal, wie geht es Ihnen?« Dr. Saltzman nimmt im gleichen Sessel wie beim letzten Mal Platz und begegnet mir mit einem offenen Blick.

Ich zucke mit den Schultern. »Ich bin müde. Die Nacht war lang.«

»Waren Sie im Einsatz?«

»Ja. Wir haben nicht viel Schlaf bekommen«, erwidere ich. »Zwei Autounfälle und ein Fehlalarm – und zack, war die Nacht schon wieder vorbei.«

»Hört sich übel an.«

»Es ging so, wenigstens gab es dieses Mal keine Toten.« Ich lache trocken auf. »Das macht es eigentlich zu einer guten Schicht.«

»Wenn Sie das sagen.« Dr. Saltzman lächelt. »Und sonst? Wie läuft es privat?«

Ich überlege, was ich ihm erzählen soll. Spreche ich mit ihm über Quinn? Nein, das fühlt sich falsch an. Ich könnte ihm von Dad berichten … »Nicht besonders«, sage ich stattdessen.

»Beim letzten Mal sagten Sie mir, Sie hätten privat viel Stress. Hat sich das aufgelöst?«, fragt Dr. Saltzman.

Ich seufze und verfluche mich dafür, bei unserer ersten Sitzung so gesprächig gewesen zu sein. Heute bin ich nicht in Redelaune. Heute will ich einfach nur schlafen und an nichts denken.

»Vielleicht fangen wir mit den Basics an?«, schlägt er vor, weil er meinen Widerwillen bemerkt. »Erzählen Sie mir doch mal, was Sie außerhalb Ihrer Arbeit machen. Haben Sie einen Nebenjob oder Hobbys?«

»Ich hatte mal einen, aber den habe ich aufgegeben, als ich zur Rüstgruppe befördert wurde.«

»Ah, okay. Was haben Sie da gemacht?«

»Fahrräder repariert. Ich kenne mich ganz gut damit aus.«

»Sie kommen auch immer mit dem Fahrrad, oder?«

Ich nicke. »Ich habe kein Auto. Ich mache fast alles mit dem Rad.«

»Spannend in einer solchen Stadt.« Dr. Saltzman macht sich eine Notiz auf seinem Zettel. Ich frage mich, was er dort aufschreibt. Micah Moretti, Fahrradfanatiker, leicht irre. Schnaubend lache ich auf. »Hm?«

»Ach, nichts. Ich habe mich bloß gefragt, was Sie dort über mich aufschreiben.«

»Bloß ein paar Fakten«, erklärt er mir und tippt sich gegen die Stirn. »Ich kann mir zwar viel merken, aber auch nicht alles. Und da ich Ihnen nicht jedes Mal die gleichen Fragen stellen will, mache ich mir zwischendurch ein paar Notizen. Das hilft mir auch später dabei, eine Diagnose zu stellen.«

»Eine Diagnose?«

»Das gehört zum Standardprozedere für die Krankenkasse«, erklärt er mir. »Die wollen ja auch wissen, wofür sie einen Anteil an unseren Sitzungen übernehmen.«

»Klar.« Ich schlucke. »Und was werden Sie denen sagen?«

»Das weiß ich noch nicht.« Dr. Saltzman trinkt etwas. »Dafür kenne ich Sie noch nicht gut genug.«

Den Rest der Zeit verbringen wir damit, über meine Familie zu sprechen. Ich erzähle ihm von Moms Tod und davon, dass ich mich von Pascal im Stich gelassen gefühlt habe, als dieser beschlossen hat, mit einem Campervan die Staaten zu bereisen. Ich erzähle ihm auch von Allegra und davon, dass wir in unserer Beziehung immer noch nicht wieder da sind, wo wir einmal waren. Und schließlich erzähle ich ihm sogar von Dad und der Sache mit Sally. Als wir am Ende der Stunde angelangt sind, fühle ich mich ausgelaugt und bin den Tränen nahe – und das, obwohl ich bloß unsere Familiensituation geschildert habe. Über das, was am Grunde meiner Seele liegt, haben wir noch gar nicht gesprochen, doch das werden wir, so hat Dr. Saltzman es mir zumindest versichert.

»Eine letzte Frage habe ich noch, bevor wir für heute Schluss machen«, sagt er und legt seine Notizen weg, die im Laufe der Stunde mächtig gewachsen sind. »Haben Sie schon mal überlegt, Tagebuch zu schreiben? Sie wirken nicht depressiv auf mich, eher so, als wüssten Sie nicht, wie Sie mit all den Emotionen umgehen sollen. Ihre Gedanken niederzuschreiben könnte Ihnen dabei helfen, Ihre Gefühle nicht nur besser zu identifizieren, sondern auch auf gesündere Weise zu verarbeiten.«

»Hm«, mache ich zweifelnd. »Habe ich noch nie, nein.«

»Versuchen Sie's mal.« Er lächelt mir zu und steht auf. »Vielleicht hilft es Ihnen.«

»Ich denke drüber nach«, erwidere ich unsicher.

Reicht es nicht, ständig kitschige Gedanken zu haben?

Jetzt soll ich sie auch noch aufschreiben und damit in die Realität holen? Ich habe keine Ahnung, ob ich bereit dafür bin. Aber andererseits … gehört das offensichtlich zu mir – und vielleicht ist es einfach an der Zeit zu akzeptieren, wer ich wirklich bin. Also kaufe ich mir auf dem Weg nach Hause ein kleines schwarzes Notizbuch, um es von jetzt an in meiner Hosentasche mit mir herumzutragen.

*

Am Abend steht Dad mit einem Sixpack Bier vor meiner Haustür.

»Dad! Das … das ist eine Überraschung«, begrüße ich ihn verdattert.

Er lächelt schief. »Ich dachte mir, es wird Zeit, dass wir reden. Passt es dir gerade?«

Ich zögere kurz, nicht besonders scharf auf einen Abend mit ihm, nachdem ich beim letzten Mal von seiner Beziehung mit Sally erfahren habe.

Aber das Bier in seiner Hand ist wohl seine Art einer Entschuldigung.

»Ja, natürlich, komm rein.« Ich lasse ihn eintreten und gehe zurück ins Wohnzimmer, wo Ben mich erwartungsvoll anblickt. Er hat den Controller in der Hand, weil wir eine Runde zocken wollten. »Sorry, Mann. Unser Spiel muss warten.«

»Oh, Emilio, hi!« Er steht auf, um Dad mit einem Handschlag zu begrüßen. »Lange nicht mehr gesehen. Wie geht's dir?«

Dad zuckt unbeholfen mit den Schultern und wirft mir

einen Blick zu. »Ach. Mal so, mal so. Und dir? Schön, dich wiederzusehen.«

»Das finde ich auch. Bei mir ist alles gut. Aber ich lasse euch mal allein.« Ben hebt kurz die Hand und verkrümelt sich in sein Zimmer.

Unwillkürlich schnaube ich auf und frage mich, ob das ein Abend wird, an dem ich zu meinem Notizbuch greifen werde. Doch was würde ich aufschreiben? Wut? Verachtung? Dass ich mich betrogen fühle? Erzählen, was Dad wollte?

Ich hole einen Flaschenöffner aus der Küche. Dad zieht seine Jacke aus, legt sie über die Sofalehne und setzt sich hin. Er war schon so lange nicht mehr hier, dass er irgendwie deplatziert wirkt.

Als ich das Bier serviert habe, setze ich mich neben ihn.

»Es tut mir leid«, beginnt er ohne Umschweife. »Ich habe jetzt lange überlegt, was ich dir sagen kann, aber das ist eigentlich das einzig Richtige. Ich wollte nicht, dass du es so herausfindest. Eigentlich wollte ich es euch schonender beibringen.«

Ich denke an Mom und das Glänzen in ihren Augen, wann immer sie mit Dad zusammen war.

»Was ist mit Mom?«, frage ich. »Liebst du sie nicht mehr?«

Dad seufzt und fährt sich mit einer Hand über den Bart. »Doch, natürlich. Gott, Micah, und wie ich das tue. Aber sie ist nicht mehr da. Und sie wird nicht zurückkommen.« In seinen braunen Augen wallen Tränen auf. »Für uns geht das Leben weiter. Das muss es, irgendwie.«

Ich nicke, verstehe, verstehe aber gleichzeitig auch nicht. Mein Kopf kann mitgehen, mein Herz schmerzt, weil es sich immer noch betrogen fühlt.

»Mit Sally … sie war einfach da«, fährt Dad fort. »Erst nur als Freundin, aber dann war plötzlich mehr zwischen uns.«

Meine Gedanken gleiten zu Quinn, von der ich auch nie dachte, ich könne mehr für sie empfinden als Freundschaft – und nun sitze ich hier und kriege Herzklopfen, wenn ich an unseren Fast-Kuss am Strand zurückdenke.

»Ich wollte das nicht.« Dad wischt sich über die Wangen. »Aber deine Mom hat mir immer gesagt, dass sie nicht will, dass ich einsam bin, wenn sie nicht mehr da ist. Sie hat mir ihre Absolution schon gegeben, bevor sie gestorben ist.«

Mir fällt das Schlucken plötzlich schwer, meine Augen brennen verräterisch.

»Sally ist … Sie ist nicht wie Lucinda.« Dad sieht mich traurig an. »Sie ist ganz anders. Und das ist gut so. Das ist genau das, was ich gerade brauche. Und ich hoffe, dass ihr mir das eines Tages nicht mehr übel nehmen werdet.«

Ich schweige. Lange. Lasse mir seine Worte durch den Kopf gehen, statt mich von meinen aufkeimenden Emotionen leiten zu lassen. Ich bin traurig, wütend, verletzt, ich will nicht, dass er Mom vergisst. Dass wir alle Mom vergessen. Aber Dad hat recht, sie wird nicht wiederkommen. Und plötzlich spüre ich da auch so was wie Verständnis in mir aufkeimen.

Niemand möchte allein sein. Und wer bin ich, mir zu wünschen, dass mein Dad auf ewig trauert, statt sein Leben in die Hand zu nehmen und weiterzumachen? So wie Pascal es getan hat. Wie Allegra es geschafft hat.

Und mir wird klar, dass es egal ist, was ich fühle. Alles, was zählt, ist Dad. Wenn er nicht mehr einsam sein möchte, ist das seine Entscheidung. Er muss tun, was für ihn das

Beste ist – und wenn das bedeutet, dass er eine neue Beziehung anfängt, dann müssen wir das respektieren.

Und Sally mochten wir schon immer.

»Auf Sally und dich«, sage ich also endlich und hebe meine Flasche, um mit ihm auf sein neu gefundenes Glück anzustoßen.

Quinn

29

Ich sollte den Kaffee nicht mehr trinken, sondern ins Bett gehen. Aber die Gedanken an den Vormittag bei Mr Stone und die angespannte Situation mit Trent lassen mich nicht los – und wenn doch, denke ich sowieso nur an den Fast-Kuss mit Micah oder den bevorstehenden Todestag meiner Mom.

Also nehme ich doch einen Schluck und öffne das nächste Dokument, um mich an den vierten Blogartikel des Tages zu machen – oder besser gesagt an die Fragen, die ich unserer Captain zusenden werde, nachdem sie mir – Fire – ein Interview für den Blog zugesagt hat. Sie hat keine Ahnung, dass ich in Wahrheit dahinterstecke, und das ist auch besser so. Sie ist immer noch wütend über die Sache mit Mr Stone. Nicht auszudenken, was geschehen würde, würde sie erfahren, dass ich diesen Blog betreibe.

Ich überlege mir eine Liste an Fragen, die sie anonym beantworten kann, konzentriere mich dabei vor allem auf die positiven Seiten: darauf,wie viel sie bereits erreicht hat, welche Auszeichnungen sie erhalten hat, wie viel Freude ihr der Job als Captain bereitet und wie sie mit der Verantwortung umgeht. Dennoch frage ich auch sie, ob sie bereits Erfahrungen mit Sexismus und Diskriminierung im Job gemacht hat – so ganz außen vor lassen kann ich das Thema dann doch nicht.

Ich hänge das Dokument mit den Fragen gerade an die Mail an, als mein Handy vibriert. Es ist Dad.

> Dad: Hey, Quinn, muss ich erst den Notruf wählen, damit du dich mal wieder meldest? Du kommst doch am Donnerstag vorbei, oder?

> Ich: Hey, Dad, tut mir leid. Es ist irre viel zu tun. Klar komme ich. Muss jetzt ins Bett, wir haben morgen Training. Hab dich lieb!

Und da ich gerade schon dabei bin, schreibe ich auch Maddie eine Nachricht, weil ich seit einer Weile nichts mehr von ihr gehört habe.

> Ich: Hey, Maddie, ich hoffe, dir geht's gut. Wenn du Hilfe für deinen Artikel brauchst, sag Bescheid. Wir können uns sonst auch gerne noch mal treffen, wenn du drüber reden willst. Bis bald!

Ich lege mein Handy wieder weg, verfasse meine Mail an Captain del Valle und schicke sie ab. Dann klappe ich den Laptop zu, fest entschlossen, endlich Feierabend zu machen, denn morgen wird ein langer Tag.

★

Wir verbringen den Vormittag mit Kursen im Schulungszentrum. Ich klammere mich an meine Wasserflasche, als ob mein Leben davon abhinge, während ich aus dem Fenster schaue und meinen Gedanken nachhänge. Ich habe schon vor einiger Zeit aufgehört, zuzuhören. Es ist langweilig. Viel zu theoretisch und vor allem weiß ich das alles längst, weil ich es in der Praxis schon hundertfach erlebt habe. Meinen Kollegen geht es nicht viel besser. Der Einzige, der fieberhaft mitschreibt, ist Bao – und ich fürchte, das tut er nur, damit die Zeit schneller vergeht.

Ich bin froh, dass wir nach dem Mittagessen endlich in die Praxis übergehen und uns für einen Ersthelfer-Kurs im oberen Stockwerk des Trainingscenters versammeln. Aber auch das hat nichts mit den Übungen gemein, die wir sonst manchmal durchführen. Heute gibt es keine geschminkten Schauspieler, deren Verletzungen so echt aussehen, dass mir davon mulmig wird. Es gibt keine Rauchmaschinen, keine Autowracks, keine präparierten Tatorte und schon gar kein Feuer. Von Adrenalin keine Spur, dafür habe ich das Gefühl, dass mir bald die Augen zufallen werden.

Mir wird klar, dass wir genau deshalb hier sind. Das Ganze soll keine Übung für uns sein, sondern eine Bestrafung – und das wird meinen Kollegen auch nach und nach bewusst, denn sie werfen Trent und mir immer wieder böse Blicke zu.

»Also, dann wollen wir mal auffrischen, wie Sie Verbände anlegen können«, sagt der Kursleiter Lieutenant Olschewski und deutet auf eine Kiste mit Verbandszeug. Er teilt uns in Grüppchen auf, und weil er dabei nach Nachnamen sortiert, lande ich ausgerechnet neben Micah, mit dem ich immer noch kaum gesprochen habe. Das wird ja immer besser.

»Hey«, sage ich verlegen.

Er lächelt leicht. »Hey.«

Lieutenant Olschewski kommt mit der Kiste vorbei und bittet uns, ein paar Verbandsmaterialien auszusuchen. Wir verteilen uns im Raum und nehmen auf dem Boden Platz.

»Willst du anfangen?«, frage ich Micah.

»Klar.«

Ich ziehe meinen Hoodie aus, damit er besseren Zugang hat. Lieutenant Olschewski führt an Aspen vor, welchen Verband wir als Erstes anlegen sollen.

Micah startet mit meinem Unterarm. Sorgfältig platziert er die Wundauflage und beginnt, den Verband abzuwickeln. Ich beobachte seine Hände, schöne, gepflegte Finger, die sanft über meine Haut tänzeln und für Gänsehaut sorgen. Mein Blick gleitet zu seinem Gesicht. Er ist konzentriert auf die Aufgabe, die vor ihm legt. Seine Lippen sind leicht geöffnet, seine Wangen bedeckt von einem Dreitagebart.

Ich erinnere mich noch zu gut daran, wie sich sein Atem auf meiner Haut angefühlt hat.

Er hebt den Blick und sieht mir direkt in die Augen. Als hätte er gespürt, dass ich ihn beobachte.

Mein Herz macht einen Satz.

»Bist du okay?«, fragt er leise.

»Ich … ja klar, wieso nicht?«

»Du siehst müde aus.« Er blickt zurück auf den Verband. »Die Sache mit Trent hat dich ganz schön mitgenommen, oder?«

»Trent ist nicht der Grund für meine schlaflosen Nächte«, erwidere ich leise.

Micah verharrt in seiner Bewegung und sieht mich wieder an. Seine Brauen ziehen sich zusammen, die Lippen öffnen sich, doch er sagt nichts. Mir wird klar, dass er meine

Worte auf die Situation zwischen uns bezogen hat. Immerhin habe ich ihm nie erzählt, dass meine Mom nicht mehr lebt. Dennoch haben vor allem die Gedanken an Micah mich in den letzten Nächten wachgehalten.

Mein Herz beginnt schneller zu schlagen, weil mir klar wird, dass es jetzt kein Zurück mehr gibt. Wir müssen darüber reden – es kann nicht sein, dass wir uns während der Arbeit aus dem Weg gehen.

»Haben wir es kaputt gemacht?«, frage ich ihn. »Uns?«

Er atmet laut aus und widmet sich wieder dem Verband. »Keine Ahnung.« Seine Stimme ist leise. »Nein. Nur wenn wir das zulassen.« Er steckt den Verband fest, lässt meinen Arm jedoch noch nicht los. »Und das tun wir nicht, oder?«

»Nein«, wispere ich.

»Gut, dann lass uns vergessen, was passiert ist.« Micah löst sich von mir und lächelt mich an, doch irgendwie erreicht das Lächeln seine Augen nicht. »Ich war aufgewühlt, wir hatten ein bisschen zu viel Spaß … Wir mögen uns. Da sind wir wohl für einen Augenblick durcheinandergekommen.«

Ja, denke ich, das muss es sein.

Aber wieso tun seine Worte dann so weh?

Micah

30

Ich sitze auf dem Klodeckel im Trainingscenter und tippe mit dem Kugelschreiber auf die leere Seite in meinem Notizbuch. In meinem Kopf tosen die Gedanken, einer lauter als der andere und doch schwer zu fassen, weil es Gefühle sind, keine Worte.

Fang einfach an, denke ich. Schreib irgendwas auf.

Quinn.

Ihr Name landet auf der Seite. Schwarz auf weiß steht er da und ist Zeugnis dessen, was mich in den letzten Tagen beschäftigt hat. Vergessen ist der Streit mit Allegra, vergessen das Drama um Dad.

Da ist bloß Quinn, Quinn, Quinn in meinen Gedanken.

Blaue Augen.
Helles Lachen.
Starke Seele.
Quinn.

Es ist mir ein Rätsel, wie ich so ruhig vor ihr sitzen konnte. Wie diese Worte meine Lippen verlassen konnten, die in einem so krassen Kontrast zu meinem Herzen stehen, dass mir davon schwindelig wird.

Es muss sein.
Ich habe das Richtige getan.
Was wir sein könnten,
muss eine Erinnerung bleiben,
an mexikanisches Essen und Eiscreme,
an guten Wein und eine noch bessere Serie,
an Blicke und Berührungen,
die plötzlich anders waren.
An einen Tag im Sand
und die winzigen Sekunden,
die alles hätten ändern können,
aber es niemals werden,
weil wir
uns
nicht
verlieren
dürfen.

Energisch klappe ich das Notizbuch zu und raufe mir die Haare. Der Kloß in meinem Hals ist zurück. Fucking Dr. Saltzman, ich dachte, Tagebuch schreiben soll mir helfen – aber jetzt fühle ich mich nur noch beschissener. Ich bin versucht, das schwarze Ding einfach in den Mülleimer zu befördern. Nie wieder darüber nachdenken, die Emotionen verdrängen. Die Gefühle für Quinn.

Fuck.

Wie konnte mir das passieren? Wieso habe ich plötzlich Gefühle für sie? Was hat sich verändert?

Nichts, flüstert eine Stimme in mir, und mir wird klar, dass ich sie von Anfang an faszinierend fand – und ich habe zugelassen, dass mir diese Frau so sehr ans Herz gewachsen ist, dass sie mir nicht nahe genug sein könnte.

Da kann auch das Notizbuch nichts für.

»Scheiße«, murmle ich mit einem verzweifelten Lachen, bevor ich das Notizbuch zurück in meine Hosentasche stecke und mein Handy raushole. Ich kann jetzt nicht darüber nachdenken, was das alles zu bedeuten hat. Dann funktioniere ich nämlich nicht mehr – und es würde nicht lange dauern, bis das gesamte Team mir jeden meiner Gedanken von der Stirn ablesen könnte.

Lela: Hey, Brüder! Was haltet ihr von einem Ausflug an den Strand? Mav war noch nie surfen – und wir haben das schon ewig nicht mehr zusammen gemacht. Habt ihr Lust?

Pascal: Wir sind dabei. Holly war auch noch nie surfen.

Ich: Ich komme auch mit. Hoffentlich finde ich mein Brett noch in den Untiefen unseres Kellers.

Lela: Bring Ben mit, wenn du magst.

Ich: Gute Idee. Ich frage ihn mal.

Lela: Alles klar!

Lächelnd stecke ich mein Handy wieder weg. Eine Verabredung mit meinen Geschwistern – und ihrem Anhang –

das ist genau das, was ich jetzt brauche. Dass Allegra endlich einen Schritt auf mich zumacht … darauf habe ich lange gewartet. Offenbar zahlt Geduld sich doch aus.

Quinn

31

Den Nachmittag verbringen wir mit Lieutenant Torrez auf dem Sportplatz des Geländes. Als sie uns erzählt, was sie geplant hat, juble ich innerlich. Endlich eine richtige Herausforderung! Die Firefighter Combat Challenge ist einer der bekanntesten Wettbewerbe der Community, und dass wir heute einen Trainingsparcours durchlaufen können, erfüllt mich mit Aufregung.

Nachdem wir uns warm gelaufen haben, erklärt sie uns die einzelnen Stationen und teilt uns in Zweierteams ein – was bedauerlicherweise bedeutet, dass ich an Trent gebunden bin. So ein Mist.

»Lieutenant Beckett und Moretti. Sie beginnen«, sagt Lieutenant Torrez, und die beiden schlagen ein, bevor sie sich voll ausrüsten. Die Pressluft dringt zischend in ihre Schläuche ein.

Als sie bereit sind, holt Lieutenant Torrez eine Pfeife aus ihrer Brusttasche. »Auf die Plätze, fertig, los!«

Kaum ertönt der Pfiff, rennen Micah und Aspen los. Unsere Truppe bricht in Jubelrufe aus, um die beiden Männer anzufeuern. Mein Blick klebt an Micah, der sich das Schlauchpaket auf die Schulter geworfen hat und dicht gefolgt von Aspen auf die Treppe zusteuert. Weil es zwei offene Treppenhäuser gibt, wäre es gut zu erkennen, wer von beiden vorne liegt – aber sie sind gleichauf.

Oben angelangt ziehen sie mit kräftigen Zügen das Gewicht hoch. Dieses Mal ist Aspen ein kleines bisschen schneller und bereits auf dem Weg nach unten, während Micah sein Gewicht noch ablegt. Er kommt ein paar Millisekunden nach Aspen unten an und stürzt auf den Hammer zu, um ihn durch die Luft zu schwingen.

Hier holt Micah den Vorsprung wieder auf, weil er mehr Kraft hat als Aspen.

»Los, Micah!«, rufe ich und stoße eine Faust in die Luft, als er vor Aspen den nächsten Schlauch erwischt. »Du packst das!«

Allerdings trifft Aspen das Ziel vor Micah und lässt seinen Schlauch auf den Boden fallen. Das kann Micah trotz seiner kräftigen Muskeln auch beim Dummie-Ziehen nicht mehr ausgleichen. Zwei Sekunden nach Aspen kommt er ins Ziel und fällt erschöpft auf die Knie.

Wir johlen und jubeln, denn egal, wie gut oder schlecht sie waren – einem guten Wettkampf konnte unser Team noch nie widerstehen.

Micah zieht seine Sachen aus. Das Haar klebt ihm an der feuchten Stirn, doch auf seinen Lippen liegt ein strahlendes Lächeln. So zufrieden habe ich ihn das letzte Mal gesehen, als wir am Strand waren, denke ich mit seltsam klopfendem Herzen.

»Wow, gar nicht übel«, lobt Lieutenant Torrez. »Mit ein bisschen Training können Sie die richtige Challenge in Bestzeit absolvieren.«

Micah steht auf und reicht Aspen seine Hand, um ihm hochzuhelfen. Lieutenant Torrez nennt ihnen ihre Zeit, dann bittet sie mich und Trent darum, uns bereit zu machen. In der Zwischenzeit sollen Micah und Aspen den Schlauch zurückholen und das Gewicht wieder absenken. Laut schimpfend darüber, dass sie die Treppe noch ein zweites Mal hochlaufen müssen, marschieren sie davon, während Lieutenant Torrez den Rest des Parcours für das nächste Rennen vorbereitet.

Ich ignoriere meine Teamkameraden und rüste mich aus. Mein Herz schlägt jetzt schon schneller, während das Adrenalin durch meine Adern pumpt. Wenn ich dieses Rennen verliere, wird Trent sich bestätigt fühlen. Das darf also auf gar keinen Fall passieren.

Als Micah und Aspen zurückkehren, platziere ich mich fest entschlossen in Rennposition am Start und warte auf den Pfiff, der ein paar Sekunden später kommt.

Ich packe das Schlauchpaket und werfe es mir über die Schulter, eines der Schlauchenden löst sich, doch ich kann es noch im Laufen auffangen und besser platzieren. Dann flitze ich die Treppe hinauf, eine Stufe nach der anderen, laut keuchend vor Anstrengung. Ich versuche, nicht daran zu denken, dass das ein Rennen ist, sondern rede mir ein, dass wir um das Leben eines anderen Menschen kämpfen. Das war schon immer ein guter Treibstoff, um meinem Körper Bestleistungen zu entlocken.

Oben angekommen werfe ich das Schlauchpaket in die Box und beuge mich über die Brüstung, um das Gewicht hochzuziehen, als hinge mein Leben davon ab. Neben mir nehme ich Trent wahr, der nun auch oben angelangt ist, unten höre ich unsere Teamkameraden johlen.

Fokus, ermahne ich mich und reiße das Gewicht über die Brüstung und rein in den Korb. Ich blicke nicht zurück, ich sprinte sofort los, beide Hände am Geländer, um Stufe für Stufe nach unten zu eilen. Meine Stiefel knallen laut auf das Metall, mein Herz rast wie verrückt, aber ich werde erst aufgeben, wenn ich im Ziel zusammenbreche.

Unten angelangt sprinte ich zur nächsten Station und schnappe mir den Hammer. Ich drehe mich um, hebe ihn hoch in die Luft und lasse ihn auf das Gewicht niedersausen. Einmal, zweimal, dreimal. Beim vierten Mal ist es auf der anderen Seite angelangt, und ich werfe den Hammer weg, weil ich es so eilig habe weiterzukommen.

An der nächsten Station zerre ich den Schlauch über meine Schulter und eile los. Ich verliere vollkommen das Gefühl für die Zeit, bin so fokussiert auf das, was vor mir liegt, dass ich um mich herum gar nichts mehr wahrnehme.

Die Glocke bimmelt, also schließe ich den Schlauch, lasse ihn fallen und laufe weiter zum Dummie.

An dieser Station dehnt sich die Zeit wie Kaugummi. Mit dem schweren Gewicht komme ich nur langsam voran. Ich muss aufpassen, dass ich nicht hinfalle, aber ich finde die perfekte Balance und erreiche schon bald die Ziellinie.

Erst jetzt löse ich den Blick von meiner Rennstrecke. Von Trent keine Spur.

»Huh«, mache ich verwundert. Da erst fällt mir auf, dass auch der Rest meines Teams gar nicht mehr an Ort und Stelle steht, sondern auf die Strecke gelaufen ist.

Verwirrt nehme ich meine Atemschutzausrüstung und den Helm ab und richte mich auf. Mir rinnt der Schweiß über den Rücken, meine Haare kleben mir nass am Gesicht.

Die anderen haben sich in einer Traube um die Treppe auf Trents Seite versammelt. Ich höre ihn stöhnen, bevor ich ihn überhaupt sehe.

»O verdammt«, murmle ich, als ich endlich etwas erkennen kann. Micah kniet vor Trent und befreit ihn aus der Schutzjacke.

»Fuck«, stöhnt Trent auf. Er ist blass um die Nase, und jetzt, da er keine Jacke mehr trägt, weiß ich auch, wieso.

Er hat sich selbst ins Aus geschossen.

Denn wenn mich nicht alles täuscht, ist das ein offener Bruch an seinem Arm.

Micah

32 Trent verliert das Bewusstsein, kaum dass er einen richtigen Blick auf seinen Arm geworfen hat.

»Beckett, rufen Sie den Notarzt«, reißt Lieutenant Torrez sich zuerst los. »Ich hole einen Erste-Hilfe-Koffer. Bishop, besorgen Sie etwas zum Trinken und einen Müsliriegel für den Blutzucker.«

Quinn zieht ihre Jacke aus und kniet sich neben mich. Wir haben fast alle eine Ausbildung als Rettungssanitäter gemacht und wissen, was zu tun ist. »Wir sollten ein Foto für die Ärzte machen«, sagt sie, ohne mich anzusehen. »Hast du dein Handy dabei?«

»Ja.« Ich zücke es und mache ein paar Fotos aus unterschiedlichen Perspektiven. »Ich glaube, andere Verletzungen hat er nicht. Er ist einfach nur richtig blöd gefallen.«

Quinns Stirn legt sich in konzentrierte Falten, während sie die Wunde begutachtet. Sie ist schweißgebadet, weil sie überhaupt nicht mitbekommen hat, dass Trent sich im Wettkampf verletzt hat. Wrongway dreht sich mit einem »Ich glaube, mir wird doch schlecht« weg. Einen Augenblick später kehrt Lieutenant Torrez mit dem Erste-Hilfe-Koffer zurück.

Quinn und ich ziehen Handschuhe an, bevor wir uns an die Arbeit machen und den Bereich keimfrei abdecken.

Trent blinzelt.

»Willkommen zurück«, murmelt Quinn und legt ihre Hände an seine Wangen, um ihn zu untersuchen. »Der Notarzt ist schon unterwegs. Ah, nicht noch mal hingucken. Tu dir das nicht an.«

»Wie schlimm ist es?«, will Trent wissen. Seine Stimme ist rau.

»Du hast dir wohl so eben eine Auszeit erkämpft«, erwidert Quinn, und ich schaue gerade rechtzeitig hin, um ihren Mundwinkel zucken zu sehen. Mitleid hat sie mit ihm nicht – und das wundert mich kein bisschen. Zwar weiß ich immer noch nicht, was mit Mr Stone vorgefallen ist, aber ich kann mir denken, dass Trent wie immer ein Arsch war.

»Fuck«, murmelt dieser. Sein Blick findet Quinns. Er starrt sie wütend an, doch sie lässt sich davon nicht aus der Ruhe bringen und nimmt stattdessen das Wasser von Reed entgegen, um es für Trent zu öffnen. »Das ist alles de …«

Wie aus einem Reflex heraus packe ich seinen verletzten Arm. Er schreit vor Schmerz auf. »Pass auf, was du sagst«, knurre ich wütend.

»Fuck, Micah.« Er reißt seinen Arm los und beißt fest die Zähne zusammen, weil ihm die Bewegung offensichtlich starke Schmerzen bereitet.

Ich stehe auf und wende mich mit geballten Fäusten ab. Mein Magen fühlt sich an wie auf links gedreht, weil ich so wütend bin. Wie kann er es wagen, ihr die Schuld daran zu geben? Bloß weil er besser sein wollte als sie?

»Du solltest den Arm auf deiner Jacke liegen lassen, bis der Notarzt da ist«, erinnert ihn Quinn. »Hier, trink.«

Ihr Tonfall ist sanft. So sanft, dass ich mich ungläubig

umsehe und beobachten muss, wie sie ihm etwas zu trinken einflößt.

Was zur Hölle?

Woher nimmt diese Frau ihre Geduld?

Mit einem Schnauben drehe ich mich um und marschiere aus der Halle. Das ertrage ich keine Sekunde länger.

Harte Zeiten

Vor sieben Monaten

Ich lag auf dem Bett und tippte ein paar Notizen für einen neuen Blogartikel in mein Handy, bevor ich auf Instagram wechselte und Kommentare beantwortete. Es waren einige, weil ich in den letzten Tagen kaum dazu gekommen war. Viele von ihnen standen unter meinem neuesten Bild, einer Sammlung aus Zitaten aus dem vor ein paar Tagen online gegangenen Interview mit einer Detective aus L.A. – ich reagierte auf alles, bedankte mich für Kommentare, für Meinungen, für eigene Erfahrungen. Ich beantwortete sogar die Hasskommentare mancher Männer, die sich immer wieder unter meinen Beiträgen fanden, es sei denn, es waren pure Beleidigungen. Dann löschte ich sie.

Mein Therapeut Daniel hatte mir geraten, mich vor negativen Einflüssen zu schützen, um nicht noch einmal so tief zu fallen, wie es nach dem Tod meiner Mutter geschehen war. Allerdings hatte ich ihm nie davon erzählt, was ich in meiner Freizeit machte, denn ich bereute bis heute, dass ich Adam in mein Geheimnis eingeweiht hatte.

Nie wieder würde ich zulassen, dass jemand eine solche Macht über mich hatte wie er.

Die Gedanken an Adam trieben mir einen Kloß in den Hals. Immer noch fühlte ich mich verraten – jetzt mehr denn je. Es war, als hätte er seine schützende Hand über mich gehalten, und nun, da ich nicht mehr nach seiner Pfeife tanzte, hätte es ihn nicht weniger kümmern können, was mit mir geschah.

Ich zog die Kopfhörer aus den Ohren und stand auf, um sie zurück in meinen Spind zu bringen. Es war ruhig auf der Wache, jeder ging seinen eigenen Aktivitäten nach, bevor es in einer guten halben Stunde Abendessen geben würde. Ich war zum Küchendienst eingeteilt worden.

Wieder einmal.

Mal war es ein Fehler im System, mal hatte einer meiner Kollegen dringend tauschen müssen – mein Name landete in den letzten Monaten immer häufiger bei den Aufgaben, auf die keiner hier Bock hatte. Und es wunderte mich nicht. Es war ein klares Signal, dass sie mich hier nicht mehr haben wollten und nicht wussten, wie sie mich loswerden konnten.

Ich war wie paralysiert. Mir graute es vor der Arbeit, aber gleichzeitig war ich zu stolz, meine Sachen zu packen und zu gehen. Ich wollte nicht schwach sein. Ich wollte verdammt noch mal für meine Fähigkeiten gesehen werden und Teil eines Teams sein.

Aber dass ich dieses Glück nicht mehr hier finden würde, wurde mir auch heute wieder schmerzlich bewusst – denn irgendwer hatte sich einen Spaß daraus gemacht, meinen Spind mit Schwanzfotos zu dekorieren.

»Sehr witzig«, brummte ich und zupfte ein Bild nach dem anderen ab, bevor ich die Spinde unseres Teams entlang ging und jedem mindestens eines der Fotos durch den Schlitz hineinwarf. Sollten sie doch sehen, was sie davon hatten, diese Mistkerle.

Danach schloss ich meine Kopfhörer weg und machte mich auf den Weg in die Küche, in der Adam und ein paar andere Männer bereits saßen und Karten spielten.

»Diego füllt die Pressluftflaschen auf, fang schon mal ohne ihn an«, sagte Adam, ohne von seinen Karten aufzublicken.

Ich presste wütend die Lippen aufeinander. Er wusste, dass Diego und ich zusammen Küchendienst hatten. Wieso hatte er ihm also eine weitere Aufgabe zugeteilt?

»Dann hilf du mir doch«, entgegnete ich, weil ich zu geladen war, um meine Wut einfach hinunterzuschlucken. »Oder ist das unter deiner Würde, *Lieutenant?*«

Die anderen hoben den Blick, Adam ließ die Hand mit seinen Karten auf den Tisch sausen. »Du solltest besser aufpassen, wie du mit deinen Vorgesetzten sprichst, Lovett«, sagte er finster.

Seufzend wandte ich mich ab, um mit dem Kochen zu beginnen. Mir blieb ja sowieso nichts anderes übrig, denn eine Aufgabe war nun mal eine Aufgabe – egal, wie ungerecht sie verteilt wurde.

Ich hörte, wie Bewegung in die Männer kam, und spannte mich unwillkürlich an. Zwar war während der Ausbildung Schlimmeres geschehen, aber mein Körper reagierte sofort, wann immer ich mich bedroht fühlte.

Jemand stellte eine halb volle Tasse Kaffee neben mir ab. »Hier, kannst du direkt mit abwaschen.«

Ich hob den Blick und sah Kyle in die Augen. Er grinste mich an. »Räum deinen Scheiß allein weg, ich bin nicht deine Putzfrau.«

»Heute schon«, erwiderte er hämisch und deutete auf den Putzplan, der an der Küchentür aushing. Das durfte ja wohl nicht wahr sein. Hatten sie mich schon wieder für den Putzdienst eingetragen? Obwohl ich Küchendienst hatte?

»Das …«, setzte ich an, doch im nächsten Augenblick hob Kyle die Tasse hoch, drehte sie um und kippte mir den restlichen Inhalt über das T-Shirt.

Ich schnappte nach Luft und wich zurück. Mein Blick wanderte entsetzt zwischen ihm und meinem nassen T-Shirt hin und her.

»Ups«, sagte Kyle und weitete seine Augen in gespieltem Schrecken. »Das tut mir wirklich leid.«

Hinter ihm lachten die anderen Männer.

»Geht's noch?«, fuhr ich ihn an. »Was soll die Scheiße?«

Ich griff nach einem Geschirrtuch, um es mir auf die nasse Stelle zu pressen.

»Ich war einfach abgelenkt.« Kyle deutete vielsagend auf meinen Brustkorb. »Da habe ich nicht drauf geachtet, wo ich meine Tasse hinstelle.«

Bevor ich meiner Wut Ausdruck verleihen konnte, schrillte der Alarm los. Ich atmete tief durch, dann lief ich, nass, wie ich war, in die Fahrzeughalle und arbeitete, als wäre nie etwas geschehen.

*

Es wurde mit jeder Schicht schlimmer. Die Fotos an meinem Spind waren noch harmlos gewesen, ein blöder Scherz, über den ich hätte hinwegsehen können, doch die Schikane hörte damit nicht auf. Ständig wurden mir die typischen Frauenaufgaben zugeteilt, ich musste putzen und kochen, bei den Einsätzen kam ich kaum noch dazu, mein Können unter Beweis zu stellen, weil mich Adam oder der Captain meistens dazu verdonnerten, den Verkehr zu regeln oder mich darum zu kümmern, Angehörige zu beruhigen. Ich trainierte umso härter, denn ich wusste, dass ich mir bald einen neuen Job suchen müsste – und wenn es erst so weit war, wollte ich nicht, dass mir meine fehlende Erfahrung im Weg stand. Ich war eine gute Feuerwehrfrau in einem schrecklichen Team, das sollte nicht mein Untergang sein.

Ich konnte immer noch nicht begreifen, wie Adam einfach danebenstehen und zusehen konnte, obwohl er wenige Monate zuvor noch davon gesprochen hatte, mit mir eine Familie gründen zu wollen. Er machte nie mit, wenn ich von ein paar Zurechtweisungen mal absah, aber er trat auch nicht für mich ein.

Es war ihm egal, dass mir meine Kollegen Schimpfworte hinterherriefen, es war ihm egal, dass sie in meinem Beisein darüber sprachen, wie sie mich vögeln würden, es war ihm egal, dass sie mich mit Essen oder anderen Dingen bewarfen, mir Sachen wegnahmen und sie in den Müll schmissen. Es war ihm sogar egal, als Kyle in der Umkleide die Hand ausrutschte und er mir an den Hintern langte.

Was ihm nicht egal war, war die Tatsache, dass ich ausrastete und Kyle einen Faustschlag ins Gesicht verpasste.

Dafür wies er mich zurecht und brummte mir acht Wochen Putzdienst auf.

Ich sah ihn entsetzt an, mein Oberkörper bebte vor Wut, in meinen Augen brannten heiße Tränen. »Wie konnte ich mich nur so in dir täuschen?«, fragte ich erstickt, bevor ich mich abwendete und den Raum verließ. Ich schloss mich in den Toiletten ein, um zu weinen, und kam erst wieder heraus, als der Dienst vorbei und meine Kollegen gegangen waren. Selbst der Alarm konnte mich nicht aus meiner Erstarrung lösen

Der Captain entdeckte mich auf dem Weg zu den Umkleiden und rief mich in sein Büro.

»Sie sind ja doch noch hier, Lovett«, sagte er und zwirbelte seinen Bart. »Lieutenant Anderson sagte mir, Sie wären eher nach Hause gegangen.«

Ich begann erneut zu weinen und erzählte ihm von den Schikanen der letzten Wochen.

Er seufzte ungeduldig und unterbrach mich. »Sie werden emotional, Lovett. Haben Sie etwas anderes erwartet in einem Team, das überwiegend aus Männern besteht? Wenn Sie mit Samthandschuhen angefasst werden wollen, suchen Sie sich einen Bürojob.«

»Aber …«

»Wollen Sie Beschwerde gegen das Department einreichen?«

»Ich …« Ich zögerte.

»Haben Sie eine ausführliche Dokumentation der Zwischenfälle angefertigt?«, fragte er weiter, und mit jeder seiner Fragen wurde mir bewusster, wie aussichtslos eine Beschwerde sein würde. »Oder stehen Sie hier, weil Sie emotional geworden sind? Können Sie beweisen, wie oft Ihnen auf dieser Wache etwas zugestoßen ist? Gibt es Zeugen?«

Ich atmete tief durch, schluckte meine Frustration hinunter. »Schon gut«, sagte ich schließlich. »Danke für Ihre Zeit.«

Der Captain stand auf. »Ich wünsche Ihnen einen schönen Feierabend, Mrs Lovett.«

»Danke, Sir.« Kaum hatte ich das Büro verlassen, überkamen mich abermals die Tränen. Ich fühlte mich allein gelassen, fast so, als hätte ich mir all die Dinge nur eingebildet, als wäre ich hysterisch, weil ich nicht mit ein paar Späßen umgehen konnte.

Aber das war ich nicht.

Das hier war kein Spaß mehr.

Das hier war meine persönliche Hölle, der ich endlich entkommen musste.

Und wäre mir das nicht nach dem Gespräch mit dem Captain klar geworden, hätte ich es spätestens dann gewusst, als ich das gefüllte Kondom an meinem Spind entdeckte.

Micah

33

Am Mittwochmorgen radle ich mit einem friedlicheren Gefühl in den Innenhof. Mir ist bis gestern gar nicht bewusst gewesen, wie viel Unruhe Trent mit seinen ständigen Anfeindungen Quinn gegenüber ins Team bringt. Dass er jetzt ein paar Wochen ausfallen wird, wird die Stimmung heben.

Ich bin überrascht, ein bekanntes Gesicht in der Fahrzeughalle zu entdecken. »Hey, Barbie, was machst du denn hier?«, begrüße ich meinen Ex-Kommilitonen Kendrick Turner.

Er dreht sich zu mir, verzieht das Gesicht. »Scheiße, Micah, halt bloß die Klappe, bevor den Spitznamen noch jemand hört.«

Lachend schlage ich mit ihm ein.

»Habe ich da was von Barbie gehört?« Reed kommt dazu und hebt interessiert eine Braue.

Ich mache die beiden miteinander bekannt. »Das ist Kendrick Turner, wir haben zusammen die Ausbildung gemacht.«

»Ach, du bist der Neue. Lieutenant Beckett hat es gerade schon erzählt.« Auch Reed begrüßt ihn mit Handschlag. »Und schon einen Spitznamen, Kompliment, Barbie!«

Kendrick läuft rot an. »Wenn ich gewusst hätte, dass das passiert, hätte ich mich in der Ausbildung niemals als Ken vorgestellt.«

Wir flachsen etwas, bevor uns Lieutenant Beckett zuruft, dass die Wachübernahme beginnt, also machen wir uns auf den Weg nach draußen. Es stellt sich heraus, dass Kendrick für Trent einspringen wird, bis sich geklärt hat, wie es weitergeht. Als mir klar wird, dass er meinen eigentlichen Platz einnehmen wird, brandet Eifersucht in mir auf.

Ich wünschte, ich wäre schon so weit, dass ich meinen Job wieder richtig ausführen könnte.

Wenigstens spricht sich Kendricks Spitzname in rasanter Geschwindigkeit auf der gesamten Wache herum, sodass ihn nach der Fahrzeugkontrolle schon alle nur noch Barbie nennen.

Immerhin etwas.

*

»Ist es immer so ruhig bei euch?«, fragt Kendrick in der Mittagspause. Er sitzt neben Wrongway auf dem Sofa, ein Buch auf seinem Schoß. »Ist ja schon fast langweilig.«

Ich erstarre – genau wie der Rest meines Teams.

»Das hast du jetzt nicht gesagt, oder?«, spricht Quinn das aus, was wir alle denken. Und im nächsten Moment passiert es: Der Alarm geht los und ruft uns zum Einsatz.

»Das ist deine Schuld«, ruft irgendjemand, während wir in die Fahrzeughalle eilen.

»Vom Absturz gefährdete Person, Station 12, Light Force 12, Ambulance 12, 921 North Avenue.«

»Ist das die Highschool?«, fragt Reed.

»Kann sein, ja.«

Allein das Wort Highschool sorgt dafür, dass wir uns noch schneller bewegen.

Als ich in den Wagen steige, sitzt Quinn schon auf ihrem Platz.

Alles beim Alten.

So fühlt es sich zumindest für eine Sekunde an.

Aber dann lächelt sie mich leicht an, mein Herz macht einen Hüpfer und erinnert mich daran, dass überhaupt nichts beim Alten ist.

Schnell wende ich den Blick ab.

Reed ist der Letzte im Wagen, dann fahren wir auch schon aus der Einfahrt und fädeln uns in den Verkehr ein.

»Das ist tatsächlich die Highschool«, vermeldet Lieutenant Beckett von vorne. »Wir brauchen keine drei Minuten.«

Die Sirene heult laut, auf den Straßen steht das Leben still, während wir an ihnen vorbeirasen. Ich versuche, mich auf das einzustellen, was uns am Einsatzort erwartet, aber das fällt mir in diesem Fall schwer. Die Szenarien sind endlos, und keines davon gefällt mir besonders gut.

»Wir sind gleich da«, sagt Wrongway. »Da vorne. Ich kann's schon sehen.«

Mein Magen zieht sich zusammen. Bitte lass es keinen Schüler sein, denke ich.

»Ein Fensterputzer«, sagt Lieutenant Beckett – und es ist, als würde das gesamte Team kollektiv aufatmen. »Scheint, als hätte er Probleme mit seinem Gurtzeug. Ein Job für dich, Lovett.«

»Klar. Das übernehme ich.«

Als der Wagen anhält, steigen wir alle aus. Lieutenant

Beckett verschafft sich einen Überblick über die Lage und spricht mit einem Angestellten der Schule, während ich Quinn dabei helfe, sich für den Einsatz auszurüsten, und die anderen das Sprungtuch aus dem Truck holen – nur für den Fall.

Das Gebäude ist zehn Stockwerke hoch, der Fensterputzer hängt vor der oberen Etage und kommt weder hoch noch runter.

»Wir sind da«, signalisiert ihm Reed lautstark. Ich bezweifle allerdings, dass der Mann ihn hören kann. »Wir holen Sie im Nullkommanichts da runter.«

»Brauchst du noch was?«, frage ich Quinn.

»Die Sicherungsseile. Und einen Karabiner, um mich bei ihm einzuhaken.«

Ich nicke und hole die Sachen aus dem Truck, bereit, mit ihr hinaufzulaufen, doch Lieutenant Beckett bremst mich aus.

»Das mache ich. Sorry, Moretti.« Er nimmt mir die Sachen ab. »Du kannst den Verkehr regeln, okay?«

Was? Fassungslos sehe ich den beiden hinterher. Den Verkehr regeln? Ist das sein verdammter Ernst?

*

»Du hast uns verflucht«, jammert Wrongway, als wir um kurz nach sieben auf der Feuerwache eintreffen. Auf dem Sitz neben mir stehen ein paar Schachteln mit Pizzakartons – aufs Kochen hat nach dem Tag keiner mehr Bock. Wir sind froh, wenn wir gegessen und geduscht haben und zumindest ein paar Minuten Schlaf bekommen, bevor der nächste Notruf eingeht.

»Sorry, Mann, ich wusste nicht, dass das bei euch so ’ne Sache ist«, murmelt Kendrick. Er ist blass um die Nase und sichtlich erschöpft. So viele Einsätze nacheinander scheint er nicht gewohnt zu sein.

»Bei wem ist das bitte keine Sache?« Quinn streicht sich die blonden Strähnen von der Stirn. Auch sie sieht erledigt aus. »Verrate mir eine Wache, auf der so was gesagt wird und danach keine Horrorschicht folgt.«

»Hm«, macht Kendrick und lächelt entschuldigend in die Runde. »Vielleicht …«

»Sag's nicht!«, rufen wir gleichzeitig.

»Ist ja gut, ist ja gut!« Er hebt abwehrend die Hände. »Ich halte schon die Klappe.«

»Na bitte, geht doch«, brummt Reed.

Kurz darauf parken wir in der Fahrzeughalle.

»Moretti, Turner, ihr macht die Fahrzeuge startklar«, erteilt Lieutenant Beckett den nächsten Befehl. Er selbst unterdrückt ein Gähnen und hängt seine Jacke auf. »Bishop, Lovett, ihr kümmert euch um die Atemschutzausrüstung. Seht zu, dass wir rausfahren können, wenn wir müssen.«

»Ja, Sir.«

»Xi, Dougall, ihr bereitet die Pizza vor. Ich erstatte Bericht, und dann treffen wir uns gleich in der Küche«, fährt Lieutenant Beckett fort.

Mit einem Grummeln hänge ich meine Jacke an den dafür vorgesehenen Haken und schlüpfe aus meinen Schuhen und der Hose.

»War doch gar nicht so übel«, meint Kendrick, als die anderen mit unserer himmlisch duftenden Pizza weg sind. »Ist ein tolles Team.«

»Ja«, erwidere ich und hole die Checkliste aus dem

Schrank, die wir nach jedem Einsatz durchgehen, um sicherzustellen, dass unsere Fahrzeugflotte perfekt in Schuss ist. Da wir dieses Mal nur mit der Light Force unterwegs waren, haben wir wenigstens nicht allzu viel zu tun. Getankt haben wir schon, während wir auf unsere Pizza gewartet haben.

»Ich habe ehrlich gesagt gedacht, du wärst schon zur Rüstgruppe aufgestiegen«, sagt Kendrick beiläufig. »Du warst in der Academy doch fast immer der Beste. Hätte nicht gedacht, dass sie dich hier immer noch die Anfängerarbeiten machen lassen.«

»Tun sie normalerweise auch nicht.« Ich umklammere das Klemmbrett mit der Liste etwas fester. Als wenn der Tag nicht schon beschissen genug gewesen wäre, kommt er jetzt auch noch um die Ecke und stellt tausend Fragen, die ich nicht hören möchte.

»Oh.« Kendrick und ich gehen um den Wagen rum, während wir die Checkliste abarbeiten. »Was ist passiert?«

Ich seufze und bleibe stehen. »Ich habe Mist gebaut, okay? Aber ich habe keine Lust, drüber zu reden, wenn's dir nichts ausmacht.«

»Schon gut, schon gut.« Er zuckt mit den Schultern. »Jeder verreißt es mal. Mach dir nicht so einen Stress damit. Die lassen dich sicher bald wieder mitspielen.«

Ich brumme und hoffe, dass er damit recht behält.

Quinn

34

Meine Wange berührt kaum das Kissen, da springt das Alarmsystem unserer Feuerwache erneut an. Mit einem Fluchen springe ich hoch und laufe zu den Rutschstangen, um in die Fahrzeughalle zu gelangen.

Was zur Hölle ist heute nur los mit dieser Stadt?

Die Sonne geht gerade erst unter, während wir mit Sirenengeheul durch die Stadt sausen. Weil wir dieses Mal auch den anderen Truck mitnehmen, sitzt Micah nicht im gleichen Fahrzeug wie ich – und das fühlt sich verdammt falsch an. Fast, als hätte ich das Wichtigste auf dem Weg zum Einsatz in der Wache vergessen.

Aber vor Ort wird er mir zugeteilt, wir sollen zusammen das hintere Gebäude sichern. Und das fühlt sich gut an.

Vertraut. Sicher.

Ich laufe los, die Leiter im Anschlag, und weiß, dass Micah mir dicht auf den Fersen ist. Bei ihm muss ich mich nicht umdrehen, um mich zu vergewissern, dass er da ist.

Er ist es immer.

Wir arbeiten die ganze Nacht.

Es gibt keine Toten.

Aber trotzdem bin ich den Tränen nahe, als wir im Morgengrauen in den Truck steigen, um zurück zur Wache zu fahren. Ich bin seit fast vierundzwanzig Stunden auf den Beinen, und davon war ich mindestens sechzehn auf Einsätzen unterwegs. Keiner von uns ist gut auf Kendrick zu sprechen, wir geben ihm alle die Schuld für diese Horrorschicht, auch wenn das natürlich Blödsinn ist.

»Ich glaube, ich gehe bald in Rente«, murmelt Reed schlaftrunken. »Das ist echt nichts mehr für meine alten Knochen.«

»Du bist nicht mal fünfundvierzig. Stell dich nicht so an«, erwidere ich und stupse ihm mit dem Ellbogen in die Rippen. »Du wirst schon sehen, spätestens übermorgen kannst du es kaum erwarten, zur Arbeit zu kommen.«

»Ich fürchte, da hast du recht …«

Es ist meine erste Schicht auf dieser Wache, in der wir erst im Morgengrauen zurückkehren. Captain del Valle wartet bereits in der Fahrzeughalle auf uns. Auf einem Tisch hat sie frisch belegte Sandwiches und Kaffee vorbereitet.

»Großartige Arbeit heute Nacht«, lobt sie uns, als alle da sind und sich ausgezogen haben. »Genießen Sie das Frühstück, gehen Sie duschen, und erholen Sie sich gut. Moretti, auf ein Wort?«

Nervös beobachte ich Micah dabei, wie er Captain del Valle folgt, bevor ich mir etwas zu essen nehme. Sie würde ihm doch wohl kaum nach so einer Schicht schlechte Nachrichten überbringen, oder?

Micah

35

»Setzen Sie sich.« Captain del Valle deutet auf den Besucherstuhl, in dem ich auch beim letzten Mal saß. Zögernd nehme ich Platz. »Sie haben heute Nacht außerordentlich gute Arbeit geleistet, wie ich höre.«

»Danke, Ma'am.«

»Fühlen Sie sich besser?«

Es ging mir nie schlecht, will ich spontan erwidern, aber ich sage es nicht, weil ich weiß, dass es nicht stimmt.

Sie weiß es auch.

Sie weiß alles, sie ist schlimmer als Quinn.

»Es geht allmählich aufwärts«, sage ich also wahrheitsgemäß. »Ich schreibe jetzt Tagebuch.«

Innerlich schlage ich mir vor den Kopf. Echt jetzt? Wieso erzähle ich das ausgerechnet ihr? Das ist bestimmt nicht das, was mein Boss hören will.

»Das freut mich zu hören.« Sie lässt sich in ihren Stuhl sinken. »Kommen Sie gut mit Dr. Saltzman zurecht?«

»Er ist sehr sympathisch«, erwidere ich. »Ich bin zugegebenermaßen überrascht, dass es sich mit einem Fremden so gut reden lässt.«

Del Valle lächelt. »Die Fremden sind meistens die besten Gesprächspartner«, sagt sie. »Ich freue mich, dass Sie zufrieden sind. Wissen Sie schon in etwa, wann Sie wieder voll einsatzbereit sind?«

Ich verziehe das Gesicht. »Er hat sich kryptisch gegeben.«

»Das sieht ihm ähnlich.« Sie lacht leise auf. »Aber gut, dann üben wir uns wohl noch ein bisschen in Geduld, nicht wahr?«

Unzufrieden nicke ich. Ein kleiner Teil von mir hat wohl gehofft, sie würde ihre Entscheidung überdenken, jetzt, da sie gesehen hat, dass ich wieder bei der Sache bin.

»Ich will Sie nicht in Gefahr bringen«, fährt sie fort. »Sie haben zwar heute gute Arbeit geleistet, aber trotzdem sollte das eine Ausnahme bleiben. Ich würde mir nicht verzeihen, wenn Ihnen im Einsatz etwas zustößt, weil wir zu ungeduldig waren.«

Enttäuscht sacken meine Schultern zusammen. »Verstehe.«

Del Valle sieht mich mitfühlend an. »Nehmen Sie es sich nicht allzu sehr zu Herzen, Moretti. Sie sind noch jung und haben eine lange Karriere vor sich. Nutzen Sie die Zeit, um Ihren Kram in Ordnung zu bringen und sich auszuruhen. Der nächste große Einsatz kommt bestimmt.«

Sie steht auf, und ich tue es ihr gleich.

»Danke, Ma'am.«

Mit einem leisen Seufzen verlasse ich ihr Büro. Ein Blick auf die Uhr verrät mir, dass es bis zur Wachübernahme nicht mehr lange dauert. Also hole ich meine Sachen aus dem Spind und gehe direkt zu den Duschen.

»Alles gut, Micah?«, fragt Reed mitfühlend, dem ich unterwegs begegne. Er ist bereits fertig.

Ich strecke ihm einen Daumen hoch entgegen. »Bestens.«

»Sind noch Sandwiches und Kaffee da. Wenn du dich beeilst, kriegst du vielleicht noch was ab.«

»Danke.« Ich werfe ihm ein dankbares Lächeln zu und beeile mich, denn das Loch in meinem Magen wird von Minute zu Minute größer.

*

Als ich nach der Dusche in die Fahrzeughalle komme und mich auf die Suche nach den versprochenen Sandwiches mache, ist das Tablett leer. Vom Kaffee ist auch nichts mehr übrig. Verdammt.

»Suchst du das hier?«

Quinn.

Ich drehe mich um, und da steht sie, einen Teller mit belegten Sandwiches in der einen Hand und eine Tasse mit dampfendem Kaffee in der anderen Hand. Nun kommt sie mir wirklich vor wie ein Engel.

Ich kann mich gerade noch bremsen, bevor mir ein »Heirate mich« über die Lippen kommt. In unserer derzeitigen Situation kann so ein Spruch nur schiefgehen. Stattdessen entscheide ich mich für ein »Danke, Sparkles«, was sie ausnahmsweise mal nicht mit einem Mittelfinger quittieren kann, weil sie die Hände voll hat.

»Ich fahre dich gleich nach Hause«, bietet sie an, während ich mich an den Gartentisch setze, der schon seit Urzeiten in der Halle steht. Unsere Taschen fallen mit einem dumpfen Geräusch zu Boden. Quinn folgt mir und nimmt auf dem gegenüberliegenden Stuhl Platz. Ihre Haare sind noch feucht von der Dusche und kringeln sich leicht. Ihre blauen Augen blicken mich müde an.

»Brauchst du nicht«, erwidere ich mit vollem Mund. »Wenn ich das aufgegessen habe, fühle ich mich sicher wie neu.«

»Ist doch kein Umweg.« Sie blickt auf den Tisch zwischen uns. »Außerdem bin ich zu aufgewühlt zum Schlafen. Ein Gespräch mit dir wird mir helfen, abzuschalten.«

»Autsch, das hört sich an, als würdest du mich schnarchlangweilig finden.«

»Vielleicht.« Sie grinst mich an. »Aber eigentlich bin ich neugierig, was Captain del Valle gesagt hat.«

»Ach, daher weht der Wind.« Leise lachend beiße ich noch mal von meinem Sandwich ab. Wir plaudern kurz mit unseren Kollegen, aber insgesamt haben wir nach dieser Nacht nicht mehr viele Worte übrig. Nachdem ich aufgegessen und mein Geschirr weggebracht habe, folge ich Quinn hinaus auf den Parkplatz, wo wir die Rückbank ihres Wagens umklappen und mein Fahrrad darin verstauen.

Es ist kühl draußen, was vielleicht daran liegt, dass der Herbst vor der Tür steht – vielleicht aber auch daran, dass ich im Stehen einschlafen könnte.

»Also?«, fragt Quinn, während sie sich in den Verkehr einfädelt. »Was hat sie gesagt? Darfst du wieder mit uns fahren?«

»Noch nicht.« Ich erzähle ihr, was del Valle mit mir besprochen hat und wie es weitergeht. Da ich nicht so weit von der Wache entfernt wohne, sucht sie sich schon bald einen Parkplatz vor der Wohnung. Ich drehe mich im Sitz zu ihr. »Was ist mit dir? Geht's dir gut?«

»War eine lange Nacht«, murmelt sie und blickt auf ihre Hände. Irgendwie habe ich das Gefühl, etwas bedrückt sie.

»Möchtest du noch auf einen Kaffee hochkommen?«,

biete ich ihr an, weil ich mich daran erinnere, dass sie sich Ablenkung erhofft hat. Vielleicht war unser winziges Gespräch zu kurz, um ihr zu helfen. Vor allem, weil wir ja nur über mich geredet haben.

Sie sieht zu mir, scheint darüber nachzudenken, dann seufzt sie. »Ja, ich glaube, das würde ich gerne.«

Wir steigen aus, ich hole meine Tasche und das Fahrrad aus dem Kofferraum und öffne die Tür für uns. Nachdem ich das Fahrrad verstaut habe, gehen wir hoch.

Oben angelangt schließe ich die Haustür auf. »Ben ist arbeiten, aber eigentlich sollte er gleich Feierabend haben«, erkläre ich die Stille in der Wohnung. Sanft goldenes Licht fällt durch die geöffneten Vorhänge in den spartanisch eingerichteten Wohnraum. Wir ziehen unsere Schuhe aus, legen unsere Taschen ab, dann schalte ich die Kaffeemaschine ein. Quinn lehnt sich an die Theke und beobachtet mich dabei, wie ich den Kaffee zubereite. »Lass uns gleich in mein Zimmer gehen, keine Ahnung, ob er allein nach Hause kommt.«

»Gerne.« Quinn nimmt ihre Tasse entgegen und folgt mir in mein Zimmer. Dort stellt sie sie auf dem Nachttisch ab und wirft sich auf mein Bett.

Ich muss grinsen. Ich glaube, sie ist der erste Damenbesuch mit Ausnahme meiner Schwester, der sich nicht verlegen umsieht, sondern sich direkt so benimmt, als würde ihr das Zimmer gehören. Das ist so typisch für sie.

»Ich mag dein Bett. Es ist so schön weich«, murmelt sie und setzt sich auf. An das Kopfteil gelehnt zieht sie die Füße an den Körper und umschließt sie mit ihren Armen.

»Ist dir kalt?«

»Ein bisschen«, gesteht sie und gähnt noch mal. »Ich bin

vollkommen im Eimer. Gerade schlafe ich nicht besonders gut.«

»Warte kurz.« Ich öffne den Kleiderschrank und reiche ihr einen meiner Hoodies. »Hier. Das hilft vielleicht.«

»Danke.« Sie schlüpft in den roten LAFD-Hoodie – den gleichen, den auch sie mir letztens in ein paar Nummern kleiner angeboten hat – und geht darin förmlich unter. »Hmm, das tut gut.«

Ich beiße mir auf die Innenseite der Wange, um mir ein breites Lächeln zu verkneifen. Quinn in meiner Kleidung … das gefällt mir eindeutig zu gut.

»Was ist denn los?«, frage ich sie, um mich von ihrem Anblick abzulenken. Ich trinke etwas von meinem Kaffee und setze mich auf den Schreibtischstuhl, weil ich ihr nicht zu sehr auf die Pelle rücken will. »Willst du drüber reden?«

»Es ist … Es ist meine Mom«, beginnt sie leise. Sie blickt traurig auf ihre Hände. »Sie ist vor fünf Jahren gestorben.«

»Oh, das wusste ich nicht. Das tut mir leid.«

»Heute ist ihr Todestag.« Sie blickt auf. Ihre blauen Augen glänzen feucht. »Der Tag ist jedes Jahr scheiße, aber das muss ich dir ja nicht erzählen.«

Ich nicke. Damit kenne ich mich aus. Leider.

»Dad wird den ganzen Nachmittag weinen und zig Erinnerungen rauskramen, die ich lieber mit ihr begraben hätte. Ehrlich gesagt wünschte ich, ich hätte Dienst, damit ich einfach so tun kann, als gäbe es diesen Tag nicht.«

Am liebsten würde ich ihre Hand nehmen oder sie sonst irgendwie berühren, um ihr zu zeigen, dass ich für sie da bin. Aber ich bin mir nicht sicher, welche Regeln gerade für uns gelten, also umklammere ich stattdessen meine Kaffeetasse mit beiden Händen. »Hört sich an, als würde er sie immer noch sehr vermissen.«

»Das tut er.« Quinn lächelt niedergeschlagen. »Er ist … Er geht ganz anders damit um als ich. Manchmal kommt es mir vor, als hätte er eine andere Geschichte erlebt als ich. Alternative Realität oder so.«

Verständnislos runzle ich die Stirn. »Wie meinst du das?«

»Meine Mom hat sich das Leben genommen.«

Fuck. Das ist krass.

»Dad hat sie damals gefunden. Ich verstehe nicht, wieso er nicht wütend ist, dass sie uns das angetan hat, weißt du?« Quinn schluckt und schaut wieder auf ihre Hände, die nervös miteinander spielen. »Das macht mich am meisten fertig. Immer wenn wir uns an ihrem Todestag treffen, tut er so, als hätte das Schicksal sie uns entrissen. Aber sie hat sich dafür entschieden. Sie wollte nicht mehr leben.«

»Ich … Ich weiß gar nicht, was ich sagen soll«, stammle ich erschüttert. Wenn ich das gewusst hätte, dann … ja, was dann? Was hätte es geändert? »Danke, dass du es mir erzählt hast.«

Sie hebt den Blick und sieht mich ernst an. »Jetzt weißt du, wieso mir mentale Gesundheit so wichtig ist. Mom war auch bei der Feuerwehr. Sie hatte schwere Depressionen und … ja, ich …« Ihre Stimme bricht, Tränen kullern über ihre Wangen. »Ich wünschte, ich könnte noch mal mit ihr reden. Versuchen, sie zu verstehen. Ihr vergeben.«

Mein Herz zieht sich schmerzhaft zusammen.

»Oh, Quinn«, murmle ich und kann mich nicht länger zurückhalten. Ich stehe auf, setze mich zu ihr und ziehe sie an mich. Sie legt ihre Arme um meinen Bauch und ihr Gesicht an meine Halsbeuge. Ich streichle über ihren bebenden Rücken, über ihre Arme, ihr Haar. »Schhh«, mache ich hilflos. In diesem Moment würde ich ihr gerne den Schmerz nehmen, aber aus eigener Erfahrung weiß ich, dass eine Umarmung nicht die Lösung für all das Leid ist. Wenn ein so wichtiger Mensch von einem Tag auf den anderen fort ist, gibt es nichts, was diese Lücke je wieder füllen wird.

Ich kann sie bloß halten, ihr zeigen, dass ich da bin und bleiben werde, wann immer sie mich braucht, und hoffe, dass ihr das reicht, um sich besser zu fühlen.

»Ich vermisse dich«, schnieft sie an meiner Brust. »Ich arbeite am liebsten mit dir zusammen.«

Mir wird warm ums Herz. Ich zerzause ihr die Haare. »Ich vermisse dich auch.«

Ein paar Minuten später ist sie eingeschlafen, ein warmer Körper in meinen Armen, wie ich es ewig nicht mehr erlebt habe. Ich halte sie fest, schließe die Augen und erlaube mir für einen winzigen Moment den Gedanken, das hier wäre unsere Normalität.

Aber dann denke ich wieder an unser Gespräch im Trainingscenter und seufze leise. Ich muss mir dringend etwas einfallen lassen, damit mein Herz nicht mehr in Aufruhr gerät, sobald ich in ihrer Nähe bin. Doch darüber kann ich mir den Kopf zerbrechen, sobald ich ausgeschlafen bin.

Ein Lächeln stiehlt sich auf mein Gesicht, weil Quinn so schön ist. Ihre rosigen Lippen sind leicht geöffnet, die Haut sieht so samtweich aus, dass ich sie gerne berühren würde. Eine Haarsträhne fällt ihr über die Augen. Vorsichtig hebe ich die Hand, um sie ihr aus dem Gesicht zu streichen.

»Schlaf gut, Sparkles«, murmle ich leise und lehne den Kopf zurück, um die Augen zu schließen.

Womöglich sollte ich aufstehen, mich auf die Couch legen, um zu schlafen, aber das würde sie vielleicht wecken. Und sie sieht so friedlich aus. So entspannt.

Aber um ehrlich zu sein: Ihr Körper an meinem fühlt sich zu gut an, um mich davon zu lösen, und so schmiege ich meine Wange an ihre Stirn und schließe die Augen. Keine fünf Minuten später bin ich eingeschlafen.

Station 12

Vor fünf Monaten

Meine Hände zitterten, als ich den Motor abstellte. Ich versuchte, ruhig zu atmen. Ein und aus. Ein und aus. So wie ich es in meiner Ausbildung gelernt habe. So wie es mir schon bei unzähligen Einsätzen geholfen hat.

Aber es war nichts mehr wie vorher.

Ich war nicht mehr wie vorher.

Und das hasste ich mehr als die Tatsache, dass ich nun gezwungen war, die neue Feuerwache zu betreten, mich allen als Quinn Lovett vorzustellen und so zu tun, als würde ich mich freuen, hier zu arbeiten.

Mein Blick glitt über den Angestelltenparkplatz auf der Suche nach einem bekannten Gesicht. Wenigstens einen aus dem Team kannte ich persönlich. Lieutenant Aspen Beckett war es zu verdanken, dass ich überhaupt so schnell eine neue Stelle gefunden hatte. Wäre er nicht gewesen, hätte ich womöglich meine Uniform an den Nagel gehängt und mir etwas ganz Neues gesucht.

Und das bloß, weil ich mich auf den falschen Mann eingelassen hatte.

Das würde mir nie wieder geschehen.

Fest entschlossen, die Chance zu nutzen, die mir Aspen ermöglichte, stieg ich aus dem Wagen und holte meine

Sachen aus dem Kofferraum. Eine Umhängetasche mit Wechselkleidung, einem Bild von Mom, Dad und mir, Duschzeug, meinen Laptop für die Zeiten, in denen nichts zu tun war, und den Thriller, den ich gerade erst zu lesen begonnen hatte.

»Na, da ist sie ja!« Ich zuckte zusammen, als eine Hand meine Schulter berührte. Im nächsten Moment hüllte mich Aspen in seinen würzigen Duft ein. »Schön, dass du hergefunden hast, Quinn.«

Ich lächelte ihn an. »Danke, dass du ein Wort für mich eingelegt hast.«

»Immer. Weißt du doch.« Sein Lächeln warf kleine Fältchen um seine blauen Augen. Die Zähne blitzten hell auf. Er deutete auf den Karton im Auto, in dem sich meine Uniform befand. »Kann ich dir helfen?«

»Sehe ich aus wie eine Dame in Nöten?«, fragte ich mit hochgezogener Braue. Er winkte ab und ließ mich meinen Karton selbst tragen.

Auf dem Weg zum Hintereingang der Wache kam ein Mann im Affenzahn auf den Hof gerast. Er konnte sein Fahrrad gerade noch rechtzeitig bremsen, sonst hätte er uns beide über den Haufen gefahren.

»Moretti!«, rief Aspen.

»Sorry, Lieutenant«, nuschelte der Mann verlegen und blickte zu mir. »Ich dachte, ich bin spät dran.«

»Kein Grund, wie ein Berserker zu fahren.«

Der Mann stieg mit einem entschuldigenden Lächeln vom Fahrrad. »Tut mir leid. Kommt nicht wieder vor. Du musst Quinn sein.«

»Quinn Lovett«, bestätigte ich mit einem Knoten im Magen.

»Micah Moretti«, stellte er sich vor. Irgendwie kam er mir bekannt vor, vielleicht hatten wir schon bei einem Großeinsatz zusammengearbeitet. »Freut mich, dich kennenzulernen.«

Ich schenkte ihm ein knappes Lächeln. »Ich freue mich auch.«

Er winkte uns noch einmal zu, dann schob er sein Rad an uns vorbei, um es abzustellen. Ich folgte Aspen ins Gebäude. »Micah ist in der Löschgruppe, aber der Kerl hat echt Potenzial. Wird nicht mehr lange dauern, bis er aufrücken kann, schätze ich.«

»Cool.« Ich wusste nicht, was ich sonst sagen sollte, also schwieg ich, während ich die Fahrzeughalle in Augenschein nahm. Ich hatte zwar schon einige Feuerwachen von innen gesehen, aber die Zwölfte kannte ich nur von meinem kurzen Besuch für das Bewerbungsgespräch vor ein paar Wochen. Die Fahrzeuge glänzten frisch poliert und bereit für den ersten Einsatz unserer Schicht. Der Rettungswagen war eines der neueren Modelle, das Tanklöschfahrzeug und der Rüstwagen hingegen schon ein paar Jährchen alt. Sie unterschieden sich von außen kaum von denen auf meiner alten Wache, dennoch würde ich so bald wie möglich Zeit damit zubringen, die Ausrüstung in- und auswendig zu lernen.

»Oh, da ist del Valle. Hey, Captain, sehen Sie mal, wen ich gefunden habe!«, rief Aspen durch die Fahrzeughalle.

Constanza del Valle wurde auf uns aufmerksam und kam mit energischen Schritten auf uns zu. Die krausen Locken wippten mit jedem ihrer Schritte, und sie lächelte mich breit an, bevor sie mir die Hand reichte. »Freut mich, Sie wiederzusehen, Lovett.«

»Vielen Dank«, entgegnete ich aufrichtig. »Ich freue mich auch sehr, dass es losgeht.«

»Das ist schön.« Del Valle nickte mir zu. Ich hatte sie schon bei unserem ersten Gespräch sympathisch gefunden. »Dienstantritt ist in fünf Minuten, danach kann Lieutenant Beckett Ihnen den Rest der Wache zeigen.«

»Mach ich. Wir bringen nur noch schnell ihre Sachen zum Spind.«

Wir beschleunigten unseren Gang, um rechtzeitig zum Dienstantritt im Innenhof zu sein. Aspen wies mir einen Spind in den Umkleiden zu, dann folgte ich ihm wieder nach draußen, wo sich zwei Teams von insgesamt drei versammelt hatten, um die Wachübernahme zu machen.

Ich stellte mich neben Aspen – es erschien mir weise, mich erst mal an ihn zu halten, bis ich den Rest des Teams kennengelernt hatte – und hörte aufmerksam zu, während die beiden Captains del Valle und Sanders besprachen, was in den vorherigen vierundzwanzig Stunden geschehen war und was wir in unserer Wache erledigen mussten. Im Anschluss daran stellte del Valle mich dem gesamten Team vor, dann ging sie über zur Aufgabenverteilung und kündigte ein paar Programmpunkte für den Rest des Tages an.

Als sie fertig war, salutierte das gesamte Team, also tippte auch ich mir mit den Fingerspitzen gegen die Schläfen, und beobachtete, wie sich die Gruppe im Innenhof auflöste.

Mein neues Team scharrte sich um uns. Sie stellten sich alle vor, doch es fiel mir schwer, mir die Namen zu merken. Aber das machte nichts, ich würde sie schon noch früh genug lernen.

*

Ich schlüpfte in ein frisches T-Shirt und Leggings, bevor ich die Dusche verließ und meinen Kram zurück zum Spind brachte. Im Umkleideraum herrschte reges Treiben, wir waren nach dem Einsatz alle duschen, doch ich war die Einzige, die vollständig angezogen aus der Dusche gekommen war. Ich schob mich zwischen den oberkörperfreien Männern hindurch, vorsichtig darauf bedacht, keinen von ihnen aus Versehen zu berühren.

»Ich sag's euch, die treiben mich noch in den Wahnsinn«, beklagte sich Reed. Mit ihm hatte ich heute eng zusammengearbeitet, deshalb konnte ich mir seinen Namen bereits merken. Er war der Älteste in unserer Truppe, aber trotzdem einer der Fittesten. »Meine Frau sagt, wir wären in dem Alter auch so gewesen. Aber mal ganz ehrlich: Wolltet ihr mit vierzehn eure Freundinnen auch nicht mit nach Hause bringen?«

Die Männer witzelten, und auf meine Lippen stahl sich ein kleines Lächeln.

»Vielleicht solltest du mal hinterfragen, wieso er sie nicht mitbringen will«, sagte einer, den sie Wrongway nannte. »Mögt ihr seine Freundin nicht?«

»Wir kennen sie ja nicht mal.« Reed seufzte. »Wenn er sie uns wenigstens vorstellen würde, aber so …«

»Ihr seid ihm wohl zu peinlich«, witzelte der Typ mit dem Fahrrad. »In dem Alter waren mir meine Eltern auch peinlich.«

»Ach komm, Micah, du sagst das, als wärst du so viel älter.« Reed warf sein Handtuch nach ihm, doch Micah duckte sich geschickt weg. »Wenn du Kinder hast, können wir noch mal reden.«

Ich lachte mit den anderen und fühlte mich ein Stück

leichter, obwohl mir das Geplänkel gleichzeitig einen Stich versetzte, da ich mich wie eine Außenseiterin fühlte. Eine solche Wache hatte ich mir immer gewünscht, aber jetzt wusste ich nicht, ob ich mich jemals wieder weit genug öffnen konnte, um dazuzugehören.

»Bis dahin bist du Rentner«, erwiderte Micah großspurig, woraufhin er von Reed einen Stinkefinger erntete.

Ich grinste in mich hinein, doch mein Grinsen gefror, als einer der Männer mich direkt ansprach. »Was ist mit dir, Quinn? Willst du eine Familie gründen?«

Teilnahmslos zuckte ich mit den Schultern und versuchte, mich an das zu erinnern, was ich in den letzten zwei Monaten über Schlagfertigkeit gelernt hatte. »Wenn ich den richtigen Mann finde. Ist irgendwie gar nicht so leicht, weil sich die meisten aufführen wie Blödmänner.«

»Oh, der hat gesessen.« Reed rieb sich die Hände. Ein paar der Männer lachten.

Der Mann, der mich angesprochen hatte, bekam rote Ohren. »Ich mein ja nur, deine biologische Uhr tickt. Wir wissen doch alle, wie das ist.«

Ich schnaubte auf.

»Trent ...«, sagte Micah mit warnender Stimme. Augenblicklich schwang die Stimmung in der Umkleide um.

»Was denn? Ist foppen jetzt verboten, nur weil sie eine Frau ist?«, fragte Trent verächtlich.

»Du darfst mich gerne foppen, Trent«, erwiderte ich und machte einen Schritt auf ihn zu, um ihm zu zeigen, dass ich keine Angst vor ihm haben würde. Ich ballte meine Hände zu Fäusten, um das Zittern meiner Finger zu verbergen. »Solange du mein Geschlecht da raushältst, bin ich für jeden Spaß zu haben.«

Er blickte mir für einen Moment fest in die Augen, dann wandte er sich schließlich ab, schlug seinen Spind zu und verließ die Umkleide. Ich atmete kontrolliert aus, bevor auch ich mich unter den Blicken der anderen umdrehte, um mich meinen eigenen Sachen zu widmen.

Die Stimmung hatte er gekillt, und mein Gefühl, hier ein neues Zuhause finden zu können, auch.

Als ich fertig war, waren nur noch Micah und ich in der Umkleide. Ich schloss meinen Spind und wappnete mich innerlich für die nächsten Stunden meiner Schicht. Plötzlich konnte ich es kaum erwarten, nach Hause zu kommen.

»Alles okay?«, fragte Micah zögerlich.

Er beobachtete mich aufmerksam. Mittlerweile war er angezogen, seine kurzen Locken glänzten noch feucht von der Dusche. In dem fahlen Licht wirkten seine Augen fast schwarz. Ich wusste nicht, ob ich ihn nett finden sollte oder ob er einer von den Kandidaten war, um die ich besser einen großen Bogen machte.

»Mir geht es gut«, erwiderte ich schließlich.

»Wenn er noch mal …«

»Ich brauche keinen Aufpasser«, unterbrach ich ihn, bevor er mir sagen konnte, was ich dann tun sollte. »Lieb gemeint, aber ich bin erwachsen. Danke.«

Er nickte knapp, um mir zu signalisieren, dass er verstanden hatte. Dann drehte er sich auf dem Absatz um und verschwand. Mit einem leisen Seufzen ließ ich mich auf die Bank zwischen den Spinden fallen und vergrub für einen Augenblick den Kopf in den Händen.

Offenbar hatte ich es schon am ersten Tag geschafft, mich unbeliebt zu machen.

Quinn

36 Ich rieche es, bevor ich es bewusst wahrnehme. Um mich herum ist Micah. Alles hier riecht nach ihm, und das versetzt meinem Herz beinahe den gleichen Adrenalinkick wie das Alarmsystem auf unserer Wache. Doch dieses Mal springe ich nicht auf und renne los, heute bleibe ich liegen und zwinge meinen Herzschlag dazu, sich wieder zu beruhigen.

Denn würde ich mich bewegen, würde Micah davon unweigerlich wach.

Er liegt nämlich halb auf mir.

Seine Wange ruht auf meiner Schulter, ein Arm auf meinem Bauch und eines seiner Beine hat er zwischen meine geschoben.

Als mir klar wird, dass ich hier eindeutig die Position des Kerls eingenommen habe, muss ich ein wildes Kichern unterdrücken. Dass er so ein Kuschelbär ist, hätte ich nicht gedacht.

Und doch … mag ich es.

Statt ihn von mir zu schieben, wie ich es wohl eigentlich tun sollte, schmiege ich meine Wange an seine Stirn und atme tief ein. Er riecht so verdammt gut. Nach Freundschaft. Nach Heimat. Nach Herzklopfen.

Und seine Haut ist so weich.

Ich schließe die Augen wieder und genieße das Gefühl, das mit Sicherheit in wenigen Momenten damit enden wird, dass er aufwacht und Abstand zwischen uns bringt.

Doch das Gegenteil geschieht.

Er rührt sich, streicht mit seiner Stirn über meine Wange, dann mit seinem Nasenrücken. Ich halte die Luft an, als sich ein knisterndes Feuerwerk in meinem Bauch breit macht. Als ich blinzle, zieht mich der Blick aus seinen kastanienbraunen Augen sofort in den Bann.

Mein Herz macht einen Satz und trommelt wie verrückt los. Mir wird schwindelig, in meiner Mitte beginnt es zu ziehen. Micah ist mir nah genug, dass ich die hellen Sommersprossen auf seiner Haut zählen könnte. Er hat eine Narbe über dem rechten Augenlid, so fein, dass sie mir bisher noch nie aufgefallen ist. Er blickt mich durch dichte Wimpern an und legt seinen Kopf noch ein kleines bisschen mehr in den Nacken, bis sich unsere Nasenspitzen plötzlich berühren.

Im nächsten Augenblick streifen unsere Lippen übereinander. Eine leichte Berührung nur, wie der Flügelschlag eines Schmetterlings, und doch stellt sie meine Welt komplett auf den Kopf. Ich will mehr von ihm kosten, will ihn auf diese besondere Art und Weise erkunden, wie es nur wenigen Menschen vorbehalten ist, doch ich bin so schockiert von unserer unabsichtlich-absichtlichen Berührung, dass ich mich für ein paar Sekunden gar nicht rühren kann.

Es ist Micah, der den Kopf zurückzieht, um mich anzusehen. Und es ist der Blick aus seinen treuen Augen, der mich alle Bedenken über Bord werfen lässt, weil – Scheiße, er ist es. Er ist der Grund, warum ich morgens früher zur Arbeit fahre und später wieder zurückkehre, der Auslöser für mein Herzrasen, der Mann, von dem ich nachts träume.

Er ist es.

Er war es schon vom ersten Moment an.

Micah

37

Das Leben kann sich innerhalb weniger Sekunden ändern.

Selbst wenn du es in dem einem Moment so wie immer vor dich hin lebst, ist das keine Garantie dafür, dass es einen Augenblick später immer noch so ist. Manchmal ist es ein Unfall, manchmal ein Anruf.

Und manchmal – so wie heute – ist es ein Kuss.

Als Quinns Lippen meine berühren, ahne ich, dass mein Leben nie wieder so sein wird wie vorher. Doch jetzt weiß ich, wie es sich anfühlt, wenn man sich wünscht, dass die Zeit stehen bleibt und ein Augenblick nie enden soll.

Ich ziehe den Kopf zurück. Zwinge mich dazu, mich von ihr zu lösen, um ihr die Gelegenheit zu geben, mich wegzustoßen, wenn ich zu weit gegangen bin, doch das tut sie nicht.

Ihre Augen leuchten auf.

Sie flüstert meinen Namen.

Und dann legt sie ihre Hände um meine Wangen, um mich zu einem richtigen Kuss heranzuziehen. Unsere Lippen prallen aufeinander, heiß und hungrig, als ob wir schon seit Wochen auf diesen Moment warten. Und vermutlich tun wir das auch.

Doch im nächsten Augenblick fliegt meine Zimmertür auf. »Guten Morgen, So …« Ben verstummt. »O ja!«, stößt er dann hervor. »Endlich! Ich dachte schon, das wird nie was.«

»Ben!« Ich werfe mein Kissen nach ihm. Quinn hat die Hände auf ihr Gesicht gelegt und tut so, als wäre sie gar nicht da. »Verschwinde!«

»Würde ich ja gerne, aber das Handy in dieser Tasche bimmelt schon zum vierten Mal«, entgegnet er und hält besagte Tasche hoch. Just in diesem Moment fängt es wieder an zu klingeln.

»O Shit, das ist meins.« Quinn fährt hoch, nimmt Ben die Tasche ab und wühlt nach ihrem Handy. Nach einem Blick auf das Display geht sie ran. »Dad?«

Ben wirft mir ein entschuldigendes Lächeln zu, während Quinn zum Telefonieren aus dem Raum eilt. Ich erinnere mich an das Gespräch, das wir heute früh geführt haben, und ahne schon, dass sie zu spät dran ist.

Ben lässt sich auf meinen Schreibtischstuhl fallen und deutet aufs Bett. »Habt ihr …?«

»Halt die Klappe«, fahre ich ihn leise an und ziehe die Decke über meinen Schoß, um meinen Ständer zu verdecken. Fehlt auch noch, dass Ben sich darüber lustig macht … aber Scheiße, Quinn und ich … haben wir uns gerade echt geküsst?

»Da strahlt er wie der Weihnachtsstern …«

Ich werfe Ben einen finsteren Blick zu. Er bekringelt sich vor Lachen. So ein Blödmann. Wenn Quinn das sieht, wird sie sonst was denken. »Hast du nichts Besseres zu tun?«, frage ich ihn.

Doch bevor er antworten kann, kehrt Quinn zurück und

verzieht das Gesicht. »Es tut mir so leid, ich muss los.« Sie streift meinen Hoodie ab und wirft ihn auf das Bett. »Hey, Ben, danke fürs Bescheidgeben.«

»Kein Ding.« Er schnipst mit beiden Händen und deutet danach mit den Zeigefingern auf sie, als würde er mit Pistolen schießen. »Freu mich drauf, dich jetzt häufiger bei uns zu sehen.«

Ich verziehe das Gesicht. Was ist nur in ihn gefahren? War er schon immer so peinlich?

»Komm, ich bring dich zur Tür. Ignorier den Dummkopf einfach.« Ich schiebe Quinn aus dem Zimmer. »Wenn er von der Arbeit kommt, denkt er immer, er wäre der Größte.«

»Ist doch süß.« Sie schlüpft in ihre Schuhe.

»Süß ist jetzt nicht zwingend das Adjektiv, mit dem ich Ben beschreiben würde ...«

Lachend hängt sie sich die Sporttasche um. »Versteh ich gar nicht.«

Sie bleibt zögernd vor der Tür stehen und sieht mich an. Ich erwidere ihren Blick nervös. Was jetzt? Umarmen wir uns? Küsse ich sie?

»Wir sehen uns Sonntag?«, schlägt sie schließlich vor.

Mir sinkt das Herz in der Hose. Sonntag haben wir Dienst. Bis Sonntag sind es noch ewig lange zwei Tage hin.

»Ja, schätze schon«, erwidere ich und versuche, nicht allzu niedergeschlagen zu klingen. Es war nur ein Kuss – ein Versehen vielleicht. Immerhin haben wir doch letztens erst darüber gesprochen, wie es mit uns weitergehen soll. »Also dann. Bis Sonntag.«

»Bis Sonntag.« Sie lächelt, will sich zur Tür drehen, dann überlegt sie es sich anders und macht einen Schritt auf mich zu. Wir umarmen uns – und es ist die schrägste Umarmung, die ich in meinem gesamten Leben erlebt habe.

Ein paar Sekunden später ist sie fort. Ich schließe die Tür, seufze und verharre, als ich Ben im Flur entdecke.

»Das war schräg«, murmelt er mit geweiteten Augen. »Man könnte ja fast meinen, du hast noch nie einen anderen Menschen umarmt.«

»Halt die Klappe, verdammt!« Ich schnappe mir den erstbesten Gegenstand – seine Polizeimarke – und werfe sie nach ihm. Er duckt sich geschickt weg. »Musst du wirklich alles kommentieren?«

*

Eine halbe Stunde später sitzen wir bei Pizza und Bier auf der Couch und stoßen auf meinen Kuss mit Quinn an. Ich habe zwar keine Ahnung, wie es mit ihr weitergeht, aber immerhin weiß ich jetzt ganz sicher, dass ich nicht allein mit diesen Gefühlen bin.

»Geh es langsam an«, rät mir Ben. »Überstürz es nicht. Sie wirkte schon irgendwie verwirrt.«

»Das könnte auch daran liegen, dass du einfach reingeplatzt bist.«

»Ihr Handy …« Er hebt abwehrend die Hände. »Nicht meine Schuld. Was war überhaupt so wichtig?«

»Ist ein Scheißtag für sie«, erkläre ich und trinke etwas. »Ihre Mom ist vor fünf Jahren gestorben. Heute ist ihr Todestag. Sie hat sich das Leben genommen.«

»Fuck.« Ben verzieht das Gesicht. »Das ist übel.«

»Ja.« Ich seufze und nehme mir noch ein Stück Pizza. »Sie war wohl auch bei der Feuerwehr. Ich habe eben mal recherchiert. Grace Lovett. Zuletzt war sie Batallion Chief.«

Er runzelt die Stirn. »Da klingelt was. Ich glaube, den Namen habe ich schon mal gehört.«

»Das kann gut sein. Sie hat vor sechs Jahren die Löscharbeiten bei einem Großbrand geleitet, bei dem vier unserer Leute ums Leben gekommen sind«, erwidere ich, nehme mein Handy und öffne den Artikel, den ich gefunden habe. »Schätze, das hat ihr den Rest gegeben.«

Ben überfliegt den Artikel. »Arme Frau«, murmelt er. »Das war echt groß in den Medien. Daran erinnere ich mich noch. Mein Bruder hat an den Ermittlungen mitgewirkt, aber am Ende wurde niemand schuldig gesprochen. Eine ziemliche Tragödie.«

Die Pizza liegt mir schwer im Magen. Ich lege das angebissene Stück zurück auf den Karton und nehme mein Handy entgegen. Das Foto des Artikels erinnert mich daran, wie gefährlich unser Job eigentlich ist. Es sind drei Feuerwehrleute abgebildet, die vor einer brennenden Lagerhalle stehen. Es ist, als würde ich fühlen, wie ihnen der Schweiß von der Stirn rinnt, wie sie den Geschmack von Asche auf der Zunge haben, wie erschöpft sie sind, weil sie so lange gegen das Feuer angekämpft haben und doch keine Chance hatten, es unter Kontrolle zu bekommen.

Während meiner Zeit beim LAFD habe ich erst zwei solcher Großbrände erlebt. Beide Male bin nicht ich in die Flammen gegangen, sondern meine Kollegen. Damals war ich noch bei der Löschgruppe. Ein blutiger Anfänger. Aber ich weiß noch genau, wie hart meine Kollegen an diesen Tagen gekämpft haben. Unsere Schicht hat damals keine vierundzwanzig Stunden gedauert, sie war länger, deutlich länger.

»Ich wusste nicht, dass Quinns Mom beim LAFD war«, sage ich und schließe meinen Internetbrowser auf dem Handy. »Wenn ich das gewusst hätte, dann … ich weiß auch nicht. Vielleicht hätte ich ihr dann besser beistehen können.«

»Das ist totaler Quatsch.« Ben greift nach seinem Bier. »Wobei willst du ihr denn beistehen? Die ganze Geschichte ist fünf Jahre her.«

»Selbst nach fünf Jahren kann das alles noch wehtun«, erwidere ich dunkel und denke an meine Mom. Ihr Tod ist zwar noch nicht so lange her, aber ich kann mir nicht vorstellen, dass es irgendwann weniger wehtut, sie zu vermissen. »Ich schätze, ich mache mir einfach Sorgen, dass Quinn heute nicht ganz bei der Sache war. Dass sie zu verwirrt war, zu gefangen von ihren Gefühlen, um eine vernünftige Entscheidung treffen zu können. Was, wenn sie mich nur deshalb geküsst hat?«

»Ah, da sind sie ja, die Selbstzweifel.« Ben grinst in seinen Flaschenhals. »Ich hatte mich schon gefragt, wann es losgeht.«

»Ach komm. Du würdest auch zweifeln.«

»Natürlich würde ich das, aber heute ist das nicht mein Problem.« Ben stellt seine Flasche zurück auf den Tisch. »Mein Liebesleben besteht aus dem Mitfiebern bei Serien und daraus, dir bei deinen bemitleidenswerten Versuchen mit Quinn zuzuschauen. Ist eigentlich ganz amüsant.«

Ich strecke ihm den Mittelfinger entgegen. »Du kannst mich mal.«

Er lacht. »Hast du deinem Bruder schon Bescheid gesagt?«

»Nein.« Ich seufze. »Quinn ist nicht mal eine Stunde weg. Ich habe auch noch keinen Instagrambeitrag verfasst oder meinen Beziehungsstatus bei Facebook verändert«, füge ich hinzu und verdrehe die Augen. Bloß weil wir uns geküsst haben, heißt das nicht, dass die Dinge plötzlich anders liegen.

»Solltest du mal machen. Er wartet genauso gespannt darauf wie ich.«

»Mein Liebesleben scheint ja für alle interessanter zu sein als euer eigenes.«

»Wundert es dich? So ein Drama, wie ihr daraus macht.« Er greift nach der Fernbedienung. »Ich wette, die gesamte Wache wartet schon darauf, dass ihr eure Beziehung bekannt gebt.«

»Leck mich.« Ich werfe ein Kissen nach ihm. Dann aber denke ich an Trents Spruch letztens. *Vorsicht, deine Wildkatze fährt die Krallen aus.* Vielleicht hat Ben recht, vielleicht ist den anderen längst klar, dass da mehr zwischen uns ist als Freundschaft. Ich glaube, wenn Quinn das wüsste, würde sie ausflippen vor Wut.

Überhaupt kann ich mir nicht vorstellen, wie es nun auf der Wache weitergehen soll. Jetzt, da wir uns geküsst haben, da wir entschieden haben, einen Schritt weiter zu gehen, obwohl wir uns gerade erst noch dagegen ausgesprochen hatten. Werden wir ein Paar? Oder war das etwas Einmaliges?

Ich hoffe nicht. Ich kann es nämlich kaum erwarten, sie das nächste Mal zu küssen, ihre Lippen zu spüren, ihren weichen Körper, das duftende Haar. Gott, sie fehlt mir jetzt schon. Wie soll ich es bitte bis Sonntag aushalten, ohne sie wiederzusehen?

»Hast du Bock auf ein Spiel oder willst du Serie gucken?«, reißt mich Ben aus den Gedanken.

»Ist mir egal«, murmle ich, aber dann besinne ich mich eines Besseren. »Vielleicht lieber ein Spiel, das lenkt mich mehr ab.«

Ben lacht. »Du bist echt ein hoffnungsloser Fall.«

Quinn

38

Ich parke auf der Auffahrt zu dem kleinen Einfamilienhaus, in dem ich einen Großteil meiner Kindheit verbracht habe. Vor dem Haus steht der Van meiner Tante. Wie jedes Jahr kommt sie Dad und mich an diesem Tag besuchen. Und jetzt gerade bin ich verdammt froh darüber, dass sie da ist, sonst hätte Dad nämlich die letzten zwei Stunden allein auf mich warten müssen. Der Tag ist so schon schlimm genug für ihn – dass ich dann ausgerechnet heute zu spät komme, musste echt nicht sein.

Ich werfe einen letzten Blick in den Rückspiegel, überprüfe meine Frisur und die Schatten unter meinen Augen. Sie sind fast weg, weil ich so gut geschlafen habe wie schon lange nicht mehr. Dann schnappe ich mir meine Tasche und steige aus.

Dad öffnet die Haustür, bevor ich überhaupt die Veranda erreicht habe. Offenbar hat er mich schon aus dem Fenster gesehen.

»Quinn, da bist du ja endlich«, ruft er. Ich sehe auf den ersten Blick, dass er geweint hat. Seine Augen sind gerötet, sein Gesicht ist blass.

»Es tut mir so leid, Dad.« Ich umarme ihn zur Begrüßung. Er riecht nach Tannengrün und einer sorglosen Kindheit.

»Die Schicht war so anstrengend, dass ich einfach verschlafen habe. Ich habe meinen Wecker überhaupt nicht gehört.«

»Ist schon okay, Süße. Komm erst mal rein.« Er tritt zur Seite, um mich reinzulassen. »Amanda ist auch da. Sie hat Apfelkuchen mitgebracht – veganen, extra für dich.«

»Oh, das ist lieb von ihr.«

Amanda sitzt auf der Couch im Wohnzimmer, ein Fotoalbum auf ihrem Schoß. Auch sie hat gerötete Augen, weil sie ihre Schwester genauso sehr vermisst wie Dad seine Frau.

Ich begrüße auch sie mit einer Umarmung, bevor ich mich auf das gegenüberliegende Sofa setze. Die Stimmung im Haus ist schwer, unerträglich irgendwie – und trotzdem ertrage ich sie jedes Jahr wieder. Mein Blick gleitet zu dem TV-Regal an der Wand, auf dem ein paar Fotos von Mom stehen.

Auf einem davon – dem gleichen, das auch bei mir zu Hause hängt – trägt sie ihre Uniform und lächelt in die Kamera. So unschuldig, so unbedarft, dass ich immer noch nicht glauben kann, was diese Frau sich und ihrer Familie angetan hat. Ich habe immer noch Wut im Bauch, wenn ich daran denke, obwohl ich mittlerweile natürlich begreife, dass sie keinen anderen Weg mehr gesehen hat.

Für sie muss das Leben dunkel gewesen sein, dagegen konnten Dad und ich wohl auch nichts mehr ausrichten – auch wenn sie uns wieder und wieder versichert hat, wie sehr sie uns liebt.

Manchmal ist Liebe eben nicht genug.

»Wie geht es dir, Quinn?«, fragt Amanda. »Quentin hat erzählt, dass du vor ein paar Monaten die Wache gewechselt hast.«

»Ja, genau. Ich bin jetzt auf der 12.«

»Und gefällt es dir dort besser? Du hattest doch Probleme auf deiner alten Wache, oder erinnere ich mich falsch?«

Ich nicke und verziehe das Gesicht. »Auf meiner alten Wache arbeitet ein Haufen Schweine. Ich bin froh, dass ich sie los bin.«

»Quinn!«, ruft Dad mahnend.

»Was denn? Ist doch so.« Ich lache trocken auf. »Ich bin gegangen, weil ich mich monatelang mit sexistischen Witzen und Frauenfeindlichkeit auseinandersetzen musste.« Ich pausiere kurz, entscheide mich dann aber für die schonungslose Wahrheit. »Also eigentlich haben sie mich rausgemobbt«, gebe ich zu. »Weil ich mich mit dem Lieutenant angelegt habe.«

»Oh, das wusste ich ja noch gar nicht. Quentin, du hast mir gar nichts davon erzählt.«

Dad seufzt.

Seit Moms Tod reden wir nicht mehr darüber. Mobbing hat keinen Platz mehr in diesem Haus, denn das Thema ruft Erinnerungen wach, die er lieber mit Mom begraben hätte – egal, wie wichtig es ist, darüber zu sprechen. Denn er hat keine Ahnung, wie es wirklich ist. Wie viele verdammt blöde Witze die Männer reißen, wie arschig sie werden können, wenn sie denken, eine Frau hätte ihnen unrecht getan. Wie verdammt gemein es sein kann, wenn sich plötzlich alle Männer auf einer Feuerwache gegen eine Frau verbünden. Dad ist nicht derjenige mit Schwanz-Bildern im Spind und aufgerissenen Duschkabinen nach einem Einsatz. Er ist nicht derjenige, der nachts aufpassen musste, was mit ihm geschieht, nur weil er sich auf den falschen Menschen eingelassen hat. Er hat keine Ahnung, wie das ist – und er wird es auch nie verstehen.

»Lasst uns lieber über etwas anderes reden«, schlage ich fröhlich vor. »Dad sagt, du hättest Apfelkuchen mitgebracht. Ich sterbe vor Hunger, ich habe noch nichts gegessen, weil ich mich so beeilt habe, herzukommen.«

»Gute Idee.« Dad geht zurück in die Küche, um mir ein Stück Apfelkuchen zu holen. »Möchtest du auch Kaffee?«, fragt er laut.

»Unbedingt!«, rufe ich zurück und lächle Amanda zu. »Wie geht es dir denn? Was machen deine beiden Männer?«

»Ach, so dies und das. Ryan mag es auf dem College, es gefällt ihm ganz gut, weil dort auch ein paar Freunde aus der Highschool sind. Du weißt ja, dass er sich früher immer schwergetan hat, andere Menschen kennenzulernen«, erzählt Amanda. Mein Cousin war schon immer der Schüchternste in der Familie. Der, der auf Familienfeiern am Rande stand und zugeschaut hat oder lieber bei den Erwachsenen saß, statt mit den anderen Kindern zu spielen. »Und Ralph wurde gerade befördert. Er ist jetzt Marketingleiter in der Firma.«

»Wow, das ist ja toll. Herzlichen Glückwunsch«, lobe ich. Sie lächelt dankbar. »Und bei dir? Gibt's da auch was Neues?«

»Ich habe jetzt angefangen zu sticken«, erwidert sie. »Das macht echt Spaß. Hätte ich niemals gedacht.«

»Ach ja?« Zweifelnd hebe ich eine Braue. »Sticken? Ich glaube nicht, dass das etwas für mich wäre.«

»Doch, doch, sieh mal.« Sie zückt ihr Handy, um mir ein paar Fotos zu zeigen. Entgegen meinen Erwartungen handelt es sich dabei nicht um alte Tischdecken, wie sie meine Oma bestickt hätte, sondern um moderne Kunst.

»O Göttin, das ist ja der Wahnsinn!« Ich switche mich

durch die Bildergalerie und bestaune ihre Werke. Sie hat bunte Blumenkränze gestickt, verzierte Namen, ganze Landschaften, sogar Gesichter. Ich hätte niemals für möglich gehalten, dass so etwas mit einem einfachen Stück Faden möglich ist. »Das sieht richtig cool aus, Amanda. Du solltest das unbedingt auf Instagram teilen.«

»Ach, ich weiß nicht.« Sie nimmt ihr Handy entgegen. »Ich habe das bei einer Youtuberin gesehen. *Holly Woods DIY* heißt der Account, kennst du vielleicht. Sie kommt auch aus L.A.«

»Klar kenne ich die. Sie ist mit dem Bruder eines Kollegen zusammen.« Die ganze Fahrt und das Gespräch über habe ich es geschafft, nicht an Micah zu denken, aber jetzt kehrt die Erinnerung an unseren Kuss mit voller Wucht zurück. Hitze steigt mir in die Wangen.

Amanda lacht. »So klein ist die Welt.«

Dad kehrt zurück und stellt einen Teller mit Apfelkuchen von mir ab. Außerdem hat er eine Tasse mit LAFD Logo mitgebracht. »Ich habe dir Sojamilch reingemacht. Ist doch okay, oder?«

»Perfekt. Danke, Dad.« Ich nehme den Teller an mich.

»Wenn du fertig bist, können wir uns ja auf den Weg machen«, schlägt er vor.

Amanda nickt, dann schlägt sie das Fotobuch auf ihrem Schoß auf, um die Bilder darin zu betrachten. Jetzt kommt der traurige Teil des Nachmittags. Der, an dem sie sich darüber beklagen, was für eine hübsche, tolle Frau meine Mom doch war und dass sie immer noch nicht verstehen können, wieso sie sich das Leben genommen hat. Selbst nach fünf Jahren fällt es ihnen schwer zu begreifen, dass sie nicht mehr hier ist und nie wieder sein wird.

»Ich muss mal aufs Klo«, verkünde ich laut, weil ich keine Lust habe, mich jetzt schon mit Tränen auseinanderzusetzen. Nicht nach der Schicht, nicht nach dem Morgen mit Micah und erst recht nicht nach unserem Kuss.

Mir ist gerade nicht nach Trauerarbeit – eigentlich ist mir nach gar nichts, außer nach Ruhe auf meinem eigenen Sofa. Ich stehe auf und verlasse den Raum, schließe die Tür hinter mir, damit sie nicht sehen, dass ich, statt aufs Klo zu gehen, ins Obergeschoss abbiege.

Mein altes Zimmer ist immer noch blau gestrichen, auch mein Bett steht noch an der Wand, doch die Poster darüber hat Dad irgendwann abgemacht. Heute dient der Raum als Gästezimmer. Früher habe ich mir hier die kühnsten Träume meines Lebens ausgemalt. Schon damals wusste ich, dass ich später zur Feuerwehr gehen würde. Seit ich meine Mom zum ersten Mal in einer Uniform gesehen habe, liebe ich diesen Job. Nichts hätte mich davon abhalten können, diesen Traum zu erfüllen – nicht einmal ihr Tod.

Ich setze mich aufs Bett und lasse meine Hände über den dunkelblauen Bettbezug gleiten. Alles hier riecht vertraut, aber irgendwie auch nicht. Mittlerweile wohne ich seit fast vier Jahren in meiner eigenen Wohnung; wenn ich hierher komme, fühlt es sich an wie eine Reise in die Vergangenheit. Manchmal ist es ein schöner Ausflug, aber manchmal – so wie heute – ist er traurig.

Meine Gedanken gleiten zurück zu Micah und unserem Kuss. Ich kann immer noch nicht fassen, dass wir es getan haben, dass wir uns wirklich geküsst haben und dass dieser Kuss auch noch solche Gefühle in mir ausgelöst hat. Das ist mir noch nie passiert – und ich habe im Laufe meines Lebens schon einige Männer geküsst. Aber genau das ist es, was mir Angst macht. Irgendwie fühlt es sich an, als würden wir viel zu schnell und viel zu heftig auf einen Abgrund zusteuern. Das kann nicht gut gehen, auch wenn es sich so toll angefühlt hat.

Ich denke an Adam und daran, wie ich geglaubt habe, aus uns könnte mehr werden. Aber ich lag falsch, und das hätte mich beinahe meinen Job – und mich selbst – gekostet. Was, wenn es mit Micah genauso wird? Was, wenn er auf der Arbeit Mist baut und ich nicht den Mund halten kann? Wird er dann immer noch mit mir zusammen sein wollen? Oder bin ich dann im nächsten Albtraum gefangen?

Ich sollte ihm sagen, dass wir einen Fehler gemacht haben, dass ich schlaftrunken war, verrückte Dinge geträumt und ihn deshalb geküsst habe. Vielleicht sollte ich ihm auch einfach für ein paar Wochen aus dem Weg gehen und so tun, als wäre nie etwas geschehen.

Aber nein, dafür ist es jetzt zu spät. Diese Entscheidung hätte ich vorher treffen müssen. Egal, was ich jetzt tue, es wird uns beeinträchtigen. Wir sind ein bombastisch gutes Team. Waren es – jetzt sind wir es vielleicht nie wieder.

»Scheiße«, murmle ich und presse mir die Handballen auf die brennenden Augen.

Was habe ich bloß getan?

Was haben *wir* bloß getan?

Das passiert, wenn ich mich von meinen Gefühlen leiten lasse. Da schalte ich mal für ein paar Sekunden den Kopf aus, und schon ist alles kaputt.

»Quinn? Ist alles okay?« Dads Stimme dringt zu mir nach oben.

»Fuck«, murmle ich und wische mir schnell über die

Augen. »Ja, alles gut«, rufe ich dann zurück, aber meine Stimme klingt so erstickt, dass sie mich verrät – und wer hätte das gedacht? Eine Minute später steht er im Türrahmen und sieht mich mitfühlend an.

Er trägt das gleiche schwarze Hemd wie jedes Jahr an diesem Tag. Immer noch der trauernde Witwer. Ich muss an Emilio denken, daran, wie er weitergemacht hat, wie er eine neue Liebe für sich gefunden hat, egal, wie viel Angst er vor der Reaktion seiner Familie hatte, und frage mich, wann Dad die gleiche Entscheidung für sich trifft. Wird er sie überhaupt treffen? Wird er jemals so weit sein, dass er eine neue Frau in sein Leben lassen will, oder wird er Mom immer vermissen?

»Ach, Süße«, sagt er und kommt zu mir. Er setzt sich neben mich und legt einen Arm um meine Schultern. »Ich vermisse sie auch sehr. Manchmal denke ich, sie würde unten sitzen und eines von diesen Büchern lesen, die sie so gerne mochte. Ich wünschte, es wäre noch alles so wie früher.«

Dass ich mir gerade gar nicht darüber den Kopf zerbreche, will ich ihm nicht sagen. Er würde es sicher nicht besonders gut auffassen, wenn ich an diesem Tag über mein Liebesleben nachgrüble, statt um Mom zu trauern.

Dad ist gefangen in der Vergangenheit, ich in einer undurchsichtigen Zukunft.

»Ja«, murmle ich also. »Ich vermisse sie auch.«

»Sie wäre sicher stolz, würde sie sehen, wo du heute stehst.«

Überrascht blicke ich auf. Dad hasst es, dass ich bei der Feuerwehr bin. Für ihn war das schon immer ein Männerjob, und spätestens seit Mom sich wegen ihrer Depressionen das Leben genommen hat, macht er sich in einer Tour Sorgen um mich.

»Mom wollte nichts sehnlicher, als dich glücklich zu sehen – und wenn du glücklich bist, dann ist sie es dort oben mit Sicherheit auch.«

»Meinst du?«, frage ich leise.

»Ganz sicher.« Er drückt mich einen Moment an sich, bevor er sich von mir löst und aufsteht. »Wollen wir dann?«

»Klar.« Ich stehe auf und folge ihm nach unten. Amanda hat sich schon die Schuhe angezogen und hält einen Blumenstrauß in ihrer Hand. Dad holt ein weiteres Gesteck aus der Küche, das er vor ein paar Wochen für uns in Auftrag gegeben hat. Wir steigen in Amandas Van und fahren zum Friedhof.

Es ist acht Monate her, dass ich zum letzten Mal hier gewesen bin. Im Gegensatz zu Micah laufe ich nicht auf den Friedhof, wenn ich mit meinem Leben nicht mehr klarkomme. Meistens mache ich einen großen Bogen um das Grab meiner Mom. Nur an ihrem Geburtstag und dem Todestag komme ich mit Dad her. Wir haben dann immer Blumen dabei und stehen eine Weile vor dem Grab. Wir hängen unseren Gedanken nach, während wir so tun, als würden wir an Mom denken – zumindest ich tue das. Irgendwann legen wir dann unsere Blumen ab und kehren nach Hause zurück. Dort bestellen wir dann Pizza, denn Pizza war Moms Lieblingsessen, und irgendwie fühlt es sich falsch an, an diesem Abend etwas anderes zu essen.

Micah

39

»Du bist echt nicht bei der Sache«, brummt Ben und setzt sich auf. »Ich mache mir einen Proteinshake. Möchtest du auch etwas?«

»Nein, danke.« Ich blicke an die Decke, alle viere von mir gestreckt, und frage mich, wieso nicht einmal unser Wochen-Workout dabei hilft, mich abzulenken. Sport schafft das sonst immer. »Ich glaube, ich gehe duschen und dann ins Bett. Würde gerne noch was lesen.«

Das Buch von Quinn – *Verletzlichkeit macht stark* – liegt immer noch unangetastet in meinem Nachttisch. So allmählich sollte ich wohl mal einen Blick hineinwerfen.

»Wie du meinst.« Ben geht zum Kühlschrank. »Ich glaube, lange halte ich auch nicht mehr durch. Die letzte Schicht war echt anstrengend.«

»Sorry, ich habe das Gefühl, ich habe dich schon ewig nicht mehr gefragt, wie es auf der Arbeit läuft.«

»Hey, du hattest Besseres zu tun.«

»Na ja, weiß nicht. Mein Drama ist kein Grund, meinen besten Kumpel zu vernachlässigen.« Ich stehe auf und komme zu ihm in die Küche, lehne mich gegen den Tresen und stütze die Unterarme auf der Arbeitsplatte auf. »Wir sollten mal wieder ausgehen. Nächste Woche?«

»Können wir gerne machen. Ich weiß allerdings noch nicht, wie ich nächste Woche arbeiten muss.« Er nimmt den Becher mit seinem Shake hoch und schüttelt ihn, und ich überlege, mir doch noch ein Bier zu nehmen. Doch ich muss unwillkürlich an del Valles Worte denken. Was, wenn sie recht hat? Was, wenn ich gefährdet bin? »Wir haben einen neuen Kollegen bekommen, der gerade erst angelernt wird. Dadurch verschiebt sich gerade einiges.«

»Oh, cool, hast du noch gar nicht erzählt.«

Er winkt ab und gießt seinen Shake in ein Glas. Sein Blick ist dunkel. Frustriert irgendwie. »Ich kann den Kerl nicht besonders leiden, er macht sich ständig an Sienna ran.«

»Ist es immer noch so schlimm?« Ich betrachte ihn mitfühlend. »Irgendwann wird es bestimmt leichter.«

»Ich weiß nicht.« Er seufzt. »Ich wünschte, ich könnte sie vergessen. Weißt du, einfach mit dem Finger schnipsen, und weg sind die gemeinsamen Erinnerungen. Das wäre schön. Vielleicht sollte ich das Dezernat wechseln.«

»Du weißt genauso gut wie ich, dass das keine Lösung ist. Du liebst deinen Job, du solltest ihn nicht wegen einer Frau wechseln.«

»Was würdest du denn tun, wenn die Sache mit Quinn aus dem Ruder läuft? Was, wenn das mit euch nicht funktioniert? Willst du dann ewig mit ihr zusammenarbeiten und dich fragen, was hätte sein können?« Er reibt sich über den Dreitagebart, sichtlich aufgewühlt, dann lässt er seine Hand wieder sinken und schüttelt den Kopf. »Ich meine, bei euch ist das etwas anderes. Bei euch sieht man die Chemie auf den ersten Blick. Man muss schon ein Dummkopf sein, um nicht zu erkennen, dass da etwas zwischen euch läuft.«

»Bei euch hat es doch auch gefunkt«, widerspreche ich und denke an die vielen Male, die Ben mit einem strahlenden Lächeln heimgekommen ist.

»Keine Ahnung, Mann.« Er atmet laut aus. »Mittlerweile weiß ich nicht mehr, was ich noch glauben soll. Ich dachte schon, aber … das spielt offensichtlich keine Rolle mehr.« Er nimmt sein Glas in die Hand und geht zum Sofa. Dort lässt er sich mit einem lauten Stöhnen in die Polster zurückfallen.

Ich folge ihm, nicht bereit, ihn nun allein zu lassen. »Ich würde dir gerne helfen, aber ich weiß nicht, wie.«

»Mir ist nicht mehr zu helfen. Ich bin Hals über Kopf in meine Kollegin verknallt, und sie interessiert sich nicht für mich – so einfach ist das. Geht irgendwann vorüber, tut auch nur ein kleines bisschen weh.« Er deutet theatralisch auf sein Herz, bevor er die Augen schließt und ein paar Worte vor sich hinmurmelt.

»Ach Mann, Ben.« Ich wünschte, ich könnte etwas tun, ich wünschte, ich könnte mit Sienna sprechen und sie davon überzeugen, dass er der Richtige für sie ist. Aber sie wird einen Grund für die Abfuhr gehabt haben – und daran lässt sich nun mal leider nichts ändern. »Wir gehen aus nächste Woche – und machen dir eine Frau klar. Wird Zeit, dass du wieder auf die richtige Spur kommst.«

»Du sagst das, als wäre ich falsch abgebogen.«

»Ist doch gut«, erwidere ich mit einem vorsichtigen Lächeln. »Wer sich verfährt, findet irgendwann auch den Weg zurück.«

»Leck mich.« Er blinzelt mich unter schweren Lidern an. »Du hörst dich schon an wie dein Bruder.«

Ich lache auf, dann schlage ich mit ihm ein und verabschiede mich ins Bett. Eigentlich bin ich wirklich müde, aber ich weiß, dass ich nicht schlafen kann, bevor ich nicht mit Quinn gesprochen habe. Noch hat sie mir nicht geschrieben; ich weiß nicht mal, ob sie das überhaupt machen wird. Was, wenn sie jetzt genug Zeit hatte, um über unseren Kuss nachzudenken, und festgestellt hat, dass wir einen Fehler gemacht haben?

Nach der Dusche lege ich mich auf mein Bett und öffne meinen Messenger, denn Reed hat etwas in unserer Station-12-Gruppe geschrieben.

Reed hat einen Link geteilt.

> Reed: Seht mal, »The Fire in Your Heart« hat wieder zugeschlagen – als ob sie unser Gespräch vom letzten Mal gehört hätte.
>
> Aspen: Hey, den Artikel mag ich. Wir sollten ihr was über unsere Wache schicken. Trent, was meinst du? Bereit, über Sexismus zu schreiben?
>
> Trent: ist gerade nicht verfügbar.
>
> Aspen: War klar.
>
> Reed: 😁😁😁
>
> Bao: Interessant. Danke fürs Teilen!

Neugierig klicke ich auf den Link, den Reed mitgeschickt hat. Irgendeiner teilt die neuen Artikel immer in unsere

Gruppe, je nachdem, wer sie zuerst sieht. Seitdem der Blog »The Fire in Your Heart« zum ersten Mal in der *New York Times* erwähnt wurde und durch die Decke gegangen ist, gehört er zur Standardlektüre unserer Gruppe. Ich weiß nicht, wieso wir uns das jedes Mal wieder antun, denn die meisten der Artikel richten sich eigentlich an Frauen – und nicht selten werde ich wütend, wenn ich sie lese, weil ich es hasse, dass diese Frau alle Männer über einen Kamm schert.

Manchmal stelle ich aber auch fest, dass ich wütend bin, weil ich mich schäme. Das passiert dann, wenn die Autorin voll ins Schwarze trifft und Verhaltensweisen aufzeigt, die auch ich an mir erkenne, obwohl ich mich eigentlich immer für jemanden gehalten habe, dem Gleichberechtigung wichtig ist.

Irgendwann sagte Quinn nämlich, es wäre normal, dass wir Männer so wären, weil wir in einer patriarchalischen Welt aufgewachsen sind. Wir hätten es gar nicht anders gelernt, aber es wäre eben auch unsere Aufgabe, dafür zu sorgen, dass die Generationen nach uns anders sind – und seitdem lese ich gewissenhaft alles, was die Autorin verfasst, um dazuzulernen. Okay, vielleicht auch, weil ich Quinn nicht enttäuschen möchte.

Warum ich diesen Blog gegründet habe

Als ich »The Fire in Your Heart« gegründet habe, war ich noch in der Ausbildung. Wir waren mit drei Frauen in der absoluten Minderheit. Drei Frauen, die unterschiedlicher nicht hätten sein können und die sich im normalen Leben vermutlich niemals zusammengeschlossen hätten, hätte es die Situation nicht erfordert. Wir waren

Verbündete in einem Kampf, der bis heute viel zu unsichtbar ist. Ein Kampf für Anerkennung, für eine respektvolle Behandlung, für Gleichberechtigung,

An meinem ersten Tag in der Ausbildung habe ich nicht damit gerechnet, dass ich eines Tages so voller Wut auf die Ungerechtigkeiten dieser Welt sein würde. Doch ich wurde schnell eines Besseren belehrt, denn es hat nicht einmal eine Woche gedauert, bis ich schon mit den ersten Vorurteilen konfrontiert wurde. Bereits der erste Lieutenant, dem wir begegneten, nahm uns nicht ernst, sondern verspottete uns vor der gesamten Gruppe. Er sagte uns, aus uns würden niemals gute Feuerwehrmänner (sic!) werden, wir wären nicht fit genug, nicht schnell genug, zu emotional, um den Belastungen des Feuerwehrlebens standzuhalten.

Kommen solche Worte von einem Vorgesetzten, glaubt das Team, es sei okay, Sexismus und Diskriminierung zu reproduzieren. Auf den ersten Tag folgten viele weitere, an denen wir uns nicht nur mit Sprüchen, sondern auch mit Taten auseinandersetzen mussten. Wir wurden nicht nur beim Training härter rangenommen, es landeten auch Hände an Stellen, an denen sie nichts verloren hatten, und es wurden Fotos von uns gemacht und verbreitet, obwohl wir niemals unsere Einwilligung dafür gegeben hatten.

Eine meiner Kolleginnen hörte auf, nachdem sie in der Umkleide bedrängt worden war und keiner unserer Vorgesetzten etwas dagegen unternahm. Sie hatte zu große Angst, sich noch einmal in einer solchen Situation wiederzufinden.

Aber das ist nicht alles, worum es hier auf »The Fire in Your Heart« geht. Wir reden auf diesem Blog nicht nur über sexistisches Verhalten, nicht nur über sexuellen Missbrauch (den übrigens nicht nur Frauen erfahren, sondern viele Menschen, die nicht der heteroweißen Norm entsprechen) – es geht hier um viel mehr, nämlich um Gleichberechtigung und ein respektvolles Miteinander.

Ich weiß, dass viele das nicht begreifen werden. Das war mir bewusst, als ich diesen Blog ins Leben rief. Womit ich nicht gerechnet habe, ist die Menge an Anfeindungen und Drohungen, die mir täglich ins Postfach flattern. Ich weiß, es macht keinen Sinn, euch zu bitten, damit aufzuhören, denn das werdet ihr nicht. Und an euch, die ihr nicht versteht, worum es hier wirklich geht, richtet sich dieser Blog auch nicht.

»The Fire in Your Heart« ist für die, die in ihrem Job Dinge erlebt haben und erleben, die einem weißen Cis-Mann so gut wie nicht passieren – und er ist für die Menschen, die bereit sind, patriarchalische Verhaltensmuster zu durchbrechen und für eine gleichberechtigte Zukunft zu kämpfen.

Wenn du dazugehörst, dann danke ich dir dafür, es braucht mehr Menschen wie dich. Und ich würde dich bitten, deine eigenen positiven (!) Erfahrungen für eine Veröffentlichung einzureichen.

Ein guter Freund sagte mir vor Kurzem, dass dieser Blog weiblichen Nachwuchs für die Feuerwehr abschrecken könnte, aber das ist nicht meine Absicht. Das hier soll kein Ort sein, an dem wir nur über schlechte Dinge reden – ich möchte gerne auch die positiven Seiten hervorheben, denn unser Job ist der beste Job der Welt. Er ist wichtig, er ist wertvoll. Und Frauen und nicht binäre Menschen können ihn genauso gut und genauso schlecht wie Männer ausüben.

Und nun kannst du mich aktiv bei meiner Arbeit unterstützen.

Bis bald,

deine Fire

Wenn ich in ein Feuer gehe, arbeitet mein Unterbewusstsein mit. Es liest all die Hinweise, die mir der Rauch, die Farbe der Flammen, die Lage des Feuers geben, und fügt sie zu einem Bild zusammen, mit dem ich arbeiten kann. Manchmal entsteht dabei ein schlechtes Bauchgefühl, ein

Nagen in meiner Magengrube, das mich vorwarnt und eine passende – oder unpassende – Entscheidung treffen lässt.

Und genau dieses Nagen spüre ich jetzt auch, als ich den letzten Absatz wieder und wieder lese und versuche, mir einen Reim auf die Worte zu machen. *Ein guter Freund sagte mir vor Kurzem, dass dieser Blog weiblichen Nachwuchs für die Feuerwehr abschrecken könnte. Ein guter Freund sagte mir vor Kurzem …*

»Das ist doch nicht …«, murmle ich und öffne das Impressum des Blogs, um zu sehen, ob da ein Name steht, aber wie nicht anders zu erwarten, lässt die Internetseite keine Rückschlüsse auf ihre Betreiberin zu. Mit Ausnahme der Texte natürlich. Wenn man Woche für Woche jeden Artikel dieser Seite liest, die Instagrambeiträge kennt, dann hat man das Gefühl, die Autorin persönlich zu kennen.

Und doch überläuft mich ein heißkalter Schauder, als ich an das Gespräch zurückdenke, das wir vor einiger Zeit auf der Wache geführt haben.

Ich war es, der gesagt hat, der Blog wäre zu negativ.

Ich habe gesagt, dass wir keinen Nachwuchs mehr kriegen würden, wenn die Frau so weitermacht.

Ein guter Freund.

Scheiße, was, wenn das Quinns Blog ist?

Quinn

40

Um kurz nach acht fahre ich endlich nach Hause. Dort angekommen, lasse ich mir Badewasser ein und öffne eine Flasche von dem Wein, den ich mir beim letzten Einkauf mitgenommen habe. Ich komme an dem Bild meiner Mom im Flur vorbei und bleibe stehen, um sie zu betrachten. Es ist das gleiche Foto wie auf Dads TV-Regal. Dass ihr Lächeln nicht echt ist, weiß ich jetzt.

Damals wusste ich es nicht.

Damals war sie meine große Heldin, mein Vorbild, die Frau, die ich irgendwann mit Stolz erfüllen wollte. Ich hatte nur am Rande mitgekriegt, dass nicht nur sie sich die Schuld für den Vorfall damals gab, bei dem vier ihrer Kollegen ums Leben kamen – auch die verbliebenen Teammitglieder machten ihr deswegen das Leben zur Hölle. Heute weiß ich, dass genau dieser Vorfall der Auslöser für ihre schweren Depressionen gewesen ist. Wäre es ihr anders ergangen, wenn sie nicht die Befehlsgewalt gehabt hätte? Wäre sie dann besser damit zurechtgekommen? Hätte ihr Team sie dann in Ruhe gelassen?

Keine Was-wäre-wenn-Spielchen, geht mir Wrongways Stimme durch den Kopf. Ich seufze, weil ich weiß, dass er recht hat. Es macht keinen Sinn, sich den Kopf über das zu zerbrechen, was hätte sein können. Es ist passiert, wie es passiert ist, und nun lässt es sich nicht mehr ändern. Manchmal spielt das Leben leider gemeine Schicksalskarten aus. Und wer weiß schon, was es für mich eines Tages noch in petto hält.

Aber auch darüber denke ich jetzt nicht nach. Lieber lege ich mich mit meinem Glas Wein in die Badewanne und lenke mich mit den sozialen Medien ab.

Denn es gibt auch keine neue Nachricht von Micah. Komisch. Eigentlich hatte ich fest damit gerechnet, dass er mir schreibt. Dass er mich fragt, wie es mir geht, nachdem ich ihm heute Morgen erst erzählt habe, welche Bedeutung dieser Tag für mich hat. Ich bin verlockt, ihm eine Nachricht zu schreiben. Ich will wissen, was er denkt, will wissen, was er fühlt, ob auch sein Herz schneller schlägt, wenn er an unseren Kuss denkt. Aber ich traue mich nicht, ihn zu fragen.

Meine Angst vor seiner Antwort ist einfach zu groß.

Was, wenn das für ihn alles nur ein großer Spaß ist? Was, wenn er gerne Frauen aufreißt? Immerhin sieht er wie ein typischer Frauenaufreißer aus – auch wenn das ihm gegenüber nicht besonders fair ist und ich nicht gerne in diesen Klischees denke. In all der Zeit, die ich ihn nun kenne, hat er mir nie einen Grund gegeben, an ihm zu zweifeln. Nie hat er auf der Wache mit Frauengeschichten geprahlt. Er hat mir aber auch nie einen wirklich tiefen Einblick in seine Gefühle gewährt.

Das ist neu. Das ist erst in den letzten Wochen passiert, und ich glaube, das lag vor allem daran, dass er geplatzt wäre, hätte er keinen Menschen zum Reden gehabt.

Und ich glaube, das ist auch der Grund dafür, wieso sich

meine Gefühle ihm gegenüber verändert haben. Offensichtlich habe ich eine Schwäche für starke Kerle mit Tiefgang.

Halb prustend, halb seufzend öffne ich Instagram. Nachdem ich meinen letzten Blogartikel auf meinem Account geteilt habe, habe ich wieder jede Menge neue Benachrichtigungen, darunter einige Nachrichten von Frauen, die mir ihre eigenen Erfahrungen schicken. Ein paar davon frage ich, ob ich ihre Erfahrungen anonym in meiner Story zeigen darf, und als ich die Bestätigungen dafür bekomme, mache ich Screenshots und teile einiges davon.

Micahs Worte hängen mir immer noch nach. Dass er der Meinung war, »The Fire in Your Heart« wäre zu negativ, hat meine letzten Blogartikel beeinflusst. Ich will nicht, dass Frauen denken, es würde sich nicht lohnen, zur Feuerwehr zu gehen, denn es lohnt sich auf jeden Fall, weil unser Job so unglaublich abwechslungsreich und spannend ist. Wenn wir ein Team gefunden haben, in dem wir gerne arbeiten, ist die Arbeit bei der Feuerwehr das Beste, was es gibt. Dann haben wir nicht nur einen Job gefunden, sondern eine Familie – denn Feuerwehr bedeutet gleichzeitig Heimat.

»Hm«, mache ich, befallen von einer neuen Idee für einen Artikel. Sofort öffne ich meinen Notepad am Handy und mache mir ein paar Notizen. Erst danach öffne ich meinen Blog und klicke mich durch die neuen Kommentare. Auch dieses Mal ist wieder jede Menge Scheiß dabei. Mein Entschluss, mir eine Assistenz zu suchen, wächst mit jeder neuen Männerhasserin-Nachricht. Nur: Wie gehe ich das überhaupt an? Wie finde ich eine Mitarbeiterin, wenn ich selbst anonym bleiben möchte? Es gibt nur eine Person auf dieser Welt, die weiß, dass ich diesen Blog betreibe –

und selbst das lässt mich in manchen Nächten schweißgebadet aufwachen.

Wie würde es sich da erst anfühlen, wenn noch andere Bescheid wüssten?

Mein Handy vibriert und kündigt eine neue Nachricht an. Als ich sehe, dass Micah etwas in den Station-12-Chat geschrieben hat, lasse ich das Gerät beinahe ins Wasser fallen. Sofort schlägt mein Herz schneller.

Reed hat einen Link geteilt.

Reed: Seht mal, »The Fire in Your Heart« hat wieder zugeschlagen – als ob sie unser Gespräch vom letzten Mal gehört hätte.

Aspen: Hey, den Artikel mag ich. Wir sollten ihr was über unsere Wache schicken. Trent, was meinst du? Bereit, über Sexismus zu schreiben?

Trent: ist gerade nicht verfügbar.

Aspen: War klar.

Reed: 😁😁😁

Bao: Interessant. Danke fürs Teilen!

Micah: Interessanter Artikel. Bin auch dafür, dass wir einen eigenen Bericht einreichen. Hat jemand eine Idee, wie wir die Blogbetreiberin erreichen können? Quinn, du vielleicht?

Mir wird heiß und kalt gleichzeitig. Sofort klicke ich auf den Link, den Reed in die Gruppe gestellt hat, und überfliege meine eigenen Worte. Es ist schon eine Weile her, dass ich den Artikel verfasst habe. Ich erinnere mich gar nicht mehr genau an ihn, dazu habe ich in der Zwischenzeit zu viele neue Texte veröffentlicht. Aber als ich jetzt wieder lese, was ich damals geschrieben habe, fürchte ich, einen fatalen Fehler gemacht zu haben.

»Fuck«, murmle ich entsetzt. Ein guter Freund … Was habe ich mir bloß dabei gedacht? Sofort habe ich Micah im Kopf, wie er am Tisch in unserer Wache sitzt, die Unterarme auf den Tisch aufgesetzt, tiefe Schatten unter den Augen. Damals sagte er, mein Blog würde den Nachwuchs abschrecken. Er war der Grund dafür, dass ich diesen Blogartikel überhaupt geschrieben habe – und das wird in diesem Artikel überaus deutlich.

Was, wenn er eins und eins zusammengezählt hat? Was, wenn er ahnt, dass ich diesen Blog betreibe? Scheiße, ich muss irgendetwas tun.

Quinn: Benutz doch einfach das Kontaktformular?!

Aspen: 😁😁😁

Micah: Dachte, du hättest vielleicht Connections.

Quinn: Weil ich eine Frau bin, oder was?

Meine Hände zittern, als ich das Handy aus der Hand lege. Ist das der Grund dafür, dass Micah mir noch nicht geschrieben hat? Hat er mich durchschaut?

Ich halte es nicht länger in der Badewanne aus. Ich stürze den Wein in einem Schluck herunter und gehe ins Schlafzimmer, um mich anzuziehen. Mir ist schlecht, ich habe Panik im Bauch, viel zu groß ist die Angst, andere könnten hinter mein Geheimnis kommen. Denn wenn ans Licht kommt, dass ich diesen Blog betreibe, könnte ich meinen Job verlieren. Das wäre eine Katastrophe.

Als ich angezogen ins Badezimmer zurückkehre, werfe ich einen erneuten Blick auf mein Handy. Dieses Mal hat Micah mir eine private Nachricht geschrieben.

Micah: Bist du okay?

Micah: Das war blöd von mir, in der Gruppe, du weißt schon … Entschuldige.

Quinn: Ist schon okay.

Meine Gedanken rasen. Am liebsten würde ich den Blogartikel auf der Stelle umarbeiten, aber wenn Micah das sähe, wüsste er sofort, dass ich dahinterstecke. Ich muss also irgendeine Ausrede erfinden, mir irgendetwas ausdenken, um den Verdacht von mir abzulenken. Micah ist nicht dumm. Wenn er erst Verdacht schöpft, wird er so lange nachforschen, bis er es herausgefunden hat. Das darf nicht passieren.

Quinn: Ich habe ihr geschrieben, dass wir ihre Berichterstattung ein bisschen zu einseitig fanden. Den Nachwuchs abschrecken will ja niemand, das wäre nämlich echt schade. Also dachte ich mir, ich versuche mal, ob sie erreichbar ist und sich das zu Herzen nimmt.

Micah: Ich dachte schon, du kennst sie vielleicht.

Quinn: Nein, haha. Die Staaten sind riesig, ich kenne nicht jede andere Feuerwehrfrau und schon gar nicht eine, die so cool ist.

Micah: Na dann. Wie geht es dir denn?

Quinn: War ein langer Tag. Ich bin froh, dass ich jetzt endlich zu Hause bin, und werde auch direkt ins Bett gehen. Danke, dass du gefragt hast.

Micah: Na klar, ich habe mir Sorgen gemacht. Der Tag heute war bestimmt nicht einfach für dich, auch wenn es schon eine Weile her ist. Wenn du reden möchtest, bin ich für dich da.

Quinn: Danke. Das ist sehr lieb von dir.

Micah: Und nur, dass du's weißt: Es hat sich richtig angefühlt, das, was heute geschehen ist. Schlaf gut, Quinn.

Mir entfährt ein lautes Seufzen, eines von der Art, das ich nur dann von mir gebe, wenn sich die Hauptfiguren meiner Lieblingsserie endlich in den Armen liegen.

Warum muss er immer das Richtige sagen?

Wieso weiß er genau, was ich hören möchte?

Wieso – verdammt – kennt er mich so gut?

Micah

41

»Aufstehen, Sonnenschein!«, rufe ich und reiße die Jalousie in Bens Zimmer hoch. Er stöhnt müde auf. »Los, los, ich brauche deine Hilfe!«

»Dein Ernst?« Er reibt sich über die Augen, bevor er mich vorsichtig anblinzelt. Seine braunen Haare stehen in alle Richtungen ab, auf seinen Wangen liegt ein dunkler Bartschatten. Gerade sieht er aus, als hätte er sich seit Wochen nicht mehr um sein Äußeres gekümmert. Dabei weiß ich genau, dass ihm eine halbe Stunde im Bad reicht, um den Draufgänger-Look zu perfektionieren. »Ist das die Rache dafür, dass ich Quinn und dich gestern gestört habe?«

Ich lasse mich in seinen Schreibtischstuhl fallen. Sein Zimmer ist meinem ähnlich, wir haben die gleichen Dinge von zu Hause mitgebracht, um uns diese WG einzurichten, und was uns fehlte, haben wir bei Ikea besorgt. Es ist nicht viel, aber es ist ein Zuhause.

»Ich brauche wirklich deine Hilfe«, wiederhole ich ernst. »Wenn es nicht so dringend wäre, hätte ich dich schlafen lassen.«

»Als du das beim letzten Mal gesagt hast, habe ich einige Regeln für dich gebrochen.« Ben setzt sich auf und sieht mich finster an. »Ich kann dir nicht jedes Mal den Arsch retten, nur weil wir Freunde sind.«

»Entspann dich, dieses Mal ist es anders.«

»Auch das habe ich schon mal von dir gehört«, brummt er – und doch steht er auf, um sich Kleidung aus dem Schrank zu holen.

»Keine Sorge, es ist harmlos. Ich mache Kaffee. Treffen wir uns in ein paar Minuten im Wohnzimmer?«

»Wenn's unbedingt sein muss.«

»Guter Mann.« Ich klopfe Ben auf die Schulter, bevor ich sein Zimmer verlasse, um das Frühstück vorzubereiten. Die halbe Nacht lag ich wach, weil ich mir den Kopf über »The Fire in Your Heart« zerbrochen habe. Ich weiß nicht, warum, aber irgendwie glaube ich Quinn nicht. Was sie gesagt hat, klang zwar logisch, aber trotzdem sind da leise Zweifel.

Nachdem ich die Kaffeemaschine angestellt habe, fülle ich zwei Schalen mit frischem Obst und Joghurt, schütte ein selbst gemischtes Müsli darüber und platziere sie vor den beiden Thekenhockern. Der Kaffee ist gerade durchgelaufen, als Ben ins Wohnzimmer zurückkehrt. Seine Haare glänzen feucht, und die Dusche scheint ihn wacher gemacht zu haben.

»Oh, wow, du hast ja sogar Frühstück gemacht.« Er setzt sich auf den Thekenhocker, rührt sein Müsli um, während ich ihm einen Kaffee einschütte, und wirft mir einen neugierigen Blick zu. »Also, was ist so dringend, dass du mich dafür um den Schlaf bringst?«

»Ich brauche deine Ermittlerfähigkeiten«, erkläre ich und setze mich neben ihn, um selbst zu essen. »Es gibt da einen Fall, den ich gerne lösen würde.«

Er lacht leise auf. »Du hörst dich an wie Miss Marple.«

»Blödmann.« Ich stoße meinen Löffel in das Müsli. »Ich möchte einem Verdacht nachgehen, aber ich habe keine Ahnung, wie ich das anstellen soll.«

»Okay«, sagt er. »Damit kann ich umgehen. Wen verdächtigst du denn?«

»Quinn.«

Ben ist für einen Moment still. Ich höre bloß sein Kauen, das Müsli, das zwischen seinen Zähnen knirscht, während er offenbar darüber nachdenkt, welche Reaktion nun angemessen wäre.

»Quinn also.« Er wirft mir einen fragenden Blick zu. »Wieso das denn?«

Ich erzähle ihm von dem neuesten Blogartikel auf »The Fire in Your Heart« und ihrer Reaktion auf das, was ich gestern in unserem Chat geschrieben habe. Er hört mir aufmerksam zu, stellt die eine oder andere Rückfrage, und schließlich nickt er einmal.

»Ja, ich glaube, das wäre eine Nachforschung wert.« Nachdenklich reibt er sich über die Wangen und deutet danach mit geöffneter Handfläche auf mich. »Du könntest sie aber auch einfach fragen.«

»Das will ich nicht«, erwidere ich. »Ich möchte nicht, dass sie denkt, ich würde ihr misstrauen.«

»Tust du aber oder nicht?«

»Nein!« Empört sehe ich ihn an. »Ich würde Quinn mein Leben anvertrauen, egal, ob sie die Autorin dieses Blogs ist oder nicht.«

»Es wäre dir also egal, wenn sie es wäre? Ich kann mich schon daran erinnern, dass diese Artikel dich manchmal wütend gemacht haben.« Bens Brauen haben sich nachdenklich zusammengezogen. »Und nicht immer ist es gut, Geheimnisse zu lüften.«

»Hm.«

»Andererseits wärst du ja gerne mit ihr zusammen, oder? Dann führt wohl eh kein Weg daran vorbei. Aber ich denke nach wie vor, es wäre besser, du würdest direkt mit ihr reden.«

»Das kann ich dann machen, wenn sich mein Verdacht erhärtet.«

»Gut, wie du meinst. Warte kurz.« Ben steht auf und verlässt den Raum, nur um kurz darauf mit einem Whiteboard im Miniaturformat wiederzukommen. Er räumt ein paar Küchengeräte und schmutziges Geschirr zur Seite, damit er es auf der Arbeitsplatte platzieren kann.

Ich lache auf. »Willst du mich verarschen? Wo hast du das denn jetzt her?«

»Das bewahre ich unter dem Bett auf.« Er zuckt mit den Schultern und löst die Kappe eines Stiftes. »Wenn mir abends noch Gedanken zu einem Fall kommen. Also dann schieß mal los. Erzähl mir noch mal genau, warum du denkst, Quinn wäre die Autorin des Blogs.«

Ich erzähle ihm gewissenhaft alles, was ich weiß – und das ist eine ganze Menge. Ben schreibt Schlüsselideen mit, verbindet sie mit festen oder gestrichelten Linien, malt Fragezeichen oder Ausrufezeichen an Ideen, die mir in den Sinn kommen.

»Wieso bist du dir sicher, dass die Autorin aus den Staaten kommt? Könnte sie nicht auch aus England oder einem anderen Land kommen, in dem viel und gut Englisch gesprochen wird?«

»Nein«, erwidere ich überzeugt. »In manchen ihrer Artikel wird klar, dass sie sich auf US-amerikanische Politik oder Feuerwehren beruft. Sie ist auf jeden Fall eine amerikanische Feuerwehrfrau.«

Er malt einen Kopf mit langen Haaren auf das Whiteboard. In der Mitte des Gesichtes landen allerdings keine Gesichtsmerkmale, sondern ein großes, schwarzes Fragezeichen.

»Ich gehe mal davon aus, dass sie etwa in unserem Alter ist, irgendetwas zwischen zwanzig und vierzig. Jünger kann sie nicht sein, dann würde sie noch nicht so lange bei der Feuerwehr arbeiten. Älter wäre zwar möglich, ist aber unwahrscheinlich, weil sie sich in den sozialen Netzwerken gut auskennt und ihr Feminismus wichtig ist. Das ist eigentlich typisch für unsere Altersklasse. Ausnahmen bestätigen die Regel«, fügt Ben nachdenklich hinzu und macht weitere Notizen. »Wenn wir ihren Standort und ihr Alter genauer eingrenzen können, können wir die Abschlussjahrgänge der Feuerwehr-Akademien abgleichen. Damit würden wir uns zumindest auf legalem Boden bewegen. Zwinge mich bitte nicht dazu, die IP-Adresse des Blogs zurückzuverfolgen.«

»Das wäre möglich?«

»Denk nicht mal dran. Das könnte mich meinen Job kosten.« Ben sieht mich mit zusammengezogenen Augenbrauen an.

»Ist ja gut.« Ich hebe abwehrend die Hände. »Sag mir, was ich tun soll. Wie finde ich mehr heraus?«

»Du solltest die Blogartikel durchgehen. Nimm dir erst ihre eigenen vor, schreibe dir alles an Informationen heraus, was du finden kannst«, schlägt er vor. »Vielleicht reicht dir das schon, um zu wissen, ob wir es mit Quinn oder jemand anderem zu tun haben. Du kennst Quinn – du weißt, wie sie Sachen formuliert, du weißt, wo sie herkommt, du weißt, wie sie tickt. Wenn dir dein Gefühl sagt, dass es sich bei der Autorin um Quinn handelt, dann hat dein Unterbewusstsein wahrscheinlich schon mehr Rückschlüsse ziehen können als dein Verstand. Falls du mit ihren eigenen Blogartikeln nicht weiterkommst, nimmst du dir als Nächstes die Erfahrungsberichte vor. Du kannst jeden davon mit Zeitungsberichten oder weiteren Blogartikeln und Social-Media-Einträgen abgleichen. Vielleicht findest du Personen, die auf dem Blog ihren Erfahrungsbericht veröffentlicht haben. Ich würde es dir zwar nicht unbedingt raten, weil das alles anonym abläuft, aber du könntest sie anschreiben und fragen, ob sie wissen, wer die Autorin hinter dem Blog ist.«

Das fühlt sich nicht gut an, denke ich. So tief in der Privatsphäre einer anderen Person zu schnüffeln, ist verdammt verkehrt – und doch habe ich Feuer gefangen. Jetzt will ich wissen, ob ich recht habe.

»Micah«, setzt Ben zögerlich an. »Wenn sie das jemals erfahren sollte, wird sie verdammt wütend sein. Ich an deiner Stelle würde mit ihr sprechen. Frag sie einfach. Das ist kein leichtes Gespräch, ich weiß, aber du magst sie zu sehr, um es dir mit ihr zu verscherzen.«

Seufzend blicke ich auf das Whiteboard vor uns. Er hat recht, ich sollte nicht zu tief wühlen. Aber ich möchte Quinn auch nicht ansprechen, ohne mir sicher zu sein. Wenn ich falschliege, mache ich sie wenigstens nicht mit meinem Misstrauen wütend.

Was bleibt mir also übrig, als meine eigenen Nachforschungen anzustellen?

Die Rüstgruppe

Juni

»Kann ich kurz mit dir sprechen?« Aspen blickte mich erwartungsvoll an.

Ich klappte meinen Spind zu, nahm die Wasserflasche und nickte ihm auffordernd zu. »Klar.«

Er führte mich in sein Büro. Als Lieutenant hatte er auf der Wache einen Raum für sich selbst, während wir anderen uns einen großen Schlafbereich teilen mussten.

»Was gibt es denn?«, fragte ich mit einem nervösen Grummeln in der Magengrube. Ich war nun knapp einen Monat auf der Zwölften, und allmählich fühlte ich mich angekommen. Das Team war großartig, ganz anders als die Männer auf meiner alten Wache – mit Ausnahme von Trent vielleicht, aber selbst der hielt sich die meiste Zeit bedeckt. Die neue Wache hatte mir das gegeben, was ich gebraucht hatte, um mit dem Bloggen weiterzumachen, nachdem der Vorfall auf der alten Wache mich erst mal in eine Schreibkrise befördert hatte. Es ging mir gut. Besser als je zuvor.

»Wie geht's dir?« Aspen lehnte sich mit dem Hintern gegen den Schreibtisch. Er stützte die Hände neben seiner Hüfte auf und sah mich offen an. Nichts an ihm wirkte, als wolle er den Vorgesetzten raushängen lassen. Im Gegenteil, dass er sich so lässig gab, sollte mir wohl signalisieren, dass er mich aus der Position eines Freundes heraus ansprach. »Hast du dich eingelebt?«

»Ich denke schon«, stammelte ich unüberlegt los. Dann straffte ich die Schultern und sortierte meine Gedanken. »Ich mag die Leute. Es ist so anders als … Viel besser, als ich mir je erhofft habe.«

Er presste die Lippen aufeinander. »Ich habe dich nie gefragt, was passiert ist, aber … du weißt, dass du auch Anzeige erstatten kannst, oder?«

Seine Worte ließen einen schmerzhaften Blitz durch meinen Bauch zucken. Mir brach der Schweiß aus, ich fühlte mich ertappt, dabei war ich nicht diejenige, die etwas falsch gemacht hatte.

»Ich weiß.« Ich schluckte. »Aber das ist alles nicht so einfach.«

Gegen die bürokratischen Hürden würde ich womöglich noch ankommen, aber gegen einen Lieutenant, der mich verraten würde, sobald ich auch nur den Finger krumm machte, kam selbst ich nicht an.

»Ich kann dir dabei helfen, wenn du möchtest«, bot Aspen ernst an und trieb mir damit die Tränen in die Augen. Ich konnte nicht fassen, dass er hinter mir stand. Dass er mich unterstützen würde, wenn ich ihn ließe.

»Danke«, wisperte ich und schlang meine Arme um mich. »Das ist … Das bedeutet mir wirklich viel.«

Er lächelte und sah für einen Augenblick aus, als wolle er mich am liebsten umarmen. Dann aber schien ihm wohl einzufallen, dass wir immer noch auf der Wache waren. »Du kannst immer zu mir kommen, wenn dich etwas beschäftigt, okay?«

Dankbar nickte ich ihm zu. Der nervöse Knoten in meinem Magen wurde allmählich von einem anderen Gefühl abgelöst. Einem zuversichtlicheren.

Hatte ich womöglich wirklich eine Wache gefunden, auf der Sexismus und Diskriminierung nicht auf der Tagesordnung standen? Würden die Männer mir wirklich immer den Rücken stärken, weil sie mich als eine von ihnen betrachteten? Von neuem Mut befallen beschloss ich, morgen einen Artikel über genau dieses Thema zu verfassen, um anderen Frauen Hoffnung zu machen.

»Also gut.« Er stieß sich vom Schreibtisch ab. »Ich dachte mir, unser Team könnte heute ein paar Übungen machen. Damit wir uns noch besser kennenlernen.«

»Hört sich gut an.«

»Ich trommle die Rüstgruppe zusammen. Wir treffen uns in ein paar Minuten vollausgerüstet im Innenhof.«

Damit war ich entlassen. Ich verließ sein Büro vor ihm und ging in die Fahrzeughalle, um meine Schutzausrüstung anzuziehen. Dieses Mal ließ ich mir damit Zeit, immerhin hatten wir keinen Einsatz vor uns.

»Was ist los?«, hört ich da eine Stimme in meinem Rücken. »Habe ich was verpasst?«

Micah.

»Übung für die Rüstgruppe«, erklärte ich. »Also nein, keine Sorge. Du hast den Alarm nicht überhört.«

Er lachte leise auf. Es hatte ein paar Wochen gebraucht, bis ich sein Lachen zum ersten Mal gesehen hatte. Was einerseits vielleicht daran lag, dass ich ihn an meinem ersten Tag so harsch abgebügelt hatte, andererseits aber auch daran, dass er generell nicht viel lachte. Wenn wir auf der Wache waren, schien er manchmal meilenweit entfernt –

in den Einsätzen hingegen hatte er dann plötzlich einen Laserfokus.

»Ah, Moretti, da bist du ja.« Aspen kam in die Fahrzeughalle. »Wir machen ein paar Übungen. Zieh dich an und komm dazu.«

»Ich?« Erstaunt weiteten sich seine Augen.

»Heißt hier noch jemand Moretti?«, fragte Aspen und grinste ihm zu. Micah riss sich aus seiner Verwunderung und eilte zu seinen Stiefeln, die neben dem Tanklöschfahrzeug standen. Die Aufregung war ihm deutlich anzusehen. Ich musste lächeln, weil ich noch genau wusste, wie ich mich gefühlt hatte, als ich zum ersten Mal an einer Übung der Rüstgruppe teilnehmen durfte.

Ein langer Traum, der endlich in Erfüllung gegangen war.

Dass Aspen ihn zu einer Übung einlud, konnte nur eines bedeuten: Micah würde bald in unser Team aufrücken.

Quinn

42

Schweißgebadet wache ich auf. Mein Herz rast, während ich für einen Moment versuche, die Orientierung wiederzuerlangen. Mein Blick fällt auf das Fenster, das einen Spaltbreit geöffnet ist. Es ist schon hell draußen, und ich liege immer noch in meinem Bett, also kein Grund zur Panik. Während ich darauf warte, dass sich mein Herzschlag allmählich beruhigt, greife ich nach meinem Handy, um mich von dem Albtraum abzulenken.

Ich deaktiviere den Flugmodus und schaue zuerst in den Messenger, um zu sehen, ob ich etwas verpasst habe. Aber mit Ausnahme des Station-12-Chats ist alles ruhig. Ich öffne den Chat mit Micah, denke kurz darüber nach, ihm einen Morgengruß zu schicken, aber dann entscheide ich mich doch dagegen. Seine Worte gestern waren süß, aber sie haben mir auch klargemacht, dass ich nicht weiß, ob ich ihm zustimme. Ob es sich auch für mich richtig angefühlt hat.

Dieser süße Kuss zwischen uns.

Meine Gedanken gleiten zurück zu Adam und dem Traum, der mich nun vermutlich den ganzen Tag begleiten wird. Ich hasse es, wenn das passiert. Ich hasse es, von der Vergangenheit zu träumen. Ich hasse es, dass diese Vergangenheit überhaupt zu mir gehört.

Manchmal denke ich, mein Leben wäre einfacher, hätte ich während der Ausbildung aufgegeben. Vielleicht würde es mir besser gehen, hätte ich einen Corporate Job angefangen, irgendwelche schnöden Büroarbeiten, vielleicht etwas bei der Versicherung oder im Marketing. Trocken lache ich auf.

Als ob das mein Ding wäre.

Mein Weg führte genau hierher. Alles, was ich durchgemacht habe, hat mich zu einer stärkeren Frau gemacht. Auch wenn ich es anfangs fast ein bisschen albern fand: Heute fühle ich mich wie »Fire«. Ich kann mich mit der Figur identifizieren, die ich vor dreieinhalb Jahren für meinen Blog erschaffen habe.

Und dennoch … Manchmal bekomme selbst ich es mit der Angst zu tun.

Ich weiß genau, dass es mein kurzer Chat mit Micah war, der den Albtraum hervorgerufen hat. Denn wann immer ich fürchte, andere könnten dahinterkommen, dass ich »Fire« bin, träume ich von Adam – schließlich ist er der Einzige, der um mein Geheimnis weiß.

Ich schlage die Bettdecke zurück und stehe auf, suche mir etwas zum Anziehen raus und gehe ins Badezimmer, um zu duschen. Danach geht es mir zumindest so gut, dass ich den Morgen damit verbringen kann, Kommentare und Nachrichten für mein Blog und den dazugehörigen Instagram-Account zu beantworten. Die Angst kehrt erst zurück, als ich die nächste Drohung in meinem Postfach entdecke.

Du Schlampe. Wenn ich herausgefunden habe, wer du bist, werde ich kommen und dich ficken, bis du deine Scheißklappe hältst.

Mach dich drauf gefasst, bald treffen wir uns und das wird dir nicht gefallen.

Ich zwinge mich dazu, nicht in Panik zu geraten, nicht aufzustehen, um das Schloss meiner Tür zu überprüfen und einen Blick aus dem Fenster zu werfen.

Eigentlich sollte ich zur Polizei gehen, ich sollte all diese Männer anzeigen, die mir eine Drohung schicken oder ein Foto von ihrem Penis, aber ich traue mich nicht – ich habe viel zu große Angst davor, es könnte bekannt werden, dass es mein Blog ist. Denn dann würden aus Drohungen schneller Taten werden können. Dann wäre meine Angst kein diffuses Gefühl mehr, das mich manchmal überkommt, sondern sehr berechtigt.

Also lösche ich die Nachricht, sperre den Account, damit er mich nicht noch einmal belästigen kann, und lege mein Handy zur Seite, um durchzuatmen.

Warum tue ich mir diesen Scheiß überhaupt noch an? Wieso lösche ich meinen Blog nicht einfach? Es ändert sich ja doch nichts. In all der Zeit, in der ich nun diesen Blog betreue, habe ich selten eine positive Geschichte gehört. Die meisten Frauen, die auf mich zukommen, haben Ähnliches erlebt – wenn nicht sogar Schlimmeres. Jedes dieser Schicksale nimmt mich auf ganz bestimmte Art und Weise mit.

Mittlerweile kann ich mich besser davon abgrenzen, im ersten Jahr hat mich jeder Erfahrungsbericht in die Tiefe gerissen. Manchmal habe ich nächtelang wach gelegen und geweint, weil ich den betroffenen Frauen so gern helfen würde, aber nicht mehr machen kann, als ihre Worte ins Internet zu stellen. Deswegen habe ich mich schließlich für eine Therapie entschieden. Das hat mir nicht nur geholfen, mit meinem Online-Leben besser klarzukommen, sondern auch den Tod meine Mutter zu verarbeiten.

Vielleicht ist es an der Zeit, mal wieder einen Termin bei meinem Therapeuten auszumachen. Ja, das fühlt sich nach einer verdammt guten Idee an. Ohne zu zögern, schnappe ich mir mein Handy, um in der Praxis anzurufen, und bekomme direkt einen Termin für den Nachmittag. Erleichtert lege ich auf und atme tief durch.

Zeit für eine Pause.

*

»Schön, dich wiederzusehen, Quinn«, begrüßt mich mein Therapeut Daniel. Er hat gegenüber von mir in einem hohen Ohrensessel Platz genommen, meine Akte liegt neben ihm auf einem kleinen Tisch. »Ich war überrascht, dass du angerufen hast. Willst du mir erzählen, was los ist?«

»Ich glaube, ich brauche einfach ganz dringend einen guten Gesprächspartner«, erwidere ich mit einem Lächeln. Daniel ist nur ein paar Jahre älter als ich. Eigentlich gehört die Praxis seinem Vater, doch er wird sie eines Tages übernehmen. Schon damals waren wir auf einer Wellenlänge, und ich fühlte mich sofort sicher bei ihm.

»Ich hoffe, auf deiner neuen Wache läuft es besser?«

»Ja, um Längen.« Ich winke ab und werde rot. Als ich das letzte Mal hier war, hatte ich gerade erst auf der Zwölften angefangen. »Es läuft sogar so gut, dass ich Gefühle für einen Kollegen entwickle.« Ich vergrabe mein Gesicht in den Händen.

»Na, das nenne ich mal eine Überraschung«, entgegnet

er, und ich kann das Lächeln in seiner Stimme hören. Ich löse die Hände von meinem Gesicht, um ihn anzusehen. Er betrachtet mich neugierig. »Willst du darüber reden?«

»Sein Name ist Micah.« Kaum dass ich seinen Namen ausgesprochen habe, überkommt mich die Erinnerung an unseren Kuss. »Er ist ein Jahr jünger als ich und wurde vor etwa drei Monaten zur Rüstgruppe befördert. Seitdem arbeiten wir eng zusammen. Am Anfang wusste ich nicht, was ich von ihm halten soll. Ehrlich gesagt hatte ich ein bisschen Angst, dass er so wäre wie die Männer auf meiner alten Wache. Aber das ist er nicht. Eigentlich glaube ich, dass er das Herz am richtigen Fleck hat. Und ich schätze, das ist der Grund dafür, wieso ich etwas für ihn empfinde.«

»Das hört sich doch erst mal nicht verkehrt an.« Daniel nimmt die Akte zur Hand und schlägt sie auf. «Hast du Angst? Wegen der Erfahrungen auf deiner alten Wache?«

»Schon«, murmle ich. »Adam hat sich damals als richtiges Arschloch entpuppt. Was, wenn es mit Micah genauso ist?«

»Warum denkst du das?«

»Keine Ahnung, ich schätze, ich bin einfach argwöhnisch geworden, was Männer angeht.« Niedergeschlagen sehe ich ihn an. Mir wird klar, dass das der wahre Grund für meinen Besuch bei ihm ist. Ich bin nicht wegen meiner Angst hier – damit kann ich irgendwie umgehen. Womit ich nicht umgehen kann, sind meine Gefühle für Micah. »Ich würde mich gerne darauf einlassen können«, fahre ich fort. »Aber ich denke immer wieder, dass es keine gute Idee ist, die Arbeit mit meinem Liebesleben zu vermischen.«

»Nun, natürlich hast du nicht unrecht.« Daniel macht sich eine Notiz und legt die Akte wieder zur Seite. Er lehnt sich vor, stützt sich mit den Ellbogen auf seinen Knien auf und sieht mich ernst an. »Arbeit und Liebe zu vermischen ist zuweilen schwierig. Was ist denn das Schlimmste, was passieren könnte?«

»Dass es schiefgeht und ich wieder verletzt werde«, antworte ich instinktiv, und Daniel nickt.

»Das Risiko, dass einer von euch beiden sich dann einen neuen Arbeitsplatz suchen muss, besteht leider. Die Frage ist aber doch: Ist es das wirklich wert, nicht seinem Gefühl zu folgen?«

Seine Worte lassen mich nachdenklich werden. Das habe ich oft, wenn ich hier bin. Daniel stellt gute Fragen. Fragen, die mich zum Nachdenken anregen, die mich mein Leben auf eine andere Art und Weise betrachten lassen.

Er lächelt. »Und ganz ehrlich: Könntest du das überhaupt? Nicht auf dein Gefühl hören?«

»Wer kann das bitte nicht? Ich meine, ich habe doch nicht umsonst ein Gehirn da oben«, entgegne ich und tippe mir verwirrt gegen die Stirn.

Daniel lacht. »Hach, du hast mir gefehlt. Unsere Gespräche sind immer so erfrischend.«

Ich schnaube auf. »Du bist also der Meinung, dass Menschen immer ihrem Herzen folgen sollten?«

»Wenn sie glücklich werden wollen«, antwortet er mit einem Augenzwinkern, und ich ahne, dass er damit recht haben könnte.

Micah

43

»Wow, du scheinst das Ganze ziemlich ernst zu nehmen«, begrüßt mich Ben, als er am späten Nachmittag nach Hause zurückkehrt. Sein Blick gleitet über das Chaos im Wohnzimmer. Neben mir auf der Couch befinden sich einige Zettelstapel, ausgedruckte Artikel von »The Fire in Your Heart«, daneben die Listen einiger Abschlussjahrgänge von Feuerwehren aus dem Bundesstaat Kalifornien, mit darunter die Feuerakademie, in der Quinn ihre Ausbildung abgeschlossen hat – zusammen mit einer weiteren Absolventin.

Auf dem Couchtisch steht eine Kanne mit Kaffee, die zweite, die ich heute getrunken habe, und eine leere Schachtel Kekse. Das Whiteboard lehnt an der anderen Sofaseite und ist nach wie vor unberührt, meine Gedanken habe ich mir im Kopf gemacht, ich musste sie nicht aufschreiben.

Ben setzt sich neben mich auf die Couch und öffnet den Kragen seines Hemdes. Er sieht genauso abgeschlagen aus, wie ich mich fühle.

»Das war ein Scheißtag«, murmelt er. »Ich hasse diese Familienessen. Mein einer Bruder hat seine neue Flamme mitgebracht, und der andere ist gar nicht erst aufgetaucht.«

»Mein Beileid«, entgegne ich und reibe mir über die Stirn. Meine Gedanken rasen immer noch, irgendwie fällt es mir schwer, zur Ruhe zu kommen, dabei habe ich den ganzen Tag nichts anderes gemacht, als die Blogartikel auf »The Fire in Your Heart« zu lesen. Mittlerweile bin ich mir zu siebenundneunzig Prozent sicher, dass es sich bei der Autorin um Quinn handelt. Die Art, wie sie schreibt, die Dinge, die sie bereits erlebt hat … Das alles passt genau zu der Frau, die ich auf meiner Wache kennengelernt habe.

Und ich weiß nicht, was ich davon halten soll.

Der Blog ist schonungslos ehrlich – genau wie sie –, und an mancherlei Stelle bin ich mir nicht sicher, ob sie wirklich recht mit dem hat, was sie schreibt. Aber wirklich beurteilen kann ich das nicht, immerhin bin ich ein Mann. Einer, der sich durch diese Blogartikel schon so manches Mal verletzt gefühlt hat.

Zwar würde ich die Autorin niemals als Männerhasserin bezeichnen, doch trotzdem fällt es mir schwer zu begreifen, dass es sich bei der Autorin und Quinn um ein und dieselbe Person handeln könnte. Ich kann einfach nicht glauben, dass sie ein so großes Geheimnis mit sich herumträgt. Aber andererseits kennen wir uns ja auch noch nicht so lange, und dass ihre Mom tot ist, hat sie mir auch erst vor ein paar Tagen erzählt …

»Sie ist es, oder?« Ben richtet sich auf und greift nach dem Notizblock, der auf dem Tisch liegt. Er überfliegt das, was ich aufgeschrieben habe. Es ist nicht viel, es sind Quinns Daten, ihr Geburtsdatum, ihr Abschluss bei der Feuerakademie, ihre Adresse und ein paar mehr Informationen über ihre Mutter Grace Lovett.

Alles andere habe ich im Kopf.

»Ich glaube schon«, erwidere ich und seufze. »Alles, was ich herausgefunden habe, passt zu ihr. Die Wahrscheinlichkeit, dass es sich bei der Autorin um jemand anderes handelt, ist verschwindend gering. Ich werde sie fragen müssen, um mir ganz sicher zu sein.«

Ben wirft mir einen Ich-hab's-dir-doch-gesagt-Blick zu, aber ich ignoriere ihn. Ich hätte Quinn unmöglich mit einem haltlosen Verdacht konfrontieren können. Natürlich weiß ich, dass es nicht besonders fair ist, ihr auf diese Weise hinterherzuspionieren, allerdings kann ich mir nun die richtigen Worte zurechtlegen und werde hoffentlich nicht wie ein Volltrottel reagieren, sollte sie sich mir jemals anvertrauen wollen.

Die Frage ist nur: Würde sie das?

»Und wirst du das jetzt tun? Oder wie geht's weiter?«

»Keine Ahnung.« Ich zucke mit den Schultern. »Ich schätze, ich warte auf den richtigen Moment – und dann frage ich sie.«

»Und wenn sie's ist?«

Erneut zucke ich mit den Schultern. »Ich weiß es nicht. Ich glaube, für mich spielt es keine große Rolle. Ich mag Quinn mit allem, was zu ihr gehört. Es ist egal, ob sie in ihrer Freizeit einen Blog für Feminismus schreibt oder ihr Gehirn für etwas anderes nutzt. Ich mag sie, weil sie so ist, wie sie ist.«

»Das klingt erwachsen«, meint Ben und verzieht anerkennend das Gesicht. »Fast so, als würdest du sie als Ehefrau in Betracht ziehen. Schätze, unser gemeinsames Single-Leben wird bald vorbei sein.«

Ich verdrehe die Augen. »Du weißt aber schon, dass sie da auch noch ein Mitspracherecht hat, oder?«

Er lacht trocken auf. »Wenn sie überhaupt je heiraten will.« Er deutet auf die Blattsammlung um uns herum. »Vielleicht will sich diese Frau auch gar nicht so sehr an einen Mann binden.«

Seine Worte versetzen mir einen Stich, weil ich ahne, dass genau das der Grund dafür sein könnte, wieso Quinn noch nicht auf meine Nachricht reagiert hat. Was, wenn sie gar nicht das Gleiche für mich empfindet? Wenn sie keinen Bock auf einen Mann in ihrem Leben hat? Schon gar nicht einen wie mich, von dem sie weiß, dass er es mit seiner Schwester ständig vermasselt.

»Ich räume das später auf«, murmle ich und stehe auf, um den Raum zu verlassen. In meinem Zimmer angekommen schließe ich die Tür und lasse mich aufs Bett fallen. Meine Augen brennen verräterisch. Ich zücke das Notizbuch aus meiner Hosentasche, in das ich bisher kaum etwas geschrieben habe, weil es mich beim ersten Mal so fertiggemacht hat. Mein Blick gleitet über die Worte, die die Erinnerung an die vierundzwanzig Stunden weckt, die wir gemeinsam verbracht haben. Mir ist, als würde ich den Wein auf meiner Zunge schmecken, als hätte ich ihr Gelächter am Strand im Ohr. Wenn ich die Augen schließe, sehe ich sie vor mir, nassfunkelnde Haut und ein zartes Lächeln auf den Lippen.

Mein Herz zieht sich sehnsuchtsvoll zusammen.

Da muss etwas sein. Ich schließe die Augen, dann streiche ich das Papier glatt und lasse die Gefühle aus mir herausfließen.

Dieses Knistern
zwischen uns,
habe ich es mir eingebildet?
Der Blick
aus deinen funkelblauen Augen,
galt er mir?
Du bist so stark,
so unnahbar,
und doch hast du
mich
einen Blick
hinter deine Fassade werfen lassen,
hast mir gezeigt,
wer du bist,
so verletzlich,
so schön.

»Das ist doch lächerlich«, murmle ich verärgert und klappe das Notizbuch zu. Ich bin mir sicher, dass Dr. Saltzman nicht meinte, ich solle schwülstige Liebesgedichte verfassen, als er mir vorgeschlagen hat, Tagebuch zu führen. Wahrscheinlich dachte er eher an eine Liste, in der ich meine Gefühle und die Gründe dafür aufschreibe. Ich verstehe einfach nicht, wieso da jedes Mal so ein Liebesschnulzen-Kram aus meinem Kugelschreiber fließt, sobald ich versuche, meine Emotionen zu ordnen. Was soll der Scheiß? Kann ich nicht denken wie ein richtiger Mann?

Toxische Männlichkeit, schießen mir Quinns Worte in neckischem Tonfall durch den Kopf, und ich lache verbittert auf. War es das, was sie gemeint hat? Soll ich vielleicht einfach akzeptieren, dass mein Kopf in Liebesgedichten denkt?

»Urgh«, mache ich und beschließe, Dr. Saltzman beim nächsten Mal zu fragen, was genau ich eigentlich tun soll.

Und vielleicht sollte ich auch einfach Quinn fragen, was das zwischen uns werden soll.

Fakten schaffen, nicht länger in diesem unerträglichen Gänseblümchen-Zustand zwischen »Sie mag mich« und »Sie mag mich nicht« schweben – denn mit Fakten kann ich umgehen, mit Gefühlen nicht.

Micah

44

Ich ziehe mich auf mein Surfbrett und fange an zu paddeln. Der Geschmack von Salz liegt mir auf der Zunge, irgendwo in der Ferne kreischen ein paar Möwen, aber auf dem Wasser bekomme ich nicht viel von der Welt um mich herum mit.

Bei uns allen ist es eine Ewigkeit her, seit wir das letzte Mal surfen waren. Damals hat Mom noch gelebt.

Danach hat es für meine Geschwister und mich an Bedeutung verloren. Wie so vieles, was uns vorher wichtig war.

Als ich weit genug draußen bin, wende ich mein Brett, um auf die nächste Welle zu warten. Heute ist der Wellengang hoch, was mir am Anfang ein bisschen Sorgen bereitet hat, weil ich schon so lange nicht mehr auf dem Wasser gewesen bin, doch jetzt, da ich wieder ein bisschen Übung habe, genieße ich es. Mit der nächsten Welle richte ich mich auf, finde meine Balance und rausche übers Wasser. Auf meinen Wangen breitet sich ein Lächeln aus, ein Lächeln, das zu einem Lachen wird, bevor ich irgendwann den Halt verliere und Hals über Kopf ins Wasser stürze.

Gott, das Surfen hat mir so sehr gefehlt. Ich sollte wirklich häufiger an den Strand fahren.

Als ich wieder auftauche, halte ich nach den anderen

Ausschau. Pascal und Holly sitzen gemeinsam auf seinem Surfbrett – er versucht ihr beizubringen aufzustehen, ohne die Balance zu verlieren. Allerdings schlägt sich Holly nicht besonders gut. Maverick hat das eindeutig besser drauf, er wirkt insgesamt sehr fit und wechselt sich mit Allegra auf dem Wasser ab. Gerade sitzt er allerdings am Strand und schaut ihr zu. Ich schwimme ans Ufer, löse die Leash und lege das Brett in den Sand, bevor ich mich neben ihn auf mein Handtuch fallen lasse.

»Hey«, sagt er. »Du bist echt gut darin.«

»Danke. Das macht die Übung. Wir waren früher oft hier draußen, um zu surfen«, erzähle ich ihm. »Dafür bin ich in anderen Sachen miserabel. Menschen, zum Beispiel.«

Maverick lacht. »Das kann man auch üben.«

»Ja, vermutlich.« Ich lege mich auf den Rücken, um in der Sonne zu trocknen. »Wäre wahrscheinlich gar nicht so schlecht. In meinem Job kann es nicht schaden, besser mit Menschen umgehen zu können.«

»Wie machst du das denn? Du wirst ihnen ja wohl kaum zur Begrüßung ins Gesicht schlagen, oder?«

»Hey, fair bleiben. Dich habe ich auch nicht mit einem Schlag ins Gesicht begrüßt.«

Maverick wirft mir einen Blick zu und grinst. »Das hätte dir deine Schwester auch niemals verziehen.«

Ich seufze. »Vermutlich. Es grenzt an ein Wunder, dass sie mich zu diesem Ausflug überhaupt eingeladen hat.«

»Sie vermisst dich«, erwidert Maverick. Ich werfe ihm einen zweifelnden Blick zu. »Sieh mich nicht so an. Das tut sie wirklich. Ich glaube, ihr drei solltet viel mehr Zeit miteinander verbringen, denn im Grunde habt ihr doch alle das gleiche Problem.«

»Ach ja, haben wir das?«

»Ihr sehnt euch nach der Familie, die ihr mal gewesen seid.« Maverick zuckt mit den Schultern. »Die werdet ihr aber nur wiederfinden, wenn ihr miteinander redet und dafür kämpft.«

»Hm«, mache ich und lasse mir seine Worte durch den Kopf gehen. Er hat sicher recht. Wenn wir nicht dafür kämpfen, wer tut es dann? Und der Kampf scheint nicht aussichtslos zu sein, sonst würden wir nicht zusammen hier sein und einige Stunden Freizeit miteinander verbringen.

Oder?

Allegra kommt zu uns an den Strand. Sie legt ihr Surfbrett neben meines, wirft mir ein vorsichtiges Lächeln zu und wickelt sich in ihr Handtuch ein. Dann setzt sie sich zwischen Mavericks Beine. Er legt seine Arme um ihre Schultern und zieht sie an sich heran.

»Du bist eiskalt«, sagt er und drückt ihr einen Kuss auf die Schulter.

»Kann gar nicht sein«, erwidert sie. »Ich könnte schwören, dass ich so viel geschwitzt habe wie schon ewig nicht mehr. Was meint ihr: Wollen wir etwas essen gehen, wenn Pascal und Holly fertig sind? Ich sterbe vor Hunger.«

»Du stirbst immer vor Hunger«, neckt Maverick sie. »Aber ich bin dabei.«

»Ich auch.« Ich hole mein Handy aus der Tasche, um meine Nachrichten zu checken, aber ich habe noch nichts von Quinn gehört. Vielleicht habe ich sie auch vergrault, weil ich ihr von meinen Gefühlen geschrieben habe. Spätestens morgen werde ich herausfinden, woran ich bin – auch wenn wir dabei auf der Arbeit sind.

»Ich versuche es noch ein letztes Mal«, sagt Maverick

und löst sich von Allegra, um aufzustehen. Er schnappt sich ihr Surfbrett und stapft über den Strand ins Wasser. Allegra legt sich auf den Rücken und sieht mich an.

»Wie geht es dir?«, fragt sie mich. »Ich habe ehrlich gesagt damit gerechnet, dass du dich früher bei mir melden würdest.«

»Eine Freundin hat mir geraten, dass ich dir Zeit geben soll.« Ich lächle sie schief an. »Ich hoffe, das war kein Fehler.«

»Nein.« Sie erwidert mein Lächeln. »War es nicht. Das war genau richtig. So hatte ich Zeit, mir über uns Gedanken zu machen. Und ich hoffe, dass du auch über das nachgedacht hast, was ich dir gesagt habe.«

»Habe ich«, entgegne ich leise. »Ich glaube, ich verstehe jetzt, was ich verkehrt gemacht habe. Ich kann dir nicht versprechen, dass ich mich nie wieder so dumm verhalten werde, aber ich möchte, dass du weißt, dass ich es versuchen und dir zuhören werde.«

»Das wäre schön. Ich möchte dich nämlich nicht verlieren.«

»Ich dich auch nicht.« Ich schlucke gegen den Kloß in meiner Kehle an. »Es würde mich umbringen, dich nicht mehr in meinem Leben zu haben, Lela. Ich fand die letzten Wochen echt hart. Lass uns bitte nie wieder so lange nicht miteinander reden.«

Ich hebe meine Hand, strecke sie ihrer offen entgegen, und als sie einen Moment später ihre Finger mit meinen verflechtet, atme ich erleichtert aus. Es fühlt sich an, als würde ein unsichtbares Gewicht von meinen Schultern fallen. Wenn ich es jetzt noch schaffe, sie wirklich nicht wieder so zu bevormunden, dann könnte vielleicht wirklich alles gut werden.

»Ich habe eine Therapie angefangen«, erzähle ich ihr, nachdem wir unsere Hände wieder voneinander gelöst haben. »Ehrlich gesagt, wurde ich quasi dazu genötigt. Nach unserem letzten Gespräch habe ich auf der Arbeit einen Fehler gemacht. Ich war nicht mehr bei der Sache, der ganze Streit zwischen uns, die Sorgen um dich, das hat mich verrückt gemacht. Meine Captain hat mich zu einem Therapeuten geschickt. Ich darf erst wieder an vorderster Front mitarbeiten, wenn ich eine Tauglichkeitsbescheinigung habe.«

»Ja«, sagt Allegra sanft. »Pascal hat mir davon erzählt. Das tut mir wirklich wahnsinnig leid für dich. Aber ich schätze, dass das nötig war. Heute wirkst du viel besser drauf als noch vor ein paar Wochen. Also scheint es dir ja zu bekommen.«

»Ich war heute Vormittag wieder bei ihm«, sage ich. »Ich habe das Gefühl, dass ich danach immer etwas ausgeglichener bin. Im Moment gehe ich zwei Mal die Woche hin.«

»Wow, das ist viel.«

»Ich möchte meinen Job zurück«, entgegne ich, als würde das alles erklären – und eigentlich tut es das ja auch. »Ich hasse es, die Anfänger-Jobs zu machen. Im Moment darf ich ständig den Verkehr regeln, bis die Polizei da ist. Das ist richtig scheiße.«

Allegra verzieht das Gesicht. »Kann mir vorstellen, dass dir das nicht besonders gut gefällt.«

Wir schweigen einen Moment.

»Hey, kann ich dich was fragen?«

»Na klar.«

»Kannst du dir … Dad in einer anderen Beziehung vorstellen?«, fragt sie zögerlich.

Überrascht blinzle ich sie an. Sie blickt schuldbewusst drein. »Du weißt davon?«

»Was, du auch?«

»Ja«, gebe ich zu. »Als ich das letzte Mal bei ihm war, habe ich sie zusammen gesehen«, antworte ich und berichte ihr von meinem Ausflug nach Pasadena, bevor ich sie frage, wie sie davon erfahren hat.

»Er hat es mir letztes Wochenende erzählt«, antwortet Allegra. »Schätze, er dachte sich, dass sein Geheimnis jetzt eh nicht mehr sicher ist.«

»Mhm.«

»Ich find es ja echt toll, dass er weitermachen will, aber Sally? Das ist schon komisch«, meint sie. »Ich weiß noch nicht, was ich darüber denken soll.«

»Die Hauptsache ist doch, dass es ihm damit gut geht«, sage ich. »Da haben wir nicht viel mitzureden.«

»Ja, da hast du wohl recht.« Sie blickt in den Himmel. »Ich vermisse sie.«

»Ich auch.« Ich seufze. »Jeden Tag.«

Allegra presst die Lippen aufeinander und sieht mich mit feuchten Augen an. »Ich würde so gerne noch mal mit ihr sprechen. Wie hast du es geschafft, ihren Tod so gut zu verarbeiten?«

Ich lache trocken auf. »Habe ich das? Keine Ahnung.« Ich fahre mir durch die feuchten Haare. »Ich schätze, ich habe einfach zugelassen, dass es wehtut. Ohne Witz, manchmal hat es mich zerrissen. Anfangs habe ich echt gedacht, ich würde nie wieder lachen können. Aber irgendwann konnte ich wieder nach Pasadena fahren, ohne jedes Mal in Tränen auszubrechen. Und irgendwann konnte ich auch wieder lachen. Aber das heißt nicht, dass sie mir nicht fehlen würde. Ich würde sie manchmal echt gerne um Rat bitten.«

Allegra wischt sich eine Träne aus dem Augenwinkel.

»Kurz vor ihrem Tod«, beginne ich, entschlossen, endlich alle Karten auf den Tisch zu legen, »da habe ich ihr versprochen, auf dich aufzupassen. Das war … Ich bin nicht besonders gut darin, fürchte ich. Da würde ich sie manchmal einfach gerne anrufen und fragen, ob ich sie enttäuscht habe.«

»Oh, Micah.« Allegra richtet sich auf und zieht mich in den Sitz, bevor sie ihre Arme um mich schlingt, um mich zu umarmen. »Das hast du ganz sicher nicht. Es tut mir leid, dass ich dir dein Versprechen so schwer gemacht habe.«

Ich umarme Allegra ganz fest, atme ihren Duft nach Sonnenmilch und Salzwasser ein und fühle mich endlich, als hätte ich mal etwas richtig gemacht.

⋆

Wir suchen uns einen Tisch im *Vegan Toast*. Da Holly und Pascal mittlerweile vegan essen, haben wir ihnen die Entscheidung für das Abendessen überlassen.

Ich rutsche neben die beiden auf eine Rundbank, Allegra und Maverick setzen sich auf die Stühle uns gegenüber. Im Hintergrund läuft leise Musik, doch es ist nicht voll, denn laut Holly denken die meisten Besucher, dass es sich bei dem Vegan Toast um ein Café handelt. Tatsächlich stehen aber auch Hauptgerichte auf der Speisekarte – und so entscheide ich mich für einen Burger mit einem Pattie aus Erbsenprotein. Dazu nehme ich eine Cola und – natürlich – Süßkartoffelpommes.

Während wir auf unser Essen warten, erzählen Pascal und

Holly davon, wie sie kurz vor dem Kauf eines Grundstücks stehen.

»Die Aussicht ist der Wahnsinn«, schwärmt Holly mit einem breiten Lächeln.

»Und für L.A. ist das Grundstück wirklich günstig«, fügt Pascal hinzu. Er hat leicht gerötete Wangen, als wäre es ihm ein bisschen unangenehm, darüber zu sprechen, dass er und seine Freundin schon nach wenigen Monaten ein Grundstück zusammen kaufen. Aber beim letzten Mal hat er mir erzählt, dass sie daraus ein Projekt für ihre Youtube-Kanäle machen, ein Tiny-House – wie auch immer sie das hinbekommen wollen, denn Holly ist alles andere als eine Minimalistin, und Pascal hat zwei linke Hände, was Handwerkssachen angeht.

»Wir würden es euch gerne zeigen, sobald wir den Kaufvertrag abgeschlossen haben. Habt ihr Bock?«

»Das fragst du noch?«, fragt Allegra begeistert. »Natürlich wollen wir es sehen.«

»Auf jeden Fall«, füge ich hinzu. »Wenn ihr später Hilfe braucht, meldet euch einfach.«

»Das ist nett von dir, Micah.« Holly lächelt mich an. »Du bist echt hilfsbereit.«

Ich neige den Kopf. »Ich tue, was ich kann.«

»Ey, hör auf, mit meiner Freundin zu flirten.« Pascal stößt mir in die Rippen, was uns alle zum Lachen bringt. Er weiß genauso gut wie ich, dass ich kein Interesse an Holly habe. Holly ist mir nicht blond genug, nicht stark genug.

Nicht Quinn genug.

»Ach, sei nicht so ein Spielverderber«, neckt Holly ihn. »Lass uns doch ein bisschen Spaß haben.«

Er grummelt, legt seinen Arm um ihre Schultern und

drückt ihr einen besitzergreifenden Kuss auf die Lippen. Allegra und Maverick werfen sich einen verschwörerischen Blick zu – und ich fühle mich für einen Moment wie das fünfte Rad am Wagen. Ich freue mich zwar darüber, meine Geschwister glücklich zu sehen – ihr Glück macht mir aber auch schmerzlich bewusst, dass ich allein bin.

Während des Abendessens witzeln wir rum und erzählen uns Geschichten von früher, Allegra und ich machen uns einen Spaß daraus, Pascal vor Holly zu blamieren – und später machen Pascal und ich uns einen Spaß daraus, Allegra vor Maverick zu blamieren. So ist es vielleicht doch ganz gut, dass ich keine Partnerin dabeihabe, aber ich weiß, dass ich eines Tages die Retourkutsche bekommen werde.

Der Tag war eine willkommene Abwechslung zu meinem Alltag – und vor allem eine willkommene Ablenkung von meinen Gedanken. Die Sonne und das Wasser haben für eine angenehme Erschöpfung gesorgt, das Essen tut sein Übriges, sodass ich mir um kurz vor acht ein Taxi nach Hause nehme. Zu Hause angekommen gehe ich duschen und auf direktem Wege ins Bett, denn morgen steht mein nächster Dienst an, und dafür möchte ich ausgeschlafen sein.

Bevor ich das Licht ausschalte, werfe ich noch einen Blick auf mein Handy – doch von Quinn habe ich immer noch nichts gehört. Mit einem Seufzen mache ich den Flugmodus rein, stelle mir einen Wecker und schalte das Licht aus. Ich rolle mich auf den Bauch, kuschle mich tief in die Kissen und frage mich, was passiert, wenn wir uns morgen wiedersehen.

Quinn

45 Fest entschlossen öffne ich die Tür und steige aus dem Auto. Heute werde ich Micah sagen, dass wir einen Fehler gemacht haben, dass der Kuss ein Versehen war, dass wir nicht kaputt machen dürfen, was wir haben. Wir sind ein zu gutes Team, um das alles aufs Spiel zu setzen. Und mal ganz abgesehen davon weiß ich schon jetzt, dass mein Blog immer zwischen uns stehen wird. Erst als Geheimnis und später – wenn er es herausgefunden hat – als Hindernis.

Micah ist in einer patriarchalischen Familie aufgewachsen, er denkt nicht feministisch, manchmal denkt er sogar regelrecht sexistisch. Damit würde ich niemals zurechtkommen. Nein, er wäre nicht der Richtige für mich, Anziehung hin oder her.

Doch als ich ihn vor der Wache stehen sehe, fällt mein Entschluss in sich zusammen. Er lehnt gegen die Wand, ein Bein angewinkelt, das andere gestreckt. Er hat die Hände in den Bauchtaschen seines Hoodies vergraben, seine Locken fallen ihm wild auf die Stirn, als wüsste er genau, dass ich sein Haar so am liebsten mag. Alles an ihm schreit: »Küss mich!« – und es fällt mir verdammt schwer, mich nicht sofort in seine Arme zu werfen.

»Hey«, begrüßt er mich. Seine braunen Augen gleiten über mein Gesicht, und ich fühle mich augenblicklich schlecht, weil ich ihm gestern nicht mehr geantwortet habe.

»Hey.« Ich beiße mir auf die Unterlippe und will nichts anderes, als seinem Blick ausweichen. »Ich bringe eben meine Sachen rein. Wir sehen uns zur Wachübernahme.«

»Okay«, murmelt er.

Also gehe ich rein, schließe die Tür hinter mir und seufze laut auf. Ich verbocke es. Ich verbocke meine Beziehung mit Micah, und ich verbocke mein Leben auf dieser Wache.

Als ich meine Sachen in den Spind einschließe, bin ich den Tränen nahe.

»Hey, morgen, Quinn!« Reed klopft mir auf die Schulter. »Du siehst ja richtig ausgeschlafen aus«, meint er ironisch.

»Du wirkst auch nicht viel fitter«, erwidere ich und verdrehe die Augen.

»Ich wette, du hattest die besseren Gründe«, meint er. »Meine Tochter hat sich unsere Kreditkarte ausgeborgt, um online zu shoppen.«

»Autsch.«

»Ja, Pam und ich waren den ganzen Abend damit beschäftigt, Retourenscheine auszudrucken und alles wieder zu verpacken. Dieses Mädchen treibt mich in den Wahnsinn.«

»Das glaube ich dir gerne«, antworte ich mitfühlend. »Irgendwann wird das wieder besser.«

»Ich wünschte es. Ihr Sechzehnter steht auch vor der Tür.« Er seufzt und öffnet die Tür zu seinem Spind. »Da steht uns wahrscheinlich die nächste böse Überraschung bevor.«

Eine Antwort bleibt mir erspart, weil in diesem Augenblick Aspen in die Umkleide kommt. Ich begrüße ihn, bevor ich meinen Spind schließe und den Raum verlasse.

Draußen auf dem Innenhof versammeln sich die Mitglieder des anderen Teams, die froh sind, gleich endlich nach Hause zu dürfen. Sie sehen müde aus, abgeschlagen, als hätten sie eine Horrorschicht hinter sich. Das bedeutet zwar nicht, dass wir einen entspannten Dienst haben werden, aber irgendwie habe ich immer das Gefühl, dass unsere Schicht besser wird, wenn die vorherige anstrengend war.

Captain del Valle begrüßt die beiden Teams und erzählt uns, was in den nächsten vierundzwanzig Stunden auf uns zukommen wird. Es stehen keine außergewöhnlichen Punkte auf der Liste, sodass wir einigermaßen viel Zeit für uns und längst überfällige Aufgaben haben werden.

»Ich würde mir wünschen, dass Sie die Wache mal wieder auf Vordermann bringen«, sagt sie. »Es ist zwar noch ein bisschen hin bis zum Jahresende, aber ich würde trotzdem schon mal gerne einen Überblick darüber haben, wofür wir den Rest unseres Budgets ausgeben können. Das heißt, prüfen Sie die Ausrüstungen, die Gerätschaften und Maschinen, schreiben Sie alles auf, was Ihnen für die Wache in den Sinn kommt. Lieutenant Beckett wird gleich Aufgaben verteilen. Noch Fragen?«

Da kein Mensch etwas sagt, fährt Captain del Valle mit den nächsten Punkten auf ihrer Liste fort. Ich höre ihr nur mit halbem Ohr zu, Micah in meiner Nähe macht mich nervös.

Scheiße. Ich bezweifle, dass ich unseren Kuss vergessen kann. Er wird mir immer in den Sinn kommen, sobald ich Micah sehe.

Aber eigentlich will ich das auch gar nicht. Eigentlich will ich ihn gar nicht vergessen.

Eigentlich möchte ich mehr davon.

Mehr Berührungen, mehr Küsse, mehr Micah.

Aber dazu müsste ich mich darauf einlassen.

Ich weiß nicht, ob ich das kann.

Ich weiß nicht, ob ich das will.

Ich will es mehr als alles andere.

Als del Valle in die Wache zurückkehrt, nimmt Aspen ihren Platz ein und wartet darauf, dass die Teammitglieder der anderen Schicht sich verkrümeln. Dann verteilt er die Aufgaben, und ich wundere mich nicht darüber, dass ich ausgerechnet mit Micah in einem Team lande. Es wäre auch zu einfach gewesen, wenn Aspen mir die Möglichkeit gegeben hätte, ihm die ganze Schicht über aus dem Weg zu gehen.

Drinnen ziehe ich Sportzeug an, weil das bequemer zum Putzen ist. Danach treffe ich mich mit Micah am Geräteraum, damit wir uns Eimer, Putzlappen und Putzmittel holen können.

»Wo wollen wir anfangen?«, fragt Micah. »Waschküche?«

»Ja.« Ich seufze. »Wieso nicht?«

Ich folge ihm also durch die Wache, bis wir in der Waschküche ankommen. Die Waschmaschine rumpelt leise vor sich hin. Kurz denke ich darüber nach, die Tür zum Raum aufzulassen, dann aber ist mir meine Privatsphäre mit Micah wichtiger – denn ich bin mir sicher, dass es nicht mehr lange dauert, bis das Unausweichliche passiert und wir reden.

Er stellt den Eimer unter das Waschbecken in der Ecke und dreht den Wasserhahn auf. Wir sind still, während wir darauf warten, dass der Eimer vollläuft.

Als Micah das Wasser wieder abdreht, platze ich beinahe, weil sich die Situation zwischen uns so unangenehm anfühlt.

Er hebt den Eimer hoch, dreht sich um und stellt ihn mit einem lauten Rums auf den Trockner. »Wie war das noch mit deinen Regeln? Wir gehen nicht auseinander, ohne uns ausgesprochen zu haben?«

Oh, er ist angepisst.

»Ich …« Ich verstumme, unsicher, wie ich darauf reagieren soll.

»Was willst du mir sagen, Quinn? Dass es ein Fehler war? Dass du es bereust, mich geküsst zu haben? Oder hattest du vor, einfach so zu tun, als wäre nie etwas zwischen uns passiert?«

Ich blicke zu Boden, schäme mich dafür, dass genau das mein Plan war. So tun, als hätte sich die Welt zwischen uns nicht verändert. Aber das hat sie – und nun müssen wir uns damit auseinandersetzen.

»Es tut mir leid, dass ich mich nicht gemeldet habe. Ich brauchte ein paar Tage, um darüber nachzudenken«, erwidere ich leise.

»Und jetzt? Wie geht es jetzt weiter?«

»Ich weiß es doch auch nicht.« Verzweifelt hebe ich die Schultern, nur um sie wieder fallen zu lassen. »Wir sind ein gutes Team. Wir sollten das nicht aufs Spiel setzen für …«

»Für was?« Er verschränkt die Arme vor der Brust. An seinem Hals pulsiert eine Ader.

»Für …« Alle Begriffe, die mir einfallen, klingen falsch. Sie beschreiben nicht das, was ich für ihn fühle.

»Für eine Affäre? Für eine heiße Nummer? Na los, spuck's aus. Sag mir, woran ich bei dir bin – ich habe die Schnauze voll, jedes Mal raten zu müssen.«

Ich öffne den Mund, um etwas zu erwidern, doch der Kloß in meinem Hals hindert mich am Sprechen.

Micah schnaubt verächtlich auf. Er betrachtet mich noch einen Moment abwartend, nahezu enttäuscht, bevor er sich schließlich abwendet. Seine Schultern sind angespannt, so wie sie es immer sind, wenn er wütend ist.

Eine Träne rollte mir über die Wange. Mein Herzschlag donnert so laut in meinen Ohren, dass ich keine anderen Geräusche mehr wahrnehme. »Micah …«

Er dreht sich zu mir um, dann hebt er den Blick.

»Ich habe Angst«, flüstere ich so leise, dass ich mir nicht sicher bin, ob er es überhaupt gehört hat. Ich habe keine Ahnung, was in mich gefahren ist, wieso ich das sage, aber es fühlt sich verdammt gut an, die Wahrheit auszusprechen.

In seinen Augen kann ich lesen, wann die Worte zu ihm durchdringen.

Ich sehe die Erkenntnis darin.

Es vergehen ein, zwei Herzschläge, da kommt er entschlossen auf mich zu. Seine eine Hand gleitet an meine Wange, fasst in mein Haar, die andere berührt meine Hüfte. Ehe ich michs versehe, treffen seine Lippen auf meine. Mir bleibt für einen Moment die Luft weg, dann atme ich Micah ein und vergesse, worüber ich mir in den letzten zwei Tagen den Kopf zerbrochen habe.

All die Zweifel sind wie weggefegt. Als wären sie nie da gewesen, denn dieser Kuss ist ein Resultat all der aufgestauten Momente zwischen uns, in denen wir uns nah waren, ein beinahe logisches Ergebnis, das wir hätten sehen können, wenn wir ein kleines bisschen weniger blind und ängstlich durch die Welt gegangen wären.

Mir war schon immer klar, dass Micah ein leidenschaftlicher Mann ist, doch das hier, dieser Kuss, ist etwas, was ich noch nie erlebt habe. Ein Kuss wie im Märchen. Etwas, von dem ich immer dachte, Frauen würden es sich ausdenken, um sich darüber hinwegzutrösten, dass es keine perfekten Männer gibt.

Aber das hier fühlt sich verdammt perfekt an.

Würde er mich nicht an Ort und Stelle halten, würden meine weichen Knie vermutlich nachgeben. Ich hebe die Arme, um mich an seinen starken Schultern festzuklammern, und öffne den Mund, um unseren Kuss zu vertiefen. Micah schmeckt nach Minze und Sehnsucht, einer Mischung, an die ich mich für immer erinnern werde, wenn ich an ihn denke.

Als uns beiden die Luft wegbleibt, löst er sich von mir. Ein kleines Stück nur, gerade so weit, dass sich unsere Nasenspitzen berühren können. Langsam öffne ich die Augen, sehe ihn an, sehe seine dichten Wimpern, die tiefbraunen Augen, die im Licht beinahe schwarz wirken. Sein Atem streicht mir über das Gesicht.

»Quinn«, flüstert er, und in meinem Namen schwingt so viel Verlangen mit, dass ich es nicht länger aushalte und meine Lippen auf seine drücke, um ihn erneut zu küssen.

Micah

46

Als ich heute Morgen zur Wache gekommen bin, habe ich nicht damit gerechnet, dass das passieren würde. Ich habe Worte hin und her überlegt, habe mir Situationen vorgestellt, in denen ich mit Quinn reden kann. Wie ich sie frage, warum sie so widersprüchlich ist, warum ich nicht mehr aufhören kann, an sie zu denken.

Aber das hier, das war in meinen Überlegungen nie dabei. Ihr Blick, glänzend vor Tränen, ihre Stimme, die zarte Ehrlichkeit, die regelrecht aus ihr herausbricht.

Und nun stehe ich hier, mitten im Waschraum unserer Wache, und lege alles, was ich ihr bieten kann, in unsere Küsse, damit sie diesen Raum ohne Zweifel verlassen wird.

Ohne Ängste.

Ich will nicht, dass die Frau, in die ich verliebt bin, Angst vor einer Zukunft mit mir hat.

Ich will sie nicht verlieren.

Ich will nicht, dass wir zu unserem Freundschaftsstatus zurückkehren.

Nein, ich will sie mit Haut und Haar.

Aber nicht heute.

Heute will ich ihr zeigen, dass sie sich auf mich einlassen kann. Also hebe ich sie hoch, trage sie zur Waschmaschine und setze sie darauf ab, bevor ich meine Hände an ihre Wangen lege und sie erneut küsse. Ihre eigenen Hände gleiten an den Bund meiner Hose und ziehen mich dichter heran. Ich presse meine Hüften gegen ihre Mitte, um ihr zu geben, wonach sie verlangt, während ich gleichzeitig versuche, die Beherrschung zu wahren.

Aber sie macht es mir echt nicht leicht mit ihren süßen Küssen und den Fingern, die sich unter den Stoff meines T-Shirts schieben, um die erhitzte Haut darunter zu erkunden.

Ein Schaudern geht durch meinen Körper, ihre Fingerspitzen hinterlassen eine heiße Spur auf meiner Haut.

Ich reiße mich von ihrem Mund los, auch wenn ich nichts lieber täte, als das hier fortzuführen. »Quinn«, bringe ich krächzend über die Lippen und presse meine Stirn schweratmend gegen ihre. »Wenn du so weitermachst …«

»Dann?« Sie lächelt neckend und umkreist meine Brustwarze, bevor sie leicht hineinzwickt.

Lust schießt durch meine Adern, ich keuche auf, presse mich gegen sie. Das Rumpeln der Waschmaschine trägt nicht gerade dazu bei, dass sich mein Körper wieder beruhigt.

»Wenn du so weitermachst«, wiederhole ich dunkel, »wird dieses Schiff mit uns beiden untergehen.«

Ich küsse sie noch einmal, löse mich von ihren Lippen, berühre ihre Wangen, den Kiefer, die weiche Haut unter ihrem Ohr. »Aber ich glaube, das ist weder der richtige Zeitpunkt noch der richtige Ort dafür.«

Bevor sie etwas erwidern kann, dringt das Alarmsignal unserer Wache zu uns durch.

»Da hast du wohl recht«, seufzt sie leise. Ich sacke mit

der Stirn gegen ihr Schlüsselbein. Das hat mir gerade noch gefehlt.

Sie lacht leise auf und drückt mir einen Kuss auf den Haaransatz, bevor sie sich von mir wegschiebt, um von der Waschmaschine zu gleiten.

Ich stöhne auf und schiebe eine Hand in meine Hosentasche, um meinen Schwanz zu richten. Es fällt mir schwer, einen klaren Gedanken zu fassen, aber das muss ich, denn so kann ich unmöglich da raus.

»Ich sag den anderen, du sitzt noch auf dem Klo.« Quinn grinst mich breit an, während sie ihre Haare glatt streicht.

Sie öffnet die Tür. Schnell zupfe ich mein T-Shirt zurück. »Leck mich, Quinn.«

»Beim nächsten Mal vielleicht«, erwidert sie im Laufschritt.

»Oh, wow, ich wusste nicht, dass du solche Sprüche auch draufhast«, brummle ich amüsiert, aber dann erreichen wir die Rutschstangen, und mir wird klar, dass das mit dem Ständer in meiner Hose eine verdammt schmerzhafte Nummer wird.

★

Auch heute taucht die Sonne die Wohnung wieder in ein goldenes Licht, als ich mit Quinn zu mir nach Hause zurückkehre. Dieses Mal haben wir deutlich mehr Schlaf auf der Wache bekommen, sodass wir nicht fix und fertig auf der Couch zusammenbrechen.

Es ist, als hätte die Schicht all ihre Zweifel beseitigt. Seit dem Moment in der Waschküche wirkt sie wie ausgewechselt, es ist fast schon wieder normal zwischen uns. Normal, aber besser, denn in den letzten vierundzwanzig Stunden haben wir uns immer wieder heimlich geküsst. Ich fühle mich wie einer der Helden in ihrer Lieblingsserie, die sich zum Knutschen in den Geräteraum verziehen – aber es kümmert mich nicht. Hauptsache, Quinn und ich sind endlich auf der gleichen Wellenlänge, was unsere Beziehung angeht.

Ich serviere die Bagels, die wir auf dem Heimweg mitgenommen haben, und stelle eine Flasche Wasser dazu. Kaffee wollen wir beide nicht mehr, davon hatten wir auf der Arbeit mehr als genug.

»Das war eine gute Schicht«, seufzt sie. »Davon hätte ich gerne mehr.«

»Ach, ich weiß nicht, war fast ein bisschen langweilig, nicht?«

»Du fandest es langweilig, heimlich mit mir rumzumachen?«

Lachend verdrehe ich die Augen. »Nein, natürlich nicht!« Ich werfe eine Serviette nach ihr, was sie zum Lachen bringt. »Das war großartig. Aber die Einsätze waren ein bisschen langweilig – zumindest für mich. Ich kann's echt kaum erwarten, endlich wieder in der Rüstgruppe mitzuarbeiten.«

»Glaub ich gern. Weißt du denn schon, wann das sein wird?«

»Keinen blassen Schimmer.« Ich setze mich auf den anderen Hocker. »Ich hoffe bald, eigentlich geht es mir viel besser. Ich war gestern mit meinen Geschwistern am Venice Beach surfen. Das war Allegras Idee. Wir haben uns echt gut unterhalten.«

»O wow, cool. Das ist toll. Es freut mich, wenn ihr wieder zusammenfindet.« Sie lächelt mich ehrlich an, weil sie genau weiß, wie sehr mir die Situation mit meiner Schwester zu schaffen gemacht hat.

»Ich habe ihr endlich von meinem Versprechen gegenüber Mom erzählt«, berichte ich. Quinn weiß längst davon – mich ihr zu öffnen, fällt mir deutlich leichter, als Allegra mein Innerstes zu offenbaren.

Quinn legt ihre Hand auf meine, ihr Daumen streichelt über meinen Handrücken. Ich drehe meine Hand um und verschränke meine Finger mit ihren. »Was hat sie dazu gesagt?«

»Ich glaube, sie kann mich nun besser verstehen. Sie hat mich gefragt, wie ich es geschafft habe, Moms Tod zu verarbeiten.« Ich lache leise auf. »Dass sie mich – ausgerechnet mich – jemals in einer solchen Sache um Rat fragt, hat mich echt gewundert. Normalerweise bin ich derjenige in unserer Familie, der nicht mit Gefühlen umgehen kann.«

»Das lernst du ja gerade«, erwidert sie. »Du wirkst auf jeden Fall deutlich ausgeglichener.«

»Na ja, gerade beschäftigen mich auch keine familiären Katastrophen.« Ich lächle sie an, als hätte ich einen Witz gemacht, doch eigentlich entspricht das der Wahrheit. Im Moment ist mein Leben einfach, mit Ausnahme meiner Gefühle für Quinn vielleicht, aber selbst diese Schwere hat sich in den letzten vierundzwanzig Stunden in Luft aufgelöst. Selbst die letzte Horrorschicht ist schon eine ganze Weile her. Hoffentlich ist das nicht die Ruhe vor dem Sturm, denke ich ironisch.

»Ich schreibe jetzt Tagebuch«, erzähle ich weiter. »Dr. Saltzman hat mir dazu geraten. Es läuft jedoch nicht ganz so gut, ehrlich gesagt. Was ich da schreibe … Schätze, ich muss das noch ein bisschen üben.«

»Schreiben kann helfen.« Sie drückt meine Hand, bevor sie sich von mir löst, um ihren Kaffee zu trinken. Ihre Worte jagen mir einen Schauder über den Rücken, denn sie erinnern mich daran, was ich im Verdacht habe. Ist das jetzt der richtige Zeitpunkt, um sie darauf anzusprechen?

Nein, denke ich. Noch nicht.

»Du hast mir mal gesagt, dass du auch Erfahrung mit Therapie hast«, sage ich stattdessen. »Würdest du mir davon erzählen?«

»Ich habe nach dem Tod meiner Mom damit angefangen. Zwar bin ich nicht diejenige, die sie damals gefunden hat, aber das Ganze hat mich doch ordentlich durchgerüttelt. Und es war gut, dass ich mit jemandem sprechen konnte, sonst hätte ich womöglich die Ausbildung zur Feuerwehrfrau nicht beendet. Eine Zeit lang hatte ich echt große Angst davor, mich könnte das gleiche Schicksal ereilen. Das wollte ich auf jeden Fall vermeiden.«

Für einen Augenblick ist es, als würde ich vor mir die alte Quinn sehen. Die, die wütend und verletzt ist, die nicht weiß, wohin sie ihr Leben führen wird. Dass aus ihr eine so starke Frau geworden ist, liegt mit Sicherheit nicht nur an der Therapie.

»Ich liebe dich«, will ich sagen,
weil es das Einzige ist,
was den Gefühlen in mir
annähernd gerecht
wird.
Aber ich schweige.
Dafür ist es viel zu früh.

Stattdessen rutsche ich vom Hocker, umfasse sie an den Hüften und drehe sie zu mir.

»Danke, Sparkles«, sage ich ernst und ziehe sie dann an mich, um sie innig zu küssen.

Quinn legt ihre Arme um meinen Nacken, fährt mit den Fingern durch mein Haar und öffnet den Mund, um den Kuss zu erwidern. Die Fragen zwischen uns sind wie fortgewischt, die Zweifel beseitigt.

Sie hat Angst, ja, aber damit können wir arbeiten.

Angst kann man überwinden.

Und genau das habe ich vor, als ich sie auf meine Hüften hebe und mit ihr in mein Schlafzimmer gehe. Vorsichtig bette ich sie auf den Laken und ziehe mir das T-Shirt über den Kopf. Sie lächelt, zieht mich am Bund meiner Hose näher zu sich heran, bis ich mit beiden Armen aufgestützt über ihr liege. Ich umfasse ihr Gesicht mit den Händen, sehe ihr lange in die blauen Augen und frage mich, was am Grund ihrer Seele ihr solche Angst macht.

»Vor mir musst du dich nicht fürchten«, sage ich und streiche ihr eine Strähne aus dem Gesicht. »Wir sind Partner. Ich werde immer auf dich aufpassen.«

Um ihre Augen bilden sich kleine Lachfältchen, die Lippen verziehen sich zu einem breiten Lächeln. »Wenn, dann passen *wir* aufeinander auf.« Sie streicht mir liebevoll über das Gesicht. »Oder hast du etwa schon vergessen, dass ich eine sehr selbstständige Frau bin?«

Ich lache leise, verlegen, weil ich schon wieder ins Fettnäpfchen getappt bin. »Nein, keine Sorge. Ich gebe mein Bestes, nicht mehr den Macker raushängen zu lassen.«

»Hm«, macht sie lang gezogen und beißt sich kurz auf die Unterlippe. »Manchmal mag ich den Macker. Jetzt gerade zum Beispiel dürftest du gerne die Führung übernehmen …«

Das lasse ich mir nicht zweimal sagen und senke meine Lippen auf ihre, um sie zu küssen. Es dauert nicht lange, da gehen unsere Hände auf Wanderschaft. Es gibt noch so viel zu erkunden, so viele Stellen ihres Körpers, die ich nicht nur fühlen, sondern auch schmecken möchte – und offensichtlich geht es ihr genauso.

Entgegen ihren Worten setzt sie sich allerdings bald auf meinen Schoß und gibt den Ton an – nicht, dass ich etwas dagegen hätte. Sie bahnt sich mit heißen Küssen den Weg hinab. Ihre Hände gleiten zum Reißverschluss meiner Jeans, öffnen ihn etwas ungeschickt, bevor sie mir die Hose auszieht. Raschelnd landet sie auf dem Boden, genau wie ihr T-Shirt und kurz darauf ihr BH. Sie klettert zurück auf meinen Schoß, ich betrachte sie, präge mir jeden Flecken ihrer Haut ein, auf dass er sich in mein Gedächtnis brenne. Die rosige Haut, ihre weichen Brüste, die dunklen Brustwarzen. Sie hat ein Muttermal knapp über dem Bauchnabel, und eine kleine Narbe zeugt davon, dass sie früher einmal ein Bauchnabelpiercing getragen hat.

»Du bist wunderschön«, sage ich ihr, weil ich es ihr noch nie gesagt habe, aber ständig denke – und sie wird noch schöner, weil sie lächeln muss.

»Du bist auch nicht übel«, murmelt sie und lässt einen Finger entlang meiner Brust bis zum Bund meiner Boxershorts gleiten. »Sexy Feuerwehrmann.«

»Hast du das gerade wirklich gesagt?«, frage ich sie ungläubig und muss lachen.

Sie kichert. »Nur weil ich Feministin bin, heißt das nicht, dass ich keine schmutzigen Fantasien habe.«

Ihre Worte sorgen dafür, dass ich noch dringender in ihr sein möchte. Ich fasse sie an den Schultern, rolle uns herum, sodass sie unten liegt, und küsse mir meinen Weg hinunter zu ihrer Hose, um sie endlich auszuziehen. Als sie ganz nackt vor mir liegt, hauche ich federleichte Küsse auf die Innenseite ihrer Oberschenkel. Stück für Stück für Stück komme ich ihrer Mitte näher, angefeuert durch die Geräusche aus ihrem Mund.

Als ich meine Zunge über ihre Klit streichen lasse, stöhnt sie laut auf und zuckt unwillkürlich zusammen. Ich umfasse ihr Becken, halte sie fest, während ich sie verwöhne. Ihre Hände gleiten in mein Haar, unsicher, ob sie mich an Ort und Stelle halten oder doch lieber fortziehen wollen.

»Micah«, keucht sie irgendwann. »Bitte ...«

Sie zerrt an meinen Haaren, also erhebe ich mich, streife meine Boxershorts ab und greife nach einem Kondom aus meinem Nachttisch. Ich rolle es mir über, bevor ich mich zwischen Quinns Beinen platziere und meine Arme neben ihrem Kopf abstütze. Sie legt eine Hand an meine Wange, streichelt mich zärtlich, bevor sie mich küsst – und es ist gut, dass sie es tut, denn ansonsten hätte ich ihr womöglich doch gesagt, wie viel ich für sie empfinde.

Quinn

47

Wir verbringen den Vormittag im Bett, schlafen immer mal wieder ein, küssen uns, erkunden unsere Körper. Es ist wie einer dieser magischen Träume, von denen ich weiß, dass sie enden werden, ich aber am liebsten für immer in ihnen verweilen würde. Micah ist … er ist perfekt. Sein Lächeln lässt mein Herz schneller schlagen, seine Berührungen bringen mich zum Taumeln. Noch nie habe ich etwas so Vollkommenes erlebt, und ich schiebe die Angst davor, dass es eines Tages vorbei sein könnte, in eine Ecke ganz weit hinten in meinem Kopf.

Doch irgendwann ist auch der schönste Traum ausgeträumt, und so stehen wir gegen Mittag mit grummelnden Mägen auf, um uns Sandwiches zum Frühstück zu bestellen und uns danach endlich dem Modell für die Arbeit zu widmen. Ich habe die Teile in der Zwischenzeit im Garten meiner Tante zurechtgeschnitten, sodass wir sie bloß noch aus dem Kofferraum ausladen und zusammenfügen müssen. Als uns am späten Abend erneut der Hunger aus dem Zimmer lockt, sind wir schon ein gutes Stück weiter.

»Euer Kühlschrank ist gähnend leer«, beschwere ich mich. »Ich verstehe wirklich nicht, wie du so fit sein kannst, wenn du den ganzen Tag nur Fast Food isst.«

»Ich esse doch nicht nur Fast Food«, widerspricht Micah entrüstet und verengt die Augen zu Schlitzen. »Okay, was hältst du davon? Wir gehen zusammen einkaufen, und dann zeige ich dir ein gesundes Essen à la Micah Moretti.«

»Was? Dann muss ich mich ja richtig anziehen.« Gerade trage ich mein T-Shirt zu einer seiner Jogginghosen, weil ich den Tag nicht in Jeans verbringen wollte. Es ist urgemütlich, und das Verlangen danach, mich umzuziehen und das Haus zu verlassen, könnte niedriger nicht sein.

»Wenn du heute noch etwas Vernünftiges essen möchtest, musst du das wohl – auch wenn du mir in meiner Hose wirklich gut gefällst.« Er kommt zu mir, legt seine Hände an meine Hüften und zieht mich zu einem innigen Kuss heran. Ich weiß nicht, ob ich lachen oder mit ihm schimpfen soll, weil er ein so besitzergreifendes Verhalten zeigt. Ich entscheide mich fürs Lachen, denn im Grunde teile ich seine Meinung ja.

»Hm, was hat das Lachen jetzt zu bedeuten?«

»Kannst du dir das nicht denken? Du lässt schon wieder den Macker raushängen«, necke ich ihn.

Seine Augen leuchten auf, die Grübchen auf seinen Wangen vertiefen sich. »Hast du mir nicht heute Morgen noch gesagt, dass du darauf stehst?«

»Niemals«, widerspreche ich vehement, aber ich grinse breit, denn meine Worte sind mir noch zu gut in Erinnerung. Außerdem schwimmen gerade zu viele Glückshormone durch meinen Körper.

Wir ziehen uns um, bevor wir das Haus verlassen und im Supermarkt ein paar Straßen weiter einkaufen. Micah besorgt vorgewaschenen und klein geschnittenen Salat, ein paar Tomaten, Gurke, Paprika und Radieschen. Außerdem wandern ein Fläschchen Himbeeressig, eine Packung Soja-Nuggets, Käsescheiben aus gepressten Mandeln, ein Vollkornbaguette und eine große Flasche 7up in unseren Einkaufskorb.

Vor dem Regal mit den Soßen bleiben wir stehen. »Also, du kannst dich jetzt entscheiden, ob du die gesunde oder die ungesunde Variante haben möchtest.«

»Was wäre denn die ungesunde Variante?«

Er greift nach der veganen Mayonnaise und hält sie mir entgegen. »Entweder du nimmst ein bisschen Margarine oder diesen Schatz hier.«

»Du machst es mir echt nicht leicht.« Ich tippe mir gegen das Kinn und überlege. In den letzten Wochen habe ich so schlecht gegessen, dass ich irgendwann gegen Reed abstinken werde, wenn ich so weitermache, aber heute ist mir das egal. »Nehmen wir die Mayonnaise«, erkläre ich feierlich. »Und zum Nachtisch besorgen wir Eis.«

»Hört sich fair an«, meint er und legt die Mayonnaise in den Korb. Dann streckt er seine Hand aus, um nach meiner zu greifen. Hand in Hand durch den Supermarkt zu schlendern, fühlt sich im ersten Moment komisch an, aber schon bald gewöhne ich mich daran. Micah ist der Einzige von unserer Wache, der in der Nähe lebt, also mache ich mir auch keine Sorgen darüber, andere aus unserem Team zu treffen.

Heute möchte ich mir nicht den Kopf darüber zerbrechen, was das zwischen uns für unsere Arbeit bedeuten wird. Erst mal sollten wir sehen, wohin uns die Reise überhaupt führt.

Zurück in der Wohnung bittet Micah mich, auf dem Thekenhocker Platz zu nehmen, und macht sich an die Arbeit.

»Ich kann dir auch helfen«, biete ich ihm an, doch er schüttelt den Kopf.

»Das brauchst du nicht, es geht schnell«, erwidert er lächelnd.

»Okay, wie du meinst.« Ich schaue ihm einen Moment dabei zu, wie er das Gemüse klein schneidet. Er hat schöne Hände, lange Finger, ordentlich zurückgeschnittene Fingernägel und Adern auf dem Handrücken, die sich bis über seine sehnigen Unterarme ziehen. Nicht nur schön sind sie, sondern auch talentiert, denke ich mit geröteten Wangen und frage mich, mit wie vielen Frauen er schon zusammen war.

»Was ist eigentlich mit Ben?«, frage ich, um mich von meinen Gedanken abzulenken.

»Der ist arbeiten.« Micah wirft einen Blick auf die Uhr des Backofens. »Aber eigentlich sollte er gleich wiederkommen. Ich hoffe, das stört dich nicht?«

»Nein, nicht im Geringsten.«

»Es ist also okay für dich, wenn er … von uns erfährt?«

Ich muss lachen. »Er hat uns doch erwischt, also weiß er sowieso schon längst Bescheid. Was das Team angeht, bin ich mir allerdings nicht so sicher.« Ich sehe ihn zerknirscht an, verunsichert, was er darüber denkt. Doch beim Gedanken an die Sprüche auf der Wache weiß ich, dass ich mit diesem Geständnis gern noch etwas warten würde. »Ehrlich gesagt wäre es mir am liebsten, wir würden das Ganze noch ein bisschen geheim halten. Wäre das okay für dich?«

»Ja«, erwidert er sofort. »Natürlich ist das okay. Wir müssen doch erst mal sehen, wie es für uns überhaupt weitergeht. Ich meine, ich weiß, was ich will – aber ich möchte dich zu nichts drängen.«

Ich frage mich, was er meint. Redet er von einer Beziehung? Vermutlich. Offenbar kam diese ganze Gefühlsgeschichte für Micah nicht so überraschend wie für mich, denn es wirkt, als hätte er sich längst seine Gedanken darüber gemacht.

»Ich denke, ich weiß auch, was ich will«, erwidere ich leise. Wir lächeln uns an, ich spüre, wie mir die Hitze in die Wangen kriecht, doch dann löst Micah seinen Blick von mir, um sich erneut dem Essen zu widmen.

»So, einmal der Salat à la Moretti.« Er stellt eine Schüssel vor mir ab. Darin befinden sich Salat, Paprika und Radieschen, beträufelt mit dem Himbeeressig. Das Baguette hat er in drei gleich große Portionen aufgeteilt, die er mit Salat, Tomaten, Gurke, den Käsescheiben und den angebratenen Nuggets belegt hat. »Und das Baguette.«

»Das sieht lecker aus«, lobe ich ihn.

Ich habe mein Baguette noch nicht ganz aufgegessen, da kehrt Ben nach Hause zurück. Er trägt einen blauen Anzug und eine schlecht gelaunte Miene, doch als er mich an der Theke sitzen sieht, leuchtet sein Gesicht auf.

»Quinn«, ruft er aus und lässt seine Tasche mit einem lauten Rums zu Boden fallen. »Das ist ja eine Überraschung.«

»Hey, Ben.« Ich grinse ihn an. »Wenn du dich beeilst, ist dein Baguette sogar noch warm.«

Er zieht sein Sakko aus, wirft es achtlos über die Sofalehne und kommt zu uns. Micah hat ihm vorsorglich eine Schüssel mit Salat und ein Baguette vorbereitet, die er sich nun heranzieht. Es gibt nur zwei Hocker, aber das stört ihn nicht, er isst einfach im Stehen.

»Du siehst aus, als hättest du einen Scheißtag gehabt«, meint Micah besorgt.

Ben seufzt. »Es ist dieser Neue. Er hat Sienna auf ein Abendessen eingeladen, angeblich, um sie zu ein paar Abläufen zu befragen – und was macht sie? Sie sagt Ja. Jetzt hat sie also auch noch ein Date mit dem Typen. Ich könnte kotzen. Ich dachte, sie hätte kein Interesse an Kollegen. Sorry, Quinn.«

»Tu dir keinen Zwang an«, nuschle ich mit vollem Mund.

»Ich kapiere es einfach nicht. Was hat der Typ, was ich nicht habe?«

Ich verziehe das Gesicht. Auch ohne zu wissen, worum es geht, tut Ben mir leid. Offensichtlich hat er Gefühle für seine Kollegin, und dass sie nun mit einem anderen Mann ausgeht, scheint ihm wirklich wehzutun.

»Komm schon, das ist es nicht wert, dass du dir darüber den Kopf zerbrichst«, sagt Micah. »Versuch, sie zu vergessen. Ich weiß, das ist leichter gesagt als getan, aber im Grunde ist es vermutlich das Einzige, was dir noch hilft.«

Ben kaut ausdruckslos auf seinem Salat herum, während er Micah mustert. Ich nutze den Moment, um ihn unverhohlen zu betrachten. Ben ist hübsch, er hat ein markantes Kinn, einen perfekt getrimmten Dreitagebart und einen dunkelblonden Side-Cut. Aber ein hübsches Äußeres ist nicht alles, was zählt. Bei ihm empfinde ich jedenfalls kein aufgeregtes Kribbeln in der Magengrube, ich frage mich nicht, wie es wäre, ihn zu küssen, und ich will schon gar nicht wissen, was ihm durch den Kopf geht.

Mit Micah ist es anders. Ich will immer wissen, was er denkt, ich möchte ihn besser kennenlernen, nein, nicht nur kennenlernen, ich will ihn in- und auswendig kennen.

Schätze, das ist es, was Liebe ausmacht.

Liebe?

Bens Reaktion lenkt mich ab. »Du hast recht. Kann ja nicht jeder so viel Glück haben wie du.« Er stellt die Schüssel ab und verzieht sich in sein Zimmer.

»Verdammt«, murmelt Micah bedrückt. »Tut mir leid, dass er heute so schlecht drauf ist.«

»Schon gut. Ich habe zwar keine Ahnung, worum es geht, aber ihn so zu sehen, tut mir in der Seele weh. Ist es wirklich so schlimm?«

»Er liebt sie schon sehr lange«, antwortet Micah und schaut an die gegenüberliegende Wand. »Und als er es ihr gesagt hat, hat sie ihn abserviert.«

»Autsch, das tut mir leid für ihn.«

Micah lässt die Schultern hängen und blickt mich niedergeschlagen an. »Mir auch.«

*

Nach dem Abendessen verabschiede ich mich, um nach Hause zu fahren. Dort angekommen schmeiße ich zuerst eine Maschine Wäsche an, dann lasse ich mir ein Bad ein, weil ich das immer mache, wenn ich gearbeitet habe. Ich streife meine Sachen ab, werfe sie in den Wäschekorb in der Ecke vom Bad und betrachte mich im Spiegel.

Sehe ich anders aus? Hat mich der Tag mit Micah verändert? Ich habe zumindest das Gefühl, dass meine Augen plötzlich glänzen, aber ansonsten erkenne ich keine großen Veränderungen. Nicht einmal die Male, die wir heute miteinander geschlafen haben, haben ihre Spuren hinterlassen. Nicht, dass ich besonders darauf stehen würde, wenn sie es tun, aber ein bisschen schade finde ich es schon, dass etwas so Bedeutsames nicht sichtbar ist.

Bloß eine schöne Erinnerung ist mir geblieben.

Ich muss lächeln, während ich daran denke, wie all das vor ein paar Stunden angefangen hat. Gleichzeitig erinnere ich mich aber auch daran, warum ich ihm eigentlich aus dem Weg gehen wollte. Eigentlich hatte ich nicht vor, etwas mit einem Kollegen anzufangen – und nun stecke ich mittendrin.

Jetzt gibt es kein Zurück mehr. Jetzt können wir nur noch aufs Gaspedal drücken und hoffen, dass vor uns kein Abgrund liegt.

Aber darüber möchte ich mir jetzt nicht mehr den Kopf zerbrechen. Ich verbiete mir genauso die Gedanken an Adam und meine Vergangenheit auf der alten Wache und klettere in die Badewanne, um in meinen Erinnerungen an Micah zu schwelgen.

Wir haben noch nicht ausgemacht, wann wir uns das nächste Mal sehen, aber es wird allmählich Zeit, dass wir das Modell für die Arbeit fertigstellen. Ich habe zwar keine Lust darauf, aber zusammen mit Micah wird das deutlich mehr Spaß machen als allein.

Als mir langweilig wird, greife ich nach meinem Handy, um zu sehen, was ich in der Zwischenzeit verpasst habe. Während ich bei Micah war, habe ich mich um gar nichts gekümmert, weder um meine Blogbeiträge noch um Kommentare oder Nachrichten. Ich habe einen verpassten Anruf von Dad, aber ihn rufe ich erst morgen zurück. Wenn es dringend wäre, hätte er mir auch eine Nachricht geschrieben.

Als ich mein E-Mail-Postfach öffne, entdecke ich einige neue Nachrichten, darunter auch eine von Maddie.

Von: maddie_lacroix@gmail.com
An: mail@thefireinyourheart.com
Betreff: mein Erfahrungsbericht

Liebe Fire,

eine gute Freundin hat mich auf deinen Blog hingewiesen, nachdem ich sie nach ihren Erfahrungen auf unserer gemeinsamen Wache gefragt habe. Mittlerweile arbeitet sie woanders, und auch ich habe vor Kurzem die Wache verlassen. Im Anhang findest du meinen Erfahrungsbericht, in dem ich erzähle, was ich erlebt habe. Es tat gut, mir die Dinge von der Seele zu schreiben, aber ich weiß nicht, ob ich damit wirklich anderen Frauen helfen kann.
Falls du möchtest, veröffentliche den Erfahrungsbericht gerne anonym auf deinem Blog.
Alles Liebe und danke für deine Aufklärungsarbeit,
Maddie

Ich muss lächeln. Irgendwie hatte ich erwartet, dass Maddie mich noch einmal anschreiben würde, aber offensichtlich hat sie es ohne meine Hilfe geschafft. Vielleicht wollte sie auch nicht, dass ich ihren Bericht lese.

Da ich noch nicht bereit bin, mich mit meinem alten Team auseinanderzusetzen, speichere ich den Anhang ab, ohne ihn mir anzusehen. Das mache ich, wenn ich mich innerlich dafür gewappnet habe. Trotzdem antworte ich kurz.

Stattdessen gehe ich auch die anderen E-Mails durch. Auch dieses Mal sind wieder einige Nachrichten dabei, die ich sofort in den Papierkorb befördere. Bei einer davon gefriert mir allerdings das Blut in den Adern.

Bitch, selbst wenn du mich auf Instagram blockst, finden werde ich dich trotzdem, und dann wirst du büßen für das, was du den Männern dieser Welt antust. Schreib schon mal dein Testament.

»Okay«, murmle ich und werfe einen Blick auf den Absender dieser E-Mail: *c_clark@hotmail.com*. Das ist nicht sein Ernst, oder? Hat er mir wirklich mit seiner privaten Adresse eine Morddrohung geschickt? Wie blöd ist dieser Mann?

Dieses Mal lösche ich die Mail nicht. Ich lege einen Ordner mit dem Titel »Drohungen« an und lege sie dort ab. Zwar weiß ich immer noch nicht, ob ich mich traue, damit zur Polizei zu gehen, aber sollte ich mich jemals dafür entscheiden, habe ich direkt Beweismaterial.

Nach dem Baden überprüfe ich alle Türen und Fenster zweimal. Ich ziehe die Vorhänge vor, um geschützter vor Blicken von außen zu sein, bevor ich mich aufs Sofa setze und eine Folge *Chicago Fire* einschalte. Ich fühle mich, als würde ich beobachtet werden, aber das passiert mir immer, wenn ich eine solche Drohung bekomme. Natürlich weiß ich, dass die meisten davon bloß dummes Gerede sind. Nicht alle diese Männer, die mich anschreiben, würden ihren Worten auch Taten folgen lassen.

Trotzdem lässt sich dieses Unwohlsein manchmal kaum abschütteln.

Ich hole mir ein Eis aus dem Gefrierfach und kuschle mich damit zurück auf die Couch, aber selbst das lenkt mich nicht wirklich ab. Als dann auch noch ein lauter Schrei durch das Treppenhaus gellt, erschrecke ich mich so arg, dass ich zu zittern beginne.

Schnell wickle ich mich in eine Decke und setze mich

auf den hintersten Flecken meiner Couch, mein Handy in der Hand. Die Serie schafft es nicht mehr, mich abzulenken, aber vielleicht schafft es Micah?

Ich: Hey, was machst du gerade?

Micah: Ich gucke Chicago Fire. Ben musste noch mal weg. Und du?

Ich: Ich mach das Gleiche.

Micah: 😁

Ich: Warum kommst du nicht vorbei und wir schauen zusammen weiter?

Was? Ich blicke auf die Worte, die einfach so aus mir herausgeflossen sind. Habe ich ihn gerade wirklich zu mir eingeladen, nachdem wir uns vorhin erst voneinander verabschiedet haben?

Mein Unterbewusstsein will wohl nicht allein sein, denke ich spöttisch und zwinge mich dazu, zumindest ruhiger zu atmen. Ich bin in Sicherheit. Kein Mensch weiß, wo ich wohne, kein Mensch weiß, wer ich bin. Es ist alles gut.

Micah: Ich bin in 20 Minuten da.

Seine Antwort lässt mich vor Erleichterung beinahe weinen.

Micah

48

Ich versuche, mich zu beeilen, gleichzeitig aber nicht so schnell zu fahren, dass ich ins Schwitzen gerate. Als ich mein Fahrrad schließlich vor Quinns Wohnung abstelle und abschließe, habe ich nicht das Gefühl, unter die Dusche springen zu müssen.

Ich umfasse den Riemen meiner Sporttasche etwas fester und drücke auf ihre Klingel. Einen Augenblick später höre ich sie über die Gegensprechanlage.

»Hallo?«

»Hey, ich bin's, Micah.«

Sie öffnet die Tür für mich. Quinns Wohnung liegt im Erdgeschoss. Sie steht bereits in der Tür, die Arme um sich geschlungen, ein vorsichtiges Lächeln auf den Lippen.

»Hey.«

»Hey.« Ich lege meine Hände an ihre Wangen, um sie zu küssen. »Schön, dich wiederzusehen.«

»Schön, *dich* zu sehen.« Sie greift nach meiner Hand und zieht mich in die Wohnung. Kaum bin ich drin, schließt sie die Tür zwei Mal ab.

»Wurde ich verfolgt?«, witzle ich.

Sie schnaubt, erwidert aber nichts. Ich ziehe meine Schuhe aus, stelle meine Sporttasche neben die Garderobe und folge ihr ins Wohnzimmer. Im Gegensatz zum letzten Mal hat sie alle Lichter eingeschaltet, dennoch ist ihre Wohnung deutlich gemütlicher als unsere spartanische WG. An den Wänden hängen Fotos, ein paar abstrakte Kunstwerke und ein langes, geflochtenes Ding, dass ich nicht identifizieren kann.

Sieht aus wie etwas, das Holly auf ihrem Youtube-Kanal vorstellen würde.

»Setz dich doch«, bietet sie mir an und deutet aufs Sofa. »Was möchtest du trinken? Ich habe Wasser, Eistee, Tee und vielleicht auch noch irgendwo ein paar Flaschen Bier, allerdings nicht kalt gestellt.«

»Eistee ist gut.« Ich setze mich auf die Couch und sehe, dass sie Chicago Fire bereits an der Stelle geöffnet hat, an der wir beim letzten Mal aufgehört haben, zu schauen. Als sie die Getränke auf den Tisch stellt, bemerke ich, dass ihre Hände zittern.

Irritiert runzle ich die Stirn und beobachte, wie sie sich neben mich setzt und nach der Decke greift. Ist ihr so kalt? Sie wird doch wohl nicht krank, oder?

»Ist alles okay?«, frage ich sie.

»Ja, alles bestens. Wieso?«

»Du zitterst.«

Sie wirft mir einen knappen Blick zu – ertappt –, dann schaut sie nach vorn, nimmt sich die Fernbedienung und studiert die Knöpfe.

»Quinn. Was ist los, verdammt?«

»Nichts«, erwidert sie vehement und schaltet die Serie ein. Dann rutscht sie zu mir und zieht ihre Beine an den Körper, um sie mit den Armen zu umschlingen.

Ich halte es keine zwei Minuten aus, da greife ich nach

der Fernbedienung und drücke auf Pause. »Sprich mit mir«, bitte ich sie. »Habe ich etwas verkehrt gemacht?«

»Nein.« Sie beißt sich auf die Unterlippe. »Es ist nur ... Ich kann nicht drüber reden, Micah, nicht heute. Ich will bloß nicht allein sein.«

»Okay«, murmle ich und frage mich, was um Himmels willen sie emotional so durchrüttelt, dass sie mich extra zu sich eingeladen hat. Denn nun wird mir klar, dass sie mich deswegen angeschrieben hat – und für einen Moment flackert ein Glücksgefühl in mir auf, weil sie mir so sehr vertraut. Doch das schlägt schnell in noch größere Sorge um. Ich dachte, ich kenne Quinn, ich dachte, sie hätte vor nichts so große Angst, dass sie um Unterstützung bitten würde. Aber heute belehrt sie mich eines Besseren. Irgendwas muss es in ihrem Leben geben, über das ich noch nichts weiß.

Da kommt mir der Gedanke, dass es mit ihrem Blog zu tun haben könnte.

Mit ihrem mutmaßlichen Blog.

Weil ich nichts weiter sage, stellt sie die Serie wieder an. Ich ziehe sie in meinen Arm, sie bettet ihren Kopf an meiner Schulter und legt eine Hand auf mein Bein. So bleiben wir eine Weile sitzen, sie verfolgt die Serie, ich zerbreche mir den Kopf. Was könnte passiert sein, das sie so sehr mitnimmt?

Als irgendwann im Laufe der ersten Folge laut im Treppenhaus herumgebrüllt wird, zuckt sie in meinem Arm heftig zusammen – und da reicht es mir.

Ich stoppe die Serie. »Du hast Angst«, stelle ich fest. »Warum?«

»Micah ...«

»Nein, Quinn. Partner, weißt du doch. Sag mir, wovor du

Angst hast.« Ich hole tief Luft, bevor ich meine Vermutung aussprेche. »Hat es etwas mit dem Blog zu tun?«

Sie erstarrt, schaut mich mit großen Augen an, und da weiß ich, dass ich richtiggelegen habe.

Es ist ihr Blog.

Sie ist »Fire«.

Gute Tage

Juni

Mein Geburtstag war der Tag, an dem ich mich auf der neuen Wache zum ersten Mal richtig angekommen fühlte. Die Männer hatten mir gleich morgens bei der Wachübernahme gratuliert, Reed hatte mich fest in die Arme genommen und durch die Luft gewirbelt, bis ich lachend protestiert hatte, Aspen hatte mir einen Schmatzer auf die Wange gedrückt, Micahs Umarmung war lang und innig gewesen, denn mit ihm verstand ich mich mittlerweile am besten. Wir waren Partner, seit er in die Rüstgruppe aufgestiegen war.

Partner, aber irgendwie auch gute Freunde.

Als die anderen wegsahen, überreichte er mir schelmisch grinsend eine Tafel meiner Lieblingsschokolade.

Selbst Trent nickte mir zu und brachte ein »Alles Gute« über die Lippen.

Es war nicht viel los, die Sirene blieb außergewöhnlich still, und so schaffte ich es noch vor dem Mittag, die bestellten Donuts in einer Bäckerei ein paar Häuser weiter abzuholen. Bis zum Abendessen hatte das Team das Gebäck verputzt, aber alles andere hätte mich auch gewundert.

Den Nachmittag verbrachte ich damit, meinen Blog zu pflegen. Captain del Valle hatte uns heute extra viel Freizeit verordnet, aber ich hatte keine Lust zu trainieren. Stattdessen entfernte ich kaputte Links, aktualisierte alte Artikel und bastelte an einem neuen, übersichtlicheren Menü für die Website. Später blickte ich voller Stolz auf die Seite, die in den letzten Jahren so sehr gewachsen war.

Als ich mit dem Bloggen angefangen hatte, wusste ich nicht, was HTML und CSS waren. Ich hatte keine Ahnung, wie Artikel geschrieben wurden, worauf ich achten musste. Ich wusste nicht, wie ich meine Botschaft im Internet verteilte, wie Instagram funktionierte oder dass Pinterest mir auch dabei helfen könnte, bekannter zu werden. Ich hatte so viel gelernt, und es war beinahe schade, dass ich keinem davon erzählen konnte.

Und doch konnte ich meinen Erfolg und mein angeeignetes Wissen genießen und stolz auf mich sein.

Also klappte ich den Laptop zu, als es nichts mehr zu tun gab, und brachte ihn zum Spind, wo ich mir einen Riegel der Schokolade genehmigte, die Micah mir heute Morgen geschenkt hatte.

Von den anderen war weit und breit nichts zu sehen, also steckten sie wohl entweder noch im Sportraum oder sie hatten sich schon auf dem Weg zum Essen gemacht. Ich beschloss, in der Küche nachzusehen, ob jemand Hilfe beim Kochen gebrauchen konnte.

Ich hörte die Stimmen schon von Weitem und blieb im Türrahmen stehen. Das gesamte Team hatte sich in der Küche versammelt. Reed hob zwei Blätter mit Anweisungen hoch und wedelte damit. »Wir haben ein Rezept, alle Zutaten und freiwillige Köche.«

»Ach ja?«, fragte Micah und zog eine Braue hoch. Noch hatte mich niemand entdeckt. »Wer hat sich denn freiwillig gemeldet?«

»Na, du und der Jüngling.«

Micah lachte, ich grinste. Bao war schon damit beschäftigt, die Blätter an sich zu reißen.

»Und Quinn muss nicht helfen, weil sie Geburtstag hat«, fügte Reed hinzu, und ich sah mein Stichwort gekommen.

»Das ist aber nett von euch«, flötete ich und stieß mich vom Türrahmen ab, um die Küche zu betreten. Da entdeckte ich das rosa eingeschlagene Geschenk auf dem Esstisch. »Ich wusste nicht, dass wir eine Party feiern.«

»Hättest du dich dann hübsch gemacht?«, fragte Aspen grinsend.

Ich holte mir eine 7up aus dem Kühlschrank. »Für dich? Immer!«

Wir lachten – denn jeder hier wusste, dass ich nicht die geringste Chance bei Aspen hatte. Dazu war er viel zu vernarrt in seinen Lebenspartner.

»Du verletzt unsere Gefühle«, warf Micah neckend ein.

Ich tat erstaunt. »Ach, Quatsch! So was habt ihr? Und ich dachte, ihr wärt emotionslose Muskelprotze.«

Reed schnappte empört nach Luft. »Hallo, höre ich da etwa Vorurteile raus?«

Ich grinste. »Was ihr könnt, kann ich schon lange.«

Darauf stießen wir an. Als auch Captain del Valle zum Essen kam, räusperte Aspen sich. »Alle mal herhören!« Er deutete auf mich. »Heute hat unsere zauberhafte Quinn Geburtstag, deshalb gibt es Schokopudding zum Nachtisch!«

Die Truppe johlte. Captain del Valle lächelte, wie sie über einen Haufen Kinder lächeln würde.

»Außerdem haben wir natürlich ein Geschenk für dich besorgt, Quinn.« Er überreichte mir den Karton. »Herzlichen Glückwunsch zum Geburtstag.«

»Danke.« Gerührt darüber, dass sich das Team Gedanken gemacht hatte, nahm ich den Karton entgegen und stellte ihn auf der Kücheninsel ab, um ihn zu öffnen. Kaum hatte ich das Geschenkpapier abgemacht und den Deckel angehoben, stob mir eine Wolke Glitzer entgegen. Ich hustete und wedelte mit der Hand vor meinem Gesicht.

»Na, das ist ja mal eine schöne Überraschung«, sagte ich ironisch, denn ein Blick an mir herab reichte, um zu wissen, dass ich bei der Menge an Glitzer noch tagelang funkeln würde. Dann fiel mein Blick auf den Inhalt des Paketes.

Ein pinker Feuerwehrhelm, auf dem nicht nur mein Name, sondern auch Station 12 stand.

»Oh, meine Lieblingsfarbe«, rief ich aus, um den Kloß in meinem Hals zu überspielen. Ich wusste, das Team wollte mich wegen meiner feministischen Ansichten auf den Arm nehmen, aber dass sie sich so viele Gedanken gemacht und mir sogar einen eigenen Helm hatten anfertigen lassen, rührte mich zutiefst.

Micah und Bao grinsten mich an, als ich den Helm aus dem Karton nahm und ihn aufsetzte.

»Bezaubernd«, sagte Micah, sein Grinsen wurde breiter.

Ich deutete einmal in die Runde. »Dafür werdet ihr in der Hölle schmoren. Ihr alle«, warnte ich sie, aber selbst ich konnte ein vergnügtes Lächeln nicht verhindern.

Aspen kam zu mir, legte einen Arm um meine Schultern und hob sein Handy, um ein Selfie von uns zu machen. »Wie Micah schon sagte: Du siehst bezaubernd aus, *Sparkles.*«

Nein! Ich riss mich von ihm los. »Nein. Nein, nein, nein. Das hast du jetzt nicht getan.«

»Was denn?«, fragte er unschuldig. »Dir einen Spitznamen gegeben? Ich glaube schon, Sparkles.«

Der Rest der Truppe wiederholte meinen neuen Spitznamen dreimal in grölender Lautstärke, und spätestens jetzt war ich mir sicher, dass ich diesen Namen nie wieder loswerden würde.

Micah umrundete die Kücheninsel und zupfte einen Umschlag aus dem Karton, der mir bislang noch nicht aufgefallen war.

»Hier, wir haben noch etwas für dich.«

Ich nahm ihn mit spitzen Fingern entgegen. »Ist da noch mehr Glitzer drin?«, fragte ich ihn argwöhnisch.

»Um das herauszufinden, musst du ihn schon aufmachen.« Er grinste mich an und fügte ein »Sparkles« hinzu, was in mir ein warmes Gefühl auslöste. Vielleicht war ein Spitzname genau das, was ich brauchte, um mich endlich zu Hause zu fühlen.

Und als ich dann den Gutschein für einen Tag auf der Autorennstrecke entdeckte, wusste ich, dass mein Team mich mittlerweile bestens kannte.

Quinn

49

»Du weißt es?«, frage ich erschüttert.

»Nach dem letzten Blogartikel war es mir klar«, antwortet er mit einem schiefen Lächeln – und ich bin verwirrt darüber, dass er so gelassen damit umgeht. »Dazu habe ich mich noch zu gut an unser Gespräch in der Küche erinnert. Daran, wie ich dir gesagt habe, dass der Blog den Nachwuchs abschrecken würde.«

Ich schlucke, weiß nicht, was ich sagen soll. Natürlich habe ich vermutet, dass er etwas ahnt. Doch blind, wie ich war, habe ich gedacht, ich hätte seinen Verdacht von mir abgewendet.

»Und … es stört dich nicht? Ich meine, ihr seid alle nicht immer zu hundert Prozent begeistert gewesen. Aber du sprichst, als wäre es dir schon eine Weile klar und würde dich nicht kümmern.«

»Nun, nein, ich mag dich, weil du du bist. Und wenn dieser Blog zu dir gehört, dann ist das so.«

Erstaunt hebe ich eine Braue. So was ausgerechnet aus Micahs Mund zu hören, fühlt sich schon sonderbar an. Nach allem, was ich in den letzten Monaten über ihn erfahren habe, weiß ich, dass auch er typisches Männerverhalten an den Tag legt. Weil er eben auch so aufgewachsen ist wie die meisten anderen Menschen und noch nicht weiß, wie umfangreich ein Umdenken sein muss, damit Frauen wirklich gleichberechtigt sind. Aber das jetzt – dieses Geständnis – lässt mir einen Stein vom Herzen fallen. Wenn er es weiß und es ihn nicht stört … dann steht ja wirklich nichts mehr zwischen uns. Ein warmes Gefühl durchflutet meinen Körper.

»Aber«, setzt er stirnrunzelnd an, »was macht dir solche Angst?«

Ich atme tief ein, weiß nicht so recht, ob ich ihm von den Kommentaren und Nachrichten erzählen soll, schließlich möchte ich nicht, dass er sich noch mehr Sorgen macht. Immerhin handelt es sich bei den meisten dieser Nachrichten um leere Drohungen, nichts, worüber ich mir wirklich Gedanken machen müsste. Und doch hat er recht. Sie machen mir Angst.

Ich knibble am Stoff meines Ärmels, ein Faden hat sich gelöst und bietet mir geradezu die perfekte Ablenkung, um mich nicht mit meinen verwirrenden Gefühlen auseinanderzusetzen.

»Manchmal bekomme ich unangenehme Nachrichten«, gestehe ich ihm schließlich doch. Wenn wir schon die Karten auf den Tisch legen, dann sollten es auch alle sein. »Und manchmal – ganz selten – kommt es vor, dass mich diese Nachrichten nicht schlafen lassen. Das war auch ein Grund dafür, wieso ich damals die Therapie angefangen habe. Wenn sich eine Frau so sehr für Frauenrechte – oder vielmehr Menschenrechte – einsetzt, dann kommt das nicht überall gut an. Damit habe ich mich sehr angreifbar gemacht, und deswegen erzähle ich auch eigentlich keiner Menschenseele davon, dass ich diesen Blog führe. Abgesehen von dir weiß nur eine einzige andere Person davon.«

Ich hebe den Blick und sehe Micah in die Augen. Er betrachtet mich besorgt, die Augenbrauen zusammengezogen.

»Was für Nachrichten meinst du?«, fragt er rau. Seine Schultern spannen sich merklich an.

Irgendwie fällt es mir schwer, die Wahrheit auszusprechen, also nehme ich mein Handy, um sie ihm zu zeigen. Ich öffne mein E-Mail-Postfach, gehe in den Ordner, den ich erst vor Kurzem angelegt habe, und öffne die Mail, die ich dort abgespeichert habe. Als ich sie ihm zeige, wird er ganz still. Einen Moment lang sagt er gar nichts, dann sieht er mich an.

»Das ist nicht dein Ernst«, stößt er hervor. »So was bekommst du regelmäßig? Das ist eine Morddrohung. Damit musst du zur Polizei gehen.«

»Kann ich nicht.« Ich deaktiviere den Bildschirm und lege mein Handy zur Seite. »Ich würde ja, aber ich habe Angst davor, dass bei der Polizei Männer sind, die meinen Blog genauso sehr hassen und mich verraten. Ich schreibe ja schließlich nicht nur über die Feuerwehr, sondern über alle uniformierten Berufe. Es gibt auf meinem Blog einige Erfahrungsberichte von Frauen, die bei der Polizei arbeiten, und wenn das an den falschen Mann gerät ...« Ich zucke hilflos mit den Schultern. »Solange kein Mensch weiß, wer ich bin, bleibt es bei leeren Drohungen.«

»Verstehe.« Erschüttert fährt er sich mit einer Hand durchs Gesicht. Dann atmet er laut aus. »Ich weiß gar nicht, was ich sagen soll. Das ist ... So was bekommst du echt regelmäßig?«

»Morddrohungen, Dickpics, üble Beschimpfungen ... beinahe jeden Tag.« Meine Kehle verengt sich, während ich mich gleichzeitig unendlich erleichtert fühle. Es tut so gut, darüber zu sprechen. Selbst wenn Micah nichts dagegen unternehmen kann – sich damit nicht mehr allein zu fühlen, nimmt schon einen Teil der Last von meiner Seele.

Frustriert stöhnt er auf. »Die Typen schicken dir Fotos von ihren Schwänzen? Das ist … Gott, Quinn, mir fehlen wirklich die Worte. Warum machst du noch weiter? Wieso tust du dir das an?«

»Das frage ich mich auch manchmal«, gestehe ich ihm niedergeschlagen. Ich ziehe die Beine wieder an den Körper und umschlinge sie mit den Armen. »Als ich meinen Blog damals gestartet habe, hatte ich eine große Vision. Ich wollte dafür kämpfen, dass Frauen in Uniform Gleichberechtigung erfahren, aber das …«

Er verzieht mitfühlend das Gesicht. »Vielleicht wäre es besser, den Blog zu schließen.«

»Das ist keine Option.«

»Aber …«

»Ich werde mich weder einschüchtern lassen noch werfe ich dreieinhalb Jahre Arbeit einfach in den Papierkorb«, unterbreche ich ihn vehement und löse die Umklammerung meiner Knie. »Weißt du, wie viele Stunden ich daran gesessen habe? Mit wie vielen Frauen ich E-Mails ausgetauscht habe? Wie viele verdammte Nachrichten ich gelöscht habe? Das ist nicht die erste Morddrohung, und es wird nicht die letzte sein. Ich werde jetzt nicht klein beigeben. Dann haben diese Männer erreicht, was sie wollen.«

»Aber es geht doch nicht darum, recht zu behalten oder aus Prinzip weiterzumachen«, sagt er. »Das ist viel größer, viel gefährlicher. Diese Leute schicken dir Morddrohungen, Quinn, damit ist nicht zu spaßen.«

»Glaubst du, ich weiß das nicht? Was meinst du, warum ich dich heute hergebeten habe? Das macht mir verdammt viel Angst, aber trotzdem lasse ich mich nicht aufhalten. Ich habe eine Message, und ich werde nicht aufhören, sie zu verbreiten. Es ist mir egal, wie viele von euch Männern das Gegenteil von mir verlangen.«

»Quinn …«

»Nein, Micah.« Aufgewühlt stehe ich auf und fange an, den Tisch aufzuräumen, um mich irgendwie beschäftigt zu halten. »Das ist mein Lebenswerk. Dieser Blog ist das Größte, was ich je erschaffen habe. Mittlerweile folgen mir Tausende von Menschen, weil sie wissen wollen, was ich zu diesem Thema zu sagen habe. Die lasse ich doch nicht einfach hängen, nur weil mir ein paar Typen Angst machen wollen.«

»Ich verstehe das ja«, erwidert er und verzieht schmerzerfüllt das Gesicht. »Aber wenn ich herausfinden kann, dass dieser Blog dir gehört, dann bin ich mit Sicherheit nicht der Einzige. Es ist nur eine Frage der Zeit, bis das öffentlich wird. Und dann wirst du nicht nur deinen Job verlieren, sondern diese ganzen Drohungen … Das wird alles im realen Leben über dich einbrechen. Was du da machst, ist ein Spiel mit dem Feuer. Das ist saugefährlich.«

Beinahe wäre mir das Glas auf den Boden gefallen. Wütend fahre ich herum. »Willst du mir jetzt etwa vorschreiben, wie ich mein Leben zu leben habe? Meinst du, nur weil wir was miteinander haben, kannst du plötzlich den Boss raushängen lassen?«

»Willst du mich verarschen?« Micah steht auf, sein Kiefer ist angespannt, und seine Augen blinzeln mich verletzt an. »Ich habe Angst um dich, okay? Du bekommst verfickt noch mal Morddrohungen und siehst überhaupt nicht, wie gefährlich das alles ist.«

Ich schnaube auf. »Keiner weiß, wer ich wirklich bin. Das ist nicht gefährlicher als unser Job. Im Gegenteil. Es ist lächerlich, dass ich mich davon so durch den Wind bringen lasse.«

»Ich finde es alles andere als lächerlich«, entgegnet er. »In ein Feuer gehst du schließlich auch nicht, ohne darauf vorbereitet zu sein.«

»Ach, und wie soll ich mich bitte auf Morddrohungen vorbereiten?«

»Gar nicht, verdammt!«, bellt er los. Die Adern an seinem Hals treten hervor. »Du solltest diesen Blog schließen und froh sein, dass dir bis jetzt noch nichts zugestoßen ist.«

Ich blicke ihn schwer atmend an. Das kann unmöglich sein Ernst sein. Sieht er nicht, wie viel mir diese Aufgabe bedeutet? »Micah …« Ich schüttle verständnislos den Kopf. »Ich werde diesen Blog nicht schließen.«

»Ich verstehe es nicht. Ist dir dein Leben so wenig wert? Oder ist es der Ruhm? Stehst du drauf, dass alle Welt über dich spricht?«

»Was?«, keuche ich entsetzt auf. Wie er so etwas überhaupt von mir denken kann … »Dann würde ich ja wohl nicht anonym bloggen.«

»Vielleicht solltest du das auch nicht, wenn dir diese ganze Scheiße so wichtig ist!« Seine Stimme scheppert laut durchs Wohnzimmer. Ich habe keine Zweifel daran, dass die Nachbarn uns hören können.

Mir steigen die Tränen in die Augen. Dass er das, was mir so viel bedeutet, als Scheiße betitelt, übersteigt alles – und das scheint auch ihm aufzugehen.

»Quinn …« Er schüttelt den Kopf und reibt sich mit beiden Händen übers Gesicht, bevor er mich dunkel ansieht. »Geh wenigstens zur Polizei. Erstatte Anzeige. Such dir Hilfe.«

»Hörst du mir überhaupt zu?«, frage ich ihn erstickt. »Das kann ich nicht, ich kann …«

»Dann rede mit Ben drüber. Ihm kannst du vertrauen.«

»Woher soll ich das wissen?«, frage ich ihn verzweifelt.

Meine Gedanken gleiten zu Adam, zu unserem Streitgespräch in jener Nacht, in der ich davon erfahren habe, dass er ungerechtfertigt zum Lieutenant ernannt wurde. Mittlerweile laufen heiße Tränen über meine Wangen. »Ich sag dir mal was: Der einzige andere Mensch, der von diesem Blog weiß, ist ein Mann, und er hat das gegen mich benutzt, als ich nicht mehr nach seiner Pfeife getanzt habe.Ich lasse mich nicht noch einmal so benutzen.«

»Ich vertraue ihm!« Micah macht einen Schritt auf mich zu. »Ich vertraue Ben mein Leben an, verdammt. Reicht das nicht?«

»Du bist ein Mann!«

»Na und? Hier geht's doch nicht ums Geschlecht.«

Ich stoße die Luft aus, weil er überhaupt nichts kapiert. »Es ging nie um etwas anderes«, bringe ich bitter über die Lippen. »Und wenn du das nicht verstehst, dann bist du hier fehl am Platz.«

Schwer atmend blicke ich ihn an, sofort bereue ich die Worte, die gerade meine Lippen verlassen haben. Er erwidert meinen Blick ernst, atmet tief durch, und ich weiß, dass wir gerade alles kaputt gemacht haben.

»Micah.« Ich lasse die Schultern sinken. »Es …«

»Vergiss es«, murmelt er. »Du kommst ja offensichtlich gut ohne meine Hilfe zurecht.«

Einen Augenblick lang sieht es aus, als wolle er noch etwas hinzufügen, aber dann reißt er sich von mir los, stapft an mir vorbei, schnappt sich seine Tasche und verlässt die Wohnung.

Das Knallen der Wohnungstür spüre ich bis ins Mark.

Micah

50

Ich habe ein Déjà-vu, doch als ich die Straßen beim letzten Mal in diesem Tempo entlanggefahren bin, war es bereits Morgen. Jetzt ist es mitten in der Nacht.

Scheinwerferlichter blenden mich, Ampeln leuchten mir bereits von Weitem entgegen und warnen mich, wenigstens dieses Mal die Verkehrsregeln zu befolgen. Aber mit den Gedanken bin ich nicht auf der Straße, ich stehe immer noch in Quinns Wohnzimmer, fassungslos über ihre Naivität, entsetzt darüber, womit sie Tag für Tag umgehen muss, wütend darüber, wie wenig einsichtig sie ist. Ich wusste, dass sie sich von niemandem etwas sagen lassen würde, ich meine, ich weiß doch, wie sie tickt – und trotzdem macht es mich in diesem Augenblick wahnsinnig, nichts tun zu können, um ihr zu helfen. Es macht mich irre, sie mit offenen Augen in ihr Verderben laufen zu sehen.

Sie wird fallen, da bin ich mir sicher. Es ist nur noch eine Frage der Zeit, bis jemand anders herausfindet, dass sie »Fire« ist – und wenn es erst so weit ist, wird sie nicht nur alles verlieren, sondern auch in Lebensgefahr schweben.

Als ich zu Hause ankomme, bin ich schweißgebadet. Ich stelle mein Fahrrad ab und eile nach oben.

Bitte lass Ben da sein, denke ich, als ich die Tür zu unserer Wohnung aufschließe. Ich brauche jetzt jemanden, der mir dabei hilft, einen klaren Kopf zu bekommen, der etwas gegen die Wut in mir tut, etwas Gesünderes, etwas, was nicht damit enden wird, dass ich im Krankenhaus lande.

Aber Ben ist noch nicht zurückgekehrt.

Ich bin allein.

Allein
und verletzt
und verzweifelt,
weil ich fürchte,
das verloren zu haben,
was mir in dieser Welt
so
verdammt
wichtig
geworden ist.

»Fuck«, stoße ich hervor und kann mich nur mit Mühe davon abhalten, meine Faust gegen die Wand krachen zu lassen. Keuchend stütze ich mich auf die Kücheninsel, es fühlt sich an, als würde ein unsichtbares Gewicht mich nach unten ziehen. Das darf ich nicht zulassen, denn wenn ich erst ganz unten angekommen bin, weiß ich nicht, ob ich jemals den Weg zurück ins Licht finden werde.

Mit einem wütenden Aufschrei pfeffere ich alles zu Boden, was auf der Kücheninsel stand. Zwei Bierflaschen zerbersten, Scherben regnen in alle Richtungen. Die restliche Flüssigkeit vermischt sich mit den Papieren, die danebengelegen haben. Der schale Geruch nach Bier steigt mir in die Nase und erinnert mich an das, was Captain del Valle zu mir gesagt hat. Das macht es nicht besser, denn so denke ich augenblicklich an all das, was in den letzten Wochen und Monaten passiert ist.

»So eine verfickte Scheiße«, brülle ich, bevor ich schwer atmend stehen bleibe und durch den Nebel in meinem Kopf das Chaos betrachte, das ich angerichtet habe.

Ich kann nicht mehr,
ich erkenne mich selbst nicht mehr,
das bin nicht ich,
so war ich nicht,
so wollte ich nie werden.

Ich kriege kaum Luft, als ich mich bücke, um die Scherben aufzusammeln. Meine Gedanken gleiten zu Quinn, zu ihrem enttäuschten Blick, zu den Tränen, an denen ich Schuld trage. Ich lasse mich auf den Boden fallen, schaue auf das Chaos und frage mich, was geschehen ist.

Wann bin ich zu diesem Mann geworden?

Micah

51

Ich weiß nicht, wie lange es dauert, bis ich mich aufraffen und die Scherben aufsammeln kann. Ich wische über den Boden, mache sauber, räume sogar die Spülmaschine aus und poliere das Waschbecken, weil ich nicht weiß, wohin mit mir. Meine Hände zittern, ich bin ungeschickt und voller Spannung, habe keine Bewältigungsstrategien für dieses Chaos in mir.

Keine. Einzige.

Scheiß aufs Tagebuchschreiben. Als ob es mir helfen würde, in Gedanken den ganzen Mist immer wieder hochzuholen und erneut zu durchleben.

Mein Blick gleitet zu dem Schrank, in dem wir unsere Spirituosen aufbewahren. Ich denke an del Valles Worte, ich wende mich ab und verlasse die Küche. In meinem Zimmer mache ich weiter. Ich sammle Wäsche ein, sortiere Bücher, doch als ich mein Bett neu beziehen will, fällt mir ein, dass Quinn darin gelegen hat. Dass es immer noch nach ihr riecht.

Dass sie hier war.

Dass ich sie in meinen Armen gehalten habe.

Dass wir für einen winzigen Augenblick glücklich waren.

Und ich halte es nicht länger aus. Der Kloß kehrt zurück in

meinen Hals. Hektisch schlucke ich dagegen an, doch keine Chance. Ich habe keine Kraft mehr, dagegen anzukämpfen. Meiner Kehle entkommt ein verstörendes Geräusch, halb Krächzen, halb Schluchzen.

Ich kehre in die Küche zurück und hole den Whiskey aus dem Schrank. Ein Glas brauche ich nicht.

Die Flasche genügt.

*

Der Boden schwankt unter meinen Füßen. Ich stelle die leere Flasche neben die Spüle, greife mit zittrigen Händen nach einem Glas, um es mit Wasser zu füllen. Die Hälfte landet daneben, ich blinzle, versuche es noch mal.

Kalte Flüssigkeit rinnt mir die Kehle hinab, innen wie außen. Das Glas landet mit einem Scheppern auf der Arbeitsfläche, ich wische mir mit der Hand über die Mundwinkel.

Dann stolpere ich in mein Zimmer und falle auf mein Bett. Ich greife nach meinem Handy, um zu sehen, ob Quinn mir geschrieben hat, ob sie mir vergibt, ob wir wieder in Ordnung kommen, aber das hat sie nicht.

Sie schweigt.

Alle schweigen sie.

Quinn.

Allegra.

Mom.

Ganz besonders Mom.

»Gott«, murmle ich und rolle mich auf den Rücken. Mein Herz fühlt sich an, als würde es jeden Moment stehen bleiben. Ich reibe mir über die Brust und suche in der Bildergalerie nach einem Foto von Mom.

Da ist sie.
Schöne
mutige
schlaue
Frau.

Was würde sie sagen, wenn sie mich so sähe?

Ein erneuter Schwall Tränen bahnt sich den Weg aus meinen Augen. Sie wäre so enttäuscht. In den letzten Jahren habe ich uns nichts als Ärger eingebracht. Ich habe die Familie beinahe kaputt gemacht, habe meinen Job verloren, fast zumindest … und nun auch noch Quinn.

Mom hätte Quinn geliebt.

Alle lieben Quinn.

Ich weiß nicht, wie man sie nicht lieben kann.

Plötzlich habe ich es glasklar vor Augen. Ich muss das wieder in Ordnung bringen – koste es, was es wolle.

Also öffne ich den Chat mit ihr und beginne eine Sprachnachricht:

»Hey, Quinn … ich will mich entschuldigen. Sorry, wenn ich etwas lalle. Ich habe ein bisschen zu viel getrunken.« Ich lache leise auf. »Ich liebe dich, Babe … Okay, nein, ich kann dich nicht Babe nennen, du würdest das hassen. Sparkles. Ich liebe dich, Sparkles. Und ich will dich nicht verlieren. Lass uns nicht wegen so einem blöden Blog streiten, okay? Du hast deine Meinung, ich habe meine, und zusammen … finden wir schon einen Weg. Wir können zusammen zur Polizei gehen. Ich pass auf dich auf, Babe. Ich liebe dich. Das sagte ich schon, oder?« Ich atme tief ein und aus, versuche, mich zu sammeln, aber meine Gedanken segeln dahin wie ein Blatt im Herbstwind. »Und wenn es öffentlich wird, dass du Fire bist, dann pass ich auf dich auf … ich beschütze dich,

Babe. Ich beschütze dich doch immer. Ich bin dein Partner …«, murmle ich und schaffe es gerade so, die Nachricht abzuschicken, bevor mein Kopf auf die Decke trifft und die Dunkelheit mich einholt.

Quinn

52

Kaum dass ich wach bin, erinnere ich mich an den Streit. Daran, wie ich Micah weggeschickt habe.

Ich wünschte, ich hätte es nicht getan. Ich wünschte, er wäre noch bei mir, ich wünschte, er hätte bei mir geschlafen, hätte mich im Arm gehalten, bis die Angst versiegt wäre. Doch nachdem er gegangen ist, war sie noch viel größer. Dagegen halfen auch die abgeschlossenen Fenster und Türen nichts, denn sie hatte sich bereits in meinem Herzen festgesetzt. Mit Micahs Warnung davor, was geschehen würde, sollte öffentlich werden, dass »The Fire in Your Heart« mein Blog ist, hat er die Angst im Grunde noch realer gemacht. Was vorher nur ein diffuses Gefühl war, eine Befürchtung ganz hinten in meinem Kopf, fühlt sich plötzlich ziemlich nah an.

Was, wenn nicht nur Micah eins und eins zusammengezählt hat?

Was, wenn ein anderer aus unserem Team die gleichen Rückschlüsse gemacht hat?

Seufzend reibe ich mir mit den Händen über die Augen. Ich bin zwar todmüde, aber an Schlaf ist sowieso nicht mehr zu denken. Nach einem Blick auf mein Handy stelle ich fest, dass Micah mir eine Sprachnachricht geschickt hat.

Sofort sitze ich aufrecht im Bett. Mein Herz fängt an zu rasen. Hat er mir eine Entschuldigung geschickt? Ist ihm aufgefallen, dass er im Unrecht ist?

Aber was, wenn nicht? Was, wenn er mir nur noch mehr Vorwürfe geschickt hat, denke ich entmutigt und lasse das Handy sinken. Dann aber denke ich an Wrongway.

Keine Was-wäre-wenn. Fakten schaffen.

Also atme ich einmal tief durch und drücke auf Abspielen.

Erst stockt mir der Atem, weil er mir seine Liebe gesteht, doch dann werde ich mit jedem seiner Worte wütender. Es ist, als hätte er in all den Wochen, ja, Monaten, die wir uns nun kennen, nichts begriffen. Ich dachte, er kennt mich. Ich dachte, er wüsste, was mir wichtig ist.

Aber nein, das Einzige, was für ihn zählt, ist die gleiche Scheiße wie immer.

»Fahr zur Hölle, Micah Moretti«, spucke ich unter Tränen aus, schalte mein Display aus und werfe das Handy aufs Bett. »Fahr zur Hölle.«

*

Die nächste Schicht ist der reinste Albtraum. Ich komme mit schlechter Laune an, bin nicht ausgeschlafen und starte direkt in einen Einsatz, bei dem wir einen aussichtslosen Kampf um ein Leben ausfechten.

Zurück auf der Wache ist die Stimmung gedrückt. Normalerweise versammeln wir uns nach solchen Einsätzen in der Küche, verbringen Zeit miteinander, heitern uns mit der Art von dunklem Humor auf, die nur Feuerwehrleute aufbringen können, doch heute … Heute kann ich Micah nicht ins Gesicht blicken.

»Ich muss mal telefonieren«, benutze ich meine liebste Ausrede und verdrücke mich aus der Küche. Mit Tränen in den Augen suche ich mir einen stillen Platz auf der Wache. Einen Ort, an dem ich allein sein kann, bis die Sirene das nächste Mal losgeht oder Aspen zu einer Übung aufruft.

Doch mein Plan schlägt fehl, denn bevor ich fündig werde, höre ich Schritte hinter mir.

»Quinn, warte.«

Micah.

Ich seufze und bleibe stehen, den Kopf in den Nacken gelegt, die Augen geschlossen.

Dafür habe ich jetzt wirklich keine Kraft mehr.

Er bleibt neben mir stehen. »Können wir kurz reden?«

»Worüber?«, fahre ich ihn scharf an.

»Meine Sprachnachricht.«

Ich öffne die Augen und sehe ihn abwartend an. Eigentlich will ich nicht auf eine Entschuldigung hoffen, aber ich tue es trotzdem.

»Hast du sie abgehört?«

»Habe ich.«

»Oh.« Er blickt zu Boden, sieht mich wieder an. »Du hast nicht geantwortet.«

Also keine Entschuldigung. Ich schnaube auf. »Was hätte ich denn antworten sollen? Dass ich keinen Aufpasser brauche, habe ich dir oft genug gesagt.«

Schmerzerfüllt verzieht er das Gesicht.

»Darf ich dir einen gut gemeinten Rat geben?«, frage ich ihn. »Wenn du dir das nächste Mal so viel Alkohol hinter die Binde kippst, leg dein Handy weg. Du tendierst nämlich dazu, die Dinge schlimmer zu machen, als sie es sowieso schon sind.«

Und damit lasse ich ihn stehen, nicht fähig, nur noch ein einziges Wort zu sagen, ohne in Tränen auszubrechen.

Aber das wird mir auf einer Feuerwache nie wieder passieren.

*

Ich stelle die Einkäufe auf der Arbeitstheke ab und trete mir die Schuhe von den Füßen, bevor ich die Kaffeemaschine anstelle. Da die Einkäufe sich nicht von selbst wegräumen, mache ich mich an die Arbeit, auch wenn ich viel lieber auf dem Sofa zusammenbrechen und gar nichts tun würde.

Aber das Leben muss weitergehen. Egal, was geschehen ist, egal, wie sehr mir Micah wehgetan hat.

Mit dem Gedanken an ihn kommen auch die Erinnerungen an die letzte Schicht zurück. Daran, wie nach unserem letzten Gespräch nichts als Eis zwischen uns herrschte, bis selbst das Team schon gemerkt hat, dass wir uns gestritten hatten.

Ich weiß nicht, wie das werden soll, wenn Micah sein Drama überwunden hat und wieder in der Rüstgruppe mitarbeiten darf. Werden wir dann noch als Team funktionieren?

Wahrscheinlich nicht.

Ich weiß ehrlich gesagt nicht einmal, wie es bisher klappen konnte. Wie er es geschafft hat, mich und mein Können zu respektieren, nicht vorzupreschen, bloß weil er stärker oder männlicher ist.

Er hat sich Mühe gegeben, schießt es mir durch den Kopf. In den letzten Wochen hat er so viel dafür getan, nicht mehr den Macho raushängen zu lassen. Er hat die

Dinge mit seiner Schwester in den Griff bekommen, eine Therapie angefangen, er hat mir zugehört, er liest meinen Blog, er… Er respektiert mich, denke ich ernüchtert und lasse die Flasche Wein sinken, die ich gerade in der Hand halte.

Er respektiert mich, aber er ist in alte Verhaltensweisen abgerutscht.

Weil er Angst hat.

Weil er seine Mutter verloren hat und es nicht ertragen würde, auch mich zu verlieren.

O Göttin, wie konnte ich das nicht sehen?

Mein Handy klingelt.

Mein Herz macht einen Satz, weil ich denke, dass es Micah ist.

Ist er aber nicht.

Es ist Captain del Valle.

»Hallo, Ma'am«, begrüße ich sie und unterdrücke ein weiteres Gähnen. Hoffentlich soll ich nicht einspringen.

»Miss Lovett«, erwidert sie, und allein in diesen beiden Worten höre ich, dass sie nicht besonders gut drauf ist. »Ist es wahr, was ich da höre? Sind Sie wirklich die Autorin des Blogs ›The Fire in Your Heart‹?«

Was? Für einen Augenblick bleibt mir das Herz stehen. Mir wird schlecht, und ich kann von Glück reden, dass ich noch nichts von meinem Müsli gegessen habe, denn sonst würde ich es sofort wieder ausspucken.

»Sie … Woher?«

»Also stimmt es?«

»Ich… ja«, antworte ich kleinlaut. Mein Herzschlag beschleunigt sich, meine Gedanken beginnen zu rasen. »Woher wissen Sie das?«

Captain del Valle lacht trocken auf. »Es ist in allen Medien, Miss Lovett. Ich bezweifle, dass es irgendjemanden in den Staaten gibt, der nicht Bescheid weiß.«

»Was?«, frage ich erschüttert nach. In allen Medien? Ganz Amerika? »Wovon sprechen Sie da?«

»Sie wissen es noch gar nicht«, stellt Captain del Valle überrascht fest.

»Nein, ich habe keine Ahnung, wovon Sie reden.« Hilflos lasse ich mich aufs Sofa sinken.

»Schalten Sie den Fernseher ein«, rät sie mir. »Es wird nicht lange dauern, bis Sie sehen, dass Sie mit Ihrem Blog einen Waldbrand losgetreten haben. Kommen Sie morgen auf jeden Fall in mein Büro. Wir müssen darüber reden, wie es jetzt weitergehen kann. Der Vorstand ist nicht gerade begeistert.«

»Ich … Okay.«

Bevor ich noch etwas anderes sagen kann, hat sie aufgelegt – und ich sitze da, vor den Scherben meines Lebens, und habe keinen blassen Schimmer, was geschehen ist.

Quinn

53

Oft reicht ein winziger Funke, damit etwas Feuer fängt – und auch in den sozialen Medien breitet sich eine kleine Flamme innerhalb von Sekunden zu einem mehrere Hektar großen Waldbrand aus. Ich kann meinen Augen kaum trauen, als ich die Instagram-App öffne und sehe, was passiert ist. Ich habe zig Benachrichtigungen, Hunderte Verlinkungen in anderer Leute Storys und so viele private Nachrichten, dass ich wohl niemals hinterherkommen werde, sie zu lesen – doch sie alle sagen das Gleiche: Quinn Lovett ist »Fire«, die Autorin des Blogs »The Fire in Your Heart«.

»Ach du Scheiße«, murmle ich und lasse mein Handy sinken.

Es ist raus. Mein Geheimnis wurde gelüftet, irgendwer hat mich verraten. Micah? Nein, selbst wenn er stinkwütend wäre, würde er mir nicht so in den Rücken fallen, oder? Vielleicht war es Adam? Gut möglich. Er hat mir zwar versprochen, es nicht zu tun, aber was, wenn er seine Meinung in der Zwischenzeit geändert hat? Was, wenn er sich dachte, er könnte doch noch mal hinterhertreten, vor allem, weil ich ja weiterhin Erfahrungsberichte veröffentliche, mit denen auch seine Wache gemeint sein könnte.

Im nächsten Moment klingelt mein Handy. Es ist Aspen, aber ich gehe nicht dran, weil ich ahne, dass er mir die gleichen Fragen stellen wird wie Captain del Valle. Ich warte, bis er aufgelegt hat, bevor ich eine Google-Suche nach mir starte. Als ich die Ergebnisse sehe, wird mir kotzübel.

Es ist überall.

Da sind Fotos von mir. Fotos in Uniform, Fotos von meinem privaten Instagram-Account, Fotos, von denen ich nicht einmal weiß, wer sie gemacht hat oder wann. Jede Schlagzeile fühlt sich an wie ein Tritt in die Magengrube. Nicht alle davon sind schlecht, manche davon sind sogar regelrecht lobend, allerdings ist jede davon ein Sinnbild dafür, dass ich den Kampf für Anonymität verloren habe.

Feuerwehrfrau und Männerhasserin – wird sie jetzt ihre gerechte Strafe kriegen?

Diese Feuerwehrfrau setzt sich für Feminismus ein.

Moderne Heldinnen – eine Feuerwehrfrau kämpft gegen Sexismus und Diskriminierung.

Verräterin in den eigenen Reihen – diese Frau wettert gegen Feuerwehrmänner!

Es klingelt an meiner Haustür. Vorsichtig gehe ich erst ans Fenster, um hinauszuschauen.

Zum Glück. Denn vor meinem Haus ist der Transporter eines Fernsehsenders geparkt.

»Heiliger Kuhmist«, wispere ich fassungslos.

In meiner Wohnung ist es ruhig, trotzdem habe ich das Gefühl, mitten in einem tosenden Feuer zu stehen. Ich bin so überfordert, dass ich nicht weiß, was ich als Erstes tun soll.

Zu allem Überfluss taucht da auch noch das Auge einer Kamera an meinem Küchenfenster auf.

Ich springe hoch, reiße das Fenster auf und schlage die Kamera weg. Der Kameramann verliert den Halt und landet rückwärts im Beet. »Sagt mal, geht's noch? Hört auf, mich zu belästigen!«, schreie ich ihn an.

Schnell knalle ich das Fenster zu und ziehe den Vorhang vor. Mein Herz rast, ich fühle mich gejagt, und mir wird klar, dass meine Wohnung nicht länger sicher ist.

Mir kommen die Dickpics in den Sinn, die Mails, die Bedrohungen …

Jetzt, da alle wissen, dass ich dahinterstecke, sind das keine diffusen Sorgen mehr. *Ist dir dein Leben so wenig wert?* Ich sehe Micah vor mir, Micah, der versucht, mich zu warnen. Der mir sagt, dass ich mit dem Feuer spiele, dass ich damit aufhören muss. Hätte ich auf ihn hören sollen? Hätte das überhaupt noch etwas gebracht?

Irgendwas knallt gegen das Fenster.

Ich keuche auf, nicht fähig, einen Ton von mir zu geben. Mein gesamter Körper ist in eine Panikstarre verfallen, und es fällt mir schwer, mich in Bewegung zu setzen. Jeder Schritt fühlt sich an, als würde ich durch Wasser laufen. Doch die Stimmen vor dem Haus werden lauter, und mir wird klar: Ich muss verschwinden, bevor noch mehr Presse oder die Männer von den Nachrichten auftauchen.

Nur wohin?

Micah

54

Laut dröhnt die Musik in meinen Ohren, während ich mich an die Arbeit mache. Das Modell für die Arbeit braucht nicht mehr viele Handgriffe, bis es fertig ist – und weil ich immer noch so wütend auf Quinn bin, suche ich nach Ablenkung. Das Handwerken ist die perfekte Beschäftigung, es fordert die zerstörerische Wut in meinem Inneren heraus, während es gleichzeitig meinen Kopf beruhigt.

Ich kann einfach nicht verstehen, wie sie so reagieren konnte. Ja, vielleicht habe ich in meiner Sprachnachricht ein paar blöde Worte gewählt, aber ich habe ihr sogar meine Liebe gestanden. Zählt das denn gar nichts?

Wie kann sie nur so verbohrt in ihren verdammten Feminismus sein?

Und wie kann sie verdammt noch mal nicht einsehen, dass sie in großer Gefahr schwebt, wenn sie nicht augenblicklich mit dem Bloggen aufhört?

Mein Herz schmerzt, weil mir klar wird, dass es für uns kaum ein Zurück geben kann.

Wir sind
gesprungen,
ohne

zu wissen,
wohin
der freie Fall
uns
führt.
Der Aufprall presst mir die Luft aus der Lunge.
Ich vermisse sie.
Ich vermisse ihr Lächeln.
Ihren wissenden Blick.
Die neckischen Worte.
Die Art, wie sie mich Stitches nennt, wie sie mutig und voller Begeisterung durch jedes Feuer schreitet.
Ich will nicht verlieren, was wir hatten, aber gleichzeitig ahne ich, dass es für diesen Wunsch längst zu spät ist.
Ich habe verloren.
Wieder einmal.

Und allmählich habe ich das Gefühl, dass das mein Leben ist. Meine Vorbestimmung. Das, was das Schicksal sich für mich ausgedacht hat.

»Fuck«, stoße ich hervor und wische mir wütend eine Träne von der Wange. Konzentrier dich, Micah.

Ich zwinge mich dazu, nicht mehr an Quinn zu denken, sondern meinen Fokus voll und ganz auf das Modell vor mir zu lenken.

Mehr kann ich nicht tun.

Es stellt sich heraus, dass es gar nicht so einfach ist, allein daran zu arbeiten. Ich habe niemanden, der mir dabei hilft, die Teile an Ort und Stelle festzuhalten, während ich sie aneinanderschraube. Also hole ich mir kurzerhand ein paar Bücher aus meinem Zimmer und benutze diese als Stütze. Es ist nicht perfekt, aber irgendwie wird es schon funktionieren.

Die Musik sorgt dafür, dass ich in einen Flow gerate – so bemerke ich erst spät, dass Ben plötzlich im Zimmer steht. Ich zucke erschrocken zusammen und schiebe die Kopfhörer von meinen Ohren.

»Alter, musst du dich so anschleichen?«

Er lacht trocken auf, aber sein Lachen hält nicht lange an. Stattdessen wirft er mir einen ernsten Blick zu.

»Was ist los? Du siehst aus, als wäre jemand gestorben«, frage ich ihn.

Er schüttelt den Kopf und hält mir sein Handy hin. Irritiert nehme ich es entgegen und schaue auf den Artikel, den er geöffnet hat.

Moderne Heldinnen – diese Feuerwehrfrau setzt sich gegen Sexismus und Diskriminierung ein, lese ich, und mein Magen fühlt sich plötzlich an wie ein nasser Sack Wäsche. Mein Blick gleitet weiter über die Headline und dann auch über ein Foto von Quinn in ihrer Uniform. Breit lächelt sie in die Kamera, beinahe unwissend darüber, wie hart der Job bei der Feuerwehr tatsächlich ist. Das muss eines der ersten Fotos von der Fire Academy sein.

»Es ist überall«, sagt Ben leise. Ich sehe ihn an. Seine Brauen haben sich zusammengezogen, sein Kiefer ist aufeinandergepresst. »Micah, ich frag dich das jetzt nur ein einziges Mal, aber: Hast du mit irgendjemandem außer mir darüber gesprochen?«

»Was? Nein!«, stoße ich empört hervor. »Wie kannst du so was überhaupt von mir denken?«

Ben hebt abwehrend die Hände. »Schon gut, schon gut. Nicht sauer sein, ich musste das fragen, immerhin warst du einer der wenigen – wenn nicht sogar der Einzige –, der darüber Bescheid wusste.«

Ich reiche ihm sein Handy und fahre mir mit einer Hand durchs Haar. »Überall, sagst du?«

Er nickt ernst. »Das Internet ist voll davon. Keine Chance, das noch irgendwie geheim zu halten.«

»Fuck«, stöhne ich auf und dränge mich an ihm vorbei, um mein eigenes Handy zu holen. Als ich den Messenger öffne, weiß ich sofort, dass Ben die Wahrheit gesagt hat. Alle wissen es. Im Station-12-Chat geht die Post ab, Pascal hat mir geschrieben, Allegra – sie wollen alle wissen, ob es stimmt.

Ob Quinn wirklich die Autorin von »The Fire in Your Heart« ist.

Nur von Quinn keine Spur, dabei ist sie diejenige, mit der ich nun unbedingt reden möchte. Ich dränge den Gedanken zur Seite, dass genau das eingetroffen ist, was ich befürchtet habe, wovor ich sie gewarnt habe. Das ist jetzt unwichtig. Ich muss wissen, wie es ihr geht und ob ich ihr irgendwie helfen kann.

Schnell streife ich meine Jogginghose ab und suche mir eine neue Jeans aus dem Schrank.

Ben taucht in der geöffneten Zimmertür auf. »Was hast du vor?«

»Ich fahre zu ihr, was denn sonst?«

Er verzieht das Gesicht. »Denkst du, das ist wirklich eine gute Idee?«

Verständnislos sehe ich ihn an. »Selbst wenn ich keine Gefühle für sie hätte und sie bloß meine beste Freundin wäre, würde ich mich sofort auf den Weg machen.«

»Ja«, meint er lang gezogen. »Das verstehe ich, aber … Du hast sie damit konfrontiert, dass sie die Autorin ist. Und nun ist es überall. Glaubst du nicht, sie könnte denken, dass das auf deinem Mist gewachsen ist?«

Wie bitte? Als hätte er mir den Wind aus den Segeln genommen, sinke ich auf dem Bett zusammen. »Ich würde sie niemals verraten.«

»Ja, aber … weiß sie das auch? Ich sag's dir echt nur ungern, doch gerade sieht es verdammt noch mal danach aus, als hättest du ihr Geheimnis ausgeplaudert, weil du sauer darüber bist, dass sie nicht auf dich hört.«

Meine Gedanken rasen, ich reibe mir über den Nacken, unsicher, was ich jetzt tun soll. Ich möchte sie sehen, möchte mich mit eigenen Augen davon überzeugen, dass es ihr gut geht, dass sie irgendwie damit zurechtkommen wird, aber ich fürchte, Ben hat recht.

Wahrscheinlich wird sie mich nicht sehen wollen.

Meine Worte fallen mir ein, meine Sprachnachricht. *Und wenn es öffentlich wird, dass du Fire bist, dann pass ich auf dich auf.* Ich schließe die Augen.

Fuck.

Das klingt, als hätte ich schon fest damit gerechnet, dass ihr Blog auffliegen wird.

»Egal«, entscheide ich Millisekunden später und stehe auf, um mir ein frisches T-Shirt anzuziehen. »Dann muss ich sie eben davon überzeugen, dass ich es nicht war. Aber ich kann sie jetzt nicht hängen lassen. Ich muss zu ihr.«

»Okay, dann fahre ich dich.«

Während Ben uns durch den dichten Verkehr steuert, öffne ich Instagram und muss nicht lange suchen, bis ich die ersten Beiträge und Storys finde, in denen Quinn und ihr Blog verlinkt sind. Manche davon sind von Kollegen. Leute, die ihre Solidarität aussprechen, ein paar andere erklären sich wütend, betrogen von einer Frau aus den eigenen Reihen.

Ich öffne ihren Account und gehe in die Verlinkungen. Dort finde ich zahlreiche weitere Artikel von Online-Magazinen, Feuerwehrzeitschriften und privaten Accounts … So lange kann es noch gar nicht her sein, dass ihr Geheimnis gelüftet wurde, aber Instagram spielt bereits verrückt.

»Das ist irre«, stoße ich entsetzt hervor, während mein Blick über Schlagzeilen und aggressive Postings gleitet. Nichts davon lese ich im Detail, aber das, was ich sehe, reicht, damit mir schlecht wird vor Wut. Wie kann man so sehr auf einem anderen Menschen rumhacken?

»Das wird jetzt ein paar Tage so weitergehen«, prophezeit Ben. »Das schlägt gerade richtige Wellen.«

»Das ist der Horror«, murmle ich und schalte mein Display aus, weil ich es nicht länger ertrage.

Ein paar Minuten später biegen wir in die Straße, in der Quinn wohnt. Als wir vor ihrem Haus angelangt sind, kann ich nicht glauben, was ich da sehe.

»Was zur Hölle …« Vor dem Haus sind ein paar Transporter geparkt, die meisten von ihnen tragen die Aufschrift irgendeines Fernsehsenders.

»Ach du Scheiße«, flüstert Ben. »Ich rufe auf der Arbeit an und lasse eine Streife herschicken.«

»Danke«, entgegne ich langsam und öffne die Tür, um auszusteigen.

»Ich warte hier auf euch. Wenn du es schaffst, überzeug sie mitzukommen. Sie kann eine Weile bei uns unterkommen.«

Ich nicke ihm zu, schließe die Tür und bahne mir meinen Weg durch das Chaos vor dem Haus. Ein paar Leute mit Kameras und Mikrofonen stehen bereit, behalten die Haustür im Auge und warten darauf, dass sich irgendetwas tut.

Als sie feststellen, dass ich auf das Haus zusteuere, richten sich ihre Kameras auf mich.

»Kennen Sie Quinn Lovett?«

»Sind Sie mit Quinn Lovett befreundet, Sir?«

Ich drücke die Kameras weg, quetsche mich durch die Menge, die von mir angezogen wird wie Motten vom Licht, und drücke auf Quinns Klingel. Sie öffnet nicht. Vielleicht hat sie die Klingel ausgestellt? Ich zücke mein Handy, um sie anzurufen.

Doch sie geht auch nicht ans Telefon.

Und nun weiß ich nicht einmal, ob sie *mich* ignoriert oder ob sie ihr Handy insgesamt ignoriert, weil die Benachrichtigungen sie in den Wahnsinn treiben.

Ich blicke zurück auf die Pressemenschen. Alle scheinen mit angehaltenem Atem darauf zu warten, dass sich die Tür öffnet. Sie lauern auf ihre Chance, ein Foto oder einen Mitschnitt des beschissensten Moments in Quinns Leben zu bekommen.

Ich reiße mich los, stapfe durch das Beet, um an Quinns Fensterscheibe zu klopfen. »Quinn?«, rufe ich laut. »Ich bin's, Micah!«

Doch auch jetzt tut sich nichts.

Entweder ist sie nicht mehr hier oder sie will mich nicht sehen.

Als ich mir sicher bin, dass sie mir nicht aufmachen wird, eile ich zurück zum Auto, dicht gefolgt von einigen Kameras.

Ich öffne die Tür und steige ein, atme tief durch und sehe zu Ben, der besorgt zurückblickt. »Sie ist bestimmt längst weg«, sagt er. »Vielleicht ist sie gegangen, als die Presse aufgetaucht ist.«

»Ja, vielleicht«, entgegne ich seufzend. »Hoffentlich.«

Quinn

55

Ich parke den Wagen direkt vor dem Haus, in das ich vor ein paar Jahren beinahe eingezogen wäre, und frage mich, ob er überhaupt noch hier wohnt. Seit ich die Wache verlassen habe, habe ich keinen Blick mehr zurückgeworfen. Zu groß war die Wut über all das, was sie getan haben.

Aber jetzt führt kein Weg mehr dran vorbei.

Um sicher zu sein, dass er es war – dass Micah es *nicht* war –, muss ich ihm in die Augen sehen und ihn fragen.

Das herauszufinden ist das Einzige, was ich gerade tun kann – und untätig rumsitzen möchte ich nicht, während mein Leben in rasanter Geschwindigkeit den Bach runtergeht.

Mir ist schlecht, als ich das Gartentor aufdrücke und dem schmalen Weg zur Haustür folge. Dort angekommen stelle ich mit einer Mischung aus Erleichterung und Angst fest, dass sein Nachname immer noch auf dem Klingelschild steht.

Anderson.

Lieutenant Adam Anderson.

Arsch von Welt.

Ich drücke auf die Klingel und warte mit angehaltenem Atem ab. Vielleicht ist er gar nicht hi …

Er öffnet die Tür, und es verschlägt mir für einen Augenblick die Sprache, weil die Erinnerungen mit einem Mal über mich hereinbrechen.

»Was willst du denn hier?«, brummt er missmutig.

»Können wir reden?«, frage ich und räuspere mich, um meine Stimme wiederzufinden.

»Ich glaube, wir haben uns alles gesagt, was es zu sagen gibt.« Er macht Anstalten, die Tür zu schließen, doch ich stelle meinen Fuß dazwischen – und japse schmerzerfüllt auf, weil ich nicht damit gerechnet habe, dass es so wehtun würde. Adam stöhnt genervt und öffnet die Tür wieder, jedoch nicht weit genug, damit ich hindurchschlüpfen könnte. »Du kannst es echt nicht lassen.«

»Es wird schnell gehen«, verspreche ich ihm.

»Das will ich hoffen.«

»Gut, dann komme ich gleich zur Sache«, erwidere ich und betrachte ihn aufmerksam. Er hat sich kaum verändert. Sein aschblondes Haar fällt ihm immer noch zerzaust auf die Stirn, er trägt Chinos und ein hellblaues Hemd. Heute frage ich mich, wieso ich überhaupt scharf auf ihn gewesen bin. Er ist viel zu blond, viel zu adrett, viel zu wenig Micah.

»Die Leute wissen, dass es mein Blog ist. In den sozialen Medien und vor meiner Haustür ist die Hölle losgebrochen, und ich bin hier …«

Die Erkenntnis steht ihm ins Gesicht geschrieben. Er lacht trocken auf und unterbricht mich damit. »Du denkst, ich hätte dein kleines Geheimnis ausgeplaudert?«

»Du bist der Einzige, der davon wusste.« Mit Ausnahme des Mannes, in den ich verliebt bin, füge ich in Gedanken hinzu, aber das muss Adam nicht wissen.

»Und welchen Grund sollte ich haben, es ausgerechnet

jetzt zu verraten? Und nein, mir hat auch niemand Geld dafür geboten. So wichtig bist du nicht.« Er schiebt die Hände in die Hosentaschen. »War's das jetzt? Dann verpiss dich, Lovett. Wir sind fertig.«

Ich lasse die Schultern sinken. Es wäre so einfach gewesen, ihm die Schuld zuzuschieben und meine Wut an ihm auszulassen. Doch bevor ich antworten kann, knallt er mir die Tür vor der Nase zu.

Zurück im Auto, atme ich tief durch.

Das war hart.

Ihn zu sehen, mich zu erinnern. Doch ich weiß eines mit Gewissheit: Er hat die Wahrheit gesagt.

Aber wenn Adam mich nicht verraten hat, bleibt nur eine Schlussfolgerung.

Und die tut so weh, dass ich kaum atmen kann.

Regeln

Juli

In den letzten Wochen war es mit Micah stetig bergab gegangen, doch er weigerte sich beharrlich, über seine Gefühle zu sprechen. Als wir nach einem Autounfall mit hängenden Schultern in die Wache zurückkehrten, war die Dunkelheit in ihm so präsent, dass ich ihn kaum ansehen konnte, ohne mir Sorgen zu machen.

»Lovett, Moretti, ihr sorgt dafür, dass die Fahrzeuge wieder startklar sind«, gab Aspen den ersten Befehl weiter, dann wies er auch meine Kollegen an. So lief das immer nach einem Einsatz. Erst mussten wir dafür sorgen, dass alles wieder bereit war, danach ging jeder seinen anderen Aufgaben nach. Zu dieser Uhrzeit würden wir nach dem Fahrzeug-Check direkt in die Küche gehen, wo Wrongway und Bao in der Zwischenzeit das Abendessen vorbereiteten.

Ich holte die Checkliste aus dem Schrank, anhand derer wir die Fahrzeuge überprüften. Während Micah und ich um die Light Force herumschlichen, beschloss ich, dass ein Lob ihm guttun würde.

»Habe ich dir schon mal gesagt, dass ich finde, dass du gut für dieses Team geeignet bist?«, begann ich das Gespräch.

»Nein.« Er lachte leise auf. »Hast du nicht, aber danke. Freut mich sehr, dass du das so siehst.«

Ich lächelte ihn an. »Du hast heute echt gute Arbeit geleistet.«

Er erwiderte mein Lächeln, doch es erreichte seine Augen nicht. Ich blieb stehen, öffnete ein Abteil der Light Force und überprüfte die Ausrüstungsgegenstände darin. Wir hatten zwar nichts aus diesem Bereich genutzt, doch in diesen Abläufen gab es keine Lücken. Wir verließen uns nicht auf das Erinnerungsvermögen Einzelner, sondern auf die Prozedere, die schon Tausenden vor uns die Arbeit erleichtert hatten.

Während ich die Ausrüstungsgegenstände durchging, spürte ich Micahs Blick auf mir ruhen. Als ich den Blick hob, blinzelte er mich ertappt an.

»Was siehst du mich so an?«, fragte ich ihn schließlich amüsiert. »Habe ich noch Metallspäne im Haar?«

Das entlockte ihm tatsächlich ein Lachen. Ein richtiges, echtes Lachen.

»Wow, dass ich das heute noch zu hören bekomme.«

»Tut mir leid, dass ich heute so mies drauf bin«, sagte er verlegen.

»Ich bin hier, wenn du darüber reden möchtest«, bot ich ihm ein weiteres Mal an. »Es ist nicht gut, alles in sich reinzufressen.«

Sein Blick wurde weich, doch gleich darauf verhärtete er sich wieder, und mir wurde klar, dass er gerne wollte, aber nicht konnte. Toxische Männlichkeit, vermutete ich. Dieser gestandene Mann vor mir wusste nicht, wie er mit seinen Gefühlen umgehen sollte, weil er dachte, er dürfe keine haben.

Er räusperte sich. »Danke«, sagte er schließlich, und ich beschloss, dass das ein Fortschritt war. Immerhin hatte er sich nicht umgedreht und war gegangen. »Privat ist es bloß gerade etwas anstrengend. Meine Schwester regt mich auf und…« Er zuckte mit den Schultern. »Aber wie gesagt: Eigentlich will ich gar nicht darüber reden. Ich bin froh, dass ich mir auf der Wache nicht den Kopf über sie zerbrechen muss. Trotzdem nett, dass du gefragt hast.«

»Okay. Solange es deine Arbeit nicht beeinflusst.«

»Was soll das denn heißen?« Er verschränkte die Arme vor der Brust. »Natürlich beeinflusst es meine Arbeit nicht. Willst du mir etwa sagen, ich könnte Privates und Arbeit nicht trennen?«

Ich seufzte, weil ich ausgerechnet heute den Mund nicht halten konnte und an seinem Ego gekratzt hatte. »Das waren nicht meine Worte.«

Er brummte etwas vor sich hin und öffnete das nächste – und letzte – Abteil der Light Force. Sein Blick glitt über die Ausrüstung.

»Komm schon, ich habe dich gerade noch gelobt«, versuchte ich die Wogen zwischen uns zu glätten. »Du musst wirklich besser hinhören. Nicht jeder will dir ans Bein pissen.«

»Weiß ich.« Seine Stimme klingt hart, er sah mir nicht noch einmal ins Gesicht, und ich hatte Angst, dass ich es schon wieder vermasselt hatte.

»Wenn du schon nicht mit mir reden willst, versuch's mal mit einem von den anderen Männern«, schlug ich vor, weil ich wirklich Angst um ihn hatte. Mom kam mir in den Sinn. Ich fragte mich, wie viele Gefühle sie mit sich herumgeschleppt hatte, bevor sie eines Tages beschloss, dass es zu viele waren. Meine Stimme klang erstickt, als ich weitersprach. »Fang nicht damit an, deine Sorgen mit dir rumzuschleppen. Damit schaufelst du dir irgendwann dein eigenes Grab.«

»Übertreib mal nicht.«

Ich zuckte zusammen, weil seine Worte schmerzten wie eine Ohrfeige. Es war, als würde er mir meine Gefühle absprechen, meine Trauer. Als würde er den Tod meiner Mom als Nichtigkeit abtun, dabei war es alles andere als das.

»Das ist nicht übertrieben, Micah«, widersprach ich eindringlich und blinzelte gegen die Tränen an. »Sieh dir die Zahlen doch mal an. Sieh dir an, wie viele Feuerwehrleute Depressionen haben. Sieh dir an, wie viele von ihnen sich das Leben nehmen. Friss das nicht in dich hinein.«

Sein Kopf ruckte hoch, seine Augen blitzten mich wütend an. »Sag mal, geht's noch?« Er schüttelte verständnislos den Kopf. »Willst du mir jetzt auch noch Suizidgedanken andichten, nur weil ich mal einen schlechten Tag habe?«

»Auch das habe ich nicht gesagt.« Ich steckte das Klemmbrett zurück in den Schrank und gab ihm damit zu verstehen, dass wir fertig waren. Wir blickten uns noch kurz an, viel-, aber gleichzeitig auch nichtssagend, bevor wir schließlich in unterschiedliche Richtungen davonstampften.

*

Ich wartete vor der Tür zu den Schlafräumen auf Micah. Der letzte Einsatz war eine Katastrophe gewesen, emotional gesehen, weil Micah und ich uns aus dem Weg gegangen waren.

So hielt ich es keine Sekunde länger aus.

Als er kam, hielt er vor mir an.

»Können wir kurz reden?«, fragte ich ihn, bevor er überhaupt den Mund aufmachen konnte.

Er lachte auf, dieses leise rumpelnde Geräusch, das ein warmes Gefühl in meiner Magengegend heraufbeschwor. »Das wollte ich dich auch gerade fragen.«

Erleichterung überkam mich. Offenbar ging es ihm genau wie mir. Ich führte ihn in den Raum, in dem wir sonst oft Teamsitzungen abhielten oder Stadtkarten von L.A. studierten. Dort setzte ich mich auf den Konferenztisch, schob die Hände unter die Oberschenkel und atmete tief durch.

»Mit einer alten Freundin hatte ich die Regel, nicht im Streit auseinanderzugehen«, begann ich und dachte an Stella und Haley, bei denen ich mich längst mal wieder melden sollte. »Das Leben kann so gefährlich sein und dann noch unser Job … Ich möchte nicht bis zur nächsten Schicht warten, damit wir uns aussprechen können. Ich möchte jetzt sagen, dass es mir leidtut, wie ich mich eben verhalten habe. Du hast heute gute Arbeit geleistet, und nein, auch wenn es in meinen Worten vielleicht so rüberkam, du hast dein Privatleben nicht mit in den Einsatz genommen. Ich mache mir bloß Sorgen, weil ich gesehen habe, dass es dir im Moment nicht so gut geht.«

Er schob die Hände in die Hosentaschen seiner grauen Jogginghose und betrachtete mich ausgiebig. Ich runzelte die Stirn, weil er schwieg. Da schüttete ich ihm mein Herz aus, und er hatte nichts Besseres zu tun, als seinen Blick an mir herabgleiten zu lassen?

»Okay«, sagte er schließlich. »Mir tut es auch leid, dass ich dich so angefahren habe. Ich wollte meine schlechte Laune nicht an dir auslassen.«

Ein Lächeln schlich sich auf meine Lippen, und wie von unsichtbaren Fäden gezogen, hopste ich vom Tisch und ging auf ihn zu, um ihn in den Arm zu nehmen. Er verharrte überrascht, einen Augenblick später aber schlossen sich seine Arme um meine Taille.

»Lass uns bitte niemals im Streit auseinandergehen«, bat ich ihn und atmete erleichtert ein. »Das ertrage ich nur schwer.«

»Ich denke, das kriegen wir hin«, erwiderte er und schloss mich für ein paar Sekunden fester in den Arm.

Er hatte mir zwar immer noch nicht sein Herz ausgeschüttet, aber dieses Gespräch war ein Fortschritt. Vielleicht würde er eines Tages genug Mut finden, um mit mir über seine Probleme zu reden. Vielleicht konnte ich ihm helfen, auch diesen Teil an sich zu akzeptieren.

Vielleicht konnte ich das auch für andere Männer tun, kam es mir plötzlich in den Sinn. Ich löste mich abrupt von Micah. »Ich muss noch mal kurz zum Spind«, erklärte ich und schob mich an ihm vorbei, um den Raum zu verlassen.

»O-okay«, meinte er überrumpelt, aber da war ich schon über alle Berge. In der Umkleide holte ich meinen Laptop aus der Tasche und setzte mich auf die Bank. Ich klappte ihn auf, öffnete ein neues Dokument und begann meine spontane Idee auszuarbeiten.

Coaching für Männer.

Raus aus der toxischen Männlichkeit.

Auch Männer dürfen Gefühle zeigen.

Die Aufregung über meine neue Idee hatte die Müdigkeit vertrieben, und so saß ich die ganze Nacht in der Umkleide, in der es nach altem Schweiß und Reinigungsmitteln roch, und verfasste einen ausgereiften Aktionsplan, mit dem ich eines Tages ein Coachingprogramm anbieten könnte.

Erst als die Sonne über den Horizont kroch und das Ende unserer Schicht ankündigte, wurde mir klar, dass ich dazu meine Anonymität aufgeben müsste.

Micah

56

Ich komme nicht zur Ruhe. Meine Gedanken kreisen unaufhörlich um Quinn, und dass sie auf meine Nachrichten und Anrufe nicht reagiert, treibt mich schier in den Wahnsinn. Ich will doch nur wissen, ob es ihr gut geht, verdammt.

Das sind Morddrohungen.

Damit ist nicht zu spaßen.

Fetzen unseres Gespräches geistern mir durch den Kopf. Immer wieder flackert die E-Mail vor meinem inneren Auge auf, die sie mir gezeigt hat.

Wenn die Presse schon weiß, wo sie wohnt – wie lange wird es da dauern, bis die ersten Verrückten vor ihrer Tür stehen und ihren Drohungen Taten folgen lassen?

»Mach dich nicht verrückt«, hat Ben gesagt und einen weiteren Streifenwagen schicken lassen.

Aber er hat gut reden – ginge es um Sienna, würde er nicht auf der Couch sitzen und Däumchen drehen.

»Ich muss noch mal los«, sage ich und schwinge mich vom Thekenhocker, um meine Schuhe anzuziehen.

»Wie? Was?«, fragt er und blickt überrascht von dem Topf auf, in dem er gerade die Soße für unsere Nudeln anrührt. »Hat sie sich gemeldet?«

»Nein, ich habe was vergessen«, nuschle ich und eile davon, bevor er noch etwas sagen kann. Im Flur nehme ich nicht meinen Schlüssel aus der Schale, sondern seinen – und unten angelangt schwinge ich mich auch nicht auf mein Rad, sondern steige in Bens Auto.

Ob er mir das jemals verzeihen wird, weiß ich nicht – aber darüber kann ich mir später Gedanken machen.

Mittlerweile ist auf den Straßen weniger los. Die Dämmerung taucht die Stadt in ihr rosafarbenes Licht. Es wäre der perfekte Abend für ein Date, denke ich bitter, und dann frage ich mich, ob es an den fehlenden Dates liegt, dass wir uns gestritten haben. Vielleicht haben wir ein paar Schritte zu viel übersprungen und kennen uns doch noch nicht so gut, wie wir dachten.

Ich parke den Wagen so, dass ich einen guten Blick auf das Haus habe, in dem sie wohnt. Hinter ihren Fenstern brennt kein Licht, aber das heißt ja nichts. Mir fällt ein weißer Transporter auf – vielleicht noch ein übrig gebliebener Pressemensch? –, ansonsten höre ich bloß das Wummern meines eifrigen Herzens.

Um mich davon abzulenken, hole ich mein Handy raus und wähle Quinns Nummer. Aber auch dieses Mal hebt sie nicht ab.

»Verdammt«, stoße ich hervor und öffne den Messenger, um ihr zu schreiben.

Ich: Quinn, wo steckst du? Bitte ruf mich an, wenn du das liest.

Ich: Ich mache mir Sorgen um dich.

Direkt danach versuche ich noch mal, sie anzurufen. Ich will doch bloß ihre Stimme hören. Mehr verlange ich doch gar nicht.

Schreib schon mal dein Testament.

Ich werfe mein Handy auf den Beifahrersitz und raufe mir die Haare. Wieso kriege ich diese Worte nicht mehr aus dem Kopf? Und wieso, verdammt, gesellen sich nun auch noch Bilder dazu? Grässliche Bilder.

Quinn gefesselt.

Geschlagen.

Verletzt.

Tot.

Ich ringe nach Luft und reiße die Augen auf, aber mein Verstand spielt trotzdem verrückt. Meine Hände gleiten ans Lenkrad, umklammern es fester, als könne ich mich so an der Realität festhalten.

Als plötzlich ein schwarzes Auto an mir vorbeifährt und vor dem Haus hält, sind meine Nerven zum Zerreißen gespannt. Sofort öffne ich die Tür und steige aus, um hinüberzujoggen. Ich packe den Kerl am Kragen, kaum dass er ausgestiegen ist, und drücke ihn gegen sein Auto.

»Ah«, macht er überrascht und sieht mich mit weit aufgerissenen Augen an. »W-was …« mein Handy liegt im Auto.«

Seine Stimme dringt kaum durch den Nebel in meinem Kopf.

»Ich habe Bargeld. Nicht viel, weil ich gerade erst mit der Schicht angefangen habe. Aber du kannst alles haben.« Er spricht so schnell, dass sich die Worte überschlagen.

Wie … Die Erkenntnis sickert langsam zu mir durch.

»Du bist …«

»Ein Pizzabote.« Er hebt abwehrend die Arme und zuckt zusammen, als ich ihn abrupt loslasse. »Bitte. Ich gebe dir alles, was du willst.«

Entsetzt blicke ich auf meine Hände, dann auf ihn. Er sieht aus, als wäre er noch nicht mal achtzehn.

»Tut … Tut mir leid«, stoße ich hervor, dann wende ich mich ab und mache, dass ich zum Auto zurückkomme.

Mit zitternden Händen öffne ich die Tür und steige ein. Mir ist kalt und gleichzeitig heiß, das Herz pocht mir bis in den Hals und hindert mich am Schlucken.

Was
ist
verdammt
noch mal
los
mit mir?

Ich greife nach meinem Handy und rufe Ben zurück, der in der Zwischenzeit mehrfach versucht hat, mich zu erreichen.

»Wo bist du?«, fährt er mich an. »Wo zur Hölle sind meine Schlüssel?«

»Ben, ich …« Meine Stimme bricht, *ich* breche und falle in tausend Teile, während sich all die angestauten Gefühle mit einem Mal entladen. Ich kann nicht reden, kann nur noch um Luft ringen, während ich weine, wie ich noch nie geweint habe.

»Micah? Fuck, du machst mir Angst. Was ist los?«

Ich versuche es noch mal, aber ich bin zu aufgelöst, zu erleichtert, seine Stimme zu hören. Zu wissen, dass er selbst in der dunkelsten Nacht dasteht und bereit ist, mich aufzufangen.

»Wo bist du?«

»B-bei … Quinn.« Ich wische mir über die feuchten Wangen und versuche, mich zu beruhigen.

»Kannst du sie mir geben?«

»Sie … ist … nicht hier.«

»Ist das dein Ernst?«, stößt er hervor. »Bist du bei ihr eingebrochen, oder was?«

»Nein!«, entgegne ich, während sich ein erneuter Schwall Tränen Bahn bricht.

»Okay, okay, tut mir leid«, murmelt er. »Wo ist sie dann? Was ist passiert?«

»Weiß nicht. Sie ist nicht da.« Ich suche im Handschuhfach nach Taschentüchern und putze mir die Nase, bevor ich aus dem Fenster schaue. Das Licht an ihrer Haustür ist mittlerweile aus, der Pizzabote ist fort. »Ich stehe vor ihrem Haus.«

»Weiß sie das?«

»Nein.«

Ben seufzt. »Micah … Ich mag dich wirklich gerne, aber wenn du in dreißig Minuten nicht durch unsere Haustür kommst, schicke ich einen Streifenwagen los, um dich wegen Belästigung verhaften zu lassen. Beweg deinen verdammten Arsch da weg und lass Quinn in Ruhe, bis sie sich bei dir meldet.«

»Belästigung? Spinnst du jetzt total?«, brause ich auf. »Ich belästige sie …«

»Die Uhr tickt«, unterbricht Ben mich und legt auf, bevor ich ihm erklären kann, wie die Lage wirklich ist.

Ich werfe das Handy auf den Beifahrersitz und schlage aufs Lenkrad. »Verdammter Arsch!«

Doch noch während ich das Auto an Quinns Haus vorbeilenke, um nach Hause zurückzukehren, wird mir klar, dass er recht hat: Egal, welche Intentionen ich habe – ich kann nicht einfach nachts vor ihrem Haus herumlungern und Männer bedrohen, die sich ihrem Haus nähern.

Das ist nicht mehr normal.

Ich bin nicht mehr normal.

Micah

57

Vollkommen fertig schleppe ich mich die Treppe hoch. Als ich die Tür aufschließe, steht Ben schon bereit, doch statt mit einer weiteren Standpauke empfängt er mich mit einer langen Umarmung.

Meine Wut auf ihn verraucht beinahe sofort.

»Komm«, sagt er irgendwann und klopft mir auf die Schulter. »Ich habe Tee gemacht.«

Ich schlüpfe aus meinen Schuhen und folge ihm ins Wohnzimmer. Dort lasse ich mich aufs Sofa fallen, lehne mich zurück und reibe mir mit beiden Händen übers Gesicht.

Mir tut alles weh, mein Körper, mein Kopf, meine Seele. Es fühlt sich an, als hätte ich alles verloren, als würde ein weiterer Verlust mich meiner selbst berauben, doch die Wahrheit ist, ich habe mich längst selbst verloren, aber ich weiß nicht, wann das passiert ist. Ich weiß nicht, was passiert ist, warum ich mich selbst nicht mehr erkenne – und das macht mich fertig.

Es liegt nicht an Quinn, es liegt nicht an diesen Drohungen, das sind nur Auslöser, aber wofür weiß ich nicht. Ich sehe es nicht. Da ist nur Nebel.

Da ist kein Weg zurück.

»Also, wieso warst du bei ihr?«, fragt Ben und reißt mich aus meinen zerstörerischen Gedanken.

Es spielt keine Rolle mehr, dass er Polizist ist und Quinn die Polizei nicht einschalten wollte.

Jetzt ist Ben einfach nur mein bester Freund – und den brauche ich nun.

Quinn

58

Meine Beine zittern so heftig, dass ich nicht weiß, ob ich wirklich aus Aspens Wagen steigen kann.

»Wird schon gut gehen«, versucht er mich aufzumuntern.

Aber ich weiß, dass das nur dahingesagte Worte sind.

Das wird mein letzter Arbeitstag, das spüre ich. Nach allem, was in den letzten vierundzwanzig Stunden in den sozialen Medien los war, müssen sie mich einfach entlassen. Ich bezweifle, dass das LAFD sich geschlossen hinter mich stellen wird, um mich in der Öffentlichkeit zu schützen.

»O fuck, nicht auch noch hier.« Aspen lenkt den Wagen auf den Innenhof, er versucht es zumindest, aber die Strecke ist von Fahrzeugen und Menschen versperrt. Da ist nicht nur die Presse, sondern auch andere Leute, die Schilder in die Luft halten. Mir wird ganz flau im Magen, und ich traue mich nicht, den Blick zu heben, weil ich zu große Angst davor habe, zu sehen, was die Leute über mich schreiben.

Kaum hat Aspen den Parkplatz erreicht, treten die Presseleute an das Auto heran und klopfen wie verrückt gegen die Scheibe. Da sind so viele Kameraaugen, dass ich gar nicht weiß, wo ich hinschauen kann, ohne ihnen ein Bild von mir zu offenbaren.

Panik breitet sich in mir aus. Wie soll ich aus dem Auto kommen, ohne von dieser Meute erschlagen zu werden?

Sie sind so übergriffig, dass sich heiße Tränen in meinen Augen sammeln. Ich sehe fast nur Männer, ihre Gesichter sind die von Haien, die eine Beute wittern.

Mich.

Und an all dieser Scheiße ist nur Micah schuld.

»Hey, Quinn, sieh mich an.« Aspen greift nach meiner Hand. »Ich bin bei dir, okay? Wir kriegen das hin. Hier, warte, nimm meinen Hoodie.«

Er greift nach hinten, bevor er mir einen grauen Pullover reicht. Schnell ziehe ich ihn über, schiebe meine Haare unter die Kapuze und versuche, mich vor den Kameras zu schützen.

Im nächsten Moment taucht Bao an der Fahrerseite auf. Er klopft gegen die Scheibe und deutet auf meine andere Seite. Ich drehe mich um und blicke Reed entgegen. Er zeigt auf die Tür, dann auf mich. Seine Augen strahlen Sicherheit aus, obwohl sein gesamter Körper angespannt ist.

»Auf drei, okay?«, fragt Aspen.

»Okay«, murmle ich und wappne mich innerlich für das, was nun auf mich zukommt.

An einem Einsatzort kann ich damit umgehen, dann weiß ich, womit ich zu rechnen habe. Weinende Menschen, heulende Sirenen, das Knirschen von Metall auf Metall oder das Knistern eines Feuers … Das alles macht mir nichts aus.

Aber das hier? Das überfordert mich – und wenn Aspen nicht auf drei das Auto aufgesperrt hatte, wäre ich wohl einfach sitzen geblieben.

So aber lasse ich mir von Reed aus dem Auto helfen.

Er legt einen Arm um meine Schultern, um mich vor der Presse abzuschirmen, und führt mich zur Wache.

Ich versuche, die Fragen auszublenden, die Rufe, all das, was auf mich einprasselt, aber das ist gar nicht so leicht.

Es erschreckt mich, dass diese Menschen wegen mir hier sind, dass sie auf mich warten, dass plötzlich alle wissen, wer ich bin. Ich versuche sie auszublenden, doch dann höre ich überrascht, dass da nicht nur negative Rufe sind. Im Gegenteil – da sind sogar einige Jubelrufe.

»Quinn for the win«, brüllt mir einer ins Ohr, bevor die Tür zur Wache aufgeht und wir ins Innere verschwinden. Reed fasst mich an den Schultern, ich hebe den Blick und sehe ihn an.

»Geht es? Bist du okay?«

Ich nicke. Mir bleibt ja sowieso nichts anderes übrig.

In der Wache ist es ruhig, aber nicht weil keine Menschenseele da wäre, sondern weil sie mich alle anstarren, als wäre ich der schlimmste Autounfall, den sie je gesehen haben.

Reed löst sich von mir, weicht aber keinen Schritt zur Seite. Ich würde ihm gerne sagen, wie dankbar ich dafür bin, dass er bei mir bleibt, dass er mir hilft, obwohl ich seine Hilfe bisher immer abgelehnt habe, aber ich bringe keinen Ton über die Lippen.

»Was ist denn hier los?« Aspen taucht neben mir auf. »Ich wusste nicht, dass ihr fürs Rumstehen bezahlt werdet. Also an die Arbeit, los!«

Sofort löst sich die Gruppe auf, und ich nutze den Moment, um zu verschwinden. Ich bin sowieso nur hier, weil ich einen Termin mit Captain del Valle habe, und auf dem Weg zu ihrem Büro begegne ich ihr auch direkt. Sie lächelt mich an.

»Miss Lovett, bitte warten Sie doch in meinem Büro auf mich. Ich komme nach der Wachübernahme sofort zu Ihnen.«

»Ist gut.« Also gehe ich direkt weiter und drücke mit einem schweren Seufzen ihre Tür auf, um mich in einen der quietschenden Besucherstühle zu setzen. Ich bin jetzt schon den Tränen nahe, dabei hat sie mich noch nicht mal entlassen.

Mein Blick gleitet über die Auszeichnungen an der Wand. Manche davon gelten del Valle, manche der gesamten Wache. Da ist sogar eine Urkunde, die besagt, dass del Valle vor zehn Jahren die Fire Fighter Combat Challenge in Bestzeit abgeschlossen hat. Die ist mir noch nie aufgefallen.

Ich bleibe an einem verblichenen Foto auf einem der Aktenschränke hängen und stehe auf, weil es mir irgendwie bekannt vorkommt. Bei näherer Betrachtung stelle ich fest, dass es sich um das Abschlussfoto ihres Jahrgangs handelt. Del Valle ist nicht die einzige Frau – aber sie ist mir trotzdem noch nie aufgefallen, weil ich bisher immer nur Augen für meine Mutter hatte.

Ich wusste nicht, dass die beiden zusammen in der Ausbildung waren.

Vorsichtig hebe ich den Bilderrahmen hoch und streiche mit den Fingern darüber. Captain del Valle sieht deutlich jünger aus, aber an ihrem Lächeln ist sie eindeutig zu erkennen – auch wenn sie dieses heutzutage nicht mehr allzu häufig zeigt.

Es wundert mich, dass sie meine Mom kannte, aber nie darüber gesprochen hat. Mochte sie sie nicht? Oder wollte sie nicht über sie sprechen, weil sie tot ist?

An Mom zu denken bringt unweigerlich die Erinnerung

an das Gespräch mit Dad an ihrem Todestag zurück. Ich frage mich, ob er recht hat.

Wäre Mom stolz auf mich?

Es ist komisch. Ich war schon erwachsen, als sie gestorben ist, und trotzdem erinnere ich mich nicht mehr daran, wie es auf ihrer Wache gewesen ist. Sie hat die Arbeit nur selten mit nach Hause gebracht, es war, als hätte sie ihre Stiefel vor der Tür abgestreift und wäre barfüßig ins Haus hineingetappt. Leise, unbemerkt, aber immer da, wenn ich sie brauchte. Vielleicht liegt es daran, dass ich so ein Wirbelwind war, aber rückblickend kommt es mir vor, als hätte Mom schon ganz lange nur noch als Abziehbild ihrer selbst vor sich hin gelebt.

Ich schrecke zusammen, als die Tür aufgeht. Schnell stelle ich den Bilderrahmen ab. Captain del Valle wirft mir einen überraschten Blick zu.

»Entschuldigung, ich wollte nicht rumschnüffeln. Das Bild kam mir nur bekannt vor.«

Sie winkt ab und deutet auf den Stuhl. Ich nehme Platz.

»Ich wusste nicht, dass Sie mit meiner Mom gemeinsam ausgebildet wurden«, fahre ich fort.

»Nicht? Das war einer der Gründe, wieso Sie die Stelle bekommen haben«, erklärt sie und setzt sich. »Grace und ich waren in der Akademie gut befreundet. Da war es wohl das Mindeste, dass ich ihrer Tochter eine neue Stelle beschaffe.«

»Sie waren befreundet?«, frage ich erstaunt und versuche, mich daran zu erinnern, ob ich sie auf Moms Beerdigung gesehen habe. Aber da waren so unfassbar viele Menschen, dass irgendwann jedes Gesicht gleich aussah.

»Während der Akademie, ja. Wie das eben so ist, wenn

es nur wenige Frauen gibt. Das macht uns automatisch zu Verbündeten.« Sie lächelt, und ich denke an meinen ersten Tag auf der Akademie. Als ich Stella und Haley begegnet bin, haben wir einander etwas ganz Ähnliches versprochen. »Nach der Ausbildung hatten wir eine Weile gar keinen Kontakt und später – als sie zum Batallion Chief befördert wurde – hatten wir dann ein paar Einsätze zusammen. Wir waren Bekannte, viel mehr war da nicht.« Sie lehnt sich vor. »Ich weiß gar nicht, wie ich anfangen soll, Miss Lovett. Ich glaube, ich möchte vor allem klarstellen, dass ich nur die Botin bin.«

Ich schlucke und weiß schon jetzt, was sie mir sagen wird.

»Persönlich begrüße ich die Arbeit, die Sie in bessere Arbeitsbedingungen für Frauen gesteckt haben. Ich würde Ihnen auch gerne noch einmal persönlich für das Interview danken, das Sie mit mir geführt haben. Ich hoffe, dass Sie damit nicht aufhören – aber das ist Ihre Entscheidung.«

»Danke, Ma'am«, krächze ich überrascht. Ich hätte nicht gedacht, dass sie so etwas sagen würde.

»Nichtsdestotrotz sind mir die Hände gebunden. Der Befehl kommt von ganz oben. Sie sind bis auf Weiteres suspendiert.«

Ihre Worte versetzen mir einen Stich. Natürlich habe ich damit gerechnet, aber es aus ihrem Mund zu hören, zieht mir trotzdem den Boden unter den Füßen weg. »Ich verstehe.«

»Leeren Sie Ihren Spind, und lassen Sie sich von Lieutenant Beckett nach Hause fahren«, schlägt sie vor. »Ich melde mich bei Ihnen, wenn ich weiß, wie es weitergeht. Aber vielleicht rechnen Sie mal durch, ob Sie von den Einnahmen Ihrer Online-Tätigkeit leben können. Und wenn nicht, halten Sie wohl besser die Augen und Ohren offen. Es sieht nicht gut aus.«

Mein Kinn beginnt zu zittern, während ich mit Mühe die Tränen unterdrücke.

»Es tut mir leid, dass ich keine besseren Nachrichten für Sie habe.«

»Ist schon okay«, murmle ich. »Sie können ja nichts dafür.«

Del Valle lächelt mich mitfühlend an. »Sie sind eine starke Frau, Miss Lovett. Lassen Sie sich nicht unterkriegen.«

»Danke.«

»Ach, und eins noch: Überprüfen Sie Ihren Blog und die sozialen Medien so bald wie möglich auf Aussagen, die rechtliche Konsequenzen haben könnten. Die Rechtsabteilung des LAFD wird ein Auge drauf werfen.«

Kurz fühle ich mich, als würde ich jeden Moment ohnmächtig werden.

Das ist zu viel.

Das ist alles zu viel.

Damit kann ich nicht umgehen.

»Okay«, wispere ich.

»Abtreten, Lovett.«

Eilig stehe ich auf und öffne die Tür. Die ersten Tränen finden schon ihren Weg in meine Augen, und kaum fällt die Tür hinter mir ins Schloss, kann ich ein lautes Schluchzen nicht mehr unterdrücken – doch ich erstarre, als ich den Ruf vor mir vernehme.

Vor mir steht das gesammelte Team – inklusive Trent, warum auch immer.

Nur von Micah keine Spur.

Warum ist er nicht hier?

Mein Herz zieht sich schmerzhaft zusammen, als die Erkenntnis durchsickert und meinen Verstand vergiftet.

»Hast dir dein eigenes Grab geschaufelt, was?«, meint Trent höhnisch, und ich bin verlockt, seinen Gipsarm auf links zu drehen.

Spätestens jetzt rührt sich keiner mehr. Aspen macht einen Schritt vor. »Das muss jetzt wirklich nicht sein, Trent«, ermahnt er ihn, und das reißt zumindest mich aus meiner Erstarrung.

Mit schnellen Schritten gehe ich auf Trent zu und ramme ihm meinen Zeigefinger in die Brust. »Bist du jetzt zufrieden?«, fahre ich ihn an. Meine Stimme bebt, und mein Blick verschwimmt wegen der Tränen in meinen Augen, aber das ist egal. Alles ist egal. »Jetzt bist du mich ein für alle Mal los. Kannst dir nachher also ruhig ein Bier genehmigenn und feiern.«

Trents Mundwinkel zucken, und ich stehe kurz davor, meine Faust in sein Gesicht krachen zu lassen, aber da mischt Bao sich ein.

»Bist du echt rausgeflogen?«, fragt er ungläubig.

Ich fahre zu ihm herum. »Was denkst du denn? Bist du wirklich so gutgläubig? Denkst du, die da oben lassen einer Frau so was durchgehen?« Verständnislos blinzle ich ihn an.

»Sorry.« Er hebt abwehrend die Hände. »War doch nur eine Frage.«

»Spar dir deine Scheißfragen. Die kann ich gerade echt nicht gebrauchen.« Meine Stimme bricht, erneut bahnt sich ein Schwall heißer Tränen den Weg aus meinen Augen. Ich wende mich ab und stapfe in die Umkleide. Schluchzend packe ich meine Sachen in meine Tasche und ignoriere die Blicke auf mir.

Als ich fertig bin, deutet Aspen mit der Hand auf meine Tasche. »Ich fahre dich nach Hause«, bietet er mir mit leiser Stimme an.

Ich nicke – zu mehr bin ich nicht imstande –, und dieses Mal lasse ich mir sogar die Tasche abnehmen.

Ich bin keine Feuerwehrfrau mehr.

Was hat es also noch für einen Sinn, stark zu sein?

Micah

59

Ich drücke das gusseiserne Tor auf und schiebe mein Fahrrad auf den kleinen Platz vor dem Gebäude. Alles an mir fühlt sich schwer an. Meine Beine, mein Kopf, mein Herz. Da ist keine Kraft mehr für Hoffnung, kein Platz mehr für Freude – wie auch, wenn ich die Verbindung zu mir selbst nicht mehr wiederfinde?

»Danke, dass Sie mich so kurzfristig dazwischenschieben konnten«, begrüße ich Dr. Saltzman, der mir persönlich die Tür öffnet.

»Natürlich. Für Notfälle nehme ich mir immer Zeit«, erklärt er und führt mich in den Raum, in dem auch sonst meine Sitzungen stattfinden. »Setzen Sie sich doch schon mal.«

Er schüttet uns etwas Wasser ein, während ich Platz nehme und mich genauso klein fühle wie an meinem ersten Tag hier. Noch kleiner, wenn ich ehrlich bin, denn ich habe das Gefühl, in den Sitzungen gar nichts gelernt zu haben. Gerade fühle ich mich meilenweit davon entfernt, in mein altes Leben zurückzukehren.

»Sie sehen aus, als hätten Sie ein paar harte Tage hinter sich«, beginnt Dr. Saltzman, nachdem er gegenüber von mir Platz genommen hat. »Wie geht's Ihnen?«

»Nicht gut«, gestehe ich und blicke auf das Wasserglas vor mir. »Ich glaube … ich habe mich selbst verloren.«

»Wie meinen Sie das?«

Es fällt mir schwer, meine Emotionen in Worte zu fassen. Von den Ängsten zu sprechen, die sich tief in meiner Seele eingenistet haben – und doch tue ich es. Weil Quinn mir dazu geraten und Ben mich dazu gedrängt hat und weil mir irgendwann in der Nacht klar geworden ist, dass kein Weg dran vorbeiführt. Ich kann Tagebuch schreiben, so viel ich will, ich kann zur Therapie gehen und über meine Familie und die Arbeit sprechen, aber wenn ich mein Herz nicht öffne, wenn ich dieser Sache nicht wirklich die Chance gebe, mich zu verändern, wird sie das auch nicht tun.

»Ich habe meine Gefühle nicht unter Kontrolle«, spreche ich zögerlich weiter. »Wenn es nicht stressig ist, geht es mir einigermaßen gut. Aber sobald etwas passiert … Dann ist es, als würde eine Sicherung in mir durchbrennen. Dann mache ich Dinge, die absolut ätzend sind.«

»Können Sie mir ein Beispiel dafür nennen?«

Ich nicke und erzähle ihm von Quinn und den letzten achtundvierzig Stunden. Ich berichte von unserem Streit über ihren Blog, davon, dass ich in der Hitze des Gefechts Dinge gesagt habe, die ich gar nicht so meinte, und davon, dass sie mich weggeschickt hat. Dass ihre Identität als »Fire« nicht länger geheim ist, hat er bereits in den Medien erfahren. Dennoch erkläre ich ihm die Zusammenhänge und erzähle ihm von meiner Angst, sie könne von irgendeinem psychopathischen Scheißkerl für ihre Worte verletzt werden.

»Das hat mich so fertiggemacht, dass ich mir gestern das Auto meines Kumpels … ausgeborgt habe, um zu ihrer Wohnung zu fahren. Ich hatte vor, die ganze Nacht dazubleiben und Wache zu halten. Ich wollte nicht in ihre Privatsphäre eindringen, ich wollte bloß auf sie achtgeben.« Ich zupfe ein Taschentuch aus der Packung vor mir und wische mir damit über die feuchten Wangen. Erst war es mir peinlich, vor Dr. Saltzman in Tränen auszubrechen, aber er hat nicht einmal die Miene verzogen, also ist er es wohl nicht anders gewohnt.

»Das ist ein sehr ehrenwerter Gedanke«, erwidert er. »Allerdings haben Sie natürlich recht. So etwas könnte Ihnen auch schnell als Belästigung ausgelegt werden. Vor allem, wenn die Dame Sie vorher wegen eines Streites weggeschickt hat.«

»Ich weiß.« Ich zerknülle das Taschentuch in meiner Faust, als ich an den armen Pizzaboten denke, den ich bedroht habe, weil ich dachte, er hätte es auf Quinn abgesehen. »Das ist mir dann mit ein bisschen Hilfe auch klar geworden. Und deswegen bin ich hier. Das kann so nicht mehr weitergehen. Es ist nicht das erste Mal, dass so was passiert ist. Bei meiner Schwester habe ich auch ein paar Grenzen überschritten.«

Dr. Saltzman verzieht erstaunt das Gesicht. »Es ist sehr stark, dass Sie das erkennen und verändern wollen. Erkenntnis ist der erste Schritt zur Besserung, wie man so schön sagt.« Er lächelt leicht. »Können Sie mir vielleicht noch ein bisschen mehr zu der Situation mit Ihrer Schwester – Allegra, richtig? – erzählen?«

»Natürlich«, entgegne ich und berichte ihm auch hier mit schonungsloser Ehrlichkeit von den letzten zweieinhalb Jahren, in denen ich immer wieder das Gefühl hatte, sie vor sich selbst retten zu müssen. »Ich hatte Angst, dass sie mir entgleitet, wissen Sie? Sie hat so viele Entscheidungen getroffen, die ich nicht nachvollziehen konnte, und je mehr wir diskutiert haben, umso mehr Abstand war da zwischen uns. Vor ein paar Monaten hat es dann richtig gekracht. Auch da habe ich in meiner Sorge um sie eine Grenze überschritten.«

»Wie ist das mit Ihrem Bruder? Überschreiten Sie da auch Grenzen?«

Ich denke an Pascal und unsere Auseinandersetzungen in den letzten Monaten. »Ich war sauer auf ihn, weil er einfach abgehauen ist. Nach Moms Tod hat er einen Van umgebaut und ist auf Reisen gegangen«, erkläre ich. »Als er zurückgekehrt ist, hatten wir ein paar Differenzen, aber wir verstehen uns mittlerweile wieder ganz gut.«

»Und Ihr bester Freund? Ben ist Polizist, sagten Sie. Das ist ja auch kein ungefährlicher Job.«

»Ja.« Aber um ihn mache ich mir komischerweise selten Sorgen, denke ich verwundert. Auch um Pascal sorge ich mich kaum – wenn wir uns gestritten haben, dann weil er mich mit dem Allegra-Drama hängen gelassen hat.

»Und Ihr Dad? Wie ist das mit ihm? Sie haben letzte Woche erfahren, dass er eine neue Beziehung angefangen hat. Macht Sie das wütend?«

»Ich …« Ich zucke mit den Schultern. »Anfangs ja. Aber mir ist klar geworden, dass auch er weitermachen muss. Wir anderen leben schließlich auch unsere Leben, und es wäre nicht fair von uns, würden wir von ihm verlangen, in der Vergangenheit stecken zu bleiben.«

Dr. Saltzman tippt sich mit dem Stift gegen sein Kinn. »Gibt es noch andere weibliche Bezugspersonen, die für Sie einen ähnlichen Stellenwert haben wie Allegra oder Quinn?«

»Bloß Mom, aber die ist ja nicht mehr da.«

»Als Ihre Schwester solche Probleme hatte, was hat Ihr Vater da gemacht?«, fragt er mich.

Wieder zucke ich mit den Schultern. »Nicht viel. Das meiste davon hat er gar nicht mitbekommen. Wir wollten ihm nicht noch mehr Sorgen bereiten, also haben wir versucht, das allein zu regeln.«

»Mit wir meinen Sie …?«

»Meinen Bruder und mich … na ja, im Grunde mich. Pascal war ja eine Zeit lang gar nicht da.«

»Sie haben also die Vater- und Mutterrolle übernommen«, schließt Dr. Saltzman daraus, »weil Sie das Gefühl hatten, Sie wären der Beste für den Job.«

»Nun …« Hitze steigt mir in die Wangen, weil seine Worte sehr wahr, aber auch irgendwie sehr unangenehm sind. »Ich schätze schon, ja. Mein Dad war mit sich selbst beschäftigt. Ihm ging es lange Zeit nicht gut …«

»Sie müssen ihn nicht in Schutz nehmen. Hier dürfen Sie ruhig rauslassen, wenn Sie wütend und enttäuscht sind.«

»Sollte ich das denn sein?«, frage ich mich laut. »Ich habe mit eigenen Augen gesehen, wie Dad in seiner Trauer verschwunden ist. Er hat seine Frau verloren, seinen Job, seinen ältesten Sohn. Ich war der Einzige, der jede Woche zu ihm gekommen ist, um ihm im Garten zu helfen oder mit ihm Zeit zu verbringen.«

»Das war sicher schmerzhaft für Sie.«

Ich schlucke und versuche, mich zurückzuerinnern. »Anfangs ja. Anfangs war ich wütend, dann gleichgültig – und irgendwann dachte ich, ich müsse etwas tun. Wissen Sie, ich bin ein lösungsorientierter Mensch. Wenn ich merke, dass jemand ein Problem hat, helfe ich ihm dabei, es zu beheben. Ich wollte, dass er das Haus verkauft. Die alten Erinnerungen hinter sich lässt.«

»Und das möchte er nicht?«

»Na ja, er schläft mit der Nachbarin. Also wird das wohl eher nicht so schnell passieren«, brumme ich.

»Hm, scheint fast, als wären Sie doch noch ein bisschen nachtragend.« Dr. Saltzman zwinkert mir zu. »So wie ich das sehe, müssen Sie vor allem zwei Dinge lernen: Erstens müssen Sie Ihre Emotionen annehmen und zulassen können, damit sie sich nicht mehr aufstauen. Das ist der härteste Part. Nicht immer sind Raum und Zeit da, wirklich alles zu verarbeiten, aber diese Fenster müssen Sie sich unbedingt schaffen. Nehmen Sie sich spätestens jeden zweiten Tag Zeit dafür. Entspannen Sie sich, und kehren Sie gedanklich in Situationen zurück, in denen Sie aufgewühlt waren. Lassen Sie zu, was hochkommt – auch Erinnerungen an Ihre Kindheit –, und nehmen Sie vor allem alles an.« Er neigt den Kopf und lächelt. »Sie haben sehr lange sehr viele Emotionen mit sich herumgetragen. Das macht Sie zu einem sehr starken Mann, aber egal, wie hart im Nehmen Sie sind, irgendwann brauchen auch Sie eine Schulter zum Anlehnen. Ihre Freunde und Familienmitglieder sind aber vielleicht nicht immer für Sie da, also müssen Sie lernen, sich selbst ein starker Halt zu sein. Schließen Sie Frieden mit Ihrer Gefühlswelt, seien Sie auch für die verletzte Version von sich selbst da, und halten Sie ihre Hand, solange es nötig ist.«

Mit jedem seiner Worte kehrt der Kloß in meinen Hals zurück. Dieses Mal aber vor Erleichterung, weil er mir eine Anleitung an die Hand gibt. Mir eine Lösung für das präsentiert, was mich so fertigmacht.

»Und zweitens?«, frage ich beinahe atemlos nach.

»Hören Sie auf, den Vater zu spielen«, schlägt er mit einem verschmitzten Lächeln vor. »Allegra möchte einen Bruder haben, Quinn einen Liebhaber und gleichberechtigten Partner. Machen Sie sich klar, was diese verschiedenen Rollen zu bedeuten haben, und versuchen Sie, innerhalb Ihrer Grenzen aktiv zu sein. Als Bruder können Sie Ratschläge geben, wenn Ihre Schwester Sie danach fragt. Als Partner genauso. Aber diese beiden Frauen sind erwachsen und sehr eigenständig. Sie brauchen keinen zweiten Vater in ihrem Leben – wenn Sie versuchen, einer zu sein, werden Sie die beiden früher oder später verlieren.«

»Aber was, wenn mir wieder die Sicherungen durchbrennen?«

»Nun, meine Ratschläge sind natürlich keine Garantie dafür, dass das nicht mehr passieren wird«, erwidert Dr Saltzman und legt sein Klemmbrett auf den Tisch zwischen uns. »Aber wenn Sie sich und Ihre Gefühlswelt besser kennen- und akzeptieren lernen, werden Sie sich in solchen Momenten vielleicht nicht mehr kopflos von Ihrer Angst beherrschen lassen. Dann schaffen Sie es sicher bald, Ihre Gefühle auf produktivere Art herauszulassen.«

»Hm«, mache ich überfordert, und er erklärt mir noch ein paar Mechanismen, die ich anwenden kann, um zu verhindern, dass ich gefühlsgeladen reagiere, bevor wir uns voneinander verabschieden. Ich danke Dr. Saltzman noch einmal für den kurzfristigen Termin und meine Krankschreibung, bevor ich mich aufs Fahrrad schwinge. Während der Rückfahrt hänge ich meinen Gedanken nach. Sie sind nicht mehr ganz so schwer wie heute früh – im Gegenteil, ich glaube, das da in meiner Magengrube nennt sich Hoffnungsschimmer.

Quinn

60

»Die sind ja immer noch da«, murmle ich, während mir das Herz in die Hose sinkt. »Scheißpresse.«

»Die warten auf eine heiße Story, die mal nichts mit Schauspielern und Sängern zu tun hat.« Aspen lächelt mir aufmunternd zu. »Soll ich dich zu deinem Dad bringen?«

»Das geht nicht.« Ich blicke aus dem Seitenfenster des Trucks, während er an meiner Wohnung vorbeifährt. Ein Mann sitzt auf dem Fahrersitz und beißt genüsslich in ein Sandwich.

»Ist doch nicht weit von hier.«

»Ich will ihm keine Sorgen bereiten«, erwidere ich düster. »Ich … lass mich einfach am *Cozy Coffee* raus, ja? Ich vertreib mir dort die Zeit und kehre später in die Wohnung zurück.«

»Bist du sicher?« Er wirft mir einen besorgten Blick zu. »Soll ich dann wenigstens deine Sachen in die Wohnung bringen? Dann musst du sie nicht mit dir rumschleppen.«

»Das wäre nett. Aber park bitte um die Ecke, sonst kapieren sie vermutlich sofort, dass ich hier bin.«

»Klar.« Er biegt ab und parkt den Truck, ich reiche ihm meinen Wohnungsschlüssel. »Bin gleich zurück.«

Einen Augenblick später sitze ich zum letzten Mal allein

im *Light Force* und kann die Tränen nicht länger zurückhalten. Vierundzwanzig Stunden, und ich habe alles verloren, was mir wichtig ist. Meinen Blog, Micah, meine Arbeit. Vor allem meine Arbeit. Dabei wollte ich nichts sehnlicher, als meine Mom mit Stolz zu erfüllen, sollte sie tatsächlich auf mich hinabschauen.

Und jetzt ist nur noch ein Scherbenhaufen übrig.

Das Schlimmste an der ganzen Sache ist, dass ich nicht mal genug Ersparnisse habe, um lange meine Wunden zu lecken. Ich werde mir bald einen neuen Job suchen müssen, aber ich habe keine Ahnung, wohin mit mir und meinem Leben. Die Feuerwehr war mein großer Traum, mein Lebensziel, der Ort, an dem ich mich zu Hause fühlte.

Wie soll ich je wieder glücklich werden, wenn ich das nicht mehr habe?

Ich trockne mir die Tränen, als ich Aspen im Seitenspiegel entdecke. Er sieht trotzdem, dass ich geweint habe, und schließt mich wortlos in eine Umarmung.

Schließlich bin ich es, die sich von ihm löst.

»Du kannst heute Nacht auch wieder bei uns schlafen«, meint er, während er den Motor startet.

»Ich will euch nicht noch länger zur Last fallen«, entgegne ich. »In eurem Apartment ist ja kaum Platz für euch beide.«

»Das spielt keine Rolle.« Er lächelt mir aufmunternd zu. »Wir haben dich gerne da.«

»Danke, Aspen. Ich überleg's mir.«

Er lenkt den Truck eine Weile schweigend weiter. Meine Gedanken gleiten zurück zu Micah. Ich frage mich, wieso er heute nicht da war. Ich hatte fest damit gerechnet, dass er gerade an einem solchen Tag Himmel und Hölle in

Bewegung setzen würde, um mir beizustehen. Dass er es nicht getan hat, tut weh und bestätigt bloß, was ich sowieso schon ahne.

»Weißt du, was mit Micah ist?«, frage ich, kurz bevor wir das *Cozy Coffee* erreichen. »Er war heute Morgen gar nicht da.«

»Krankgeschrieben.« Aspen zuckt mit den Schultern. »Ich weiß nicht, was er hat.«

»Okay«, murmle ich.

»Ruf ihn doch mal an.«

Ich antworte ihm nicht, stattdessen schnalle ich mich ab, als die Light Force vor dem Café hält. »Danke.«

»Pass auf dich auf, Quinn.« Er sieht mich mitfühlend an. »Und bitte melde dich, wenn wir etwas für dich tun können.«

»Mach ich«, entgegne ich, bevor ich die Tür öffne und aussteige. Ich blicke ihm nicht hinterher – das würde mich viel zu sehr schmerzen –, sondern gehe ins *Cozy Coffee*. Doch kaum habe ich den Laden betreten, werde ich schon skeptisch beäugt. Als mir der Barbesitzer einen finsteren Blick zuwirft, drehe ich auf dem Absatz um und verlasse auch mein Lieblingslokal zum letzten Mal.

Hierher werde ich wohl nicht mehr zurückkehren.

»Quinn?«

Erschrocken sehe ich auf.

Keine Presse.

Maddie.

Ihre blonden Haare wehen im Wind, ihre blauen Augen mustern mich besorgt. In der Hand hält sie einen Pappträger mit zwei To-go-Bechern.

»Hey«, murmle ich erleichtert, und dann fällt mir ein,

dass ich sie angelogen habe. »Tut mir leid. Das alles. Ich hätte dir sagen sollen, dass ich den Blog führe.«

»Nein, Quatsch.« Sie winkt ab. »Laufen wir ein Stück zusammen? Ich möchte in die gleiche Richtung.«

»Oh, ich … ich weiß ehrlich gesagt gar nicht, wo ich hinwill«, gestehe ich. »Eigentlich wollte ich mir die Zeit im *Cozy Coffee* vertreiben, aber …«

Sie verzieht das Gesicht. »Hab's gesehen. Ich muss mir wohl ein neues Lieblingscafé suchen. Diese Arschlöcher.«

Ich muss hart schlucken, um nicht schon wieder in Tränen auszubrechen. »Danke«, wispere ich.

Sie nimmt einen von den Kaffees vom Träger und reicht ihn mir. »Hier. Kannst du trinken oder gegen das Fenster werfen. Egal, wofür du dich entscheidest, ich mach mit.«

Leise lachend trinke ich einen Schluck. »Ich hatte heute noch keinen. Schätze, das habe ich nötiger als Rache am *Cozy Coffee*.«

»Na gut.« Maddie grinst, nimmt sich den anderen Becher und wirft den Träger in den nächsten Mülleimer. Wir wandern die Straße hinauf. »Tut mir echt leid, dass das so explodiert ist.«

»Ist ja nicht deine Schuld.«

»Nein, aber es tut mir trotzdem leid. Du solltest für deine Arbeit echt nicht so abgestraft werden«, erwidert sie. »Wie hat es das LAFD aufgenommen?«

»Ich wurde heute Morgen suspendiert.« Ich trinke noch etwas, um den Kloß in meinem Hals hinunterzuspülen. »Ich brauche wohl einen neuen Job. Meine Captain war nicht gerade optimistisch.«

»Ach, shit.«

»Ja.«

Wir sind stehen geblieben. Maddie sieht mich so mitfühlend an, dass ihr bereits Tränen in die Augen steigen. Wie sie es je verkraftet hat, als Rettungssanitäterin zu arbeiten, ist mir ein Rätsel.

»Komm her, ich würde dich echt gerne drücken.« Sie breitet die Arme aus. Ich zögere nicht lange. Heute kann ich all die Liebe gebrauchen, die mir entgegengebracht wird.

Wir suchen uns eine Bank im nahe gelegenen Park und setzen uns hin. Maddie hat zwar nicht viel Zeit, aber trotzdem erzähle ich ihr im Schnelldurchlauf, was geschehen ist. Angefangen beim Streit mit Micah bis hin zu den Pressemenschen, die vor meinem Haus campen.

»Also meine Schwester arbeitet in einer PR-Agentur«, sagt sie, nachdem ich geendet habe. »Und die sagt immer: Auch schlechtes Marketing ist Marketing. Das fühlt sich vielleicht im ersten Moment blöd an, aber: Wieso nutzt du das nicht für dich und deinen Blog? Ich meine, nur weil du jetzt nicht mehr anonym bloggst, sind deine Fans ja nicht plötzlich verschwunden. Im Gegenteil, jetzt hat deine Message auch ein Gesicht, mit dem wir uns identifizieren können.«

Ich lasse mir ihre Worte durch den Kopf gehen. Sie klingen logisch, doch etwas in mir windet sich. Ich bin nicht bereit dazu, mich von meinem bisherigen Leben zu verabschieden, den Job als Feuerwehrfrau an den Nagel zu hängen. Ich dachte, wenn ich irgendwann aus dem Dienst ausscheide, dann, weil ich verletzt wäre oder … Schlimmeres. Dass es nun ausgerechnet mein Blog ist, der mich ins kalte Wasser wirft … Damit hätte ich nicht gerechnet.

Micahs Worte gehen mir durch den Kopf. Er war sich so sicher, dass der Blog auffliegen würde – und nun hat er vor lauter Wut am Ende selbst dafür gesorgt. Wahrscheinlich war es wirklich nur eine Frage der Zeit, bis irgendein selbstgerechter Mann daherkommt und mein Leben auf den Kopf stellt.

Und das leider nicht im Guten.

»Danke, Maddie«, murmle ich und versuche mich an einem Lächeln. »Ich denke drüber nach.«

Sie lächelt breit zurück. »Du kannst das. Du bist Fire, okay? Wenn eine Frau das draufhat, dann du. Heiz ihnen ordentlich ein, Quinn.«

Ich bedanke mich erneut und beuge mich rüber, um sie zu umarmen. »Das war genau das, was ich hören musste.«

»Wenn du Hilfe brauchst, meldest du dich bei mir«, sagt sie. »Ich unterstütze dich, wo ich kann. Und wenn du magst, lass uns doch gerne mal was trinken gehen oder so. Ich würde mich echt freuen, wenn wir wieder mehr Kontakt hätten.«

»Klar«, stoße ich überrascht hervor. »Sehr gerne.«

Ich winke ihr hinterher und warte, bis sie hinter der nächsten Ecke verschwunden ist. Dann stütze ich die Arme auf meine Knie und vergrabe das Gesicht in meinen Händen.

Meine Gedanken rasen. Hat sie recht? Sollte ich mehr draus machen?

Natürlich hat sie recht. Das ist die Gelegenheit, meine Sache so richtig groß zu machen. Eine Chance auf echte Veränderung. Aber bin ich wirklich bereit dafür?

Mein Handy klingelt. Zögerlich hole ich es raus und blicke aufs Display. Als ich sehe, wer es ist, zieht sich mein Magen in nervöser Erwartung zusammen.

»Hey, Dad.«

»Quinn. Gott sei Dank, ich habe es schon ein paarmal probiert«, begrüßt er mich erleichtert.

»Tut mir leid. Ich hatte mein Handy aus und war danach zu überfordert mit allem.«

»Ich hab's gesehen. Bist du okay, Süße?«

Seine Frage lässt mich sofort losweinen. Nicht nur ein paar stumme Tränen, nein, ein oberkörperdurchschüttelndes, lautes, hässliches Heulen, das mich die Welt um mich herum vergessen lässt.

»Oh, Quinny«, murmelt Dad an meinem Ohr, und für einen Moment reicht es mir, seine Stimme zu hören und zu wissen, dass er da ist. Dass er meinen Rücken deckt, dass er mich nicht aufgibt, egal, welche Fehler ich gemacht habe.

»Ich bin stolz auf dich, Quinn«, sagt er, als ich mich ein bisschen beruhigt habe. »Und ich bin mir sicher, deine Mom wäre es auch.«

»Aber ich b-bin su-suspendiert worden«, schniefe ich und bemühe mich, nicht erneut in Tränen auszubrechen. »Ich habe a-alles verloren.«

Er schweigt kurz, dann seufzt er. »Ich weiß, das fühlt sich gerade nicht besonders gut an, aber Quinn … seit bekannt ist, dass das dein Blog ist, habe ich jeden Artikel gelesen. Was du da tust … Das ist unglaublich wichtig. Du veränderst damit etwas, und jetzt, da es raus ist, kannst du noch mehr Power in dieses Projekt stecken. Du bist so schon ein Wirbelwind, stell dir nur mal vor, was du alles erreichen könntest. Eindrucksvollere Bilder, Interviews. Überleg doch mal.«

Mir stockt der Atem, weil ich nicht glauben kann, dass die Worte wirklich aus Dads Mund kommen. So lange habe ich mich nicht getraut, ihm davon zu erzählen, weil ich dachte, er würde skeptisch, vielleicht sogar ablehnend reagieren.

»Weißt du, deine Mom … Sie hatte sehr ähnliche Probleme«, fährt er fort. »Sie hat dir nicht davon erzählen wollen, weil sie sich gewünscht hat, dass du deine eigenen Entscheidungen triffst. Sie wollte dir keine Angst machen, denn trotz all der negativen Seiten hat sie ihren Job geliebt. Zumindest bis zu jenem Tag …«

»Du meinst, sie wurde auch …?«, frage ich nach. Mein Kopf fühlt sich merkwürdig leer an.

»Ja«, unterbricht er mich, dann schweigt er einen Moment. »Vor allem die letzten vier Jahre waren nicht leicht für sie. Seit jenem Tag … Ihr Team hat ihr nicht verziehen, dass die vier Männer in dem Feuer umkamen, obwohl es nicht ihre Schuld war.«

»Also konnte sie damit nie abschließen«, flüstere ich. Mein Herz zieht sich schmerzhaft zusammen, weil mir klar wird, dass Moms Team an ihren Depressionen und ihrem Tod Mitschuld tragen. Wut staut sich in meinem Magen auf. »Wie kannst du darüber so ruhig sprechen?«

Dad lacht leise, aber bitter auf. »Wut bringt Grace nicht zurück, aber Wut – *deine* Wut – könnte dafür sorgen, dass sich etwas Derartiges nie wiederholt.«

Und als wir uns schließlich voneinander verabschieden, weiß ich, was ich zu tun habe. Ich stehe auf, werfe meinen Kaffeebecher in den Müll und rufe mir ein Taxi nach Hause, um meine vage Idee in einen feuerfesten Plan zu verwandeln.

Micah

61

Aspen: Quinn wurde suspendiert. Sieht nicht gut aus für sie. Ich mache mir Sorgen. Ich weiß, du bist krankgeschrieben, aber ihr versteht euch so gut. Kannst du nicht mal mit ihr reden?

Aspens Nachricht brennt sich in meine Netzhäute, während ich versuche, einen Sinn dahinter zu finden.

Seufzend schließe ich den Chat und öffne stattdessen den mit Quinn. Sie hat sich immer noch nicht gemeldet. Niedergeschlagen lasse ich das Handy sinken und frage mich, wie ich ihr beweisen soll, dass ich an ihrer Seite bin und sie nicht verraten habe – wenn sie das echt denkt.

Früher war ihr Versöhnung immer wichtig. Ich kann mich noch genau an unser Gespräch im Strategieraum erinnern. Daran, wie sie mich angesehen hat, als sie mich darum bat, Dinge immer sofort zu klären. Daran, wie wir uns zum ersten Mal umarmt haben.

Ich glaube, ich hatte damals schon Gefühle für sie. Mit jeder Schicht, jedem Witz, jedem Lächeln hat sie sich in mein Herz geschlichen, es von innen heraus in den schönsten Farben angemalt, doch jetzt … Jetzt ist nichts mehr davon übrig, und das bringt mich um.

Ich will sie nicht verlieren.

Entschlossen hebe ich die Hand und klopfe an die Tür vor mir.

Ein paar Sekunden später macht Pascal auf und bittet mich in Hollys Wohnung. Er hat die Stirn in tiefe Falten gelegt, umarmt mich ein bisschen länger, so lange, dass ich an mich halten muss, um nicht sofort wieder loszuplärren. Wenn man einmal angefangen hat…

»Tut mir echt leid, das mit Quinn. Holly hat mir schon davon erzählt, sie hat es auf Instagram gesehen. Wie geht es ihr?«, fragt er mitfühlend.

»Weiß ich nicht«, entgegne ich niedergeschlagen und folge ihm ins Wohnzimmer. Holly scheint nicht da zu sein, aber ihr weißer Kater pflanzt sich direkt auf meinen Schoß, kaum dass ich mich auf die Couch gesetzt habe. Zögerlich lasse ich meine Hand über sein Fell gleiten.

Pascal sieht mich verdattert an. »Orlando, ist das dein Ernst? Mich fauchst du wochenlang an, und ihn liebst du sofort?«

Obwohl ich so niedergeschlagen bin, muss ich lachen. »Ich bin halt der bessere Moretti.«

»Pfft«, macht Pascal und setzt sich neben mich. Orlando lässt sich davon gar nicht beeindruckend. Er beginnt zu schnurren und reibt sein Köpfchen an meiner Hand.

Süßes Ding.

Vielleicht sollte ich mir auch eine Katze anschaffen.

Ich erzähle Pascal im Schnelldurchlauf von den letzten Tagen. Als ich bei der Suspendierung angelangt bin, seufzt er entmutigt auf. »Das hört sich schlimm an.«

»Ist es auch«, gebe ich zu. »Sie wird ihren Job wahrscheinlich nicht zurückbekommen. Und an die ganzen

Typen, die ihr Hassnachrichten und Morddrohungen schicken, will ich gar nicht erst denken. Aber wieso ich eigentlich hier bin: Es könnte sein, dass sie denkt, ich hätte sie verraten.«

Mein Bruder sieht mich entsetzt an. »Wieso das denn?«

Also erzähle ich ihm auch von unserem Streit und den hässlichen Dingen, die ich zu ihr gesagt habe. Nicht mal meine besoffene Sprachnachricht lasse ich aus, und das will schon was heißen. Normalerweise versuche ich vor Pascal zu verheimlichen, wie kaputt ich wirklich bin.

»Jedenfalls brauche ich jetzt unsere geballte Denkkraft«, sage ich schließlich. »Ich brauche einen feuerfesten Plan …«

»Felsenfest«, unterbricht er mich.

Ich verdrehe die Augen. »Einen *guten* Plan, mit dem ich Quinn erreiche und ihr beweisen kann, dass ich sie mit allem unterstütze, was sie je angehen will. Einen, mit dem ich ihr Herz zurückgewinnen kann. Und ihr beweise, dass ich sie nie verraten würde.«

Pascal nickt nachdenklich. »Tust du das denn? Sie unterstützen?«

»Sonst säße ich nicht hier.«

»Ja, aber tust du es auch wirklich? Aus vollem Herzen? Würdest du dich vor eine Feuerwache stellen und für bessere Arbeitsbedingungen für Frauen protestieren? Würdest du mit ihr jeden Schritt auf diesem Weg gehen, ohne zu zögern?«

Ich schüttle irritiert den Kopf. »Was soll das werden? Ein Ehegelübde des 21. Jahrhunderts?«

»Ich mein ja nur.« Er zuckt mit den Schultern. »Quinn weiß genau, was sie will. Du hast in ihrer Vision nur einen Platz, wenn du ihre Überzeugungen nicht nur unterstützt, sondern auch teilst. Wenn du sie lebst. Wenn du das nicht kannst, solltest du sie gehen lassen, bevor ihr beide noch tiefer drinhängt.«

Ich atme tief durch, konzentriere mich auf das schnurrende Fellknäuel auf meinem Schoß statt auf die Wut, die in Wellen durch meinen Bauch zuckt. Weg mit den Gedanken, weg mit den Fragen. Pascal sagt das nicht, weil er mir wehtun will. Er will mir helfen.

Als ich schließlich spreche, ist meine Stimme rau. »Ich glaube, du verstehst nicht, wie tief ich schon drinstecke. Ich liebe diese Frau. Ich habe das Gefühl, wenn ich sie verliere, bricht mir das das Genick. Nicht nur, weil ich mit ihr zusammen sein will, sondern auch, weil … Sie macht was mit mir. Mit meiner Seele, meinem Sein. Sie verändert mich und …« Ich fahre mir durch die Haare. »Sie macht einen besseren Mann aus mir. Verstehst du?«

»Klar und deutlich.« Pascal beginnt zu lächeln, und ich ahne, dass ich ausnahmsweise mal die richtigen Worte gewählt habe. Wäre es bei Quinn doch auch nur so leicht. »Die Sache schlägt auf jeden Fall ganz schöne Wellen. Dass sie sie sogar suspendiert haben, ist sehr ungerecht …«

»Ja«, murmle ich bekräftigend und blicke ihn fragend an. Das hatten wir doch gerade erst?

»Ungerechtigkeit ist ein Thema, das in den sozialen Medien sehr viel Aufmerksamkeit bekommt«, fährt er fort und sieht mich an. Seine Augen leuchten auf, und mir wird klar, dass er eine verdammt gute Idee hat.

Quinn

62

Ich ziehe mir die Kapuze von Aspens Hoodie tiefer ins Gesicht, bevor ich die Straßenecke umrunde und auf meine Wohnung zusteuere. Gott sei Dank ist die Presse weg.

Drinnen öffne ich ein Fenster, um frische Luft reinzulassen und die Wohnung mit neuer Energie zu füllen.

Aspen hat meine Sachen auf den Esstisch gestellt. Ich trage sie ins Schlafzimmer und schiebe sie in die hinterste Ecke meines Schrankes, um die Uniform nicht länger ansehen zu müssen. Mein Blick bleibt an dem pinkfarbenen Helm hängen, den mir mein Team zum letzten Geburtstag geschenkt hat.

Sparkles.

Die Erinnerung an jenen Tag versetzt mir einen Stich. Ich weiß noch genau, wie es sich angefühlt hat, als Micah mich zum ersten Mal so nannte. Bei ihm war es nicht nur der neckische Tonfall. Da war auch noch etwas anderes, etwas Liebevolleres. Als hätte er schon damals Gefühle für mich gehabt.

Ich schnaube auf, denn wenn er Gefühle gehabt hätte, hätte er mich nicht verraten. Dann hätte er mir zur Seite gestanden, mich respektiert in meiner Entscheidung.

Aber er war so wütend über unseren Streit, dass er jemandem davon erzählt hat. Sein Ego war wichtiger, sein altes Muster. Mich hat er nie … Doch. Wenn ich an ihn denke, sein Lächeln, seine Blicke … Bei ihm habe ich nicht einen Moment an seinen Gefühlen gezweifelt, aber jetzt fühlt er sich plötzlich so weit weg an.

Ich kann nicht fassen, dass ich mich so sehr in ihm getäuscht habe, und allein bei diesem Gedanken steigen mir erneut die Tränen in die Augen.

Dieses Mal weine ich um ihn. Nur um ihn. Um den Mann, von dem ich dachte, dass er anders ist, dass er mich liebt, weil ich bin, wie ich bin. Dass er mit mir durch jedes Feuer gehen würde.

Und doch ist er wie jeder andere.

Es dauert eine Weile, bis ich mich wieder gefasst habe, bis Micahs Zärtlichkeiten von Maddies Ratschlägen verdrängt werden. Von Dads Stolz auf mich.

Entschlossen wasche ich mir das Gesicht und streife die Gedanken an Micah ab. Sie bringen mich nicht weiter.

Micah hat mich nicht weitergebracht.

Das mit uns ist Geschichte.

Ich suche mir etwas Frisches zum Anziehen raus und springe unter die Dusche. Danach lege ich ein bisschen Make-up auf, um die Schatten unter meinen Augen zu verbergen und für eine gesündere Gesichtsfarbe zu sorgen.

Ich will schließlich nicht, dass die Welt denkt, ich wäre leicht fertigzumachen.

Anschließend baue ich mir am Esstisch ein kleines Büro auf. Mit Kaffee und Müsli ausgestattet mache ich mir schließlich eine To-do-Liste für den Tag.

1. Rechtsbeistand suchen
2. Website gegenchecken
3. Instagram live mit offizieller Enthüllung machen
4. Instagram Assistenz suchen und einweisen
5. Instagram aufräumen
6. Mails durchgehen + Wichtiges beantworten
7. Pitch + Media Kit vorbereiten
8. Visitenkarten gestalten und drucken
9. Presse mit Visitenkarten füttern
10. Online-Magazine und Co raussuchen und für Gastartikel und Interviews pitchen

Mein Magen grummelt aufgeregt, als ich meinen Blick noch einmal über die Liste schweifen lasse. Das wird ein hartes Stück Arbeit, ich bezweifle, dass ich all das an einem Tag schaffen werde. Ich markiere mir die wichtigsten Punkte und fackle nicht lange.

In diesem Einsatz zählt jede Minute.

Allein die Suche nach einem Rechtsbeistand gestaltet sich deutlich schwieriger als erwartet. Ich finde zwar eine Menge Websites, die vielversprechend aussehen, aber ob sich die Leute wirklich im Online-Bereich auskennen, weiß ich nicht. Wenn ich schon einen Menschen dafür bezahle, dass er meine Website auf links dreht, dann soll er seine Arbeit auch wirklich beherrschen.

Unentschlossen stehe ich auf, um mir einen zweiten Kaffee zu kochen. Ich bräuchte eine Rechtsvertretung, die damit Erfahrung hat. Die finde ich am ehesten, wenn ich andere selbstständig arbeitende Personen nach Empfehlungen frage.

Doch auf Anhieb fallen mir nur wenige große Namen von Instagram ein, mit denen ich bisher Kontakt hatte.

Pascal.

Oder Holly.

Selbst wenn sie keine eigenen Erfahrungen haben, kennen sie vielleicht andere, die mir weiterhelfen können. Aber dazu müsste ich Micah... Nein, ich kann sie auch über Instagram anschreiben.

»Ja«, murmle ich und kehre mit meinem Kaffee zurück an den Tisch.

Zum ersten Mal seit einer gefühlten Ewigkeit Instagram zu öffnen, erschlägt mich beinahe. Ich habe mehrere hundert Benachrichtigungen und private Nachrichten. All das durchzugehen wird Tage dauern.

Schnell wechsle ich in meinen privaten Account. Auch der hat einige neue Nachrichten, aber die ignoriere ich und gehe sofort auf Hollys Profil, um ihr eine Nachricht zu schicken.

> Ich: Hey, Holly, ich hoffe, es ist okay, dass ich dir schreibe. Ich bin eine Kollegin von Micah. Vielleicht hast du schon mitbekommen, dass mein Blog gerade in aller Munde ist. Meine Captain hat mich vorgewarnt und mir gesagt, ich solle mir Rechtsbeistand suchen. Kennst du zufällig eine Rechtsberatung, die sich mit Online-Plattformen auskennt? Liebe Grüße und danke, Quinn

Während ich auf ihre Antwort warte, gehe ich meinen Blog selbst durch. Ich stelle sicher, dass ich alle rechtlichen Anforderungen erfülle, und trage meinen Namen ins Impressum ein. Kurz überlege ich, ob ich die Adresse meiner Postbox gegen meine Wohnungsadresse eintauschen soll, damit mich etwaige offizielle Briefe schneller erreichen. Dann aber kommt mir das nicht besonders sicher vor. Die Presse hat zwar schnell herausgefunden, wo ich wohne, aber sie hat vielleicht auch Zugriff auf speziellere Ressourcen.

Leute, die mir etwas Böses wollen, haben das vielleicht nicht – denen würde ich damit bloß in die Karten spielen.

Dann beginnt die mühsame Arbeit. Über zweihundert Blogartikel und Erfahrungsberichte müssen gelesen und auf ihre Aussagen geprüft werden. Nach zwei Stunden habe ich gerade mal einen Bruchteil davon geschafft. Ich werde niemals rechtzeitig alles gelesen haben, wenn ich mir keine Hilfe dafür suche.

Aber meine finanziellen Ressourcen reichen gerade mal für eine Instagram-Assistenz und vielleicht auch noch für eine Rechtsberatung.

Frustriert klappe ich den Laptop zu. Hätte ich doch schon früher damit angefangen, auf meinem Blog Anzeigen zu schalten. Dann hätte ich jetzt ein Polster, das zumindest die ersten Kosten abdecken könnte.

Ich könnte einen Spendenaufruf starten, aber das fühlt sich falsch an. Ich will nicht, dass andere Menschen für meine Dummheit bezahlen. Abgesehen davon weiß ich ja noch nicht einmal, wie viele Kosten tatsächlich auf mich zukommen.

Also nehme ich wohl eher einen Kredit auf und hoffe, dass ich ihn im Laufe meines Lebens abstottern kann.

Ich schließe die Augen und vergrabe das Gesicht in meinen Händen. Mein Kopf fühlt sich an, als hätten sich darin Tausende Knoten gebildet. Ich weiß gar nicht, womit ich weitermachen soll. Alles scheint mir plötzlich gleich wichtig, und mir fallen noch tausend andere Dinge ein, die ich angehen sollte, damit ich nicht mit einer riesigen Explosion untergehe.

Ein bisschen Hilfe wäre schön.

Ich hebe den Kopf und öffne Instagram, um nachzusehen, ob Holly mir bereits geantwortet hat.

Hat sie nicht.

Womöglich bin ich in ihrem Anfragenordner gelandet.

Vielleicht suche ich erst mal nach einer Instagram-Hilfe. Die sollte leichter zu finden sein als ein Anwalt. Und tatsächlich, eine gute Stunde später bin ich fündig geworden und habe einen spontanen Video-Call mit einer Frau namens Natalie, die meinem Account schon eine ganze Weile folgt. Sie ist Feuer und Flamme – und noch dazu sympathisch genug, dass ich ihr eine Chance geben möchte. Eine weitere Stunde später habe ich sie in meinen Account eingewiesen und ihr meine Zugangsdaten geschickt, damit sie sich um das Chaos dort kümmern kann. Sie verspricht, mir am Abend ein kurzes Update zu schicken, dann legen wir auf, und ich hake zumindest einen Punkt von meiner Liste ab.

Weil mir eigentlich nach einer Pause ist, kümmere ich mich um das, was mir am wenigsten aufwendig erscheint: Visitenkarten. Ich bin nicht die talentierteste im Designen, aber die Dinger sollen ja auch nur für die Presse vor der Tür sein – und alle anderen, die ich unterwegs noch so treffe.

Ich schreibe meine Kontaktdaten auf die Vorderseite, auf der Rückseite platziere ich einen Vermerk: *Sollten Sie an einem Interview oder Gastartikel interessiert sein, melden Sie sich mit 2–3 Terminvorschlägen unter termine@thefireinyourheart.com.*

Zufrieden vervielfache ich das Design und kehre ins Schlafzimmer zurück, um meinen Laptop an den Drucker anzuschließen. Während ich einen großen Schwung Visitenkarten drucke, mache ich mir ein Sandwich und setze mich damit auf die Couch, um in Ruhe zu essen.

Meine Gedanken kehren unweigerlich zu Micah zurück. Wie konnte er das tun? Er hat doch gesehen, wie viel mir der Blog bedeutet. Er wusste, wie viel Herzblut in meiner Arbeit steckt, und trotzdem …

Vielleicht war er es nicht, flüstert eine leise Stimme in mir, doch ich bügle sie nieder. Micah ist der einzige Mensch auf diesem Planeten, der davon wusste. Wenn Adam es nicht gewesen ist, muss es seine Schuld sein. Aber vielleicht hat er nicht damit gerechnet, dass es in so einer Katastrophe endet, überlege ich weiter. Das würde auch erklären, wieso er sich nicht auf die Arbeit getraut hat. Wahrscheinlich schämt er sich jetzt für das, was er getan hat.

Aber die Gründe spielen keine Rolle mehr.

Er hat damit mein Vertrauen missbraucht.

Mich hintergangen und verraten.

Und das werde ich ihm niemals verzeihen.

#sparklesandstitches

August

Normalerweise genoss ich die Zeit in der Küche, weil ich meine Kollegen dabei besser kennenlernte, aber in dieser Woche war die Küchenzeit bedrückend. Micah war furchtbar schlecht gelaunt. Er hatte tiefe Schatten unter den Augen und sah aus, als würde er gar nicht mehr schlafen. Auch in den Übungen war er unkonzentriert. Es würde nicht mehr lange dauern, bis er einen Fehler machte, wenn er nicht für ein bisschen Erholung sorgte.

Ich sah meine Chance gekommen, als Micah das Tomatenmark auf den Tisch legte, während Bao uns den Rücken zugewandt hatte. Schnell schnappte ich mir die Tube und ließ sie unter meinem T-Shirt verschwinden.

Micah quittierte das mit einer hochgezogenen Braue.

»Micah, Tomatenmark?«, fragte ich ihn.

Er runzelte die Stirn, dann begann er zu verstehen. »Da ist keins mehr«, sagte er langsam und drehte sich zurück zum Kühlschrank. »Ich gucke noch mal.«

Bao legte unterdessen die Nudeln auf den Tisch und klopfte sich die Hände an der Hose ab.

»Ne, kein Tomatenmark mehr. Das haben wir wohl vergessen«, bestätigte Micah kurz darauf.

»Ach, shit«, murmelte ich und warf Bao einen blinzelnden Augenaufschlag zu. »Würdest du schnell zum Supermarkt laufen, Bao?«

Ich nannte ihn absichtlich bei seinem Namen, weil die anderen ihn immer nur als Jüngling bezeichneten. Das allein half, damit er sich bereit erklärte, das fehlende Tomatenmark zu besorgen.

Kaum hatte er die Küche verlassen, ging ich zum Kühlschrank und quetschte die Tube in eine der hintersten Ecken.

»Was wird das?«, fragte Micah. Er lehnte mit verschränkten Armen an der Kücheninsel und beobachtete mich irritiert.

»Das sollte ich wohl besser dich fragen.« Ich schloss den Kühlschrank und hopste neben ihm auf die Arbeitsplatte. Unsere Arme berührten sich beinahe. »Du bist total erledigt. Was ist los?«

»Nichts. Wieso?«

Ich schnaubte auf. »Nichts. Ist klar. Hast du ein neues Videogame oder bedrückt dich etwas?«

»Quinn, ey.« Er schüttelte den Kopf und löste sich von der Arbeitsplatte. Dann zog er sich die Möhren heran und holte einen Schäler aus der Schublade. Ich betrachtete ihn abwartend.

»Es ist alles okay. Ich habe nur schlecht geschlafen«, sagte er, weil ich nicht lockerließ. »Dafür hättest du Bao jetzt echt nicht zum Supermarkt laufen lassen müssen.«

»Warum hast du schlecht geschlafen?«, hakte ich nach.

»Was weiß ich.« Er zuckte mit den Schultern und begann wütend, eine Möhre zu schälen. »Vielleicht habe ich zu lange gelesen. Vielleicht habe ich Sex gehabt. Vielleicht hat mein Nachbar zu laut Musik gehört.«

Blödmann, dachte ich. »Du weißt, dass ich für dich da bin, wenn du reden möchtest«, sagte ich und hopste von der Theke, um selbst etwas fürs Essen vorzubereiten.

»Danke«, brummelte er. »Kein Bedarf.«

»Solange du keine Scheiße baust …«

Er hielt inne und warf mir einen scharfen Blick zu. »Habe ich Trottel auf der Stirn stehen?«

Ich zuckte mit den Schultern. »So wie ich das sehe, steht da in Leuchtschrift: Mir geht's kacke. Lasst mich alle in Ruhe. «

»Nun …« Er wedelte auffordernd mit den Händen. »Wenn's schon da steht.«

Ich schnappte mir die Zwiebeln. »Manchmal kannst du echt ein Arsch sein«, fuhr ich ihn an.

Als ich ihn vor ein paar Monaten kennengelernt hatte, war er ganz anders gewesen. Schlechte Laune hatte er zwar damals auch schon gelegentlich, aber eigentlich hatte ich den Eindruck, es wäre besser geworden, als Pascal verkündet hatte, in L.A. zu bleiben, und Micah in die Rüstgruppe aufrücken durfte. Doch in den letzten Wochen hatte ich beobachten müssen, wie es mit ihm stetig bergab ging. Er übertrieb es beim Training, er ging mehr Risiken ein, er zog sich aus Gruppenaktivitäten zurück, weil er keinen Bock drauf hatte.

»Habe ich einen Fleck auf der Stirn?«, fragte mich Micah und riss mich damit aus meinen Gedanken. Ohne mir darüber bewusst zu sein, hatte ich ihn wohl angestarrt.

»Nein«, erwiderte ich sarkastisch. »Bloß eine Leuchtreklame.«

Er presste den Kiefer zusammen, schluckte die Widerworte offenbar mühsam herunter und nahm sich sein Messer, um die Möhren in kleine Scheiben zu schneiden. Einen Augenblick später zischte er vor Schmerz auf.

»Oh, verdammte Scheiße«, fluchte er und hielt seine Hand mit der anderen umklammert. Aus seinem Daumen quoll Blut und tropfte auf den Boden.

Sofort ließ ich mein eigenes Messer fallen und umrundete die Kücheninsel, um zu ihm zu gelangen. Bao, der mittlerweile zurückgekehrt war, warf uns ein Küchentuch zu, in das ich Micahs Hand einwickelte.

»Das ist deine Schuld«, beklagte sich Micah, während er auf den Stoff blickte, der sich allmählich rot färbte.

»Meine Schuld?« Ich lachte auf. »Willst du mich verarschen?«

»Du hast mich abgelenkt.«

»Du kannst mich mal«, entgegnete ich und führte ihn zum Tisch, damit er sich hinsetzen konnte. Nicht dass er mir noch umkippte, weil er sein eigenes Blut nicht sehen konnte. Ich zog mir einen Stuhl heran und setzte mich neben ihn. »Wenigstens ist er nicht ab.«

»Wow, was für ein Trost.« Micah legte den Kopf in den Nacken und schloss die Augen. »Ich habe mich mit meiner Schwester gestritten. Wieder mal. Bist du jetzt zufrieden?«

»Du streitest dich ständig mit ihr, aber deshalb warst du noch nie so schlecht gelaunt wie jetzt.«

»Es war eben ein beschissener Streit.«

Als er später mit zwei Stichen genäht worden war und entkräftet mit dem Rest unseres Teams am Küchentisch saß, brachte ich ihm eine Cola und tätschelte seine Schulter. »Ist alles halb so wild, Stitches«, sagte ich laut genug, damit es jeder hören konnte.

Micah zeigte mir den Mittelfinger, doch als ich ihn grinsend gegen den Oberarm boxte, packte er mich plötzlich und begann, mich zu kitzeln. Vollkommen überrascht darüber kreischte ich auf und versuchte, mich aus seinen Fängen zu befreien. »Micah! Lass den Scheiß!«, rief ich lachend und riss mich von ihm los.

Er grinste mich verschmitzt und etwas außer Atem an. Ich vergaß für einen Augenblick, dass wir uns immer noch auf der Wache befanden, in einem Raum voller Feuerwehrleute, die jeden unserer Schritte neugierig beobachteten, und stürzte mich auf ihn, um ihn in den Schwitzkasten zu nehmen. Dann rubbelte ich grob mit einer Hand über seine Locken. Was er konnte, konnte ich schon lange.

»Hey!«, protestierte er. »Meine Haare!«

Er versuchte, sich zu befreien, aber er hatte keine Chance. Ein Grinsen breitete sich auf meinen Wangen aus.

»Vielleicht lernst du endlich mal, dass ich stärker bin als du«, neckte ich ihn, bevor ich meinen Griff lockerte und ihn umarmte, um ihm zu zeigen, dass ich ihn gernhatte. Dass er mir wichtig war. »Partner.«

Er lachte leise auf. »Partnerin.«

»Sparkles und Stitches«, dröhnte Reeds Stimme an mein Ohr und rief mir in Erinnerung, wo wir uns befanden. Mit geröteten Wangen löste ich mich von Micah. »Wenn ihr so weitermacht, müssen wir uns demnächst wenigstens nicht mehr Wrongways Lieblingsserie anschauen.«

Wrongway protestierte lautstark, dass *Der Bachelor* wohl kaum zu toppen sei, aber das war mir egal – denn Reed hatte mir eindringlich bewusst gemacht, dass ich besser auf mein Herz achten musste.

Micah

63

»Das wird großartig«, erklärt Pascal und blickt an der Kamera vorbei zu mir. Die Studiolichter blenden mich, und dass er zwei Kameras laufen lassen will, um mich aus verschiedenen Perspektiven zu filmen und das später zusammenzuschneiden, irritiert mich.

Das fühlt sich nicht großartig an. Das fühlt sich an, als würde ich meine Seele für Aufmerksamkeit verkaufen.

Aber genau das ist doch der Sinn der Sache, denke ich. Ein gut produziertes Video wird mit Sicherheit häufiger angeschaut als ein halb gares. Oder?

»Ich weiß nicht«, murmle ich und blicke mich in Hollys Arbeitszimmer um. Hier steht so viel Kram rum, dass mir davon ganz schwindelig wird, trotzdem scheint die Stelle, an der ich stehe, für Videoaufnahmen gemacht zu sein.

Pascal hebt irritiert den Blick. »Was stört dich?«

Ich zucke mit den Schultern, horche in mich hinein, versuche, mein Gefühl zu benennen. »Das fühlt sich nicht nach mir an. Das ist deine Welt, Pascal. Ich bin anders. Pragmatischer.«

Er verengt die Augen, und mir wird mulmig im Bauch, doch bevor ich etwas sagen kann, lacht er auf. »Weißt du, was, du hast recht. Das bist du nicht. Komm.«

Pascal schaltet die Studiolichter und Kameras aus und holt stattdessen eine kleinere, kompaktere Kamera raus. Die schraubt er auf ein komisch aussehendes Stativ.

»Das ist ein Stabilizer«, erklärt er mir. »Damit kann ich dich im Gehen filmen, ohne dass das Bild verwackelt.«

»Okay«, sage ich lang gezogen, weil ich keine Ahnung habe, welchen verrückten Plan er nun wieder ausheckt.

»Hier.« Er kommt zu mir und steckt ein flauschiges Mikrofon auf meinen T-Shirt-Kragen. Dann reicht er mir ein rechteckiges Ding, das ich in meine Hosentasche stecken soll. »Darüber läuft die Aufzeichnung deiner Stimme. Ich schneide das dann später mit dem Bild zusammen.«

»Alles klar.« Nervös schlucke ich und versuche mich auf das zu konzentrieren, was ich Quinn sagen will, statt mir Gedanken darüber zu machen, wie die Technik funktioniert. Dafür ist Pascal da. Ich vertraue ihm, er wird dafür sorgen, dass meine Botschaft dort ankommt, wo sie ankommen soll.

Pascal führt mich zum Sunset Boulevard, einer der bekanntesten Straßen in ganz Los Angeles. Es ist nicht gerade wenig los, aber er versichert mir, dass die Leute in dieser Stadt es gewohnt sind, dass an jeder Ecke gefilmt wird. »Außerdem sollen deine Zuschauer ja auch sehen, aus welcher Stadt du kommst.«

Ich schlucke, weil er mir damit bloß noch mal in Erinnerung ruft, wie viele Menschen dieses Video sehen werden.

»Bist du bereit?«

»Einen Moment noch«, murmle ich überrumpelt und denke nach. Versuche, mich zu sammeln, mir Worte zurechtzulegen, aber mein Kopf ist wie leer gefegt. Panik breitet sich in mir aus, weil dieser Tag über meine Zukunft mit

Quinn entscheiden könnte. Wenn ich das verkacke, verliere ich sie.

Und das darf nicht geschehen.

Da kommt mir plötzlich ein Gedanke. Unter Pascals überraschtem Blick ziehe ich das Tagebuch aus meiner Hosentasche. Ich blättere durch die Beiträge der letzten Wochen, nehme die Worte in mich auf, die ich über Quinn und meine Gefühle zu ihr geschrieben habe, die Freude, den Schmerz, die Angst – und da weiß ich, was ich ihr sagen will.

»Ich bin so weit«, sage ich und behalte das Tagebuch in meinen Händen, weil mir das irgendwie Kraft gibt.

»Okay, Kamera läuft.«

»Hallo«, beginne ich. »Mein Name ist Micah Moretti, ich diene beim LAFD, und meine Partnerin Quinn Lovett …«

Quinn

64

Ein Klingeln an der Haustür reißt mich aus der Arbeit. Sofort habe ich wieder ein mulmiges Gefühl im Bauch und gehe ans Fenster, um hinauszuschauen.

Gott sein Dank keine Presse, denke ich im ersten Moment. Im zweiten frage ich mich, was zum Teufel Reed vor meiner Haustür macht.

»Hey, Quinn«, begrüßt er mich, nachdem ich ihn reingelassen habe. Er wirkt ein bisschen blass um die Nase.

»Hey. Möchtest du was trinken?« Ich deute auf das Chaos im Wohnzimmer. »Tut mir leid, dass es hier so aussieht. Ich habe nicht mit Besuch gerechnet.«

»Ich … Kann ich kurz mit dir reden?«, fragt er, und da wird mir klar, dass das hier kein Freundschaftsbesuch ist. Er hat ein Anliegen, und offensichtlich bereitet es ihm keine Freude.

Ich lehne mich gegen die Küchentheke, um etwas Halt zu haben. »Natürlich.«

Er atmet tief durch, reibt sich übers Kinn. »Ich muss mich bei dir entschuldigen«, antwortet er schließlich. »Ich fürchte, das ist alles meine Schuld.«

Verwirrt blinzle ich ihn an. »Was meinst du?«

»Der ganze Medientrubel, deine Suspendierung … Fuck, ich fühle mich so verdammt schlecht.«

»Reed, ich verstehe nicht ganz …«

»Es ist meine Schuld, dass dein Geheimnis rausgekommen ist.« Seine Brauen ziehen sich zusammen, er presst die Lippen aufeinander. Ich kann ihm deutlich ansehen, dass er ein schlechtes Gewissen hat. »Ich wusste schon eine Weile davon, und ich bin so verdammt stolz auf dich, das musst du mir glauben. Und als meine Tochter dann wieder einmal über die Stränge geschlagen hat, sagte ich ihr, sie solle sich ein Beispiel an dir nehmen«, erklärt er. »Das war an ihrem Geburtstag.« Er schüttelt den Kopf und reibt sich über die Haare. »Ich habe sie vor ihren Freunden zusammengestaucht, und dabei ist mir rausgerutscht, dass du den Blog führst. Einen Tag später war es plötzlich überall.«

Überrascht öffne ich den Mund und verdaue die neuen Informationen. Die ganze Zeit über dachte ich, Micah hätte mich verraten. Ich war mir so sicher, dass er und Adam die Einzigen auf diesem Planeten sind, die von meinem Blog wussten.

»Das kommt unerwartet«, sage ich schließlich überrumpelt und versuche, meine Gedanken zu sortieren. Doch alles, woran ich denken kann, ist Micah.

Er hat mich nicht verraten.

Er war verdammt wütend, aber trotzdem ist er mir nicht in den Rücken gefallen.

Partner, denke ich und kann nur mit Mühe die Tränen unterdrücken.

»Es tut mir so leid«, fährt Reed fort. »Ich wünschte, ich könnte etwas tun. Bitte sag mir, wenn ich dir irgendwie helfen kann. Ich hoffe, du kannst mir das irgendwann vergeben.«

Ich versuche, mich zusammenzureißen. Die Gedanken

an Micah fortzuschieben, bis ich Zeit und Raum dafür habe. Jetzt ist erst mal Reed wichtig.

»Schon passiert.« Ich lächle ihn mitfühlend an. »Du hast es ja nicht getan, weil du mir etwas Böses wolltest. Ehrlich gesagt … habe ich die ganze Zeit über gedacht, Micah hätte mich verraten.« Verunsichert beiße ich mir auf die Lippen. »Dass mein Geheimnis ans Tageslicht gekommen ist, weil es Menschen gibt, die stolz auf mich sind, wäre mir nie in den Sinn gekommen.«

Reed erwidert mein Lächeln vorsichtig. »Das bin ich, Quinn. Verdammt stolz. Ich hoffe, meine Kinder werden eines Tages genauso mutig wie du.«

»Danke«, erwidere ich nun doch mit Tränen in den Augen und schließe den Abstand zwischen uns, um ihn zu umarmen. »Und mach dir keinen Kopf wegen mir. Ich komme klar.«

»Wenn du Kontakte zu anderen Feuerwehren brauchst, melde dich bei mir, okay?« Er zerzaust mir die Haare und lässt mich wieder los. »Ich habe ein paar Freunde im Umland von L. A. – nur für den Fall, dass du auf dieser Wache nicht weitermachen kannst oder möchtest.«

Als Reed schon im Flur ist, dreht er sich noch einmal zu mir um. »Oh, und was Micah angeht: Wirf vielleicht mal einen Blick auf sein Instagram.«

Verwundert verabschiede ich mich und suche nach meinem Handy, das unter einem Berg von Papieren auf dem Esstisch versteckt ist. Damit setze ich mich aufs Sofa, doch ich zögere. Die neuen Informationen verwirren mich und werfen neue Fragen auf. Wenn Micah mich nicht verraten hat, wieso war er dann nicht auf der Arbeit? Wieso hat er sich nicht gemeldet?

Okay, vielleicht hat er sich gemeldet, denke ich und öffne meinen Messenger, den ich seit Tagen ignoriere. Und siehe da, ich habe einige neue Nachrichten und verpasste Anrufe von ihm. Sie alle sagen das Gleiche: Er hat sich Sorgen um mich gemacht – und stand offensichtlich sogar vor meiner Tür, als ich nicht hier war.

Wäre ich nur nicht so stur und wütend gewesen. Wenn ich mit ihm geredet hätte, hätte ich vielleicht längst herausgefunden, dass er mich nicht verraten hat.

Aber ändert das wirklich etwas zwischen uns? Ist er nicht trotzdem alles andere als begeistert von meinem Blog? Seine Worte hallen immer noch in mir nach. Wie können wir funktionieren, wenn wir so unterschiedliche Ansichten haben?

Ich seufze und wappne mich für das Chaos, das mich auf Instagram empfangen wird, doch ich werde überrascht. Natalie hat ganze Arbeit geleistet. Meine Nachrichten sind alle abgearbeitet, und die wenigen Benachrichtigungen ignoriere ich, denn Micahs Gesicht springt mir auf der Startseite bereits entgegen.

Micah hat ein Video gepostet.

Micah, der noch nie etwas auf Instagram veröffentlicht hat.

Ich weiß gar nicht, worauf ich zuerst gucken soll. Auf sein Gesicht und die dunklen Schatten unter seinen Augen oder auf die unfassbar vielen Likes, die sein Video bekommen hat.

Sofort drücke ich drauf, schalte den Ton ein und spule an den Anfang zurück, weil ich keins seiner Worte verpassen will.

»Hallo. Mein Name ist Micah Moretti, ich diene beim

LAFD, und meine Partnerin Quinn Lovett wurde vor Kurzem zu Unrecht suspendiert. Quinn führt den Blog ›The Fire in Your Heart‹, auf dem sie gegen Sexismus und Diskriminierung in uniformierten Berufen kämpft. Bis vor Kurzem hat sie dies anonym getan, um sich selbst und ihr Arbeitsleben zu schützen, doch dann wurde ihr Klarname enthüllt. Sie muss nun also nicht mehr nur mit Anfeindungen und sehr realen Drohungen kämpfen, sondern wurde noch dazu suspendiert und muss mit rechtlichen Konsequenzen rechnen.

Quinn ist eine der mutigsten und talentiertesten Feuerwehrfrauen, die ich kenne. Auf der Arbeit riskiert sie ihr Leben für das anderer Menschen, online hält sie ihren Kopf für Gleichberechtigung hin. Dass sie dafür nun mit dem Verlust ihrer Arbeitsstelle und einem gewaltigen Shitstorm bestraft wird, ist nicht fair.

Würde das einem Mann genauso passieren?

Deshalb fordere ich alle Feuerwehrleute, Polizeiangehörige und andere Menschen in uniformierten Berufen auf, sich unter dem Hashtag #NoPunishmentForQuinn solidarisch an Quinns Seite zu stellen und dafür zu sorgen, dass sie für ihren unermüdlichen Einsatz für Gleichberechtigung nicht bestraft wird.«

Er blickt fest in die Kamera, und das Notizbuch in seinen Händen, mit dem er eben noch gespielt hat, verschwindet in seiner Hosentasche.

»Quinn, ich weiß, dass ich Scheiße gebaut habe. Ich war nicht fair, ich habe aus Angst gesprochen, nicht aus Liebe. Aber hier und heute möchte ich dir versprechen, dass ich für dich kämpfen werde, für dich und für das, wofür du dich einsetzt. Weil es das Richtige ist und weil ich dich liebe. Für dein reines Herz, für die, die du bist – mit all deinen Träumen und Zielen. Bitte verzeih mir.«

»Heiliger Kuhmist«, flüstere ich fassungslos und spule zurück, um mir das Video noch einmal anzusehen, weil ich nicht glauben kann, dass Micah das wirklich getan hat. Dass er sich vor eine Kamera gestellt hat. Dass er sich mit mir solidarisiert. Dass er mir seine Liebe vor einem Publikum von Tausenden von Menschen gesteht.

Doch er tut es. Wieder und wieder, weil ich mir das Video bestimmt fünf Mal ansehe, bevor ich es wirklich glauben kann.

Beim letzten Mal kommen die Tränen. Plötzlich fühlt es sich verdammt falsch an, dass ich hier sitze und er so weit entfernt ist. Ich will bei ihm sein, will ihm in die Augen sehen, während ich ihn frage, ob das wirklich stimmt.

Ob er wirklich so für mich empfindet.

Und jetzt, wo ich weiß, wie es wirklich um uns steht, halte ich es keinen Moment länger aus und wähle seine Nummer.

Als er abhebt und mich mit einem besorgten »Quinn?« begrüßt, bringe ich keinen einzigen Satz zustande.

»Hey, schhh, ist schon gut. Wo steckst du?«

»Ich bin zu Hause«, schniefe ich.

»Darf ich zu dir kommen?«

»Ja.« Meine Lippen zittern, weil ich all die Gefühle in mir zurückhalte, um ihn nicht am Telefon damit zu überfallen. »Ja, bitte, komm her.«

»Ich bin in dreißig Minuten da, okay?«, verspricht er mir.

»Okay«, flüstere ich erleichtert.

»Schaffst du das oder soll ich am Telefon bleiben?«, fragt er und löst damit den Rest meiner Selbstbeherrschung auf.

»Geht schon«, schaffe ich es noch zu sagen, bevor ich auflege und heulend auf der Couch zusammenbreche. Aber dieses Mal weine ich nicht, weil ich alles verloren habe, sondern weil die Scherben meines Herzens sich auf magische Weise wieder zusammengefügt haben.

Micah

65

Mein Herz schlägt schneller, als ich auf die Türklingel drücke und versuche, eine stoische Miene zu bewahren, um der Presse kein Futter zu liefern. Mein Video hat sie offensichtlich wieder auf den Plan gerufen, und das war auch beabsichtigt, denn Pascal und Holly haben dafür gesorgt, dass es an den richtigen Orten auftaucht. Sie sprachen von »viral gehen«, während ich einfach nur gehofft habe, dass es mir Quinn zurückbringt. Ein paar der Berichterstattenden haben mich wiedererkannt und stellen unbequeme Fragen zu unserem Beziehungsstand oder dem Video. Ich beantworte keine einzige davon, sondern warte ungeduldig darauf, dass Quinn öffnet.

Einen Augenblick später bin ich im Flur. Mir stockt der Atem, als ich sie in ihrer Wohnungstür stehen sehe. Gott, wie sehr ich sie vermisst habe. Die Erleichterung darüber, dass sie mich angerufen und hergebeten hat, ist unermesslich, und doch bin ich wie erstarrt, als ich ihr gerötetes und verweintes Gesicht sehe.

Wortlos lässt sie mich in die Wohnung, und kaum fällt die Tür hinter uns zu, schließen wir gleichzeitig den Abstand zwischen uns und fallen uns in die Arme.

»Es tut mir so leid«, bricht es aus mir hervor. Ich lege

meine Hände an ihre Wangen, blicke in ihr verweintes Gesicht und kann nicht glauben, was für ein Mistkerl ich gewesen bin. »Es tut mir so wahnsinnig leid, Quinn.«

»Ich weiß«, wispert sie. Neue Tränen wallen in ihren blauen Augen auf. »Entschuldigung angenommen.«

Erleichterung durchflutet mich. Zwar war ich schon glücklich über ihren Anruf, aber das hier übersteigt alles.

»Heißt das, wir …?« Ich traue mich kaum, die Frage auszusprechen, und atme tief durch, weil mir die Stimme wegbricht, doch als sie dann nickt, schießen mir vor Erleichterung die Tränen in die Augen.

»Hey.« Quinn legt ihre Hände auf meine und bricht ebenfalls in Tränen aus, und so stehen wir da, einen endlos langen Moment, weinen vor Erleichterung, vor Glück und ein bisschen auch vor Trauer um unseren unnötigen Streit. »Es wird alles gut«, flüstert sie schließlich, und ich lache erstickt auf.

»Sollte ich das nicht eigentlich zu dir sagen?«

Sie muss ebenfalls lachen, und wir lachen und strahlen und küssen uns, bis Atmen an Bedeutung gewinnt, aber das ist okay, denn es ist Luft,

die
mit Liebe
und der Hoffnung
auf
eine gemeinsame Zukunft
gefüllt ist.

*

Wir sitzen auf der Couch, Quinn lehnt mit dem Rücken an meiner Brust, meine Arme sind fest um sie geschlungen, weil die Nähe zwischen uns mir nicht eng genug sein kann. Sie streichelt mir über den Unterarm, während sie erzählt, was in den letzten Tagen bei ihr los war. Ich höre ihr aufmerksam zu und bewundere ihre Stärke, als sie an der Stelle angelangt ist, an der sie den Entschluss gefasst hat, die Situation zu ihren Gunsten zu nutzen.

»Deshalb das Chaos hier«, erklärt sie und deutet auf den Esstisch. »Ich habe gerade zwanzig To-dos auf einmal und weiß nicht mehr, wo mir der Kopf steht.«

»Ich helfe dir«, biete ich an und küsse ihre Schulter. »Dafür sind Partner doch da.«

Quinn atmet tief durch. »Okay. Ich glaube, ich könnte deine Hilfe wirklich gut gebrauchen.«

Ich lege meine Hand an ihre Wange, sie dreht sich zu mir und blickt mich an. »Weißt du, Sparkles, du bist eine verdammt starke, selbstständige Frau, aber das bedeutet nicht, dass du eine Einzelkämpferin sein musst. Es ist okay, wenn du eine Schulter zum Anlehnen brauchst, und es ist auch okay, wenn du Hilfe annimmst, statt dich allein durchzuboxen. Das macht dich nicht automatisch schwach. Es macht dich bloß menschlich.«

Sie muss kichern. »Wann bist du so verdammt weise geworden?«

»War ich schon immer«, erwidere ich großspurig, und es tut gut, sie endlich wieder lachen zu sehen. Ich kann nicht anders und folge dem überwältigenden Drang, sie zu küssen.

Wir verlieren uns für eine Weile in unseren Berührungen, zeigen einander, wie sehr wir uns vermisst haben, obwohl es noch gar nicht lange her ist, aber dann ruft Pascal an, um Bescheid zu sagen, dass mein Video es ins Fernsehen geschafft hat. Ich bin überwältigt und verängstigt zugleich, weil ich die Folgen überhaupt nicht abschätzen kann. Doch Quinns erstauntes Gesicht zu sehen, macht das alles wieder wett. Pascal übergibt sein Handy an Holly, die mittlerweile offenbar wieder zu Hause ist und ein paar Anwaltstipps für Quinn gesammelt hat. Ich mache mir Notizen, während Quinn an ihrem provisorischen Schreibtisch Platz nimmt und mit ihrer Arbeit fortfährt.

Anstatt uns also ins Bett zu verkrümeln und die Welt da draußen brennen zu lassen, widmen wir uns gemeinsam dem Chaos, das die Veröffentlichung von Quinns Blog angerichtet hat.

Nach dem Telefonat schneide ich Visitenkarten zurecht und verteile sie an die Presse vor der Tür, die daraufhin endlich verschwindet.

Jetzt bekommen sie, was sie wollen – aber zu Quinns Bedingungen.

Zum Abendessen besorge ich vegane Bowls – und Chocolate-Chip-Eiscreme, weil ich weiß, wie sehr Quinn sie später brauchen wird – und fahre an Quinns Postfach vorbei, um die Briefe und Pakete abzuholen, die sich seit dem letzten Mal dort angesammelt haben. Ich staune über die Menge an Post, die sie bekommt. Ein paar der Umschläge sind dekoriert, sie sehen fast ein bisschen aus wie Fanpost – und das macht mir zum ersten Mal wirklich klar, dass meine Freundin eine kleine Berühmtheit ist. Sie mag vielleicht keine Hollywood-Darstellerin oder Sängerin sein, aber mit ihren Worten erreicht sie trotzdem so viele Menschen, und es ist schon irgendwie verrückt, dass ich davon eine lange Zeit überhaupt keine Ahnung hatte.

Nachdem wir gegessen haben, helfe ich Quinn dabei, eine Ecke in ihrer Wohnung einzurichten, auf dass sie kamerataugich ist – denn jetzt kommt der Schritt, vor dem sie sich am meisten fürchtet.

»Du wirst das hinkriegen«, verspreche ich ihr, während sie noch ein letztes Mal ihren Text überfliegt. »Ich glaube ganz fest daran, dass du das toll machen wirst. Und wenn du mich brauchst, rufst du mich, okay? Ich gucke von nebenan zu.«

»Okay.« Sie nickt und blickt mich mit vor Angst geweiteten Augen an.

»Du bist ein großartiger Mensch, Sparkles. Das hier ist eine wichtige Aufgabe, mit der du Menschen hilfst.« Ich beuge mich vor, um sie zu küssen. »Vergiss das nicht.«

Damit sie es sich nicht anders überlegt, reiß ich mich los und gehe in ihr Schlafzimmer. Leise schließe ich die Tür, zücke mein Handy und warte mit schneller schlagendem Herzen darauf, dass mir Quinns Livestream angezeigt wird. Als es so weit ist, klicke ich direkt drauf und sehe ihr besorgtes Gesicht auf meinem Handybildschirm.

»Hi«, beginnt sie. »Ich bin Quinn Lovett. In den letzten Tagen habt ihr viel über mich gelesen. Viele Gerüchte, viele Mutmaßungen und wenige Wahrheiten. Deshalb sitze ich nun vor dieser Kamera und werde euch sagen, wie es wirklich ist. Und wer ich wirklich bin. Ich bin die Autorin des Blogs ›The Fire in Your Heart‹. Ich bin Fire. Und ab sofort werde ich nicht mehr anonym veröffentlichen, sondern mit meinem Namen zu meinem Blog stehen und dem Thema, was ich dort behandle.« Sie atmet tief durch. Auf meinen Lippen bildet sich ein Lächeln, während sich mein Herz mit Stolz und Bewunderung für diese starke Frau füllt. »Seit einigen Jahren diene ich unserem Land, zusammen mit den anderen Feuerwehrleuten des LAFD. Ich liebe meine Arbeit. Sie ist oft hart und fordernd, aber ich würde es nicht anders wollen. Bei der Feuerwehr zu sein bedeutet nicht nur, anderen Menschen am schlimmsten Tag ihres Lebens mit all unseren Möglichkeiten zu helfen – es bedeutet auch, ein zweites Zuhause zu haben.«

Sie macht eine kurze Pause, atmet nervös ein.

»Nicht für alle Frauen ist das so. Manchmal kommt es vor, dass Diskriminierung und Sexismus der vorherrschende Ton auf einer Wache sind. Im Laufe meiner Ausbildungs- und Dienstzeit habe ich einiges erlebt und mitbekommen, doch verglichen mit den Erfahrungsberichten, die ihr mir in den letzten Jahren zugesandt habt, habe ich noch verdammtes Glück gehabt.«

Mein Herz zieht sich zusammen, als in ihren Augen Tränen aufwallen, weil jedes einzelne dieser Schicksale sie so sehr berührt. Ich wusste schon immer, dass Quinn empathisch ist, aber wie verdammt tief ihr Mitgefühl wirklich geht, wird mir erst jetzt richtig klar. Dass sie all diese Last die ganze Zeit lang allein tragen musste, macht mich traurig. Sie hat so viel mehr verdient.

»Mein Kampf auf Instagram ist kein Kampf gegen das LAFD oder irgendeine andere Feuerwehr der Welt. Ich kämpfe nicht gegen Männer, ich hasse sie ja nicht mal – auch wenn manche von euch das Gegenteil behaupten. Ich kämpfe gegen gesellschaftliche Strukturen und patriarchalische Verhaltensweisen, die sich durch jahrhundertelange Wiederholung in unser kollektives Gedächtnis eingeprägt haben.«

Wieder pausiert sie kurz und wirft einen Blick auf die

Notizen, die sie sich vor dem Abendessen gemacht hat. »Ich bekomme auf meinem Account und per Mail nicht selten Drohungen zugesandt, deswegen stand es für mich nie zur Debatte, diesen Blog öffentlich zu führen. Die Veröffentlichung meines Klarnamens im Internet war dementsprechend ein Schock für mich. Ich stand kurz davor, alles aufzugeben«, gibt sie zu und blickt entschlossen in die Kamera. »Aber mir ist klar geworden, dass das eine Chance ist, meinem Kampf ein Gesicht zu geben. Also: Hier bin ich. Mein Name ist Quinn Lovett, und das ist mein Kampf für Gleichberechtigung.«

Quinn

»Die Stille in meiner Wohnung ist ohrenbetäubend. Für einen Augenblick sitze ich bloß da, meine Hände zittern immer noch, mein Herz rast wie verrückt. Ich habe es wirklich getan. Ich habe mich wirklich auf Instagram gezeigt, und es haben auch noch mehrere Tausend Leute dabei zugesehen.

O Göttin.

Ich glaube, mir wird schlecht.

Abrupt schiebe ich den Stuhl zurück und stehe auf. Ich bin mir nicht ganz sicher, ob ich mich übergeben muss, also stehe ich auf, um mich zu bewegen und ein Glas Wasser zu holen.

Da geht die Tür zum Schlafzimmer auf, und Micah kommt heraus. Den Ausdruck in seinem Gesicht kann ich nicht deuten. Ist das … Stolz?

Er kommt auf mich zu und schließt mich in die Arme. Lange hält er mich fest, bevor er mich von sich schiebt und mich mustert. »Alles okay?«, fragt er mich.

»Mir ist schlecht«, gebe ich zu. »Weißt du, wie viele Menschen mir zugesehen haben?«

»Eine ganze Menge, wie ich gesehen habe. Du warst toll.«

Ich nicke bloß. Allmählich verschwindet das unruhige

Gefühl in meiner Magengrube. Micah gibt mir einen Kuss auf die Schläfe.

»Kann ich was für dich tun?«

Seine Frage löst ein warmes Gefühl in mir aus. Ich denke einen Moment darüber nach, doch dann wird mir schnell klar, wonach ich mich gerade wirklich sehne. »Ich glaube, ich würde gerne baden gehen«, überlege ich. »Und Wein trinken.«

Er lächelt und stupst mir auf die Nase. »Das lässt sich einrichten. Nach dem ganzen Chaos bekommt dir ein bisschen Entspannung sicher gut.«

Ich seufze, weil er mich daran erinnert, wie viel noch auf meiner To-do-Liste steht. Gerade kommt es mir vor, als wäre die Veröffentlichung meines Klarnamens eine Ewigkeit her, dabei stecke ich immer noch mittendrin im ganz großen Chaos.

»Stopp.« Micah hebt einen Zeigefinger. »Denk nicht mal drüber nach. Du gehst jetzt in die Badewanne, und ich räume auf.«

»Okay«, nuschle ich.

»Und dein Handy lässt du hier«, fügt er ermahnend hinzu.

Ich lache auf. »Ist ja gut, ist ja gut.«

»Na los, hopp, hopp.« Er schiebt mich in Richtung Badezimmer. »Ich bring dir gleich deinen Wein.«

»Du willst mich ja bloß nackt sehen«, erwidere ich.

Er grinst. »Kannst du mir das verübeln?«

»Blödmann.« Belustigt schüttle ich den Kopf und mache mich auf den Weg ins Bad, um mir Wasser einzulassen. Kaum dass ich meine Sachen abgestreift habe, steige ich auch schon in die Wanne und genieße die Wärme, die sich um mich herum ausbreitet.

Was für ein Tag.

Mir juckt es in den Fingern, die Reaktionen auf meinen Livestream zu checken, aber es ist besser, wenn ich es nicht tue – heute zumindest nicht mehr. Natalie wird sich schon darum kümmern, dass alles mit Gehalt geteilt und der Rest von meinem Profil verschwindet.

Als Micah mit zwei Gläsern Wein ins Badezimmer kommt, drehe ich das Wasser ab. Der Schaum sabotiert seinen Wunsch, mich nackt zu sehen, aber das scheint ihn nicht zu kümmern.

»Bitte sehr.« Er reicht mir ein Glas und zieht sich den Holzhocker heran, auf dem ich normalerweise meine frische Kleidung ablege, um sich hinzusetzen. »Auf dich. Du hast eine absolute Scheißsituation zu deinen Gunsten gedreht«, sagt er ernst, während er mir sein eigenes Glas hinhält. »Du warst heute verdammt mutig. Da kannst du stolz auf dich sein.«

Urplötzlich sammeln sich Tränen in meinen Augen. »Okay«, entgegne ich leise. »Auf mich.«

Unsere Gläser klirren aneinander. Micahs Blick verlässt mich nicht, während wir trinken. Ich blinzle die Tränen weg.

»Möchtest du zu mir ins Wasser kommen?«, frage ich ihn.

Er lächelt, schüttelt aber den Kopf. »Du sollst dich entspannen. Wir können ein anderes mal zusammen baden.«

Dennoch schiebt er einen Ärmel seines Zipperhoodies hoch und taucht mit seiner Hand ins Wasser ab, um nach meinen Fingern zu tasten und unsere Hände miteinander zu verschränken.

»Danke, dass du da bist.« Ich drücke seine Hand und seufze. »Es tut mir leid, wie ich mich verhalten habe. Ich war auch nicht ganz fair. Ehrlich gesagt war ich davon überzeugt, dass du es gewesen wärst«, gestehe ich ihm. »Ich war bei Adam, und als er mir gesagt hat, dass er mich nicht verraten hat, warst du der einzige andere Kandidat, der noch übrig blieb.«

»Aber ich war es nicht.« Micah runzelt die Stirn. Dass ich ihn verdächtigt habe, scheint ihn nicht weiter zu stören, doch nun zerbricht er sich den Kopf darüber, wer der wahre Verräter ist.

»Reed war es.«

»Reed?« Er reißt die Augen auf. »Im Ernst?«

Ich erzähle ihm von Reeds Besuch und unserem Gespräch, und obwohl die Situation immer noch beschissen ist, müssen wir am Ende beide darüber lachen, wie mein Geheimnis tatsächlich ans Licht gekommen ist.

»Jedenfalls tut es mir wirklich leid«, wiederhole ich mich. »Ich vertraue dir mit meinem Leben, ich hätte dich niemals verdächtigen dürfen.«

Micah sieht mich mitfühlend an. »Wir machen beide Fehler. Wir haben blöde Dinge gesagt. Wir waren wütend und verletzt. Ich habe eine Menge Scheiße gebaut. Das Wichtigste ist doch, dass wir uns am Ende vergeben und versuchen, es in Zukunft besser zu machen.«

»Ja. Das machen wir, oder?«

»Versprochen.« Er lehnt sich zu mir hinüber, um mir einen langen Kuss zu geben. »Mach dir keinen Kopf mehr darüber, Quinn, okay? Genieß jetzt dein Bad. Ich räume da drüben auf, und dann machen wir uns einen schönen Abend.«

»Okay.« Ich lächle und blicke ihm hinterher, während er das Bad verlässt und die Tür leise hinter sich schließt. Es fühlt sich an, als wäre nicht nur ich in den letzten Tagen ein Stück über mich hinausgewachsen.

⋆

»Kann ich dich was fragen?«

»Alles, was du möchtest«, antworte ich und wundere mich, was Micah wissen will, wenn er so anfängt.

Er druckst einen Moment herum, bevor er sich ein Herz fasst. »Was ist damals auf deiner alten Wache passiert? Wieso hast du gewechselt?«

Mir hätte klar sein müssen, dass er mir diese Frage eines Tages stellen würde, und doch erwischt er mich damit kalt. »Warum?«, frage ich und komme mir im nächsten Augenblick reichlich blöd vor.

»Du bist so eine starke Frau«, meint er und sieht mich mit zusammengezogenen Brauen an. »Ich kann mir kaum vorstellen, dass ... du weißt schon ... jemand dich angefasst hat.«

Verdattert öffne ich den Mund. Mittlerweile sitzen wir wieder auf der Couch. Micah hat Wort gehalten und das Wohnzimmer vom Chaos befreit, zumindest so weit, dass wir genug Platz und Ordnung haben, um gemütlich zusammenzusitzen. Er hat unseren Wein aufgefüllt und eine Decke um uns geschlungen.

»Vielleicht ist es aber besser, wenn du es mir nicht erzählst«, sagt Micah und blickt auf unsere verschränkten Hände. »Ich weiß nicht, ob ich mich dann noch im Griff hätte.«

»Micah«, erwidere ich sanft. Er hebt den Blick, seine Augen voller Sorge. »Das ist nicht passiert. Ich hatte eine Beziehung mit meinem Lieutenant und habe ihm das mit dem Blog anvertraut. Aber irgendwann hat er einen Fehler gemacht. Ein Mensch wurde schwer verletzt, und er hat die Unfallverursacherin gedeckt, weil ihr Vater Politiker ist. Als ich von ihm verlangt habe, dass er die Wahrheit sagt, drohte er mir, meinen Blog zu verraten, sollte ich ihm die Schuld zuweisen. Unnötig zu sagen, dass wir uns daraufhin getrennt haben. Er und unsere Kollegen haben mir das Leben zur Hölle gemacht. Schwanzfotos im Spind, sexistische Witze, ein Klaps auf den Hintern, wenn ich an ihnen vorbeigehen musste. Solche Sachen. Ich dachte, ich müsste damit klarkommen. Dass es irgendwann wieder besser werden würde. Aber das Gegenteil ist passiert. Es wurde immer schlimmer. Unser Captain tat so, als würde er nichts davon mitkriegen.« Ich zögere, weil ich mich nicht traue, ihm das zu erzählen, was am schlimmsten für mich gewesen ist. Diesen Horror-Tag würde ich am liebsten aus meiner Erinnerung streichen. »Und als aus dämlichen Späßen Ernst wurde, bin ich gegangen.«

Micahs Kiefer ist angespannt. Er kreist die Schultern, schluckt. Die Ader an seinem Hals tritt hervor, wie immer, wenn er verdammt wütend ist. »Was haben sie getan?«, presst er hervor.

Ich seufze. »Spielt das wirklich eine Rolle?«

Er erwidert meinen Blick, lässt die Schultern sinken und atmet aus, als würde er die gesamte Wut mit einem Mal loslassen. »Du musst es mir nicht erzählen, wenn du nicht möchtest. Aber vielleicht hilft es dir, darüber zu reden.«

Trotz der hässlichen Erinnerungen muss ich lächeln. Ich hebe seine Hand an meinen Mund und küsse seinen Handrücken. Er kann sich nicht vorstellen, wie viel es mir bedeutet, dass er einfach nur zuhören will, statt loszurennen und jeden einzelnen von diesen Männern krankenhausreif zu schlagen.

»Es war nach einem Einsatz«, beginne ich und löse meinen Blick von ihm, weil ich ihm dabei unmöglich in die

Augen sehen kann. »Ich stand unter der Dusche, als meine Kollegen plötzlich die Duschkabine aufrissen und Fotos von mir machten. Einer meiner Kollegen hatte mir das Handtuch geklaut. Es war … so erniedrigend.« Ich schlucke gegen die Gefühle an, die immer in mir aufsteigen, wenn ich an jenen Tag zurückdenke. »Ich wollte da nur noch weg und bin auch noch gestürzt. Und … sie haben alle gelacht. Adam ist reingekommen, er hat wohl gemerkt, dass was im Busch ist, und hat mir ein Handtuch gegeben. Ich bin sofort zum Captain gegangen. Ich hatte noch Schaum in den Haaren, trug nur ein Handtuch und stand heulend vor ihm. Ich sagte ihm, ich würde die gesamte Wache anzeigen, wenn er nicht etwas dagegen unternehmen würde.« Ich atme zitternd ein. »Er hat bloß gelacht und mir gesagt, dass ich es gerne versuchen könnte, aber mir würde vermutlich sowieso kein Mensch glauben. Ich war so fassungslos, dass ich auf dem Absatz kehrtgemacht und meine Sachen gepackt habe. Wäre Aspen nicht gewesen, wäre ich womöglich nie wieder zur Feuerwehr gegangen.«

»Was zur Hölle …«, murmelt Micah entgeistert. »Das ist … Mir fehlen echt die Worte.«

»Ja.« Ich nehme ein paar große Schlucke von meinem Wein, um den bitteren Geschmack auf meiner Zunge fortzuspülen. »Ich bereue es bis heute, dass ich keine Anzeige erstattet habe.«

»Kannst du das nicht noch nachholen?«

Ich schüttle den Kopf. »Das ist alles nicht so einfach. Ich hätte jeden einzelnen Vorfall mit Zeitangaben und Anwesenden dokumentieren müssen, und selbst dann hätte es vielleicht nicht mal zur Anzeige gereicht. Und selbst vor Gericht … Du siehst die Fälle doch überall. Immer wird den Frauen die Schuld zugeschoben. Mal sind sie zu aufreizend gekleidet, mal haben sie es selbst provoziert, mal haben sie zu viel getrunken, mal sind die Männer Opfer ihrer Reize gewesen«, rede ich mich selbst in Rage. »Ein Gerichtsverfahren dauert Monate, manchmal Jahre. So lange wollte ich mich mit all dem nicht aufhalten. Ich wollte weitermachen. Nicht mehr daran denken. Zumindest nicht mehr jeden Tag.«

»Scheiße.« Micah lacht trocken auf, doch es ist alles andere als belustigt. »Mir war nicht klar, dass das so schwierig ist. Mir war das alles nicht klar. Ich … Ich komme mir vor wie der letzte Arsch, weil ich mir über diese ganzen Probleme noch nie Gedanken gemacht habe. All die Frauen auf deinem Blog … denen passiert auch … so was?«

»Schlimmeres.« Ich atme tief durch, dann erzähle ich ihm auch von Mom. »Ihr ging es genauso. Sie wollte mir nie etwas davon erzählen, um mich zu schützen, aber Dad hat das Schweigen vor ein paar Tagen gebrochen. Offenbar haben ihr ihre Kollegen nie verziehen, dass bei einem Einsatz, den sie geleitet hat, vier Feuerwehrmänner ums Leben kamen. Sie haben ihr das Leben zur Hölle gemacht.«

»Bis sie es sich genommen hat«, murmelt Micah, und ich drehe mich um, weil er so unfassbar ernst klingt. Sein Gesicht ist bleich, in seinen Augen steht der Schock.

Dennoch nicke ich.

»Deswegen ist mir all das jetzt noch viel wichtiger als zuvor«, erkläre ich ihm sanft. »Ich werde nicht damit aufhören, koste es, was es wolle.«

Er erwidert meinen Blick stumm, bis er schließlich nickt. »Ich bin da«, wiederholt er sein Versprechen. »Ich kämpfe an deiner Seite. Für euch.«

Ich drücke ihm einen langen Kuss auf die Lippen. »Du bist perfekt«, murmle ich dann.

»Hmm«, macht er und atmet laut aus. Dann kommt Bewegung in ihn, als hätte er mit dem letzten Atemzug den Schock abgeschüttelt. »Und ich dachte, ich müsste erst noch meinen Trumpf ausspielen, bis du so was zu mir sagst.«

»Deinen Trumpf?«

»Lust auf Eis?«

Ich lache auf. »Immer. Aber ich habe keins da.«

»Doch.« Er beißt sich auf die Unterlippe, in seinen Augen blitzt der Schalk auf. »Habe ich ins Eisfach gelegt, als du Druckerpapier nachgefüllt hast.«

Mein Herz füllt sich mit rosa Konfetti, das ich Micah am liebsten mit einem lauten »Ich liebe dich« entgegenwerfen würde, aber irgendwie erscheint es mir übertrieben, mit diesen drei Worten auf ein »Ich habe Eis für dich mitgebracht« zu antworten – auch wenn es irgendwie stimmt.

Aber das Eis ist nicht der einzige Grund.

Es gibt tausend Gründe mehr, wieso ich diesen Mann nie wieder verlieren will. Seine Hilfsbereitschaft, sein Humor, sein unbändiger Wille, an sich zu arbeiten, wenn er merkt, dass es notwendig ist. Er ist so verdammt stark und sieht es gar nicht, weil er sich immerzu den Kopf darüber zerbricht, wie er die anderen Menschen in seinem Leben glücklich machen kann.

»Was siehst du mich so an?« Er lacht leise auf – und dieses Lachen gibt mir den Rest. Ich schließe meine Arme um seine Taille und drücke mich an ihn. Er schmiegt seine Wange an meine Stirn und erwidert meine Umarmung. Mit geschlossenen Augen inhaliere ich seinen Duft und fühle mich für einen Augenblick, als wäre ich im Himmel angekommen.

Dann löse ich mich so weit von ihm, dass ich ihn ansehen kann. »Du bist mein Lieblingsmensch«, flüstere ich. »Und das nicht nur wegen der Eiscreme, sondern wegen allem, was dich ausmacht. Ich weiß nicht, womit ich dich in meinem Leben verdient habe, Micah, aber eins weiß ich auf jeden Fall: Ich möchte dich nicht mehr verlieren.« Und dann nehme ich all meinen Mut zusammen, weil ich nicht noch länger warten will. Warten kann. »Ich liebe dich.«

Sein Blick wird weich, er lächelt sanft und legt eine Hand an meine Wange, um mir die Haare hinters Ohr zu streichen. »Du bist auch mein Lieblingsmensch, Quinn«, erwidert er rau. Seine Augen leuchten intensiv auf. »Und ich liebe dich auch.«

Micah

67

Ich vergrabe meine Nase in Quinns Nacken und inhaliere ihren lieblichen Duft, der nach dem Bad noch stärker ist. Sie sitzt zwischen meinen Beinen, ihren Rücken an meine Brust gelehnt, und stochert mit einem Löffel in der Eiscreme herum.

Es fühlt sich beinahe friedlich an – wäre da nicht die Tatsache, dass ich ihr immer noch nichts von meinem Absturz erzählt habe. Was würde sie sagen, wenn sie wüsste, dass ich vor ihrem Haus stand, bereit, alles zu tun, was nötig ist, um sie zu schützen? Würde sie mich rauswerfen, weil ihr klar wird, dass ich in meiner Sorge um sie mal wieder maßlos übertrieben habe? Oder würde sie mich verstehen?

Den ganzen Tag schon frage ich mich, was geschieht, wenn sie herausfindet, wie es wirklich um mich steht. Sie sagt, sie liebt mich, aber liebt sie nicht eigentlich nur den Teil von mir, den ich ihr gezeigt habe?

Was ist mit dem Micah, der in seiner zerstörerischen Wut Flaschen von Tischen fegt? Was ist mit dem, der blind vor Panik Pizzaboten attackiert?

Was ist mit dem Teil von mir, den ich selbst nicht lieben kann?

Ich zögere. Mein Herzschlag beschleunigt sich. Jetzt oder

nie. Wenn ich ihr jetzt nicht davon erzähle, wird die Wahrheit immer zwischen uns stehen und uns langsam, aber sicher auffressen.

Ich muss endlich mein Geständnis ablegen, bevor mich das schlechte Gewissen umbringt.

»Quinn?«, fordere ich mit rauer Stimme ihre Aufmerksamkeit. Sie legt das Eis beiseite und schaut mich an, und als sie meinen ernsten Blick sieht, dreht sie sich zu mir um.

»Was … warum guckst du so?« Sie klingt besorgt und greift nach meiner Hand. Kurz weiche ich ihr aus, doch dann halte ich mich an unseren verschränkten Händen fest und beschließe, mutig zu sein.

»Ich war hier. Vor deinem Haus. An dem Abend, an dem das mit deinem Blog rauskam. Ich bin durchgedreht vor Sorge. Ich hatte plötzlich nur noch diese Nachrichten im Kopf, die du mir gezeigt hast.« Mit jedem Wort wird meine Seele leichter. Da sind plötzlich Tränen in meinen Augen, und doch zwinge ich mich dazu weiterzureden. »Ich habe Bens Auto genommen, ohne dass er davon wusste. Ich wollte … Ich wollte die ganze Nacht hierbleiben und aufpassen. Und als … als dann ein Auto vor dem Haus gehalten hat und … und ein Mann ausstieg, sind … sind mir die Sicherungen durchgebrannt. Ich habe ihn bedrängt … bedroht, weil ich dachte …«

Quinns Atem stockt, doch als ich den Blick abwenden will, legt sie beide Hände an meine Wangen, streicht mit den Daumen meine Tränen fort. Das bringt mich nur noch mehr zum Weinen.

»Oh, Micah«, murmelt sie und zieht mich in ihre Arme. Ihre Hände streicheln über meinen Rücken, während ich zulasse, dass mich das Entsetzen über mich selbst aufzehrt.

Ich trauere um den Mann,
der ich einmal gewesen bin,
und um den,
der ich gerne sein würde.

»Ich wollte nie so sein. Das musst du mir glauben. Ich will ein guter Mensch sein«, bricht es unter Tränen aus mir heraus. »Ich gebe alles, um mich zu verändern, aber was, wenn alles nicht reicht? Was, wenn ich immer so sein werde? Ich weiß nicht, wie ich damit aufhören kann. Wie ich mich selbst wiederfinde. Aber ich muss, sonst werde ich alles verlieren, und ich kann nicht noch jemanden verlieren.«

Die Wahrheit auszusprechen, zerreißt mich innerlich. Es zerfetzt mein Herz in tausend Stücke und lässt mich so sehr weinen, dass ich kaum noch Luft bekomme.

Ich habe keine Ahnung, wie lange ich weine. Wie lange ich brauche, um mich wieder so sehr zu beruhigen, dass wir weiterreden können, doch als ich es tue, fühle ich mich merkwürdig leicht.

»Es war ein Pizzabote«, fahre ich leise fort. Mittlerweile liege ich mit dem Kopf auf Quinns Schoß. Eine ihrer Hände spielt mit meinen Haaren, die andere ruht auf meiner Brust, verschränkt mit meiner eigenen. »Ich glaube, ich habe ihm einen ziemlichen Schrecken einjagt.«

»Aber du hast ihm nicht wehgetan«, erwidert sie und lächelt sanft. Keine Frage, nur der Glaube daran, dass ich nicht so schlimm bin, wie ich mich manchmal fühle. Ich schüttle kurz den Kopf. »Erinnerst du dich noch daran, wie ich Trent geschubst habe?«

Wie könnte ich den Tag vergessen, an dem ich zum ersten Mal dachte, meine Gefühle für Quinn könnten auf Gegenseitigkeit beruhen?

»Uns allen brennt mal die Sicherung durch«, fährt sie fort. »Das ist normal, Micah. *Du* bist normal. Du bist kein schlechter Mensch. Wenn ich dich sehe, sehe ich einen Mann, der jeden Tag aufs Neue alles gibt, um die Menschen in seinem Umfeld glücklich zu machen. Du kämpfst so hart dafür, dass du dich zuweilen selbst vergisst.« Sie hält kurz inne, um mich liebevoll zu betrachten. »Du willst wissen, wie du zu dir selbst zurückfindest? Hör auf damit, perfekt sein zu wollen, und akzeptier, dass du auch nur ein Mensch bist. Menschen machen Fehler, Menschen haben Gefühle, Menschen sind nicht perfekt. Du lebst dieses Leben nicht für deine Mom, nicht für deine Geschwister oder deinen Dad – und auch nicht für mich. Wir sind alle für uns selbst verantwortlich. Das ist dein Leben – der Einzige, den du wirklich glücklich machen musst, bist du.« Sie schiebt ihre Hand über mein Herz, das sich mit jedem ihrer Worte mit Wärme gefüllt hat. »Hör auf dein Herz, Micah. Mach mehr für dich, nicht immer nur für andere. Die anderen dürfen ihre eigenen Fehler machen. Du darfst dann für sie da sein, aber du darfst ihnen und dir nicht im Weg stehen. Sie lieben dich, so oder so. Vergiss nicht, dass du geliebt wirst.« Sie schüttelt den Kopf, lächelt. »*Und wie* du geliebt wirst.«

Quinn

Zwei Wochen später

68 Der Besucherstuhl quietscht vertraut, als ich mich hinsetze. Ich habe einen Knoten im Magen, und meine Handflächen sind feucht. Zwei Wochen lang habe ich auf dieses Gespräch gewartet, doch jetzt, da es endlich ansteht, würde ich am liebsten kneifen.

»Gute Arbeit, Lovett«, beginnt del Valle und lächelt stolz. »Sie haben in den letzten Wochen Berge versetzt.«

»Nun ja, ich hatte keine andere Wahl.« Dabei stimmt das nicht mal. Ich hatte schon die Wahl. Ich hätte mich auch verstecken und warten können, bis der Sturm vorüberzieht. Aber ich habe mich von den Windböen tragen lassen. Ich war im Fernsehen und im Radio, ich habe Interviews für Zeitschriften und Online-Magazine gegeben, und Natalie hat mir dabei geholfen, das alles auf meinem Instagram-Account zu verbreiten. Selbst Micahs Kampagne ist viral gegangen und hat dazu geführt, dass ein Spendenkonto für mich eingerichtet wurde, mit dessen Hilfe ich nicht nur eine Rechtsberatung in Anspruch nehmen konnte, sondern mir auch in den nächsten Monaten erst mal keine Sorgen um ein geregeltes Einkommen machen muss.

»Sie sind eine verdammt starke Frau, und ich hoffe, dass Ihre Arbeit Früchte tragen wird«, entgegnet del Valle. »Die Kampagne hat es auf jeden Fall. Das LAFD würde Ihnen gerne Ihren Job zurückgeben.«

Für einen Augenblick bin ich sprachlos. Ich weiß nicht einmal, ob ich darauf gehofft habe, aber dass wir es tatsächlich geschafft haben, ist… krass. So zerstörerisch die sozialen Medien auch sein können, manchmal können sie eben auch etwas Gutes erschaffen.

»Allerdings gibt es eine Bedingung.« Del Valle verzieht das Gesicht und lehnt sich etwas zurück. »Das haben Sie sich vermutlich schon gedacht. Wenn Sie weiterhin auf dieser Wache arbeiten möchten, dürfen Sie nicht mehr bloggen.«

Ich seufze und sinke gegen die Lehne. Obwohl ich auch damit gerechnet habe, bin ich enttäuscht. Ich hatte gehofft, dass es anders kommen würde. Dass der Aufschrei in der Öffentlichkeit etwas verändert hätte.

»Es gibt noch eine andere Möglichkeit«, fährt sie fort und weckt damit mein Interesse. »Das LAFD würde gerne ein paar neuen Stellen schaffen und Ihnen eine leitende Position anbieten.«

Was? Fassungslos starre ich meine Captain an.

»Der Druck der Öffentlichkeit ist hoch. Wenn jetzt nicht gehandelt wird, wird das einen massiven Image-Schaden mit sich bringen. Deshalb soll ein Ausschuss gegründet werden, der sich um Diskriminierungs- und Sexismusbeschwerden kümmern soll. Sie«, sie deutet auf mich und lächelt dabei, »würden den Vorsitz innehaben und gleichzeitig positive Beispiele auf einer eigens dafür eingerichteten Website bloggen.«

»In dieser Funktion würde ich also auch keine Feuer mehr bekämpfen dürfen?«, frage ich nach. Über den vom LAFD kontrollierten Blog will ich gar nicht erst nachdenken.

Del Valle schüttelt den Kopf. »Nur die im Hintergrund. In dieser Position würden Sie am Schreibtisch sitzen und anderen Feuerwehrangehörigen dabei helfen, Beschwerdeformulare auszufüllen und die richtigen Stellen zu finden, um diese einzureichen. Für die Öffentlichkeitsarbeit könnten Sie vermutlich regelmäßig andere Wachen besuchen und Interviews führen, aber an richtigen Einsätzen nehmen Sie nicht mehr teil.«

»Das ist doch scheiße«, stoße ich hervor und schlage mir sofort eine Hand auf den Mund. »Entschuldigung.«

»Tun Sie sich keinen Zwang an.« Del Valle lacht. »Ich dachte mir schon, dass Ihnen dieser Vorschlag nicht gefallen würde. Denken Sie in Ruhe drüber nach, und sagen Sie mir Anfang nächster Woche Bescheid. Ich würde mich freuen, Sie in unserem Team zu behalten. Ich würde mich auch freuen, wenn Sie für mehr Gleichberechtigung innerhalb unserer Reihen sorgen würden. Aber …« Sie zögert.

»Aber?«

»Das verlässt diesen Raum nicht, in Ordnung?«

»Natürlich, Ma'am.«

»Ich glaube, Sie tun sich damit keinen Gefallen«, sagt sie leise. »Es wird Jahre dauern, einen solchen Ausschuss aufzubauen, und noch länger, damit er wirklich wirksam ist – und es wird eine Menge Leute geben, denen Sie mit Ihrer Arbeit auf die Füße treten werden. Sie müssten all das, was Sie in den letzten zwei Wochen erreicht haben, aufgeben, um einem System zu dienen, was eigentlich nur Schadensbegrenzung machen möchte.«

»Ich verstehe«, entgegne ich – und ich glaube, das tue ich wirklich. Möchte ich meinen Lieblingsjob für einen verdammt hohen Preis ausüben, den Kampf eines Unternehmens führen oder möchte ich wirklich frei sein in dem, was ich tue?

Die Antwort liegt glasklar auf der Hand – und doch zerschmettert sie mein Herz. Tränen steigen mir in die Augen, nur mit Mühe kann ich sie zurückhalten. »Dann … dann bedanke ich mich für Ihre Unterstützung und wünsche Ihnen und dem LAFD nur das Beste.«

Del Valle lächelt mitfühlend und nickt.

Ich stehe auf, nicht fähig, noch länger auf dieser Wache zu bleiben.

Auch del Valle erhebt sich und kommt zu mir, um mir die Hand zu reichen. »Kommen Sie her, ich will Sie umarmen«, sagt sie plötzlich und zieht mich zu einer Umarmung heran, die ich überrascht erwidere. »Ich bin verdammt stolz auf Sie.«

»Danke, Ma'am«, sage ich mit belegter Stimme.

»Constanza«, sagt sie und löst sich von mir. Sie reibt über meine Schultern und sieht mich mit feuchten Augen an. »Jetzt dürfen Sie mich Constanza nennen.«

Und das treibt die Tränen dann doch aus meinen Augen.

Micah

69

Ich lehne an der Wand gegenüber von del Valles Büro und spiele mit dem Reißverschluss meiner Jacke, während ich auf Quinn warte und mich frage, wie das LAFD entschieden hat. Als sich die Tür des Büros öffnet und Quinn heraustritt, sehe ich sofort, dass meine Partnerin nicht länger meine Partnerin ist.

»Fuck«, murmle ich und schließe sie in die Arme. »Das tut mir so leid, Quinn.«

»Mir auch.« Sie schmiegt sich an mich.

Captain del Valle verlässt ihr Büro und nickt mir kurz zu. Auch sie sieht mitgenommen aus.

»Was ist passiert?«, frage ich, als sie um die Ecke gebogen ist.

Quinn löst sich weit genug von mir, um mich anzusehen. »Ich habe zwei Stellenangebote bekommen und sie beide ausgeschlagen. Die Bedingungen haben mir nicht gefallen«, erklärt sie und erzählt mir im Detail davon. Sie wirkt gefasst. Kein Wunder, hat sie doch die letzten beiden Wochen genutzt, um sich ein eigenes Imperium aufzubauen und Pläne für eine selbstständige Zukunft zu machen.

Ich kann also verstehen, wieso sie sich gegen ein Angebot vom LAFD entschieden hat – wenn ich auch traurig darüber bin, dass wir nun nicht mehr zusammen arbeiten werden.

Sie lächelt mich an. »Fahren wir nach Hause?«

»Bereit, wenn du es bist.« Ich schnappe mir meine Jacke, schlüpfe hinein und strecke meine Hand nach ihr aus, damit wir Hand in Hand die Wache verlassen können.

»Wo sind die denn alle hin?«, wundert sich Quinn, weil kein Alarm eingegangen und trotzdem niemand zu sehen ist.

Ich aber weiß, wo sich unsere Kollegen verstecken.

»Keine Ahnung«, murmle ich. »Vielleicht in der Fahrzeughalle?«

Wir folgen dem Flur, und kaum, dass wir besagte Fahrzeughalle betreten, bleibt Quinn wie angewurzelt stehen. Die Light Force steht nicht mehr an ihrem Platz, die Tore sind hochgerollt. Lieutenant Beckett steht bereit, um Quinn zu empfangen.

»Was geht hier vor?«, murmelt sie verwirrt. Ich schiebe sie vorwärts, damit sie sich in Bewegung setzt.

Lieutenant Beckett lächelt sie an. »Del Valle hat uns gesagt, wir müssten uns bereithalten. Du hast dich also für ein Lebewohl entschieden, hm?«

Mein Herz zieht sich schmerzhaft zusammen, als Lieutenant Beckett und Quinn sich zum Abschied umarmen. Es wird nicht das letzte Mal sein, dass sie sich sehen, aber trotzdem macht es mir bewusst, was das heute für ein Tag ist.

Ein trauriger.

Für uns.

Für die Wache.

Für Los Angeles.

»Komm.« Lieutenant Beckett legt eine Hand auf Quinns

Rücken und führt sie um den Rettungswagen herum. Ich folge ihnen, halte mich aber im Hintergrund. Das ist Quinns großer Moment – und sie wird mit tosendem Beifall begrüßt.

»Ach du Scheiße«, stößt sie hervor, als sie die Menge an Kollegen und Kolleginnen sieht, die vor der Wache zusammengekommen sind, um sie zu verabschieden. Es sind nicht nur die Teams unserer Wache, sondern auch zig Frauen von anderen Feuerwachen gekommen. Die Light Force ist vor dem Gebäude geparkt, die Leiter in den Himmel ausgefahren. Captain del Valle steht im Tor und breitet die Arme aus, unsere engsten Teamkollegen – mit Ausnahme von Trent – in ihrer Nähe.

Meine Kehle schnürt sich zusammen, als del Valle ihr die Hand reicht. »Im Namen des LAFD möchte ich Ihnen danken für das, was Sie für diese Wache und die Stadt geleistet haben«, sagt sie.

Quinn bedankt sich mit erstickter Stimme, bevor del Valle und sie sich zum Rest des Teams umdrehen. Quinn schließt jeden von ihnen in die Arme, bevor sie mit den drei Frauen weitermacht, die Quinn voller Rührung beobachtet haben. Das müssen Freundinnen von ihr sein.

»Was für ein Scheißtag«, murmelt Aspen in mein Ohr. »Ich wünschte, sie könnte bleiben.«

»Ich auch«, erwidere ich niedergeschlagen. »Aber sie muss das tun, was sich für sie gut anfühlt.«

»Ja.« Er klopft mir auf die Schulter. »Schätze, dann sind wir erst mal nur noch zu dritt, wenn du aus deinem Urlaub wiederkommst.«

Ich nicke, doch bevor ich etwas erwidern kann, winkt sie mich zu sich, um mir ihre Freundinnen vorzustellen –

Stella, Haley und Maddie. Ich präge mir ihre Namen ein, weil ich niemals etwas vergessen will, was Quinn mir anvertraut.

Del Valle gibt Wrongway ein Zeichen. Er geht zur Light Force.

»Stillgestanden!«, ruft del Valle so laut, dass es von den Wänden der Fahrzeughalle widerhallt.

Mein Körper gehorcht auf ihr Kommando. Sofort führe ich meine Füße zusammen und strecke den Rücken durch – so wie die anderen anwesenden Feuerwehrleute.

Quinn öffnet den Mund. Jedes ihrer Gefühle ist ihr am Gesicht abzulesen – und ich muss hart schlucken, um nicht selbst emotional zu werden.

Auch del Valle steht still und richtet ihren Blick geradeaus. »Salut!«, ruft sie, als es um sie herum still geworden ist.

Ich hebe meine Hand an die Stirn, berühre meine Schläfe mit dem Zeigefinger. Quinns Kinn zittert, während sie mühsam versucht, die Tränen zurückzuhalten.

Doch es ist zwecklos. Spätestens als Wrongway die Sirene der Light Force einschaltet, fließen ihr die Tränen über die Wangen.

Dennoch hebt auch sie ihre Hand, um den Gruß zu erwidern.

So wie es sich für eine Heldin gehört.

Epilog

Holly

»Ich kann immer noch nicht fassen, dass wir es wirklich geschafft haben«, murmle ich und betrachte unser festlich geschmücktes Tiny-House.

Hinter mir steht ein Food Truck, dessen Betreiber gerade alles aufbaut. Für die Getränke haben wir selbst gesorgt. Auch für die Musik, um die sich Maverick kümmert.

»Natürlich haben wir das.« Pascal legt seine Arme um meine Taille und zieht mich an sich. Ich lehne mich zurück in seine warme Umarmung und atme tief ein. »Hast du etwa an uns gezweifelt?«

Ich lache leise auf. »Du nicht?«

»Nur kurz.« Er drückt mir einen Kuss auf den Nacken. »Die Sache mit dem Food Truck war schon brenzlig. Ich habe echt befürchtet, dass er die Straße rückwärts runterrollt.«

Das wäre jedenfalls nicht besonders verwunderlich gewesen, denn das Grundstück, das wir vor ein paar Monaten gekauft haben, liegt auf einem unbefestigten Stück Berg. Wir haben zwar keine gut ausgebaute Straße, dafür aber einen Wahnsinnsausblick über Los Angeles und das angrenzende Meer – und ich bin mir sicher, dass ich nie wieder in ein Apartment in der Stadt ziehen werde, wenn ich so etwas haben kann.

»Hoffentlich finden unsere Gäste her«, überlege ich »Was, wenn sie keine Ahnung haben, wo sie hinmüssen?«

»Holly ...« Pascal packt mich an den Hüften und dreht mich zu sich um. Seine braunen Augen huschen belustigt über mein Gesicht. Die Schatten unter seinen Augen sind verschwunden, seitdem wir hier oben wohnen. Ich glaube ja, das liegt daran, dass er jeden Morgen aufsteht und auf der Veranda meditiert. Die Nähe zur Natur macht das mit uns. »Wir haben ihnen Screenshots von Google Maps geschickt und das Grundstück mit einem X markiert. Ein bisschen mehr Vertrauen in unsere Generation bitte.«

»Ist ja gut«, winke ich lachend ab und stelle mich auf die Zehenspitzen, um ihm einen Kuss zu geben.

»Genug mit dem Rumgeturtel«, dröhnt Micahs Stimme zu uns, kaum dass wir uns voneinander gelöst haben. »Lela braucht deine Hilfe, Holly. Und ich fänd's auch ganz nett, wenn ich diese Fässer nicht alle allein schleppen muss.«

Ertappt werfe ich Pascal einen letzten Blick zu, bevor ich ins Innere des Hauses laufe, um nach Allegra zu suchen.

Allegra

Nervös überfliege ich die Rede, die ich vor ein paar Tagen geschrieben habe. Mir ist immer noch nicht ganz klar, wieso ausgerechnet ich mich vor das Publikum stellen soll. Mich kennt doch kaum jemand.

»Das ist es doch, worauf es ankommt«, hat Maverick gesagt, als ich mit ihm darüber gesprochen habe. »Es ist wichtig, den Leuten zu zeigen, dass sie nicht berühmt sein müssen, um die Welt zu verändern.«

»Aber ihr habt nur Berühmtheiten eingeladen«, habe ich weitergejammert, und Maverick hatte mir erklärt, dass sie Videos und Storys machen würden, um unsere Botschaft in die Welt zu tragen. Noch ein Grund mehr, nervös zu sein.

Morgen würde ich dann vielleicht auch in den Kreis der Berühmtheiten aufsteigen, in dem meine Familie und Freundinnen schon so lange verkehrten.

»Hey, da bist du ja.« Holly kommt in die Küche. »Du bist ein bisschen blass um die Nase. Nervös?«

»Klitzekleines bisschen«, nuschle ich. »Wollen wir Quinn suchen und anstoßen? Ein Sekt hilft mir bestimmt dabei, die Aufregung zu verdrängen.«

Holly grinst. »Du packst das auch ohne Sekt. Diese ganze Veranstaltung war deine Idee.«

»Ja, aber …« Mir fällt keine andere Ausrede mehr ein, die Holly und die anderen noch nicht gehört haben. Ja, es war meine Idee, eine Benefizparty für Frauen zu veranstalten, die rechtlichen Beistand im Kampf gegen Sexismus brauchen, aber …

Holly greift nach meinen Händen. »Du wirst das packen«, versichert sie mir ernst.

Ich nicke.

»Habe ich etwas von Sekt gehört?« Quinn hangelt sich von der Kante des Obergeschosses herab und springt anmutig wie eine Katze hinunter. Sie trägt ein rotes Kleid und ist der absolute Hingucker. So selbstbewusst wie sie wäre ich auch gerne.

»Allegra braucht einen kleinen Mutanfall«, erklärt Holly und greift nach einer Flasche Sekt, um sie zu öffnen. Plötzlich passieren ein paar Dinge auf einmal.

Maverick betritt die Küche und fragt nach dem Verstärker

für die Musik. Quinn öffnet die Kühlschranktür und stößt dabei gegen Holly, die vorsichtig den Korken der Flasche lösen wollte, der nun pfeilschnell und mit einem lauten Plopp durch die Küche schießt und meinen Freund an der Schulter trifft.

Mit einem schmerzerfüllten Stöhnen verliert er den Halt und geht zu Boden.

Ich bin sofort an seiner Seite.

»Au, Scheiße. Was zur Hölle?« Er reibt sich über die Stelle. »Was war das?«

»O nein, das tut mir so leid, Mav«, stammelt Holly, die mit dem überlaufenden Sekt kämpft.

»Zeig mal her«, bitte ich ihn und ziehe vorsichtig das weiße T-Shirt beiseite. Die Stelle, an der ihn der Korken getroffen hat, ist gerötet. »Das gibt sicher einen blauen Fleck.«

Er seufzt und greift nach meiner Hand, um unsere Finger miteinander zu verschränken. »Ich habe schon Schlimmeres erlebt.«

Ich lächle ihn an, drücke einen Kuss auf seine Hand und dann auf sein Haar, unter dem die Narbe verborgen ist, die ihn immer daran erinnern wird, keine Alleingänge mehr zu unternehmen.

»Ich liebe dich«, sage ich leise.

Seine Schmerzen scheinen vergessen, als er mich breit anlächelt. »Und ich dich.«

Quinn

Ich arbeite zwar nicht mehr für die Feuerwehr, aber meine Ausbildung als Rettungssanitäterin habe ich trotzdem nicht vergessen, also reiche ich Maverick ein Handtuch mit etwas Crushed Ice. »Wenn du es kühlst, wird der blaue Fleck nicht ganz so übel.«

»Danke.« Er presst sich den selbst gemachten Kühlakku auf die betroffene Stelle.

»Und der Verstärker ist hier vorne.« Ich gehe voraus, um ihm das Gerät nach draußen zu tragen. »Bin gleich wieder da. Wartet auf mich«, ermahne ich die beiden anderen Frauen.

Unter Mavericks Anweisungen platziere ich den Verstärker unter dem Tisch mit dem Laptop, auf dem bereits eine Playlist geöffnet ist. »Den Rest schaffe ich allein«, sagt er. »Geh ruhig wieder rein.«

»Okay.« Ich drehe mich um, doch Micah kommt mir in die Quere.

»Hey, Quinn, kannst du mir mal helfen?« Er steht an der Bar, ein großes Fass Bier in seinen Händen. Sofort eile ich zu ihm. »Kannst du mal kurz halten?«

»Klar.« Ich lasse mir das Fass überreichen und warte, während Micah Platz dafür schafft. Es ist schwer, aber da ich immer noch mit Ben und Micah trainiere, habe ich kaum etwas von meinen Muskeln eingebüßt.

»So, das sollte passen.« Gemeinsam schieben wir das Fass an Ort und Stelle. »Danke.«

»Gerne«, antworte ich und will mich gerade abwenden, um endlich zu Holly und Lela zurückzukehren, als er mich am Handgelenk packt und zu sich zieht.

»Wolltest du gerade wirklich ohne Kuss gehen?«

Ertappt beiße ich mir auf die Unterlippe. »Die Ladys warten auf mich.«

»Dann warten sie eben noch zwei Minuten länger«, erwidert er rau und schließt den Abstand zwischen uns. Ein Kribbeln breitet sich in meiner Magengrube aus, und ich vergrabe meine Hände in seinem lockigen Haar, um ihn dichter heranzuziehen. Ich kann es jetzt schon kaum erwarten, später mit ihm in meine Wohnung zurückzukehren.

Aber jetzt haben wir erst mal andere Pläne.

Zögernd löse ich mich von ihm. Er lächelt mich an, ich lächle zurück. Später, verspreche ich ihm mit meinem Blick. Er nickt, ich drehe mich um – und dann gibt er mir einen Klaps auf den Po.

Ich schnappe nach Luft, doch das Grinsen auf meinen Wangen zeige ich ihm nicht. Stattdessen mache ich, dass ich wieder hineinkomme – zu den beiden Frauen, die in den letzten Monaten zu meinen besten Freundinnen geworden sind.

Nie hätte ich gedacht, dass es so sein kann, mit Frauen befreundet zu sein, ich mich so sicher dabei fühle, Nähe und Geheimnisse zu teilen, und mich dabei nicht selbst zu verlieren.

Holly reicht mir ein Glas. Doch darin befindet sich eine bernsteinfarbene Flüssigkeit, eindeutig kein Sekt. Auf meinen fragenden Blick hin grinst sie. »Viel zu süß, das Zeug. Der hier«, sie hebt ihr eigenes Glas an, »ist der Hammer. Also, Ladys: Auf den Feminismus!«

»Auf eine erfolgreiche Benefizveranstaltung«, fügt Allegra hinzu.

Wir halten unsere Gläser gegeneinander, und sie funkeln

ebenso wie die Augen meiner Freundinnen. In mir steigt ein warmes Gefühl auf, und ich lächle breit. »Auf unsere Freundschaft.«

Nachwort

Mit jedem Buch wächst man ein Stück über sich hinaus. Das habe ich am dritten Band der California-Dreams-Reihe besonders gemerkt. Eigentlich bin ich nämlich eher recherchefaul und schreibe lieber die Sachen, bei denen ich mir in etwa denken kann, wie es läuft.

Von der Feuerwehr aber hatte ich keinen blassen Schimmer.

Mein Vorwissen bestand vor allem aus dem Ansehen von Serien wie Chicago Fire und dem Lesen von Kinderbüchern, in denen die Welt der Feuerwehr beschrieben wird.

Dementsprechend hatte ich für dieses Buch einiges zu lernen, um die Vorgänge, Strukturen und Einsätze möglichst realistisch darzustellen.

In diesem Nachwort würde ich gerne ein paar Anmerkungen zu den Geschehnissen in der Geschichte machen.

Alle Einsätze, die Quinn und Micah in diesem Buch bestreiten, habe ich mit Inspiration aus Youtube-Videos, Zeitungsartikeln und Lehrunterlagen der Feuerwehr zusammengestellt und eng mit deutschen Feuerwehrleuten besprochen. Dennoch bin ich nie in einem Feuer gewesen, dementsprechend kann ich nur erahnen, was in Einsatzkräften während der Arbeit vorgehen muss.

Im Hinterkopf hatte ich dabei immer den Gedanken, dass ich ein New-Adult-Buch schreibe und keinen Thriller, aber die Recherchen haben mir deutlich klargemacht, dass Einsatzkräfte einer extrem hohen körperlichen und mentalen Belastung ausgesetzt sind. Aus Respekt vor ihnen und ihrer unermüdlichen Arbeit habe ich mich also dazu entschieden, die Einsätze nicht mit rosa Wattewolken zu gestalten, sondern sie in all ihren Facetten darzustellen.

Micah und Quinn machen an mehreren Stellen deutlich, dass die Belastung zwar hoch ist, sie ihren Job aber trotzdem lieben. Das ist auch etwas, was ich bei meinen Recherchen sehr oft wiedergefunden habe: Bei der Feuerwehr zu arbeiten ist offenbar kein Job wie jeder andere, sondern eine Lebenseinstellung. Die Feuerwachen und ihre Teams sind für viele Angehörige der Feuerwehr wie ein zweites Zuhause, und ich hoffe, es ist mir gelungen, diese Atmosphäre auch mit dem Team von Station 12 aufzubauen (so einen wie Trent gibt's doch auch in jeder Familie).

Eigentlich bin ich ein Fan von vollständigen, funktionierenden Familien im New-Adult-Bereich, weil es davon viel zu wenige gibt – aber irgendwie geht es in dieser Reihe auch um das Thema Verlust und – vor allem – Verlustangst. Dass Quinn ihre Mutter verloren hat, war ein Gedanke, der schon sehr früh da war. Dass diese jedoch ihr Leben selbst beendet hat, habe ich erst entschieden, nachdem ich auch dazu einige Statistiken gesehen habe. Depressionen, erhöhte Selbstmordraten und die höhere Wahrscheinlichkeit, an Volkskrankheiten wie Krebs zu erkranken, gehören zum Berufsrisiko – doch heutzutage versuchen die Feuerwehren nicht nur mit besserer Ausrüstung dagegen anzukämpfen, sondern auch damit, dass mentale Gesundheit immer mehr in den Fokus gerückt wird.

Ob eine Entscheidung wie die, die Micah im ersten Einsatz dieses Buches trifft, wirklich zu einer solchen Konsequenz führen würde, kann ich nicht mit Sicherheit sagen. Ich verteidige das unter dem Deckmantel der künstlerischen Freiheit – denn immerhin ist der Weg, den er deshalb bestreiten muss, das, was er braucht, um sich selbst anzunehmen.

Bei Quinns Suspendierung kann ich mir allerdings gut vorstellen, dass es auch im echten Leben so kommen würde. Tatsächlich habe ich meiner Kreativität freien Lauf gelassen, was die Stellen mit Sexismus und Diskriminierung angeht (ja, ich weiß, ich bin grausam), und erst angefangen zu recherchieren, als ich überlegt habe, was die Feuerwehr Quinn in ihrem letzten Gespräch mit Captain del Valle anbieten könnte.

Dabei bin ich über einige Artikel über das LAFD gestoßen, in denen genau die Dinge beschrieben wurden, die Quinn und andere weibliche Einsatzkräfte in diesem Buch erlebt haben. Ich konnte nicht fassen, wie akkurat meine Beschreibungen tatsächlich waren, zumal es im Gespräch mit einem deutschen Feuerwehrmann erst mal so klang, als wäre Sexismus Schnee von gestern. In Amerika ist das offensichtlich noch nicht überall so.

Auch die Anfeindungen und sogenannten Dickpics habe ich mir nicht ausgedacht – in den sozialen Netzwerken gibt es viele Frauen, die sich für Feminismus und Gleichberechtigung engagieren und so etwas täglich zu sehen bekommen. Und solltest du betroffen sein, möchte ich dich an dieser Stelle darauf hinweisen, dass du so etwas zur Anzeige bringen kannst (*https://dickstinction.com/*).

Auch Mobbing am Arbeitsplatz bist du nicht hilflos ausgesetzt. Wenn Deeskalation und Konfrontation nicht mehr helfen, kannst du deine Vorgesetzten oder den Betriebsrat einschalten. Sollte es sich um üble Nachrede, Beleidigungen oder sexuelle Nötigung handeln, kannst du sogar Strafanzeige erstatten. Erste Hilfe findest du auch bei der Telefonseelsorge: 0800/1 11 01 11, 0800/1 11 02 22 oder 116 123.

Da Quinn allgemein sehr engagiert ist, war es mir auch ein Anliegen, sie in ihren Kapiteln gendern zu lassen. Nichtsdestotrotz wirst du einige Stellen finden, an denen sie gängige Formulierungen wie »LAFD, ist da jemand?« nutzt. Es so beizubehalten, wie Menschen es im Gefahrenfall gewohnt sind, ist eine Entscheidung, die wir aktiv getroffen haben.

Abschließend würde ich an dieser Stelle gerne Jan und Francis danken, die mir während des Schreibprozesses für alle Recherchefragen zur Seite standen und auch vor meiner Abgabe noch mal sämtliche Feuerwehrszenen auf Herz und Nieren geprüft haben. Genauso geht auch mein Dank an Stella, die das Manuskript noch ein weiteres Mal auf Schwachstellen bezüglich der Feuerwehr geprüft hat.

Für etwaige Plotprobleme, Genderdiskussionen und andere Krisen hatte ich in diesem Buch zwei wundervolle Lektorinnen an meiner Seite. Also danke auch an euch, Isabelle und Tatjana!

Fürs Testlesen und Anfeuern geht ein großes Dankeschön an Corinna und für Schreibsprints und Anstoßmomente möchte ich mich bei den anderen Ladys unserer kleinen Schreibrunde – Anika, Kim und Judith – bedanken.

Auch dem Piper Verlag und meiner Agentur möchte ich gerne dafür danken, dass sie mit mir an dieses Projekt glauben.

Und zu guter Letzt geht auch ein dickes Dankeschön an Jens, Jasper und den Rest meiner Familie, die mir Zeit zum Arbeiten freigeschaufelt haben, weil ich – wie immer – spät dran war.

Ich hoffe, wir lesen uns im nächsten Buch.

Bis bald,

Kim

Contentwarnung

Dieses Buch enthält Szenen und Beschreibungen, die bei manchen Menschen traumatische Erinnerungen auslösen können. Bitte entscheide selbst, ob du emotional mit folgenden Themen umgehen möchtest:

Sexuelle Belästigung, Mobbing, Frauenfeindlichkeit, Suizid eines Elternteils (keine explizite Beschreibung), Gewalt, Blut, Brand, Alkoholmissbrauch